ORGULHO E PRECONCEITO

O livro é a porta que se abre para a realização do homem.

Jair Lot Vieira

JANE AUSTEN

Orgulho e preconceito

Tradução
Eloise De Vylder

Via Leitura

Copyright da tradução e desta edição © 2019 by Edipro Edições Profissionais Ltda.

Título original: *Pride and prejudice*. Publicado pela primeira vez em Londres, Inglaterra, em 1813, pela T. Egerton, Whitehall. Traduzido com base na 1ª edição.

Todos os direitos reservados. Nenhuma parte deste livro poderá ser reproduzida ou transmitida de qualquer forma ou por quaisquer meios, eletrônicos ou mecânicos, incluindo fotocópia, gravação ou qualquer sistema de armazenamento e recuperação de informações, sem permissão por escrito do editor.

Grafia conforme o novo Acordo Ortográfico da Língua Portuguesa.

1ª edição, 1ª reimpressão 2023.

Editores: Jair Lot Vieira e Maíra Lot Vieira Micales
Coordenação editorial: Fernanda Godoy Tarcinalli
Produção editorial: Carla Bitelli
Edição de textos: Marta Almeida de Sá
Assistente editorial: Thiago Santos
Preparação de texto: Mariana Donner da Costa
Revisão: Viviane Rowe e Marta Almeida de Sá
Diagramação: Balão Editorial
Capa: Marcela Badolatto
Crédito das imagens: homem com o chapéu na mão (capa): Men's Wear 1790-1829, Plate 002, 1807. Gift of Woodman Thompson Costume Institute Fashion Plates/Metropolitan Museum of Art; demais figuras da capa: Costumes Parisiens/Wikimedia Commons; ilustrações da lombada e das guardas: colagens feitas por Marcela Badolatto.

Dados Internacionais de Catalogação na Publicação (CIP)
(Câmara Brasileira do Livro, SP, Brasil)

Austen, Jane, 1775-1817.

   Orgulho e preconceito / Jane Austen ; tradução de Eloise De Vylder. – São Paulo : Via Leitura, 2019.

   Título original: Pride and prejudice.
   ISBN 978-85-67097-78-7 (impresso)
   ISBN 978-85-67097-79-4 (e-pub)

   1. Ficção inglesa I. Título.

19-28698   CDD-823

Índice para catálogo sistemático:
1. Ficção : Literatura inglesa : 823

Iolanda Rodrigues Biode – Bibliotecária – CRB-8/10014

Via Leitura

São Paulo: (11) 3107-7050 • Bauru: (14) 3234-4121
www.vialeitura.com.br • edipro@edipro.com.br
@editoraedipro   @editoraedipro

Capítulo I

É uma verdade universalmente reconhecida que um homem solteiro em posse de boa fortuna deve estar em busca de uma esposa.

Por pouco que se conheçam os sentimentos ou as opiniões de tal homem logo que chega a uma vizinhança, essa verdade está tão enraizada na mente das famílias locais que ele é considerado propriedade legítima de uma ou outra de suas filhas.

— Meu caro senhor Bennet — disse-lhe a esposa um dia —, ouviu falar que Netherfield Park foi finalmente alugada?

O senhor Bennet respondeu que não.

— Pois foi — ela insistiu —, a senhora Long esteve aqui há pouco e contou-me tudo.

O senhor Bennet nada respondeu.

— Não quer saber quem a alugou? — exaltou-se a mulher, impaciente.

— *Você* é quem quer me contar, e eu não tenho nenhuma objeção a ouvir.

Isso era incentivo suficiente.

— Ora, meu caro, você deve saber, a senhora Long diz que Netherfield foi alugada por um jovem de grande fortuna do norte da Inglaterra; que ele veio na segunda-feira numa carruagem de quatro cavalos para ver o lugar e ficou tão encantado que imediatamente acertou com o senhor Morris; que deve se mudar antes do dia de São Miguel;[1] e que alguns de seus criados deverão estar na casa até o fim da semana que vem.

— Qual é o nome dele?

— Bingley.

— É casado ou solteiro?

— Oh! Solteiro, meu caro, é claro! Um homem solteiro de grande fortuna; quatro ou cinco mil libras por ano. Que coisa boa para nossas meninas!

— Como assim? De que maneira isso pode afetá-las?

— Meu caro senhor Bennet — respondeu a mulher —, como pode ser tão enfadonho! Deve saber que quero que ele se case com uma delas.

— É essa a intenção dele ao estabelecer-se aqui?

---

1. Festa comemorada no dia 29 de setembro. Na Inglaterra era o dia em que começavam ou se encerravam os contratos de aluguéis de propriedades. (N.E.)

— Intenção! Tolice... Como pode dizer isso? Mas é *muito provável* que ele se apaixone por uma delas, portanto você deve visitá-lo assim que ele chegar.

— Não vejo motivo para isso. Pode ir com as meninas, ou pode mandá-las sozinhas, o que talvez seja ainda melhor; já que você é tão bela quanto qualquer uma delas, e o senhor Bingley pode preferi-la entre as outras.

— Meu caro, você me lisonjeia. É verdade que *já tive* meu quinhão de beleza, mas agora não pretendo ser nada de extraordinário. Quando uma mulher tem cinco filhas crescidas, deve abrir mão de pensar na própria beleza.

— Nesses casos, a maioria das mulheres não costuma ter muita beleza sobre a qual pensar.

— Mas, meu caro, deve mesmo ir ver o senhor Bingley quando ele chegar à vizinhança.

— É mais do que me compete, asseguro.

— Mas pense em suas filhas. Imagine só que partido ele seria para uma delas. Sir William e Lady Lucas estão determinados a ir apenas por esse motivo, porque em geral, como sabe, eles não visitam recém-chegados. Você deve mesmo ir, pois será impossível o visitarmos se não o fizer.

— Sem dúvida, está sendo escrupulosa demais. Tenho certeza de que o senhor Bingley ficará muito feliz em vê-las; e você levará algumas linhas de minha parte para assegurar-lhe do meu sincero consentimento para que ele se case com qualquer uma das meninas; embora eu deva acrescentar uma palavrinha em favor da minha pequena Lizzy.

— Desejo que não faça tal coisa. Lizzy não é nem um pouco melhor do que as outras; e tenho certeza de que ela não tem metade da beleza de Jane, nem metade do bom humor de Lydia. Mas você está sempre lhe dando preferência.

— Nenhuma delas tem muito o que as recomende — ele respondeu —, são tolas e ignorantes como as outras moças; mas Lizzy tem mais sagacidade do que as irmãs.

— Senhor Bennet, *como pode* falar de suas filhas desse jeito? Você se compraz em me aborrecer. Não tem nenhuma compaixão pelos meus pobres nervos.

— Engana-se, minha cara. Tenho grande respeito pelos seus nervos. Eles são meus velhos amigos. Eu a ouvi mencioná-los com consideração nos últimos vinte anos, pelo menos.

— Ah, não sabe o quanto eu sofro.

— Mas espero que supere isso e viva para ver muitos rapazes de quatro mil libras por ano chegarem à vizinhança.

— Não nos adiantará nada se vinte assim vierem, já que não vai visitá-los.

— Garanto, minha cara, que, quando houver vinte, visitarei a todos.

O senhor Bennet era uma mistura tão excêntrica de rapidez de raciocínio, humor sarcástico, reserva e capricho, que a experiência de vinte e três anos tinha sido insuficiente para que a esposa lhe compreendesse o caráter. A mente *dela* era menos difícil de decifrar. Era uma mulher de inteligência mediana, pouco conhecimento e temperamento inconstante. Quando descontente, fazia-se de nervosa. O objetivo de sua vida era casar as filhas; seu consolo eram as visitas e as novidades.

Capítulo II

O senhor Bennet foi um dos primeiros a visitar o senhor Bingley. Ele sempre tivera a intenção de fazê-lo, embora até o último minuto assegurasse à mulher que não iria e até a noite seguinte à visita ela não tivesse conhecimento de nada. O fato foi então revelado da seguinte maneira. Observando sua segunda filha enfeitar um chapéu, o senhor Bennet de repente dirigiu-se a ela, dizendo:

— Espero que o senhor Bingley goste, Lizzy.

— Não estamos em posição de saber do *que* o senhor Bingley gosta — disse a mãe, ressentida —, já que não vamos visitá-lo.

— Mas você se esquece, mamãe, de que devemos encontrá-lo nas reuniões sociais, e que a senhora Long nos prometeu apresentá-lo.

— Não acredito que a senhora Long fará tal coisa. Ela mesma tem duas sobrinhas. É uma mulher egoísta e hipócrita, não a tenho em boa conta.

— Eu tampouco — disse o senhor Bennet —, e estou contente de saber que não dependerá dos serviços dela.

A senhora Bennet não se dignou a responder, mas, incapaz de se conter, começou a repreender uma das filhas.

— Não tussa desse jeito, Kitty, pelo amor de Deus! Tenha um pouco de compaixão pelos meus nervos. Você os deixa em frangalhos.

— Kitty tosse sem nenhum critério — disse o pai —, ela escolhe os piores momentos.

— Não tusso por diversão — respondeu Kitty, irritada. — Quando será o próximo baile, Lizzy?

— Daqui a quinze dias.

— Sim, é isso mesmo — exclamou a mãe —, e a senhora Long não voltará até a véspera; então será impossível apresentá-lo, porque ela mesma não o conhecerá.

— Então, minha cara, você terá vantagem sobre sua amiga, e apresentará o senhor Bingley a ela.

— Impossível, senhor Bennet, impossível, uma vez que não o conheço; como pode ser tão irritante?

— Respeito sua prudência. Conhecer alguém por uma quinzena certamente é pouco. Não se pode saber o que um homem é de verdade ao fim de quinze dias. No entanto, se *nós* não tentarmos, outra pessoa o fará; e, apesar de tudo, a senhora Long e suas sobrinhas devem ter uma chance. Portanto, como ela considerará isso uma gentileza, se você recusar a incumbência, eu mesmo a assumirei.

As meninas olharam para o pai. A senhora Bennet disse apenas:

— Bobagem! Bobagem!

— Qual pode ser o significado dessa exclamação enfática? — ele perguntou. — Considera as formas de apresentação, e o valor que é atribuído a elas, uma bobagem? Não posso concordar com *isso*. O que diz, Mary? Já que é uma jovem de profunda reflexão, lê bons livros e faz resumos deles.

Mary desejou dizer algo sensato, mas não soube o quê.

— Enquanto Mary ajusta as ideias — ele continuou —, retornemos ao senhor Bingley.

— Estou farta do senhor Bingley! — exclamou a esposa.

— Sinto ouvir *isso*; mas por que não me disse antes? Se eu soubesse disso hoje de manhã, certamente não teria ido visitá-lo. É muito azar; mas, como eu de fato fiz a visita, não podemos evitar relações agora.

A surpresa das damas era exatamente o que ele desejara; a da senhora Bennet talvez tenha sido maior ainda; contudo, quando o primeiro arroubo de alegria teve fim, ela afirmou que era isso mesmo que esperara o tempo todo.

— Que bondoso da sua parte, meu caro senhor Bennet! Eu sabia que conseguiria persuadi-lo. Tinha certeza de que você amava demais suas filhas para negligenciar essa relação. Como estou satisfeita! E foi uma brincadeira tão engraçada o fato de ter ido esta manhã e não ter dito uma palavra sobre isso até agora!

— Agora, Kitty, pode tossir o quanto quiser — disse o senhor Bennet; e, enquanto falava, deixou a sala, cansado do arrebatamento da esposa.

— Que pai excelente vocês têm, meninas! — ela falou quando a porta se fechou. — Não sei como poderão um dia retribuir sua gentileza; ou eu, tampouco. Na nossa etapa de vida não é tão agradável, posso afirmar, conhecer novas pessoas todos os dias; mas, pelo bem de vocês, faríamos qualquer coisa. Lydia, querida, embora você seja a mais nova, ouso dizer que o senhor Bingley dançará com você no próximo baile.

— Oh! Não tenho medo — disse Lydia, resoluta —, pois, embora eu *seja* a mais nova, sou a mais alta.

Passaram o resto da noite conjecturando se ele retribuiria logo a visita do senhor Bennet e decidindo quando deveriam convidá-lo para jantar.

Capítulo III

Por mais que a senhora Bennet, com a assistência das cinco filhas, perguntasse sobre o assunto, não era suficiente para extrair do marido uma descrição satisfatória do senhor Bingley. Elas o atacaram de várias formas: com perguntas diretas, suposições inventivas e hipóteses distantes; mas ele esquivou-se da habilidade de todas, e elas foram obrigadas, por fim, a aceitar as informações de segunda mão da vizinha, Lady Lucas. O relato dela foi altamente favorável. Sir William tinha se encantado com ele. Era bastante jovem, excepcionalmente bonito, extremamente agradável, e, para coroar tudo isso, tencionava comparecer ao próximo baile com um grupo grande de amigos. Nada podia ser mais aprazível! Gostar de dançar era um atrativo para que ele se apaixonasse; e nutriram-se vivas esperanças em relação ao coração do senhor Bingley.

— Se eu pudesse ao menos ver uma das minhas filhas feliz e instalada em Netherfield — disse a senhora Bennet ao marido —, e todas as outras igualmente bem casadas, não teria mais nada a desejar.

Em poucos dias o senhor Bingley retribuiu a visita do senhor Bennet, e eles passaram cerca de dez minutos na biblioteca. Ele acalentara esperanças de ver as jovens, de cuja beleza muito ouvira falar; mas viu apenas o pai. As moças foram mais afortunadas, pois tiveram a vantagem de verificar, de uma janela do sobrado, que ele usava um casaco azul e montava um cavalo preto.

Logo enviaram-lhe um convite para jantar; e a senhora Bennet já havia planejado os pratos que dariam crédito à sua cozinha quando uma resposta chegou e adiou tudo. O senhor Bingley deveria estar na cidade no dia seguinte e, consequentemente, não podia aceitar a honra do convite, etc. A senhora Bennet ficou bastante desconcertada. Ela não conseguia imaginar que negócios ele poderia ter na cidade tão logo após sua chegada a Hertfordshire; e começou a temer que ele sempre estivesse indo e vindo, e nunca se estabelecesse em Netherfield como deveria. Lady Lucas aplacou um pouco seus medos lançando a ideia de que ele tinha ido a Londres apenas para reunir um grupo grande para o baile; e logo chegou a notícia de que o senhor Bingley levaria doze damas e sete cavalheiros para a reunião. As moças lamentaram o número de damas, mas foram confortadas na véspera do baile ao ficar sabendo que, em vez de doze, ele trouxera apenas seis de Londres: cinco irmãs e uma prima. E quando o grupo entrou no salão, consistia apenas de cinco ao todo: o senhor Bingley, suas duas irmãs, o marido da mais velha e outro rapaz.

O senhor Bingley era bonito e tinha ares cavalheirescos; um semblante agradável e modos simples e sem afetação. Suas irmãs eram mulheres belas, com uma postura de indubitável elegância. O cunhado, senhor Hurst, apenas parecia um cavalheiro comum; mas o amigo, senhor Darcy, logo atraiu a atenção do salão com seu porte alto, traços bem-feitos, sua conduta nobre e com os rumores, que circularam cinco minutos após sua entrada, de que tinha uma renda de 10 mil libras por ano. Os cavalheiros consideraram-no um homem de muita classe, as damas afirmaram que ele era muito mais bonito do que o senhor Bingley, e ele foi observado com grande admiração por mais ou menos metade da noite, até que suas maneiras produziram uma decepção que causou uma reviravolta em sua popularidade; porque se descobriu que era orgulhoso; achava-se superior aos demais e nada lhe agradava; e nem toda a sua grande propriedade em Derbyshire poderia então salvá-lo de ter um ar repulsivo e desagradável, e de não ser digno de comparação com o amigo.

O senhor Bingley logo se apresentou a todas as principais pessoas da sala; era animado e aberto, participou de todas as danças, ficou irritado pelo fato de o baile terminar tão cedo e disse que faria outro em Netherfield. Qualidades tão amáveis falavam por si mesmas. Que contraste entre ele e o amigo! O senhor Darcy dançou apenas uma vez com a senhora Hurst e uma vez com a senhorita Bingley, recusou-se a ser apresentado a qualquer outra dama e passou o resto da noite andando pela sala, conversando ocasionalmente com alguém do seu grupo. Seu caráter estava sentenciado. Ele era o homem mais orgulhoso e desagradável do mundo, e todos esperavam que ele nunca mais voltasse lá. Entre as pessoas mais avessas a ele estava a senhora Bennet, cuja aversão a seu comportamento em geral transformou-se em ressentimento pelo fato de ele ter desprezado uma de suas filhas.

Elizabeth Bennet tinha sido obrigada, por conta da escassez de cavalheiros, a ficar sentada durante duas danças; e numa parte desse tempo, o senhor Darcy esteve parado próximo o bastante para que ela ouvisse a conversa entre ele e o senhor Bingley, que parara de dançar por alguns minutos para convidar o amigo a participar do baile.

— Vamos, Darcy — disse ele —, preciso fazê-lo dançar. Odeio vê-lo parado sozinho dessa forma estúpida. Seria melhor se dançasse.

— De jeito nenhum. Sabe como detesto dançar, a menos que eu conheça muito bem minha parceira. Numa reunião como esta, seria insuportável. Suas irmãs estão ocupadas, e não haver nenhuma outra mulher no salão com quem dançar não é uma punição para mim.

— Eu não seria tão exigente assim — exclamou Bingley —, por Deus! Juro pela minha honra que nunca vi tantas moças bonitas em minha vida quanto vi esta noite; e várias delas são excepcionalmente belas.

— Você está dançando com a única moça bonita do salão — disse o senhor Darcy, olhando para a senhorita Bennet mais velha.

— Oh! Ela é a criatura mais bela que já vi! Mas há uma de suas irmãs sentada logo atrás de você que é muito bonita e, ouso dizer, bastante agradável. Deixe-me pedir à minha parceira que os apresente.

— Qual delas você diz? — e, virando-se para trás, olhou por um instante para Elizabeth até que ela retribuísse o olhar, então desviou os olhos e disse friamente: — Ela é tolerável, mas não bela o suficiente para *me* tentar; não estou disposto agora a dar atenção a moças que são desdenhadas por outros homens. É melhor você voltar à sua parceira e desfrutar de seus sorrisos, porque está perdendo tempo comigo.

O senhor Bingley seguiu o conselho. O senhor Darcy afastou-se; e Elizabeth ficou onde estava, com sentimentos muito pouco cordiais em relação a ele. Ela, contudo, contou a história de maneira espirituosa para suas amigas; pois tinha um temperamento vivaz e brincalhão e se divertia com qualquer coisa ridícula.

A noite passou de forma agradável para toda a família. A senhora Bennet viu sua filha mais velha ser bastante admirada pelo grupo de Netherfield. O senhor Bingley dançara com ela duas vezes, e ela havia se destacado entre as irmãs. Jane ficou tão satisfeita com isso quanto a mãe, mas de maneira mais discreta. Elizabeth ficou contente por Jane. Mary ouviu ser mencionada à senhorita Bingley como a garota mais prendada da vizinhança; e Catherine e Lydia tiveram a sorte de nunca ficar sem um par, e isso era tudo a que tinham aprendido a dar importância em um baile. Voltaram, portanto, de bom humor para Longbourn, o vilarejo onde viviam e do qual eram os moradores mais importantes. Encontraram o senhor Bennet ainda acordado. Com um livro, não vira o tempo passar; e naquele momento ele tinha bastante curiosidade quanto ao evento daquela noite, que despertara expectativas tão esplêndidas. Chegou a acreditar que a mulher pudesse ficar desapontada com o forasteiro; mas logo descobriu que tinha uma história diferente para ouvir.

— Oh, meu caro senhor Bennet — disse ela ao entrar na sala —, tivemos uma noite das mais agradáveis, um baile maravilhoso. Gostaria que tivesse ido. Jane foi tão admirada, não podia ter sido melhor. Todos disseram que ela estava linda; o senhor Bingley achou-a muito bonita e dançou com ela duas vezes! Pense apenas *nisto*, meu caro: dançou com ela duas vezes! E ela foi a única criatura no salão a quem ele convidou uma segunda vez. Primeiro, ele tirou a senhorita Lucas para dançar. Fiquei tão aborrecida de vê-lo dançar com ela! Contudo, ele não a admirou nem um pouco; de fato, ninguém consegue admirá-la, você sabe; e ele pareceu bastante impressionado com Jane enquanto ela dançava. Então perguntou quem ela era e fez-se apresentar e convidou-a para as duas danças seguintes. Dançou as duas terceiras com a senhorita King, as duas quartas com Maria Lucas, as duas quintas com Jane novamente, e as duas sextas com Lizzy, e a *boulanger*...¹

— Se ele tivesse alguma compaixão por *mim* — exclamou o marido com impaciência —, não teria dançado metade disso! Pelo amor de Deus, não me conte mais sobre as parceiras dele. Ah, se ele tivesse torcido o tornozelo na primeira dança!

— Oh, meu caro! Estou muito satisfeita com ele. É um rapaz muito bonito! E suas irmãs são mulheres encantadoras. Nunca na minha vida vi algo mais elegante do que os vestidos delas. Ouso dizer que a renda do vestido da senhora Hurst...

Então ela foi interrompida novamente. O senhor Bennet protestou contra qualquer descrição de adornos. Ela foi, portanto, obrigada a buscar outro assunto, e relatou, com muito desgosto e algum exagero, a chocante grosseria do senhor Darcy.

— Mas posso assegurar — ela acrescentou — que Lizzy não perde muito por não conquistar a afeição *dele*; pois é um homem horrível e muito antipático, a quem não vale a pena agradar. Tão arrogante e presunçoso que foi impossível suportá-lo! Ele andava para cá e para lá, achando-se muito importante! Ela não era bela o suficiente para dançar com ele! Gostaria que estivesse lá, meu caro, para dar-lhe uma de suas respostas atravessadas. Eu detesto aquele homem.

---

1. Dança de salão tradicional francesa. (N.E.)

Capítulo IV

Quando Jane e Elizabeth ficaram sozinhas, a primeira, que tinha sido cautelosa em seu elogio prévio ao senhor Bingley, expressou à irmã o quanto o admirava.

— Ele é exatamente o que um rapaz deve ser — disse ela —, sensível, bem-humorado, alegre; nunca vi maneiras tão corretas! Tanta naturalidade, com uma educação tão perfeita!

— Ele também é bonito — respondeu Elizabeth —, o que um rapaz precisa ser, se puder. Seu caráter é, portanto, completo.

— Fiquei muito lisonjeada por ele ter me convidado a dançar uma segunda vez. Eu não esperava tamanha cortesia.

— Não? *Eu* esperava por você. Mas essa é uma grande diferença entre nós. Os elogios sempre *a* tomam de surpresa; *a mim*, nunca. O que poderia ser mais natural do que ele a chamar para dançar novamente? Ele não pôde deixar de notar que você era cerca de cinco vezes mais bela do que qualquer outra mulher no salão. Não agradeça ao cavalheirismo dele por isso. Bem, ele sem dúvida é muito agradável, e dou-lhe permissão para gostar dele. Você já gostou de outros muito mais estúpidos.

— Querida Lizzy!

— Oh! Você sabe que tem tendência a gostar das pessoas em geral. Nunca vê defeito em ninguém. Todo mundo é bom e agradável aos seus olhos. Nunca a ouvi falar mal de um ser humano na vida.

— Não gosto de julgar ninguém precipitadamente; mas sempre falo o que penso.

— Sei que é verdade; e é *isso* que me surpreende. Com *seu* bom senso, ser tão honestamente cega às loucuras e aos absurdos dos outros! Fingir sinceridade é bastante comum, encontra-se isso por toda parte. Mas só você consegue ser sincera sem ostentação ou segundas intenções, olhar para a parte boa do caráter de qualquer um e torná-la ainda melhor e não dizer nada sobre a parte ruim. E, sendo assim, você gostou das irmãs dele também, não? Os modos delas não são iguais aos dele.

— Com certeza não são, à primeira vista. São mulheres muito agradáveis quando se conversa com elas. A senhorita Bingley deve vir morar com o irmão e tomar conta da casa; e, a menos que eu esteja muito enganada, teremos nela uma vizinha encantadora.

Elizabeth ouviu em silêncio, mas não se convenceu; o comportamento delas no baile não tinha sido calculado para agradar; e, com mais perspicácia e menos docilidade de temperamento que a irmã, e a razão inabalada por qualquer elogio, estava muito pouco disposta a aprová-las. Eram de fato damas muito finas; não lhes faltava bom humor quando estavam contentes, nem para se fazerem agradáveis quando assim desejavam, mas eram orgulhosas e convencidas. Elas eram bonitas, tinham sido educadas em um dos melhores colégios particulares da cidade, tinham uma fortuna de vinte mil libras, o hábito de gastar mais do que deviam e de se associar a pessoas importantes; e, portanto, tinham todo o direito de pensar bem de si mesmas e mal dos outros. Eram de uma família respeitável do norte da Inglaterra; uma circunstância mais profundamente gravada em suas memórias do que o fato de sua fortuna e a do irmão terem sido adquiridas por meio do comércio.

O senhor Bingley herdara uma fortuna de quase cem mil libras do pai, que tinha a intenção de comprar uma propriedade, mas não vivera o bastante para fazê-lo. Ele tinha a mesma intenção, e às vezes até escolhia a região; mas, como agora estava provido de uma boa casa e do direito de caçar nas terras, muitos daqueles que conheciam bem seu temperamento tranquilo não duvidavam que ele passaria o restante de seus dias em Netherfield e deixaria a compra para a próxima geração.

Suas irmãs desejavam muito que ele adquirisse uma propriedade; mas, embora ele estivesse agora estabelecido apenas como inquilino, a senhorita Bingley de modo algum se recusava a presidir sua mesa, e tampouco a senhora Hurst, que se casara com um homem de mais elegância do que fortuna, estava menos disposta a considerar a casa como seu lar quando lhe convinha. O senhor Bingley atingira a maioridade[1] havia menos de dois anos, quando se sentiu tentado, por uma recomendação casual, a visitar Netherfield. Ele viu a casa por fora e, depois de meia hora lá dentro, ficou contente com a situação e com os cômodos principais, satisfeito com os elogios feitos pelo proprietário, e então alugou-a imediatamente.

Entre ele e Darcy havia uma amizade muito sólida, apesar das personalidades completamente opostas. Darcy admirava Bingley por sua tranquilidade, franqueza e maleabilidade de temperamento, embora nenhuma outra índole pudesse contrastar tanto com a sua própria, e embora nunca parecesse insatisfeito com o próprio gênio. Bingley tinha a mais firme confiança na inabalável estima de Darcy, e de seu juízo,

---

1. Nessa época, na Inglaterra, a maioridade legal era atingida aos 21 anos. (N.E.)

tinha a mais alta opinião. Em inteligência, Darcy era superior. Bingley não era de forma alguma tolo, mas Darcy era mais astuto. Ele era ao mesmo tempo altivo, reservado e difícil de agradar, e suas maneiras, embora fossem educadas, não eram simpáticas. Nesse aspecto seu amigo tinha grande vantagem. Bingley era certamente apreciado onde quer que aparecesse, Darcy sempre causava antipatia.

A maneira com que falaram do baile em Meryton foi bastante característica. Bingley nunca tinha encontrado pessoas mais agradáveis ou moças mais belas em sua vida; todos tinham sido muito gentis e atenciosos com ele; não houvera formalidade, nem afetação; ele logo se sentira familiarizado com todo o salão; e, quanto à senhorita Bennet, não podia conceber um anjo mais belo. Darcy, ao contrário, tinha visto uma coleção de pessoas na qual havia pouca beleza e nada de elegância; por nenhuma delas tinha sentido o menor interesse, e de nenhuma recebera atenção ou simpatia. Ele reconhecia a beleza da senhorita Bennet, mas ela sorria demais.

A senhora Hurst e sua irmã concordaram com ele, mas ainda assim a admiraram e simpatizaram com ela, e declararam que era uma moça adorável, a quem não objetariam conhecer melhor. Estava, portanto, estabelecido que a senhorita Bennet era uma moça encantadora, e o senhor Bingley se sentiu autorizado por essa aprovação a pensar nela como bem quisesse.

Capítulo V

À distância de uma curta caminhada de Longbourn, vivia uma família de quem os Bennets eram particularmente íntimos. Sir William Lucas tinha sido comerciante em Meryton, onde fizera uma fortuna considerável e fora alçado ao título de cavaleiro graças a um discurso que proferira ao rei durante a época em que fora prefeito. A condecoração talvez tivesse lhe subido à cabeça. Proporcionou-lhe uma aversão ao seu negócio e ao fato de residir numa pequena cidade comercial; por isso, ao abandonar ambos, mudara-se com a família para uma casa a cerca de um quilômetro de Meryton, a partir de então denominada Lucas Lodge, onde podia pensar com prazer em sua própria importância e, livre dos negócios, ocupar-se apenas em ser cordial com todos. Porque, embora orgulhoso de seu título, não se tornara arrogante; pelo contrário, ele era muito atencioso com os outros. Por natureza inofensivo, amigável e prestativo, após o recebimento da honraria em St. James,[1] tornara-se também cortês.

Lady Lucas era uma mulher muito bondosa, mas não muito esperta, o que fazia dela uma vizinha valiosa para a senhora Bennet. Eles tinham vários filhos. A mais velha, uma jovem sensata e inteligente, de cerca de 27 anos, era amiga íntima de Elizabeth.

Que as senhoritas Lucas e as senhoritas Bennets se encontrassem para conversar sobre o baile era absolutamente necessário; e a manhã seguinte à festa levou as primeiras a Longbourn para trocar impressões.

— *Você* começou bem a noite, Charlotte — disse a senhora Bennet com polido autocontrole à senhorita Lucas. — Foi a primeira escolha do senhor Bingley.

— Sim; mas ele pareceu gostar mais da segunda.

— Oh! Você quer dizer Jane, imagino, porque ele dançou com ela duas vezes. Sem dúvida, *parece* que ela lhe agradou. Quero crer que *sim*. E ouvi algo a esse respeito, mas não sei bem o quê, algo sobre o senhor Robinson.

— Talvez a senhora esteja falando da conversa que ouvi por acaso entre ele e o senhor Robinson; não lhe contei? O senhor Robinson perguntou se ele estava gostando dos nossos bailes em Meryton, se não achava que havia muitas mulheres bonitas no salão, e *qual* ele achava

---

1. Nessa época, as nomeações de cavaleiro eram feitas pessoalmente pelo rei no palácio de St. James, em Londres. (N.E.)

mais bonita. E ele respondeu imediatamente à última pergunta: "Oh! A senhorita Bennet mais velha, sem dúvida; não pode haver outra opinião a esse respeito".

— É mesmo? Bem, ele foi muito categórico, ou pelo menos parece... Mas, de qualquer forma, pode não dar em nada, você sabe.

— As conversas que entreouvi foram mais agradáveis do que as suas, Eliza — disse Charlotte. — Não vale tanto a pena ouvir o senhor Darcy quanto o amigo dele, não? Pobre Eliza! Ser apenas *tolerável*.

— Agradeço se não fizer com que Lizzy se sinta aborrecida pelo mau tratamento da parte dele, pois ele é um homem tão desagradável que seria um grande infortúnio ser apreciada por ele. A senhora Long me disse na noite passada que ele se sentou perto dela por meia hora sem abrir os lábios uma só vez.

— Tem certeza? Não haveria um pequeno equívoco? — disse Jane.

— Estou certa de que vi o senhor Darcy falando com ela.

— Sim, porque ela perguntou-lhe se gostava de Netherfield, e ele não pôde evitar responder; mas a senhora Long disse que ele pareceu bem irritado por ela lhe ter dirigido a palavra.

— A senhorita Bingley me disse — falou Jane — que ele nunca fala muito, exceto entre seus conhecidos mais íntimos. Com *estes* ele é extremamente agradável.

— Não acredito numa só palavra, minha cara. Se ele fosse tão agradável, teria conversado com a senhora Long. Mas posso adivinhar como foi; todos dizem que ele é consumido pelo orgulho, e ouso dizer que ficou sabendo de alguma forma que a senhora Long não tem uma carruagem e que foi ao baile num carro de aluguel.

— Não me importo que ele não tenha conversado com a senhora Long — disse a senhorita Lucas —, mas gostaria que tivesse dançado com Eliza.

— Da próxima vez, Lizzy — disse a mãe —, eu não dançaria com *ele*, se fosse você.

— Acredito que posso prometer solenemente *nunca* dançar com ele.

— O orgulho dele — disse a senhorita Lucas — não me ofende tanto quanto o orgulho costuma ofender, porque ele tem uma desculpa. Não espanta que um jovem homem tão distinto, com família, fortuna, tudo a seu favor, tenha-se em alta conta. Se me permitem me expressar assim, ele tem o *direito* de ser orgulhoso.

— Isso é bem verdade — respondeu Elizabeth —, e eu poderia facilmente esquecer *seu* orgulho, se ele não tivesse ferido o *meu*.

— O orgulho — observou Mary, que se vangloriava da solidez de suas reflexões — é uma falha muito comum, acredito. Por tudo o que li, estou convencida de que é muito comum de fato; que a natureza humana é particularmente predisposta a ele, e que há poucos de nós que não apreciam a sensação de autocomplacência por conta de uma qualidade ou outra, real ou imaginária. Vaidade e orgulho são coisas diferentes, embora as palavras costumem ser usadas como sinônimos. Uma pessoa pode ser orgulhosa sem ser vaidosa. O orgulho se relaciona mais com a opinião que temos de nós mesmos, a vaidade, àquilo que desejamos que os outros pensem de nós.

— Se eu fosse tão rico quanto o senhor Darcy — disse o jovem Lucas, que tinha vindo com as irmãs —, não me importaria de ser orgulhoso. Teria uma matilha de cães de caça e beberia uma garrafa de vinho por dia.

— Então você beberia muito mais do que deveria — disse a senhora Bennet —, e se eu o visse fazendo isso, tiraria a garrafa das suas mãos imediatamente.

O rapaz protestou dizendo que ela não deveria fazer isso; ela continuou a declarar que o faria, e a discussão só terminou com o fim da visita.

Capítulo VI

As moças de Longbourn logo foram visitar as de Netherfield. A visita foi retribuída com todas as formalidades. As maneiras agradáveis da senhorita Bennet fizeram aumentar a simpatia da senhora Hurst e da senhorita Bingley; e embora a mãe fosse considerada intolerável e as irmãs mais novas, indignas de conversa, expressaram o desejo de conhecer melhor as duas mais velhas. Essa atenção foi recebida por Jane com o maior prazer, mas Elizabeth ainda viu arrogância na forma como elas tratavam a todos, até mesmo sua irmã, e não conseguiu gostar delas, embora a gentileza para com Jane, por pouca que fosse, tivesse valor, já que advinha muito provavelmente da influência da admiração do irmão. Era evidente, sempre que se encontravam, que ele a *admirava*, e, para Elizabeth, era igualmente evidente que Jane rendia-se à inclinação que começara a sentir por ele desde o início e estava a caminho de se apaixonar; mas considerou com satisfação que era pouco provável que isso fosse descoberto pelas pessoas em geral, uma vez que Jane reunia, com intensidade de sentimentos, um temperamento sereno e maneiras sempre alegres que a protegeriam das suspeitas dos impertinentes. Ela mencionou isso à amiga, senhorita Lucas.

— Talvez seja agradável — respondeu Charlotte — ser capaz de iludir as pessoas em tal caso; mas às vezes é uma desvantagem ser tão discreta. Se uma mulher esconde a afeição de seu objeto com a mesma habilidade, pode perder a oportunidade de conquistá-lo; e então será um pobre consolo acreditar que o mundo também a desconhece. Há tanta gratidão ou vaidade em quase todos os relacionamentos que não é seguro abandoná-los à própria sorte. Podemos todos *começar* espontaneamente, uma leve preferência é bastante natural; mas pouquíssimos de nós têm a coragem de se apaixonar sem incentivo. Em nove casos entre dez é melhor que a mulher demonstre *mais* afeição do que sente. Bingley sem dúvida gosta de sua irmã; mas ele pode nunca fazer mais do que gostar, se ela não o encorajar.

— Mas ela o encoraja, tanto quanto sua natureza permite. Se eu posso perceber sua afeição por ele, acho que ele seria muito tolo se não a descobrisse também.

— Lembre-se, Eliza, que ele não conhece o temperamento de Jane como você.

— Mas, se uma mulher se afeiçoa a um homem e não tenta esconder, ele deve descobrir.

— Talvez ele descubra, se a vir o suficiente. Mas, embora Bingley e Jane se encontrem com frequência, nunca estão por muitas horas juntos; e, como sempre se veem em grupos grandes, é impossível que passem muito tempo conversando em particular. Jane deve, portanto, aproveitar ao máximo cada meia hora em que puder desfrutar de sua atenção. Quando estiver segura do afeto dele, terá tempo suficiente para se apaixonar como quiser.

— Seu plano é bom — respondeu Elizabeth — quando nada mais está em jogo além do desejo de se casar bem; e se eu estivesse determinada a conseguir um marido rico, ou qualquer marido, acredito que o adotaria. Mas esses não são os sentimentos de Jane; ela não está agindo premeditadamente. Até agora, ela não está nem mesmo certa do grau de sua própria afeição e tampouco se é razoável. Ela o conhece há apenas quinze dias. Dançou quatro vezes com ele em Meryton; viu-o uma manhã na casa dele, e desde então jantou com ele em companhia de outras pessoas quatro vezes. Isso não é suficiente para conhecer seu caráter.

— Não da forma como você expõe. Se ela tivesse apenas *jantado* com ele, poderia ter descoberto tão somente que ele tem um bom apetite; mas deve se lembrar que eles estiveram juntos durante quatro noites, e quatro noites podem significar muito.

— Sim; essas quatro noites permitiram que constatassem que ambos preferem jogar o 21 ao jogo do comércio; mas, a respeito de outras características importantes, não imagino que muito tenha sido revelado.

— Bem — disse Charlotte —, desejo sucesso a Jane de todo o coração, e se ela se casasse com ele amanhã, acredito que teria tanta chance de felicidade quanto se estudasse seu caráter por um ano. A felicidade no casamento é inteiramente uma questão de sorte. Por mais que os temperamentos das duas partes sejam conhecidos um pelo outro, ou parecidos de antemão, isso não é nenhuma garantia de felicidade. Sempre mudarão o suficiente com o tempo para ter seu quinhão de desgosto; e é melhor conhecer o mínimo possível os defeitos da pessoa com quem se vai passar a vida.

— Você me faz rir, Charlotte; mas sabe que isso não faz sentido. Você sabe que não faz sentido e que ela nunca agiria dessa forma.

Ocupada em observar as atenções do senhor Bingley para com sua irmã, Elizabeth estava longe de suspeitar que ela própria estava se tornando um objeto de interesse aos olhos de seu amigo. O senhor Darcy a princípio mal admitira que ela era bonita; olhara para ela sem admiração no baile; e quando se encontraram de novo, observou-a apenas para criticá-la. No entanto, logo depois de deixar claro para si mesmo e para seus amigos que ela praticamente não tinha sequer um traço de beleza no rosto, começou a achar que seus olhos castanhos lhe confeririam uma expressão inteligente fora do comum. A essa descoberta se sucederam algumas outras igualmente desconcertantes. Embora tivesse detectado com um olhar crítico mais de uma falha de simetria em suas formas, foi obrigado a reconhecer que ela tinha uma silhueta leve e agradável; e apesar de afirmar que suas maneiras não eram as da sociedade elegante, sentia-se encantado por sua espontaneidade. Disso tudo ela não tinha consciência; para ela, ele era o único homem que não se fazia agradável em lugar algum, e que não a achara bonita o bastante para dançar com ele.

O senhor Darcy começou a desejar conhecê-la melhor e, como um primeiro passo para conversar com ela, dedicou-se a escutar sua conversa com os outros. Isso atraiu a atenção de Elizabeth. Foi na casa de Sir William Lucas, onde um grande grupo estava reunido.

— O que o senhor Darcy quer — disse ela a Charlotte —, ouvindo minha conversa com o coronel Forster?

— Essa é uma pergunta à qual só o senhor Darcy pode responder.

— Se ele fizer isso de novo, darei a entender que percebo o que pretende. Ele tem um olhar muito mordaz, e, se eu não começar a ser impertinente, logo vou ficar com medo dele.

Quando ele se aproximou pouco tempo depois, embora não demonstrasse nenhuma intenção de conversar, a senhorita Lucas desafiou a amiga a mencionar o assunto; e, imediatamente após a provocação, Elizabeth se virou para ele e disse:

— Não acha, senhor Darcy, que me expressei muito bem agora há pouco, quando importunei o coronel Forster para que nos ofereça um baile em Meryton?

— Com muita energia; mas é sempre um assunto que deixa as mulheres enérgicas.

— O senhor é severo conosco.

— Será a vez de *ela* ser importunada — disse a senhorita Lucas. — Vou abrir o piano, Eliza, e você sabe o que vem depois.

— Você é uma criatura muito estranha como amiga! Sempre quer que eu toque e cante na frente de todos! Se minha vaidade tivesse tomado um viés musical, você seria inestimável; mas, da forma como sou, preferiria não me apresentar diante daqueles que têm o hábito de ouvir os melhores intérpretes. — Como a senhorita Lucas insistiu, contudo, ela acrescentou: — Muito bem, se deve ser assim, que seja. — E olhou com um ar sério para o senhor Darcy: — Há um velho ditado, que todo mundo aqui obviamente conhece: "poupe o fôlego para esfriar o mingau";[1] e eu devo reservar o meu para cantar.

A apresentação de Elizabeth foi muito agradável, embora de modo algum excepcional. Depois de uma ou duas canções, e antes que pudesse responder aos pedidos de vários convidados para cantar de novo, foi substituída ansiosamente no piano por sua irmã Mary, que, por ser a única da família sem atrativos, esforçava-se para ter conhecimentos e habilidades e estava sempre impaciente para demonstrá-los.

Mary não tinha genialidade nem bom gosto; e embora a vaidade tivesse lhe conferido aplicação, tinha lhe dado também um ar pedante e maneiras arrogantes, o que teria por si só prejudicado um grau até maior de excelência do que ela tinha alcançado. Elizabeth, natural e sem afetação, fora ouvida com muito mais prazer, embora não tocasse tão bem; e Mary, ao final de um longo concerto, ficou feliz em receber elogios e gratidão por tocar melodias escocesas e irlandesas a pedido de suas irmãs mais novas, que, com alguns dos Lucas e dois ou três oficiais, juntaram-se animadamente à dança num canto do salão.

O senhor Darcy ficou parado perto deles em silenciosa indignação com tal maneira de passar a noite, alheio a toda conversa e muito absorto em seus pensamentos para perceber que Sir William Lucas estava a seu lado, até que este começou a dizer:

— Que diversão encantadora para os jovens é esta, senhor Darcy! Não há nada como dançar. Considero a dança um dos principais refinamentos da sociedade elegante.

— Certamente, senhor; e tem a vantagem de também estar em voga entre as sociedades menos elegantes do mundo. Qualquer selvagem sabe dançar.

Sir William apenas sorriu.

— Seu amigo dança muito bem — ele continuou depois de uma pausa, ao ver Bingley se juntar ao grupo —, e não duvido que o senhor seja adepto da arte também, senhor Darcy.

— O senhor me viu dançar em Meryton, acredito.

— Sim, de fato, e tive um prazer considerável ao vê-lo. Costuma dançar em St. James?

---

1. Dito popular inglês utilizado ainda hoje que sugere que a pessoa cuide mais da própria vida em vez de interferir em assuntos alheios. (N.E.)

— Nunca, senhor.
— Não acha que seria uma homenagem apropriada ao local?
— É uma homenagem que nunca faço a lugar algum se puder evitar.
— Tem uma casa na cidade, imagino?

O senhor Darcy assentiu.

— Já pensei em me estabelecer na cidade, aprecio muito a alta sociedade; mas não tenho certeza de que o ar de Londres faria bem para Lady Lucas.

Ele fez uma pausa esperando uma resposta; mas seu companheiro não estava disposto a dar-lhe nenhuma; e como Elizabeth naquele instante estivesse indo na direção deles, ocorreu-lhe fazer algo muito galante, e chamou-a:

— Minha cara senhorita Eliza, por que não está dançando? Senhor Darcy, permita-me apresentar-lhe essa jovem como uma parceira muito desejável. Não pode se recusar a dançar, tenho certeza, quando tanta beleza está à sua frente.

Tomou a mão dela com a intenção de passá-la para o senhor Darcy, que, embora extremamente surpreso, estava disposto a recebê-la, quando ela instantaneamente afastou-se e disse com algum embaraço a Sir William:

— Na verdade, senhor, não tenho a mínima intenção de dançar. Por favor, não imagine que vim nessa direção para implorar por um parceiro.

O senhor Darcy, com muita etiqueta, pediu-lhe a honra de uma dança, mas foi em vão. Elizabeth estava determinada; nem mesmo Sir William abalara sua decisão na tentativa de persuadi-la.

— A senhorita dança tão bem que é cruel negar-me a felicidade de vê-la; e embora este cavalheiro não goste desse tipo de diversão, ele não pode recusar, tenho certeza, entreter-nos por uma meia hora.

— O senhor Darcy é muito educado — disse Elizabeth, sorrindo.

— Ele é, de fato; mas, considerando o incentivo, minha cara Eliza, não podemos nos surpreender com sua afabilidade, pois quem recusaria tal parceira?

Elizabeth olhou-os com malícia e virou as costas. Sua resistência não tinha ofendido o cavalheiro, e ele estava pensando nela com certa complacência quando foi abordado pela senhorita Bingley:

— Posso adivinhar o objeto do seu devaneio.

— Creio que não.

— Está considerando como seria insuportável passar muitas noites dessa maneira, nessa sociedade; e posso dizer que concordo. Nunca me aborreci tanto! A insipidez, e ainda assim o barulho; a futilidade, e ainda assim a presunção de toda essa gente! O que eu não daria para ouvir suas críticas sobre eles!

— Sua conjectura está totalmente errada, garanto-lhe. Minha mente estava ocupada de forma mais agradável. Estava meditando sobre o grande prazer que um par de belos olhos no rosto de uma mulher bonita pode nos proporcionar.

A senhorita Bingley imediatamente fixou os olhos no rosto dele e solicitou que ele dissesse qual dama tinha o crédito de inspirar tais reflexões. O senhor Darcy respondeu com grande intrepidez:

— A senhorita Elizabeth Bennet.

— A senhorita Elizabeth Bennet! — repetiu a senhorita Bingley. — Estou pasma. Há quanto tempo ela é sua favorita? E, diga-me, quando devo lhe desejar felicidades?

— Essa era exatamente a pergunta que eu esperava que fizesse. A imaginação de uma mulher é muito rápida; ela salta da admiração para o amor, do amor para o matrimônio, num instante. Sabia que ia me desejar felicidades.

— Bem, se realmente estiver convicto, devo considerar a questão absolutamente resolvida. Terá uma sogra adorável, sem dúvida; e, é claro, ela sempre estará em Pemberley com você.

Ele a ouviu com perfeita indiferença enquanto ela se divertia desse modo; e, como a serenidade dele a convencesse de que tudo estava bem, ela se permitiu continuar com os gracejos.

Capítulo VII

As posses do senhor Bennet consistiam quase inteiramente de uma propriedade que lhe rendia duas mil libras por ano. Infelizmente para suas filhas, a propriedade estava legada, por não haver herdeiros homens, a um parente distante; e a fortuna da senhora Bennet, embora fosse suficiente para sua situação de vida, mal podia suprir a deficiência da dele. O pai dela fora advogado em Meryton e lhe deixara quatro mil libras.

Ela tinha uma irmã casada com um tal de senhor Philips, que fora funcionário do pai e o sucedera nos negócios, e um irmão estabelecido em Londres num respeitável ramo do comércio.

O vilarejo de Longbourn ficava a apenas um quilômetro e meio de Meryton; uma distância muito conveniente para as moças, que geralmente sentiam-se tentadas a ir para lá três ou quatro vezes por semana para visitar a tia e uma modista de chapéus que ficava bem no caminho. As duas mais jovens da família, Catherine e Lydia, eram particularmente mais frequentes nessas visitas; a mente delas era mais ociosa do que a das irmãs, e, quando não havia nada melhor a fazer, uma caminhada até Meryton era bem aprazível para preencher as horas matinais e fornecer assunto para a noite; e, por mais que o campo possa ser desprovido de novidades em geral, elas sempre conseguiam saber de alguma coisa por intermédio da tia. No momento, aliás, estavam bem supridas tanto de notícias quanto de felicidade pela recente chegada de um regimento militar à vizinhança; ele deveria ficar por todo o inverno, e Meryton era a sede do quartel-general.

As visitas à senhora Philips eram agora fonte das informações mais interessantes. Todo dia ela acrescentava algo ao que sabiam dos nomes e relações dos oficiais. O alojamento deles não era mais um segredo, e com o tempo elas passaram a conhecer os próprios oficiais. O senhor Philips visitou a todos, e isso abriu para suas sobrinhas um manancial de felicidade até então desconhecida. Elas não falavam de outra coisa senão dos oficiais; e a grande fortuna do senhor Bingley, cuja simples menção tanto animava a mãe, não valia nada aos olhos delas quando comparada aos uniformes militares.

Depois de ouvir uma manhã as efusões delas sobre esse assunto, o senhor Bennet observou friamente:

— Por tudo que posso concluir da maneira que falam, vocês devem ser duas das moças mais tolas do país. Suspeitava disso há algum tempo, mas agora estou convencido.

Catherine ficou desconcertada e nada respondeu; mas Lydia, com perfeita indiferença, continuou a expressar sua admiração pelo capitão Carter e sua esperança de vê-lo ao longo do dia, já que ele iria para Londres na manhã seguinte.

— Fico espantada, meu caro — disse a senhora Bennet —, por você não hesitar em considerar tolas suas próprias filhas. Se eu resolvesse depreciar os filhos de alguém, não seriam os meus próprios.

— Se minhas filhas forem tolas, espero sempre estar ciente disso.

— Sim, mas acontece que são todas muito inteligentes.

— Este é o único ponto, e orgulho-me por isso, no qual não concordamos. Tinha a esperança de que nossos sentimentos coincidissem em cada detalhe, mas devo divergir de você, pois acho que nossas duas filhas mais novas são notavelmente tolas.

— Meu caro senhor Bennet, não deve esperar que essas moças tenham o juízo do pai e da mãe. Quando chegarem à nossa idade, ouso dizer que não pensarão em oficiais mais do que nós pensamos. Lembro-me da época em que eu mesma gostava de um casaco vermelho, e no fundo do coração ainda gosto; e se um jovem coronel com 5 ou 6 mil libras por ano quiser uma das meninas, não direi não a ele; e achei o coronel Forster muito elegante de uniforme na outra noite, na casa de Sir William.

— Mamãe — exclamou Lydia —, minha tia diz que o coronel Forster e o capitão Carter não vão mais com tanta frequência à casa da senhorita Watson como iam quando chegaram; ela os vê agora muitas vezes na biblioteca de Clarke.

A senhora Bennet não pôde responder porque nesse instante entrou um criado com um bilhete para a senhorita Bennet; ele vinha de Netherfield, e esperava por uma resposta. Os olhos da senhora Bennet brilharam de prazer, e ela perguntou ansiosamente enquanto a filha lia:

— Bem, Jane, de quem é o bilhete? Qual é o assunto? O que ele diz? Vamos, Jane, nos diga logo; diga logo, minha querida.

— É da senhorita Bingley — disse Jane, e então leu em voz alta.

Minha cara amiga,
Se não tiver a compaixão de jantar hoje comigo e com Louisa, corremos o risco de nos odiarmos para o resto de nossas vidas, porque um *tête-à-tête* entre duas mulheres durante um dia inteiro nunca pode terminar sem uma briga. Venha logo que puder ao receber este. Meu irmão e os outros cavalheiros vão jantar com os oficiais. Sua amiga,

Caroline Bingley

— Com os oficiais! — exclamou Lydia. — Pergunto-me por que minha tia não nos contou *isso*.

— Jantam fora... — disse a senhora Bennet. — Isso é muito azar.

— Posso ir de carruagem? — disse Jane.

— Não, minha cara, é melhor ir a cavalo, porque parece que vai chover; e então você deverá ficar lá a noite inteira.

— Esse seria um bom plano — disse Elizabeth —, se você tivesse certeza de que eles não se ofereceriam para mandá-la para casa.

— Oh! Mas os cavalheiros usarão a carruagem do senhor Bingley para ir a Meryton, e os Hursts não têm cavalos próprios.

— Eu preferiria ir de carruagem.

— Mas, minha querida, seu pai não pode dispensar os cavalos, tenho certeza. Eles são necessários na fazenda, não é, senhor Bennet?

— Eles são necessários na fazenda com muito mais frequência do que consigo usá-los.

— Mas, se você os usar hoje — disse Elizabeth —, o propósito de minha mãe será atendido.

Ela conseguiu, enfim, obrigar o pai a reconhecer que os cavalos estavam comprometidos. Jane foi, portanto, obrigada a ir a cavalo, e a mãe acompanhou-a até a porta com muitos prognósticos alegres de um dia feio. Suas esperanças foram atendidas; não fazia muito tempo que Jane havia saído quando começou a chover forte. As irmãs estavam apreensivas por causa dela, mas a mãe estava satisfeita. A chuva continuou por toda a noite sem interrupção; Jane certamente não poderia voltar.

— Foi uma boa ideia a minha — disse a senhora Bennet mais de uma vez, como se o crédito de fazer chover fosse totalmente seu. Até a manhã seguinte, contudo, ela não estava ciente de todo o sucesso de seu plano. O café da manhã mal havia terminado quando um criado de Netherfield trouxe o seguinte bilhete para Elizabeth:

Minha querida Lizzy,

Estou muito indisposta esta manhã, o que, suponho, deve-se ao fato de eu ter me molhado ontem. Minhas gentis amigas não querem ouvir falar do meu retorno até que eu melhore. Elas insistem também que eu veja o senhor Jones, portanto não fique alarmada se ouvir falar que ele veio me ver. Fora uma dor de garganta e de cabeça, não há nada de errado comigo. Sua, etc.

— Bem, minha cara — disse o senhor Bennet quando Elizabeth leu o bilhete em voz alta —, se sua filha ficar gravemente doente, se ela morrer, será um conforto saber que foi para conquistar o senhor Bingley, e sob as suas ordens.

— Oh! Não tenho medo de que ela morra. As pessoas não morrem de um resfriadinho. Ela será bem cuidada. Desde que fique por lá, tudo estará muito bem. Eu iria vê-la se pudesse usar a carruagem.

Elizabeth, que se sentia muito ansiosa, estava determinada a ir visitar a irmã, embora a carruagem não estivesse disponível; e como ela não sabia montar, caminhar era sua única saída. Ela declarou sua decisão.

— Como pode ser tão tola — exclamou a mãe — em pensar tal coisa, com toda essa lama! Você não estará apresentável quando chegar lá.

— Estarei muito apresentável para ver Jane, que é tudo o que eu quero.

— Isso é uma indireta, Lizzy — disse o pai —, para me pedir os cavalos?

— Não, na verdade não quero evitar a caminhada. A distância não é nada quando se tem um bom motivo; apenas cinco quilômetros. Devo voltar para o jantar.

— Admiro a presteza da sua benevolência — observou Mary —, mas todo impulso do sentimento deveria ser guiado pela razão; e, na minha opinião, o esforço deveria ser sempre proporcional ao que é necessário.

— Nós vamos até Meryton com você — disseram Catherine e Lydia. Elizabeth aceitou a companhia delas, e as três moças saíram juntas.

— Se nos apressarmos — disse Lydia, enquanto caminhavam —, talvez possamos ver o capitão Carter antes que ele parta.

Em Meryton elas se separaram; as duas mais jovens dirigiram-se ao alojamento de uma das mulheres dos oficiais, e Elizabeth continuou sua caminhada sozinha. Atravessou os campos num ritmo rápido, saltou cercas e pulou poças com impaciência, e chegou finalmente a avistar a casa, com os tornozelos doloridos, as meias sujas e o rosto corado pelo calor do exercício.

Ela foi levada à sala de café da manhã, onde todos menos Jane estavam reunidos, e onde sua aparência causou grande surpresa. O fato de ter andado cinco quilômetros tão cedo, num tempo tão ruim e sozinha era quase inacreditável para a senhora Hurst e a senhorita Bingley; e Elizabeth estava certa de que elas a desprezavam por isso. Ela foi recebida, contudo, com muita educação por elas; e nas maneiras do irmão havia algo melhor do que educação; havia bom humor e gentileza. O senhor Darcy falou muito pouco, e o senhor Hurst não disse nada. O primeiro estava dividido entre a admiração pelo brilho que o exercício tinha dado às feições da moça e a dúvida quanto à ocasião justificar que ela tivesse vindo de tão longe sozinha. O último pensava apenas no seu café da manhã.

Suas perguntas sobre a irmã não tiveram respostas muito favoráveis. A senhorita Bennet tinha dormido mal e, embora estivesse acordada, tinha muita febre e não estava bem o bastante para deixar o quarto. Elizabeth ficou feliz de ser levada até ela imediatamente; e Jane, que tinha se contido em expressar em seu bilhete o quanto ansiava por uma visita somente pelo medo de causar alarme ou algum inconveniente, alegrou-se ao vê-la entrar. Ela não estava disposta, contudo, para conversar muito, e quando a senhorita Bingley as deixou a sós, disse pouco além de expressar gratidão pela gentileza extraordinária com que era tratada. Elizabeth a ouviu em silêncio.

Quando o café da manhã terminou, as irmãs do senhor Bingley se juntaram a elas; e Elizabeth começou a simpatizar com as moças quando viu a afeição e a solicitude que demonstravam para com Jane. O farmacêutico veio e, após examinar a paciente, disse, como se supunha, que ela havia apanhado um forte resfriado e que precisavam fazer de tudo para que ela melhorasse; aconselhou-a a voltar para a cama e prometeu enviar-lhe alguns medicamentos. O conselho foi seguido prontamente, porque os sintomas febris tinham aumentado, e ela sentia uma dor de cabeça aguda. Elizabeth não saiu do quarto por um instante; tampouco as outras senhoritas se ausentaram por muito tempo; uma vez que os cavalheiros estavam fora, elas na verdade não tinham muito o que fazer.

Quando o relógio bateu três horas, Elizabeth achou que deveria voltar, e disse isso com muita relutância. A senhorita Bingley ofereceu-lhe a carruagem, e ela só precisava de um pouco de insistência para aceitar quando Jane expressou tanta preocupação em separar-se da irmã que a senhorita Bingley foi obrigada a transformar a oferta da carruagem num convite para que ela permanecesse em Netherfield. Elizabeth aceitou com muita gratidão, e um criado foi despachado para Longbourn a fim de informar a família de sua estadia e trazer um suprimento de roupas.

Capítulo VIII

Às cinco da tarde, as duas moças se retiraram para se trocar, e às seis e meia Elizabeth foi chamada para jantar. Às polidas indagações que lhe fizeram, entre as quais ela teve o prazer de distinguir o interesse muito superior do senhor Bingley, ela não pôde dar respostas muito favoráveis. Jane não estava nada melhor. As irmãs, ao saberem disso, repetiram três ou quatro vezes o quanto sentiam, como era terrível ter um forte resfriado e como detestavam ficar doentes; e então não pensaram mais no assunto; e a indiferença delas para com Jane quando esta não estava presente devolveu a Elizabeth o prazer de sua antiga antipatia.

O irmão, de fato, era o único do grupo a quem ela podia considerar com alguma complacência. Sua preocupação em relação a Jane era evidente, e as atenções que dispensava a Elizabeth eram muito amáveis e impediam que ela se sentisse uma intrusa, como acreditava ser julgada pelas outras. Ela foi pouco notada pelos demais. A senhorita Bingley estava muito interessada no senhor Darcy; sua irmã, um pouco menos; e quanto ao senhor Hurst, ao lado de quem Elizabeth se sentou, era um homem indolente, que vivia apenas para comer, beber e jogar cartas, e que, quando descobriu que ela preferia um prato simples ao ensopado, não teve nada mais a lhe dizer.

Quando o jantar terminou, Elizabeth voltou imediatamente para Jane, e a senhorita Bingley começou a criticá-la assim que ela saiu da sala. Suas maneiras foram consideradas péssimas, um misto de orgulho e impertinência; ela não tinha assunto, nem estilo, nem beleza. A senhora Hurst achou o mesmo, e acrescentou:

— Ela não tem nada, resumindo, que a recomende, exceto o fato de ser uma excelente andarilha. Nunca me esquecerei de sua aparição esta manhã. Ela parecia quase uma selvagem.

— Parecia mesmo, Louisa. Eu mal consegui manter a compostura. É muito absurdo ela ter vindo! Por que *ela* deveria correr pelo campo, só porque sua irmã tem um resfriado? E o cabelo dela, tão desgrenhado, tão despenteado!

— Sim, e a anágua? Espero que tenha visto a anágua, uns quinze centímetros enfiada na lama, tenho certeza absoluta; e o vestido, puxado para baixo para escondê-la, não cumpriu seu papel.

— Sua descrição pode ser muito exata, Louisa — disse Bingley —, mas isso tudo passou despercebido por mim. Eu achei que a senhorita

Elizabeth Bennet estava muito bem quando entrou na sala esta manhã. Sua anágua suja escapou à minha atenção.

— Você observou, senhor Darcy, tenho certeza — disse a senhorita Bingley —, e creio que não gostaria de ver *sua* irmã fazer tal exibição.

— Certamente não.

— Andar cinco, ou seis, ou sete quilômetros, ou o que quer que seja, com lama até os tornozelos, e sozinha, completamente sozinha! O que ela quer provar com isso? Parece-me demonstrar um tipo abominável de orgulhosa independência, uma indiferença provinciana ao decoro.

— Mostra uma afeição pela irmã muito louvável — disse Bingley.

— Suspeito, senhor Darcy — observou a senhorita Bingley, sussurrando —, que essa aventura tenha afetado sua admiração pelos belos olhos da moça.

— De forma alguma — ele respondeu. — Eles estavam mais brilhantes por causa do exercício.

Uma pequena pausa seguiu-se a essa declaração, então a senhora Hurst recomeçou:

— Tenho muito apreço pela senhorita Jane Bennet, ela é realmente uma moça muito doce, e desejo de todo o coração que ela se case bem. Mas com pais como aqueles, e relações tão baixas, temo que não tenha essa chance.

— Acho que ouvi dizer que o tio delas é advogado em Meryton.

— Sim; e elas têm um outro, que vive em algum lugar perto de Cheapside.[1]

— Isso é muito importante — acrescentou a irmã, e ambas caíram na risada.

— Se elas tivessem tios para preencher *todo* o Cheapside — exclamou Bingley —, isso não as tornaria nem um pouquinho menos agradáveis.

— Porém isso reduziria muito a chance delas de se casar com homens de algum respeito no mundo — respondeu Darcy.

A esse discurso, Bingley não ofereceu resposta; mas suas irmãs concordaram com entusiasmo e caçoaram por algum tempo das relações vulgares de sua querida amiga.

Com uma ternura renovada, contudo, retornaram ao quarto de Jane ao deixar a sala de jantar e sentaram-se com ela até que foram

---

1. Cheapside é o antigo local de um dos principais mercados em Londres. De início, não havia nenhuma conexão com o significado moderno de barato (*cheap*), embora no século XVIII essa associação possa ter começado a ser inferida. (N.E.)

chamadas para o café. Ela ainda estava muito mal, e Elizabeth não a deixou em nenhum momento até tarde da noite, quando teve o conforto de vê-la dormir, e então pareceu-lhe correto, mais do que agradável, descer as escadas. Ao entrar na sala de visitas, encontrou o grupo todo jogando *loo*[2] e foi imediatamente convidada a se juntar a eles, mas, suspeitando que eles apostassem alto, ela recusou e, usando sua irmã como desculpa, disse que se distrairia pelo pouco tempo que poderia ficar ali embaixo com um livro. O senhor Hurst olhou para ela com surpresa.

— Você prefere ler a jogar cartas? — disse ele. — Isso é muito singular.

— A senhorita Eliza Bennet — disse a senhorita Bingley — despreza as cartas. Ela é uma ótima leitora e não tem prazer em nada mais.

— Não mereço nem o elogio nem a censura — exclamou Elizabeth. — *Não* sou uma grande leitora, e tenho prazer com muitas outras coisas.

— Tenho certeza de que tem prazer em cuidar de sua irmã — disse Bingley. — E espero que esse prazer logo seja recompensado por vê-la bem-disposta.

Elizabeth agradeceu de coração e então caminhou até a mesa sobre a qual havia alguns livros. Ele imediatamente se ofereceu para trazer-lhe outros, tudo o que sua biblioteca podia fornecer.

— Gostaria que minha coleção fosse maior para o seu benefício e meu próprio crédito, mas sou um sujeito preguiçoso e, embora não tenha muitos livros, tenho mais do que já folheei.

Elizabeth garantiu que podia se satisfazer perfeitamente com aqueles que estavam na sala.

— Surpreende-me — disse a senhorita Bingley — que meu pai tenha deixado uma coleção de livros tão pequena. Que biblioteca maravilhosa tem em Pemberley, senhor Darcy!

— Ela tem de ser boa — ele respondeu —, é o trabalho de muitas gerações.

— E depois o senhor acrescentou muito a ela, está sempre comprando livros.

— Não consigo compreender o descaso com uma biblioteca familiar hoje em dia.

---

2. Jogo de cartas em que os jogadores deviam pagar ao perder a rodada. (N.E.)

— Descaso! Tenho certeza de que o senhor não negligencia nada que possa acrescentar às belezas daquele nobre lugar. Charles, quando construir sua casa, espero que tenha metade do charme de Pemberley.

— Assim espero.

— Eu realmente o aconselharia, entretanto, a comprar naquela vizinhança e tomar Pemberley como uma espécie de modelo. Não há condado mais elegante na Inglaterra do que Derbyshire.

— Do fundo do coração, eu compraria Pemberley se Darcy a vendesse.

— Estou falando de possibilidades, Charles.

— Dou minha palavra, Caroline, acho mais provável comprar Pemberley do que imitá-la.

Elizabeth estava tão entretida com o que se passava que deu muito pouca atenção ao livro; logo deixou-o completamente de lado, aproximou-se da mesa de *loo* e colocou-se entre o senhor Bingley e sua irmã mais velha para observar o jogo.

— A senhorita Darcy cresceu bastante desde a última primavera? — perguntou a senhorita Bingley. — Será que ficará tão alta quanto eu?

— Acho que sim. Agora ela tem aproximadamente a altura da senhorita Elizabeth Bennet, ou até um pouco mais.

— Como anseio por vê-la novamente! Nunca conheci ninguém que me encantasse tanto. Que compostura, que maneiras! E tão extraordinariamente prendada para a idade! O desempenho dela ao piano é excelente.

— Acho incrível — disse Bingley — como todas as moças podem ter paciência para ser tão prendadas como são.

— Todas as moças prendadas! Meu querido Charles, o que quer dizer?

— Sim, todas elas, eu acho. Todas pintam mesas, forram biombos e tecem bolsas. Não conheço nenhuma que não saiba fazer isso, e tenho certeza de que nunca ouvi falar uma única vez de uma moça sem ser informado de que ela era muito prendada.

— Sua lista das habilidades comuns — disse Darcy — faz muito sentido. A palavra "prendada" é aplicada a muitas moças que a merecem apenas por saber tecer uma bolsa ou forrar um biombo. Porém estou muito longe de concordar com sua apreciação das mulheres em geral. Não posso me vangloriar de conhecer mais de meia dúzia de moças, entre todas as minhas relações sociais, que sejam realmente prendadas.

— Nem eu, tenho certeza — disse a senhorita Bingley.

— Então — observou Elizabeth —, sua ideia de uma mulher prendada deve compreender muitas coisas.

— Sim, compreende muitas coisas.

— Oh! Certamente — exclamou sua fiel aliada —, nenhuma mulher pode ser realmente considerada prendada se não superar muito o que normalmente se encontra por aí. Uma mulher deve ter um conhecimento amplo de música, canto, desenho, dança e línguas modernas para merecer o adjetivo; e, além disso tudo, ela deve ter um certo quê de especial em sua aparência e na maneira de andar, no tom de voz, na atitude e nas expressões, ou o adjetivo será merecido apenas pela metade.

— Ela deve ter tudo isso — declarou Darcy —, e a tudo isso ela deve ainda acrescentar algo mais substancial no aperfeiçoamento de sua inteligência por meio de muita leitura.

— Não me surpreende que conheça *apenas* seis mulheres prendadas. Até mesmo pergunto-me se conhece *alguma*.

— É tão severa com o gênero feminino a ponto de duvidar da possibilidade de tudo isso?

— Nunca vi uma mulher assim. Nunca vi tamanha capacidade, tal gosto, aplicação e elegância, como vocês descrevem, reunidos.

A senhora Hurst e a senhorita Bingley se manifestaram contra a injustiça daquela dúvida implícita e afirmavam que ambas conheciam muitas mulheres que correspondiam a essa descrição quando o senhor Hurst chamou-lhes a atenção reclamando de modo cruel do desprezo delas para com o que estava acontecendo no jogo. Como a conversa terminou por conta disso, Elizabeth pouco depois deixou a sala.

— Elizabeth Bennet — disse a senhorita Bingley, quando a porta se fechou — é uma dessas moças que buscam se destacar para o sexo oposto desvalorizando o seu próprio; e com muitos homens, ouso dizer, isso tem resultado. Contudo, em minha opinião, é um artifício torpe, um recurso muito baixo.

— Sem dúvida — respondeu Darcy, para quem essa observação foi principalmente dirigida —, existe vileza em *todas* as artes que as mulheres às vezes se rebaixam a empregar para cativar. O que quer que tenha afinidade com a astúcia é desprezível.

A senhorita Bingley não ficou totalmente satisfeita com essa resposta a ponto de continuar o assunto.

Elizabeth juntou-se a eles novamente apenas para dizer que a irmã estava pior e que não podia deixá-la. Bingley insistiu para que o senhor Jones fosse chamado imediatamente; enquanto suas irmãs, convencidas de que qualquer atendimento no campo seria inútil, recomendaram que se enviasse um mensageiro para a cidade requisitando um dos médicos mais eminentes. Isso ela não considerou, mas estava inclinada a aceitar a proposta do irmão delas; então, ficou decidido que o senhor Jones seria chamado logo pela manhã se a senhorita Bennet não estivesse aparentemente melhor. Bingley estava muito apreensivo; suas irmãs se declararam muito chateadas. Contudo, elas se consolaram da infelicidade com duetos após a ceia, enquanto ele não encontrou melhor alívio para seus sentimentos do que dar ordens à governanta para que toda a sua atenção fosse dedicada à moça doente e à irmã dela.

Capítulo IX

Elizabeth passou a maior parte da noite no quarto da irmã. De manhã, teve o prazer de enviar uma resposta favorável aos questionamentos que recebeu já muito cedo do senhor Bingley por intermédio de uma criada; e também aos que recebeu algum tempo depois das duas elegantes damas de companhia que serviam as irmãs dele. Apesar da melhora, contudo, ela pediu que enviassem um bilhete a Longbourn solicitando que a mãe visitasse Jane e desse uma opinião sobre a situação da filha. O bilhete foi imediatamente despachado, e seu conteúdo, prontamente atendido. A senhora Bennet, acompanhada das duas filhas mais novas, chegou a Netherfield logo após o café da manhã da família.

Se tivesse encontrado Jane em perigo aparente, a senhora Bennet teria ficado arrasada; mas, satisfeita ao ver que sua condição não era alarmante, não desejava que ela se recuperasse imediatamente, uma vez que o restabelecimento da saúde provavelmente a removeria de Netherfield. Ela não deu ouvidos, portanto, à proposta da filha de que a levassem para casa; tampouco o farmacêutico, que chegou quase na mesma hora, achou aconselhável. Depois de passarem um tempo com Jane, assim que a senhorita Bingley apareceu, e a convite dela, a mãe e as três filhas a seguiram até a sala de café da manhã. Bingley as saudou expressando sua esperança de que a senhora Bennet não tivesse encontrado a senhorita Bennet pior do que imaginava.

— De fato, encontrei, senhor — foi a resposta. — Ela está bastante doente para ser levada para casa. O senhor Jones diz que não devemos ainda pensar em levá-la. Teremos de abusar um pouco mais de sua gentileza.

— Levá-la! — exclamou Bingley. — Nem se deve pensar nisso. Minha irmã, tenho certeza, não concordará com essa decisão.

— Pode confiar, madame — disse a senhorita Bingley, com fria cortesia —, que a senhorita Bennet receberá toda a atenção possível enquanto permanecer conosco.

A senhora Bennet foi profusa em seus agradecimentos.

— Tenho certeza — ela acrescentou — de que, se não fosse por tão bons amigos, não sei o que seria dela, porque está mesmo muito doente e sofrendo bastante, embora com a maior paciência do mundo, como é de seu feitio, pois tem o temperamento mais dócil que já conheci. Costumo falar para minhas outras filhas que elas não são nada perto de

Jane. Tem uma linda sala aqui, senhor Bingley, e uma bela vista para o caminho do jardim. Não conheço nenhum lugar no campo que seja igual a Netherfield. O senhor não vai querer partir tão logo, espero, embora a tenha alugado por pouco tempo.

— Tudo o que faço é às pressas — ele respondeu —, portanto, quando eu decidir deixar Netherfield, provavelmente sairei em cinco minutos. No momento, contudo, considero que estou bem instalado aqui.

— Isso é exatamente o que eu imaginava de você — disse Elizabeth.

— Começa a me compreender, não? — ele exclamou, virando-se para ela.

— Ah, sim. Eu o entendo perfeitamente.

— Gostaria de tomar isso como um elogio; mas temo que ser tão facilmente compreendido seja lamentável.

— Costuma ser assim. Porém não significa que um caráter profundo e intrincado seja mais ou menos estimável do que um como o seu.

— Lizzy — exclamou a mãe —, lembre-se de onde está, e não prossiga com esses maus modos que você se permite em casa.

— Eu não sabia — continuou Bingley imediatamente — que você era uma estudiosa do caráter das pessoas. Deve ser um estudo interessante.

— Sim, e um caráter intrincado é o *mais* interessante. Ele tem pelo menos essa vantagem.

— O campo — disse Darcy — em geral, oferece poucos objetos para tal estudo. Numa vizinhança no campo se convive com uma sociedade muito confinada e pouco diversa.

— Contudo, as pessoas mudam tanto, que sempre há algo novo a ser observado nelas.

— Sim, é verdade — exclamou a senhora Bennet, ofendida pela maneira com que Darcy mencionou os moradores do campo. — Asseguro que isso acontece tanto no campo como na cidade.

Todos ficaram surpresos, e Darcy, depois de olhar para ela por um instante, virou-se em silêncio. A senhora Bennet, que imaginou ter conquistado uma vitória completa sobre ele, continuou seu triunfo.

— Não acho que Londres tenha qualquer vantagem sobre o campo, exceto as lojas e os lugares públicos. O campo é muito mais agradável, não é, senhor Bingley?

— Quando estou no campo — ele respondeu —, nunca penso em ir embora; e quando estou na cidade é a mesma coisa. Cada lugar tem suas vantagens, e posso ser igualmente feliz em ambos.

— Sim, isso é porque o senhor tem boa disposição. Mas aquele cavalheiro — disse, olhando para Darcy — parece pensar que o campo não vale nada.

— Na verdade, mamãe, você está errada — disse Elizabeth, envergonhada da mãe. — Você não compreendeu o senhor Darcy. Ele só quis dizer que não há tanta variedade de pessoas no campo como há na cidade, o que a senhora deve reconhecer que é verdade.

— Claro, minha cara, ninguém disse que há; mas, quanto a não se encontrarem muitas pessoas por aqui, acredito que poucos lugares sejam maiores. Asseguro de que nos relacionamos com vinte e quatro famílias.

Nada, exceto o respeito por Elizabeth, fez Bingley manter a compostura. Sua irmã foi menos delicada, e dirigiu o olhar para o senhor Darcy com um sorriso muito expressivo. Elizabeth, para dizer algo que distraísse a mãe, perguntou se Charlotte Lucas estivera em Longbourn desde que ela partira.

— Sim, ela nos visitou ontem com o pai. Que homem agradável é Sir William, não é mesmo, senhor Bingley? Um homem com tanta elegância! Tão refinado e simpático! Sempre tem algo a dizer a todos. *Essa* é minha ideia de uma boa educação; e aquelas pessoas que se consideram muito importantes e nunca abrem a boca têm uma ideia equivocada quanto a isso.

— Charlotte jantou com vocês?

— Não, ela voltou para casa. Acho que precisavam dela para fazer as tortinhas de carne. De minha parte, senhor Bingley, sempre tenho empregados que sabem fazer seu serviço; *minhas* filhas são criadas de forma muito diferente. Mas cada um sabe de si, e as Lucas são moças muito boas, garanto-lhe. É uma pena que não sejam bonitas! Não que eu ache Charlotte *tão* sem graça, mas isso porque é nossa amiga particular.

— Ela parece ser uma moça muito simpática.

— Ah, meu caro, sim; mas deve reconhecer que ela é muito sem graça. A própria Lady Lucas diz isso com frequência e inveja a beleza de Jane. Não gosto de me vangloriar de minhas próprias filhas, mas, sem dúvida, Jane... não se costuma ver alguém mais bela. É o que todos dizem. Não posso confiar na minha parcialidade. Quando ela tinha apenas quinze anos, havia um homem que frequentava a casa de meu irmão Gardiner na cidade tão apaixonado por ela que minha cunhada tinha certeza de que ele pediria sua mão antes de virmos para cá. Contudo, ele não a pediu. Talvez tenha achado que ela fosse muito nova. Apesar disso, escreveu alguns versos sobre ela, e eram muito bonitos.

— E assim terminou a afeição — disse Elizabeth, impaciente. — Houve muitos casos assim, imagino, terminados da mesma forma. Pergunto-me quem foi o primeiro que descobriu a eficácia da poesia para afugentar o amor!

— Costumo considerar a poesia como o *alimento* do amor — disse Darcy.

— De um amor puro, durável e sadio, pode ser. Tudo nutre o que já é forte. Porém, quando se trata apenas de uma leve e tênue inclinação, estou convencida de que um simples soneto pode fazê-la definhar completamente.

Darcy apenas sorriu; e a pausa que se seguiu fez Elizabeth estremecer pelo receio de que a mãe voltasse a falar. Ela ansiava por dizer alguma coisa, mas não conseguia pensar em nada; depois de um curto silêncio, a senhora Bennet começou a reiterar os agradecimentos ao senhor Bingley por sua gentileza com Jane e pediu desculpas por incomodá-lo também com a hospedagem de Lizzy. O senhor Bingley foi bastante educado em sua resposta; forçou sua irmã mais nova a ser educada também e disse o que a ocasião requeria. Ela fez seu papel sem muita cortesia, mas a senhora Bennet ficou satisfeita e logo depois chamou sua carruagem. A este sinal, a mais nova das filhas se adiantou. As duas meninas estiveram cochichando durante toda a visita, e o resultado disso foi que a mais nova deveria cobrar do senhor Bingley a promessa que ele fizera, quando chegou ao campo, de dar um baile em Netherfield.

Lydia era uma moça forte e crescida, de quinze anos, com aparência agradável e personalidade bem-humorada; era a favorita da mãe, cuja afeição a havia levado a apresentá-la à sociedade muito cedo. Era dotada de muita vitalidade e de uma espécie de autoconfiança que a atenção dos oficiais, atraídos pelos bons jantares do tio e pela naturalidade da moça, tinha transformado em segurança. Era muito capaz, portanto, de abordar o senhor Bingley em relação ao assunto do baile, e abruptamente o lembrou de sua promessa, acrescentando que seria a coisa mais vergonhosa do mundo se ele não a cumprisse. A resposta a esse ataque repentino foi extremamente prazerosa para os ouvidos da mãe:

— Estou mais do que disposto, garanto, a manter meu compromisso; e, quando sua irmã se recuperar, você fará a gentileza de escolher o dia do baile. Acho que não iriam querer dançar enquanto ela está doente.

Lydia se deu por satisfeita.

— Oh! Sim, será muito melhor esperar até que Jane esteja bem, e até lá é muito provável que o capitão Carter esteja de volta a Meryton. E quando tiver feito o *seu* baile — ela acrescentou —, insistirei para que ele também ofereça um. Devo dizer ao coronel Forster que será muita vergonha se ele não o fizer.

A senhora Bennet e suas filhas então partiram, e Elizabeth retornou imediatamente à companhia de Jane, deixando o seu comportamento e o de suas familiares ao escrutínio das duas damas e do senhor Darcy; este último, contudo, não conseguiu ser persuadido a se juntar às críticas *à moça*, apesar de todas as ironias da senhorita Bingley a respeito de seus *belos olhos*.

Capítulo X

O dia transcorreu quase da mesma forma que o anterior. A senhora Hurst e a senhorita Bingley passaram algumas horas da manhã com a enferma, que seguia melhorando, embora lentamente; e à noite Elizabeth se uniu ao grupo na sala de estar. A mesa de *loo*, no entanto, não se formou. O senhor Darcy estava escrevendo, e a senhorita Bingley, sentada a seu lado, observava o progresso da carta e insistentemente o interrompia com recados para a irmã dele. O senhor Hurst e o senhor Bingley jogavam *piquet*,[1] e a senhora Hurst observava a partida.

Elizabeth bordava, e estava suficientemente entretida ouvindo o que se passava entre Darcy e sua companheira. Os elogios incessantes da dama, quer sobre a caligrafia dele, a regularidade de suas linhas ou a extensão da carta, junto à perfeita indiferença com que ele os recebia, formavam um diálogo curioso, em exato uníssono com a opinião de Elizabeth sobre ambos.

— Que prazer a senhorita Darcy terá ao receber essa carta!

Ele não respondeu.

— É notável como escreve rápido.

— Está enganada. Escrevo até devagar.

— Quantas cartas não deve ter de escrever ao longo de um ano! Cartas comerciais, também! Como deve ser odioso escrevê-las!

— Que bom, então, que cabe a mim e não a você escrevê-las.

— Por favor, diga à sua irmã que desejo vê-la.

— Já lhe disse isso uma vez, como pediu.

— Acho que não está satisfeito com essa pena. Deixe-me apará-la para você. Eu preparo muito bem as penas.

— Obrigado, mas eu mesmo preparo as minhas.

— Como consegue uma escrita tão uniforme?

Ele permaneceu em silêncio.

— Diga à sua irmã que estou encantada em saber de seu progresso na harpa; e, por favor, diga que estou extasiada com o lindo desenho que ela fez para a mesa, e que o considero infinitamente superior ao da senhorita Grantley.

---

1. Piquet é um jogo de cartas do início do século XVI para dois jogadores, muito popular ainda hoje em dia. (N.E.)

— Permite que eu deixe o seu êxtase para a próxima carta? Agora não tenho espaço para fazer-lhe justiça.

— Ah! Não importa. Devo encontrá-la em janeiro. Mas sempre escreve cartas tão longas e encantadoras para ela, senhor Darcy?

— Elas geralmente são longas; mas se são sempre encantadoras, não cabe a mim dizer.

— Tenho para mim a opinião de que uma pessoa capaz de escrever uma longa carta com facilidade não pode escrever mal.

— Isso não serve como elogio para Darcy, Caroline — exclamou seu irmão —, porque ele *não* escreve com facilidade. Ele se esforça muito para encontrar palavras de quatro sílabas. Não é mesmo, Darcy?

— Meu estilo de escrever é muito diferente do seu.

— Oh! — exclamou a senhorita Bingley. — Charles escreve do jeito mais desleixado que se possa imaginar. Ele deixa de fora metade das palavras e risca o restante.

— Minhas ideias fluem tão rápido que não tenho tempo de expressá-las, o que significa que minhas cartas às vezes não transmitem ideia nenhuma a meus correspondentes.

— Sua humildade, senhor Bingley — disse Elizabeth —, deve desarmar qualquer reprovação.

— Nada é mais enganoso — disse Darcy — do que a aparência de humildade. Com frequência, é apenas indiferença, e às vezes uma forma indireta de se gabar.

— E à qual das duas você atribui *minha* recente demonstração de modéstia?

— À segunda; porque você realmente se orgulha de seus defeitos na escrita, pois os considera resultado de uma rapidez de pensamento e desleixo de execução que, se não são apreciáveis, você os julga ao menos interessantes. A habilidade de fazer qualquer coisa com rapidez é sempre estimada por quem a possui, e em geral não há atenção alguma para a imperfeição do desempenho. Quando você disse à senhora Bennet esta manhã que, se resolvesse deixar Netherfield, o faria em cinco minutos, queria que soasse como uma espécie de panegírico, um elogio a si mesmo. E, no entanto, o que há de tão louvável numa precipitação que acaba deixando questões importantes pendentes e não traz vantagem real para você ou para qualquer outra pessoa?

— Não! — exclamou Bingley. — Isso já é demais, lembrar-se à noite das tolices ditas de manhã. E, ainda assim, palavra de honra, acredito que o que disse sobre mim é verdade, e ainda acredito neste momento. Contudo, afirmo que não assumi o caráter de precipitação desnecessária meramente para me exibir para as senhoras.

— Imagino que acredite nisso; mas não estou nem um pouco convencido de que partiria com tanta celeridade. Sua conduta dependeria tanto do acaso quanto a de qualquer outro homem que conheço; e se, já montado em seu cavalo, um amigo dissesse "Bingley, é melhor ficar até a semana que vem", você provavelmente o faria, provavelmente não partiria. E bastaria outro comentário para que ficasse um mês inteiro.

— Com isso você apenas provou — exclamou Elizabeth — que o senhor Bingley não fez justiça ao próprio temperamento. Você o expôs agora muito mais do que ele o havia feito.

— Sou extremamente grato — disse Bingley — por transformar o que meu amigo disse num elogio à brandura do meu temperamento. Mas creio que interpretou mal a intenção do cavalheiro; porque ele certamente pensaria melhor de mim se nessa circunstância eu negasse prontamente a sugestão e fosse embora o mais rápido possível.

— Então o senhor Darcy consideraria a precipitação de suas intenções originais reparada pela obstinação em aderir a elas?

— Dou minha palavra, não sei explicar exatamente a questão; Darcy deve falar por si mesmo.

— Você espera que eu responda por opiniões que atribuiu a mim, mas que eu nunca admiti. Considerando o caso, entretanto, de acordo com sua interpretação, deve-se lembrar, senhorita Bennet, que o amigo que supostamente lhe sugeriu retornar à casa e adiar o plano meramente desejou isso, solicitou-lhe sem oferecer nenhum argumento a favor de sua causa.

— Ceder prontamente, com facilidade, à *persuasão* de um amigo não é um mérito para você?

— Ceder sem convicção não é um elogio ao juízo de nenhum dos dois.

— Parece-me, senhor Darcy, que não reconhece a influência da amizade e do afeto. A consideração pelo solicitante faz um amigo frequentemente ceder à solicitação, sem requerer argumentos para ser convencido a fazê-lo. Não estou falando particularmente desse caso que o senhor supôs a respeito do senhor Bingley. Podemos muito bem esperar, talvez, até que a circunstância se apresente para discutir o critério de seu comportamento. Mas nos casos gerais e comuns entre amigos, em que um deles sugere que o outro volte atrás em uma decisão não muito importante, você pensaria mal da pessoa que cedesse a esse desejo sem exigir argumentos para tanto?

— Não seria aconselhável, antes que prosseguíssemos nesse assunto, definir com mais precisão o grau de importância que concerne esse pedido, bem como o grau de intimidade que existe entre as partes?

— Sem dúvida — exclamou Bingley —, vamos ouvir todos os detalhes, sem nos esquecermos de comparar a altura e o porte dos amigos, porque isso terá mais peso no argumento, senhorita Bennet, do que pode imaginar. Garanto-lhe que, se Darcy não fosse um sujeito tão alto em comparação comigo, eu não teria tanta deferência para com ele. Confesso que não conheço nada mais terrível do que Darcy em determinadas ocasiões e em lugares específicos; em sua própria casa principalmente, numa noite de domingo, quando ele não tem nada para fazer.

O senhor Darcy sorriu; mas Elizabeth percebeu que ele estava um tanto ofendido e, portanto, conteve o riso. A senhorita Bingley ressentiu-se da injúria que ele tinha recebido, censurando o irmão por dizer tais absurdos.

— Vejo sua intenção, Bingley — disse o amigo. — Você não gosta de discussões e quer acabar com esta.

— Talvez eu goste. Discussões são muito parecidas com disputas. Se você e a senhorita Bennet quiserem adiar a sua até que eu saia da sala, serei muito grato; ademais, poderão dizer o que quiserem de mim.

— O que você pede — disse Elizabeth — não é um sacrifício para mim; e o senhor Darcy melhor fará se terminar sua carta.

O senhor Darcy aceitou o conselho e voltou à carta.

Quando a tarefa terminou, ele pediu à senhorita Bingley e a Elizabeth que tocassem um pouco de música. A senhorita Bingley aproximou-se com entusiasmo do piano e, depois de um gentil convite para que Elizabeth começasse, recusado com polidez e ainda maior sinceridade, sentou-se ela mesma para tocar.

A senhora Hurst cantou com a irmã e, enquanto estavam assim ocupadas, Elizabeth não pôde deixar de observar, ao folhear alguns cadernos de música que estavam sobre o instrumento, a frequência com que os olhos do senhor Darcy se fixavam nela. Dificilmente poderia supor que fosse objeto de admiração de um homem tão importante; e seria ainda mais estranho que ele a estivesse olhando porque não gostasse dela. Ela só podia imaginar, contudo, que atraía sua atenção porque havia algo em si, segundo as ideias dele do que era certo, mais errado e repreensível do que em qualquer outra pessoa presente. Essa suposição não a incomodou. Ela o considerava muito pouco para preocupar-se com sua aprovação.

Depois de tocar algumas canções italianas, a senhorita Bingley variou o ritmo com uma animada música escocesa; e pouco depois o senhor Darcy, aproximando-se de Elizabeth, disse a ela:

— Não se sente inclinada, senhorita Bennet, a aproveitar a oportunidade para dançar?

Ela sorriu, mas não respondeu. Ele repetiu a pergunta, um tanto surpreso com seu silêncio.

— Oh! — ela disse. — Eu o ouvi antes, mas não soube o que dizer em resposta. Queria que eu dissesse "sim", eu sei, para ter o prazer de desprezar o meu gosto; mas sempre me alegro em destruir essas maquinações e frustrar o desprezo premeditado de alguém. Decidi, portanto, dizer-lhe que não quero dançar de forma alguma. E agora, despreze-me se ousar.

— De fato, não ousaria.

Elizabeth, que esperava afrontá-lo, ficou surpresa com o galanteio. Contudo o tom dela tinha uma mistura de doçura e brincadeira que tornava difícil afrontar qualquer um. E Darcy nunca estivera tão enfeitiçado por uma mulher quanto estava por ela. Realmente acreditava que, se não fosse pela inferioridade das relações dela, ele estaria em perigo.

A senhorita Bingley viu ou suspeitou o suficiente para ficar enciumada; e a grande ansiedade pela recuperação de sua querida amiga Jane recebeu a contribuição do desejo de se livrar de Elizabeth.

Muitas vezes, tentou incitar Darcy a antipatizar com a convidada, falando de um suposto casamento com ela e da felicidade que ele teria com essa aliança.

— Espero — disse ela, enquanto caminhavam juntos em meio ao bosque no dia seguinte — que dê algumas dicas à sua sogra, quando esse evento tão esperado acontecer, quanto à vantagem de segurar a língua; e, se puder, convença as meninas mais novas a parar de correr atrás de oficiais. E, se me permite mencionar um assunto tão delicado, tente coibir aquele jeitinho, que beira a presunção e a impertinência, que sua pretendente possui.

— Tem algo mais a propor para a minha felicidade doméstica?

— Ah, sim! Pendure os retratos de seus tios, os Philips, na galeria em Pemberley. Coloque-os perto de seu tio-avô juiz. Eles estão na mesma profissão, você sabe, apenas em linhas diferentes. Quanto ao retrato de Elizabeth, não deve encomendá-lo, pois qual pintor poderia fazer justiça àqueles belos olhos?

— Não será fácil, de fato, capturar sua expressão, mas a cor e o formato, e os cílios, tão notavelmente belos, podem ser copiados.

Naquele momento eles cruzaram com a senhora Hurst e a própria Elizabeth, que também caminhavam.

— Não sabia que planejavam passear — disse a senhorita Bingley, um tanto confusa, com receio de ter sido ouvida.

— Vocês foram muito grosseiros conosco — respondeu a senhora Hurst —, fugindo sem nos dizer que iam sair.

Então, tomando o braço livre do senhor Darcy, ela deixou Elizabeth andando sozinha. O caminho só comportava três pessoas. O senhor Darcy percebeu a indelicadeza e disse imediatamente:

— Este caminho não é largo o suficiente para nosso grupo. Melhor irmos pela avenida.

No entanto Elizabeth, que não tinha a menor vontade de permanecer com eles, respondeu, rindo:

— Não, não; fiquem onde estão. Vocês são um grupo encantador, e parecem perfeitos assim. O pitoresco da cena se perderia admitindo uma quarta pessoa. Até logo.

Então, afastou-se correndo alegremente, feliz com a esperança de voltar para casa em um ou dois dias. Jane já estava recuperada a ponto de desejar sair do quarto por algumas horas naquela noite.

Capítulo XI

Quando as senhoras deixaram a mesa do jantar, Elizabeth correu até a irmã e, encontrando-a bem protegida do frio, levou-a à sala de estar, onde ela foi recebida pelas duas amigas com muitas demonstrações de alegria; Elizabeth nunca as tinha visto tão amáveis quanto durante a hora que se passou antes que os cavalheiros chegassem. Sabiam conversar admiravelmente. Elas podiam descrever um espetáculo com detalhes, contar uma anedota com humor e rir de um conhecido com presença de espírito.

Quando os cavalheiros entraram, no entanto, Jane deixou de ser o foco das atenções; os olhos da senhorita Bingley instantaneamente se voltaram para o senhor Darcy, e ela tinha algo a lhe dizer antes que ele avançasse muitos passos. Ele se dirigiu à senhorita Bennet com um cumprimento educado; o senhor Hurst também se curvou ligeiramente e disse que estava "muito contente"; mas a prolixidade e o entusiasmo ficaram por conta do senhor Bingley. Ele estava cheio de alegria e atenções para com ela. Passou a primeira meia hora alimentando a lareira, temendo que Jane sofresse por mudar de ambiente; e ela transferiu-se para o outro lado do fogo a pedido dele, para que ficasse mais afastada da porta. Ele então sentou-se perto dela e mal falou com os outros. Elizabeth, trabalhando no canto oposto, viu tudo isso com grande satisfação.

Quando o chá terminou, o senhor Hurst lembrou a cunhada da mesa de jogo, mas foi em vão. O senhor Darcy tinha dito a ela que não queria jogar; e o senhor Hurst logo viu sua proposta aos demais rejeitada. Ela lhe assegurou que ninguém queria jogar, e o silêncio de todo o grupo quanto ao assunto pareceu corroborá-la. O senhor Hurst, portanto, não tinha nada a fazer a não ser esticar-se em um dos sofás e dormir. Darcy pegou um livro; a senhorita Bingley fez o mesmo; e a senhora Hurst, ocupada principalmente em brincar com suas pulseiras e seus anéis, vez ou outra tomava parte da conversa do irmão com a senhorita Bennet.

A atenção da senhorita Bingley estava quase tão voltada a observar o progresso do senhor Darcy com a leitura quanto a ler seu próprio livro; o tempo todo ela lhe fazia perguntas ou olhava para a página que ele estava lendo. Não conseguia atraí-lo, contudo, para nenhuma conversa; ele meramente respondia à pergunta e continuava lendo. Finalmente, exausta com a tentativa de se entreter com o livro, que tinha escolhido apenas porque era o segundo volume daquele que ele estava lendo, ela deu um largo bocejo e disse:

— Como é agradável passar a noite assim! Não há maior prazer do que a leitura! Cansa-se mais rápido de qualquer outra coisa do que de um livro! Quando eu tiver minha casa, serei infeliz se não tiver uma excelente biblioteca.

Ninguém respondeu. Ela então bocejou novamente, deixou o livro de lado e lançou os olhos pela sala em busca de algum divertimento; quando ouviu seu irmão mencionar um baile para a senhorita Bennet, virou-se para ele de súbito e disse:

— A propósito, Charles, você está mesmo pensando em dar um baile em Netherfield? Eu o aconselharia, antes que se decida, a consultar a vontade dos demais; muito me engano se não houver alguém entre nós para quem um baile seria um castigo e não um prazer.

— Se você se refere a Darcy — respondeu o irmão —, ele pode ir dormir, se quiser, antes de começar a festa. Porém, quanto ao baile, está decidido; e assim que Nicholls tiver preparado sopa branca suficiente,[1] farei circular os convites.

— Os bailes seriam infinitamente melhores — ela respondeu — se fossem realizados de outra maneira; mas há algo insuportavelmente tedioso no transcorrer dessas reuniões. Seria sem dúvida muito mais racional se as conversas, em vez das danças, estivessem na ordem do dia.

— Muito mais racional, minha querida Caroline, eu presumo, mas não seria nada parecido com um baile.

A senhorita Bingley não respondeu, e pouco depois levantou-se e andou pela sala. Sua figura era elegante, e ela andava com graça; mas Darcy, a quem tudo isso era dirigido, continuava mergulhado na leitura. Em meio ao desespero de sentimentos, ela resolveu empreender mais um esforço e, virando-se para Elizabeth, disse:

— Senhorita Eliza Bennet, permita-me persuadi-la a seguir meu exemplo e venha dar uma volta na sala. Garanto que é muito revigorante depois de ficar sentada por tanto tempo na mesma posição.

Elizabeth ficou surpresa, mas concordou imediatamente. A senhorita Bingley atingiu o verdadeiro objetivo de sua cortesia: o senhor

---

1. A sopa branca era um creme de frango com carne de vitela e amêndoas que podia ser fervido até que virasse uma gelatina e, assim, ser conservado e reconstituído quando desejado. (N.E.)

Darcy ergueu os olhos. Ele estava tão admirado com a novidade daquela gentileza quanto a própria Elizabeth, e fechou o livro, distraído. Foi no mesmo instante convidado a se juntar a elas, mas recusou, explicando que só conseguia imaginar dois motivos para elas andarem juntas pela sala, e em qualquer um dos casos sua presença apenas interferiria. O que ele queria dizer? Ela estava morrendo de curiosidade para saber, e perguntou a Elizabeth se tinha entendido.

— De jeito nenhum — foi sua resposta —, mas esteja certa de que ele quer nos criticar, e a melhor forma de desapontá-lo é não perguntar nada.

A senhorita Bingley, contudo, era incapaz de desapontar o senhor Darcy, por isso insistiu em pedir uma explicação sobre os tais dois motivos.

— Não tenho a menor objeção em explicá-los — disse ele, logo que ela lhe permitiu falar. — Escolheram esse método para passar a noite ou porque são confidentes uma da outra e têm assuntos sigilosos a discutir ou porque estão conscientes de que, ao andar, exibem melhor suas belas figuras; se for o primeiro motivo, eu as atrapalharia completamente, e, se for o segundo, posso admirá-las muito melhor sentado perto da lareira.

— Oh! Que horror! — exclamou a senhorita Bingley. — Nunca ouvi nada tão abominável. Como devemos puni-lo por dizer tais coisas?

— Nada é mais fácil, se essa é sua intenção — disse Elizabeth. — Todos podemos aborrecer e punir uns aos outros. Provoque-o, ria dele. Íntimos como são, deve saber como fazer.

— Juro pela minha honra que *não sei*. Asseguro-lhe que a intimidade ainda não me ensinou *isso*. Provocar alguém com maneiras tão calmas e tamanha presença de espírito! Não, não; acho que ele nos desafiará nesse quesito. E, quanto ao riso, por favor, não vamos nos expor rindo sem motivo. O senhor Darcy pode se congratular disso.

— Não se pode rir do senhor Darcy! — exclamou Elizabeth. — Esse é um privilégio incomum, e espero que continue incomum, pois seria uma grande perda para *mim* ter muitos conhecidos assim. Eu adoro uma boa risada.

— A senhorita Bingley — disse Darcy — deu-me mais crédito do que mereço. Os melhores e mais sábios homens, ou melhor, as melhores e mais sábias ações podem ser consideradas ridículas por uma pessoa cujo principal objetivo na vida é o riso.

— Certamente — respondeu Elizabeth — há pessoas assim, mas espero não ser *uma delas*. Espero nunca ridicularizar o que é sábio e bom. Tolices e absurdos, caprichos e inconsistências me divertem, confesso, e rio disso sempre que posso. Porém essas coisas, suponho, são exatamente o que lhe falta.

— Talvez isso não seja possível para ninguém. Contudo, tenho dedicado minha vida a evitar essas fraquezas que costumam expor uma grande inteligência ao ridículo.

— Tais como a vaidade e o orgulho.

— Sim, a vaidade é certamente uma fraqueza. Entretanto o orgulho, quando existe uma verdadeira superioridade de intelecto, estará sempre bem controlado.

Elizabeth virou-se para esconder um sorriso.

— Sua análise sobre o senhor Darcy terminou, presumo — disse a senhorita Bingley. — Por favor, diga-me, qual é a conclusão?

— Estou perfeitamente convencida de que o senhor Darcy não tem defeitos. Ele mesmo confessa isso sem dissimulação.

— Não — disse Darcy —, não tenho tal pretensão. Tenho defeitos suficientes, mas eles não são, espero, relacionados à inteligência. Meu temperamento não ouso defender. Sou, acredito, intransigente demais... intransigente demais para a conveniência do mundo. Não consigo me esquecer das tolices e dos vícios dos outros tão rápido como deveria, nem de suas ofensas para comigo. Meus sentimentos não são afetados por qualquer tentativa de modificá-los. Meu temperamento poderia talvez ser chamado de rancoroso. Uma vez que perco o respeito por alguém, está perdido para sempre.

— *Isso* sim é uma falha! — exclamou Elizabeth. — O rancor implacável *é* uma mancha no caráter. Mas escolheu bem o seu defeito. Realmente não posso *rir* dele. De minha parte, está a salvo.

— Existe, acredito, em cada caráter uma tendência a algum vício específico, um defeito natural, que nem mesmo a melhor educação pode superar.

— E o *seu* defeito é odiar todo mundo.

— E o seu — ele respondeu com um sorriso — é interpretar mal a todos propositalmente.

— Vamos ouvir um pouco de música — exclamou a senhorita Bingley, cansada da conversa na qual ela não tinha parte. — Louisa, importa-se de acordarmos o senhor Hurst?

A irmã não fazia a menor objeção, e o piano foi aberto. Darcy, depois de pensar um pouco, não lamentou o fato. Ele começava a sentir o perigo de dar muita atenção a Elizabeth.

Capítulo XII

Por intermédio de um acordo entre as irmãs, Elizabeth decidiu escrever na manhã seguinte para a mãe, pedindo que a carruagem fosse enviada para buscá-las ao longo do dia. Mas a senhora Bennet, que tinha calculado que as filhas permaneceriam em Netherfield até a terça-feira, completando exatamente uma semana para Jane, não podia recebê-las com prazer antes disso. Sua resposta, portanto, não foi favorável, pelo menos não ao desejo de Elizabeth, que estava impaciente para voltar para casa. A senhora Bennet enviou-lhes uma mensagem dizendo que não poderiam ter a carruagem antes da terça-feira; e acrescentou em seu pós-escrito que, se o senhor Bingley e sua irmã insistissem para que ficassem mais tempo, ela podia passar muito bem sem as filhas. Elizabeth, contudo, estava decidida a não ficar mais tempo. Tampouco esperava que o convite fosse feito; e com medo, ao contrário, de que as incômodas intrometidas por permanecerem sem necessidade, insistiu para que Jane pedisse emprestada a carruagem do senhor Bingley imediatamente, e, por fim, ficou decidido que o plano original de deixar Netherfield naquela manhã seria mencionado, e o pedido seria feito.

O comunicado incitou muitas expressões de preocupação; e houve argumentos suficientes para que Jane concordasse em ficar pelo menos mais um dia; assim, a partida foi adiada até a manhã seguinte. A senhorita Bingley ficou então arrependida de ter proposto a postergação, uma vez que seu ciúme e sua antipatia por uma irmã excediam muito sua afeição pela outra.

O dono da casa soube que elas iriam embora logo e sentiu uma imensa tristeza, então insistentemente tentou convencer a senhorita Bennet de que não seria seguro para ela, pois ainda não estava plenamente recuperada; mas Jane era decidida quando sabia que estava com a razão.

Para o senhor Darcy foi uma informação bem-vinda, Elizabeth já havia ficado em Netherfield por tempo suficiente. Ela o atraía mais do que ele desejava, e a senhorita Bingley era indelicada com *ela*, e estava mais provocativa do que de costume com ele. Sabiamente, resolveu ser muito cuidadoso para que nenhum sinal de sua admiração lhe escapasse, nada que pudesse orgulhá-la da esperança de influenciar sua felicidade; ele estava ciente de que, se tal ideia tivesse sido sugerida, seu comportamento durante o último dia poderia dar provas para confirmá-la ou derrubá-la. Firme em seu propósito, ele mal falou com

Elizabeth durante todo o sábado, e, embora os dois tivessem ficado a sós por meia hora, ele dedicou-se diligentemente ao livro, sem nem mesmo olhar para ela.

No domingo, depois do café da manhã, a separação aconteceu de forma agradável para quase todos. A cortesia da senhorita Bingley para com Elizabeth se elevou muito rapidamente, bem como sua afeição por Jane; e quando elas partiram, depois de assegurar à última o prazer que sempre teria ao vê-la em Longbourn ou Netherfield, e abraçá-la com muito afeto, ela até apertou a mão da primeira. Elizabeth deixou todo o grupo no melhor dos humores.

Elas não foram recebidas em casa com muita cordialidade pela mãe. A senhora Bennet se surpreendeu com a chegada delas, disse que faziam muito mal por dar tanto trabalho e que tinha certeza de que Jane havia contraído outro resfriado. No entanto o pai, embora muito lacônico ao expressar alegria, estava realmente contente por vê-las; ele sentira a importância delas no círculo familiar. As conversas da noite, quando todos se reuniam, tinham perdido muito da animação e quase todo o sentido com a ausência de Jane e Elizabeth.

Encontraram Mary, como sempre, absorta no estudo do baixo contínuo e da natureza humana; e tiveram alguns novos trechos para admirar e algumas novas observações sobre a velha moralidade para ouvir. Catherine e Lydia tinham informações de outro tipo. Muito havia sido feito e dito no regimento desde a quarta-feira anterior; vários dos oficiais tinham jantado com o tio recentemente, um soldado fora açoitado, e corriam rumores de que o coronel Forster ia se casar.

Capítulo XIII

— Espero, minha cara — disse o senhor Bennet à esposa, enquanto tomavam café da manhã no dia seguinte —, que você tenha mandado preparar um bom jantar hoje, pois há motivos para crer que receberemos um a mais à nossa mesa.

— O que quer dizer, meu caro? Não sei de ninguém que esteja vindo, tenho certeza, a menos que Charlotte Lucas resolva aparecer, e espero que *meus* jantares sejam bons o bastante para ela. Não creio que ela participe de jantares assim com frequência em casa.

— A pessoa de quem eu falo é um cavalheiro, e um forasteiro.

Os olhos da senhora Bennet brilharam.

— Um cavalheiro e um forasteiro! É o senhor Bingley, tenho certeza! Por que, Jane, você não mencionou uma palavra sobre isso? Sua menina dissimulada! Bem, tenho certeza de que ficarei extremamente contente de ver o senhor Bingley. Mas, santo Deus, que azar! Não há nem um pouco de peixe para servir hoje. Lydia, querida, toque o sino, preciso falar com Hill imediatamente.

— *Não* é o senhor Bingley — disse o marido —, é uma pessoa que nunca vi na vida.

Isso causou grande surpresa em todas; e ele teve o prazer de ser indagado com ansiedade pela mulher e as cinco filhas de uma só vez.

Depois de se divertir por algum tempo com a curiosidade delas, ele explicou:

— Cerca de um mês atrás, recebi uma carta; e há uns quinze dias a respondi, porque achei que era um assunto um tanto delicado que exigia atenção imediata. É do meu primo, o senhor Collins, que, quando eu morrer, poderá expulsá-las todas dessa casa quando bem entender.

— Oh, meu caro! — exclamou a mulher. — Não posso suportar ouvi-lo mencionar isso. Por favor, não fale desse homem odioso. Acho que é a pior coisa do mundo que sua propriedade não possa ser herdada por suas próprias filhas; tenho certeza de que, se eu fosse você, já teria tentado fazer uma coisa ou outra quanto a isso há muito tempo.

Jane e Elizabeth procuraram explicar-lhe o que era uma herança inalienável. Elas já haviam tentado fazer isso antes várias vezes, mas era um assunto que estava além do alcance da razão da senhora Bennet, e ela continuou ralhando amargamente contra a crueldade de retirar uma propriedade de uma família com cinco filhas, em favor de um homem com quem ninguém se importava.

— É certamente uma questão muito injusta — disse o senhor Bennet —, e nada pode livrar o senhor Collins da culpa de herdar Longbourn. Contudo, se ouvir a carta que ele enviou, talvez fique mais apaziguada com a maneira de ele se expressar.

— Não, isso tenho certeza de que não vou ficar; e acho que é muito impertinente da parte dele escrever para você, e muito hipócrita. Odeio esses amigos falsos. Por que ele não continuou brigado com você, como o pai fez antes dele?

— Porque, de fato, ele parece ter algum escrúpulo e algo na cabeça, como vocês poderão ver.

Hunsford, próximo a Westerham, Kent, 15 de outubro
Caro senhor,
A desavença que existia entre o senhor e meu falecido e honrado pai sempre me causou muito mal-estar e, desde que tive o infortúnio de perdê-lo, desejei muitas vezes apaziguar essa discórdia; mas por algum tempo fui impedido por minhas próprias dúvidas, temendo que pudesse parecer um desrespeito à memória dele estar em bons termos com quem ele sempre tivera divergências.

— Está vendo, senhora Bennet?

Estou, contudo, decidido quanto ao assunto, pois, depois de receber a ordenação na Páscoa, tive a sorte de ser agraciado com a proteção da honrada Lady Catherine de Bourgh, viúva de Sir Lewis de Bourgh, cuja generosidade e caridade me escolheram para o presbitério de sua paróquia, onde me empenharei seriamente em me portar com grato respeito para com ela e estarei sempre pronto a realizar os ritos e cerimônias instituídos pela Igreja da Inglaterra. Enquanto clérigo, além disso, sinto que é meu dever promover e estabelecer a bênção da paz em todas as famílias que minha influência alcance; sendo assim, espero que minhas presentes atitudes de boa vontade sejam altamente louváveis, e que a circunstância de eu ser o próximo na linha de sucessão de Longbourn seja gentilmente esquecida e não o leve a rejeitar o ramo de oliveira que lhe ofereço. Não posso estar senão preocupado por prejudicar suas amáveis filhas, e peço licença para me desculpar por isso, bem como para assegurar-lhe de minha disposição de fazer todo o possível para compensá-las, mas falarei disso no futuro. Se o senhor não tiver objeção a me receber em sua casa, proponho-me a satisfação de visitá-lo e a sua família na segunda-feira, 18 de novembro, às quatro da tarde, e devo provavelmente me aproveitar de sua hospitalidade até o sábado da semana seguinte, o que posso fazer sem nenhuma inconveniência, já que Lady Catherine está longe de desaprovar minha ausência ocasional num domingo, desde que algum outro clérigo esteja encarregado do dever do dia. Despeço-me, caro senhor, com respeitosos cumprimentos à sua senhora e filhas,

Seu amigo,
William Collins

— Às quatro da tarde, portanto, podemos esperar esse cavalheiro apaziguador — disse o senhor Bennet, enquanto dobrava a carta. — Ele parece ser um jovem muito consciencioso e educado, e duvido que não se mostre um camarada de valor, especialmente se Lady Catherine for tão indulgente a ponto de permitir que ele volte a nos visitar.

— Há algum bom senso no que ele diz a respeito das meninas; e se está disposto a recompensá-las de alguma forma, não serei eu a pessoa a desencorajá-lo.

— Embora seja difícil — disse Jane — adivinhar como ele pretende nos fazer a reparação que acredita nos ser devida, o desejo por si só certamente já fala em seu favor.

Elizabeth ficou espantada principalmente com a extraordinária deferência dele por Lady Catherine e com sua intenção generosa de batizar, casar e enterrar os paroquianos sempre que fosse necessário.

— Ele deve ser um excêntrico, acho — disse ela. — Não consigo defini-lo. Há algo de muito pomposo em seu estilo. E o que pretende desculpando-se por ser o próximo na sucessão? Suponho que não mudaria isso se fosse possível. Será que pode ser um homem sensato, papai?

— Não, querida, acho que não. Tenho grandes esperanças de que seja exatamente o contrário. Há uma mistura de servilidade e presunção em sua carta, o que promete muito. Estou impaciente por conhecê-lo.

— Quanto à redação — disse Mary —, a carta não parece ter defeitos. A ideia do ramo de oliveira talvez não seja muito nova, mas acho que expressou bem sua intenção.

Para Catherine e Lydia, nem a carta nem seu remetente tinham nenhum interesse. Era quase impossível que o primo viesse vestido com um casaco vermelho, e já fazia algumas semanas que não encontravam prazer na companhia de um homem que vestisse qualquer outra cor. Quanto à mãe, a carta do senhor Collins tinha dissipado grande parte de seu mau humor, e ela estava se preparando para encontrá-lo com um grau de serenidade que espantou o marido e as filhas.

O senhor Collins chegou pontualmente e foi recebido com bastante polidez por toda a família. O senhor Bennet disse pouco; mas as senhoras estavam dispostas a falar, e o senhor Collins tampouco parecia necessitar de incentivo, nem estava inclinado a permanecer em silêncio. Era um rapaz alto e robusto, de vinte e cinco anos de idade. Tinha um ar solene e imponente, e suas maneiras eram muito formais. Mal se sentou, e começou a cumprimentar a senhora Bennet por ter filhas tão encantadoras; disse que tinha ouvido falar muito sobre a beleza delas, mas nesse caso a fama estava aquém da realidade; e acrescentou que não duvidava vê-las casadas no seu devido tempo. Esse galanteio não foi muito bem recebido por algumas de suas ouvintes; porém a senhora Bennet, que não recusava elogios, respondeu com presteza.

— O senhor é muito gentil, tenho certeza; e desejo de todo o coração que isso aconteça, porque de outra forma ficarão bastante desamparadas. As coisas estão acertadas de modo muito estranho.

— A senhora se refere, talvez, à herança desta propriedade.

— Ah, senhor, certamente. É uma questão muito triste para minhas pobres filhas, o senhor deve admitir. Não que eu deseje *culpá-lo*, pois sei que essas coisas dependem totalmente da sorte neste mundo. Não há como saber o que será de uma propriedade uma vez que é legada.

— Estou muito ciente, senhora, das dificuldades de minhas belas primas, e poderia falar muito sobre o assunto, mas não quero parecer direto e precipitado. Posso, contudo, assegurar às moças que vim disposto a admirá-las. No momento, não direi mais; todavia, talvez, quando nos conhecermos melhor...

Ele foi interrompido por um chamado para o jantar; e as meninas sorriram umas para as outras. Elas não eram o único objeto de admiração do senhor Collins. A sala de estar, de jantar, e todos os móveis foram examinados e elogiados; e seus louvores a tudo teriam tocado o coração da senhora Bennet se não fosse a suposição mortificante de que ele olhava para tudo aquilo como se fosse sua futura propriedade. O jantar também foi muito admirado, por sua vez, e ele pediu para saber a quem de suas belas primas a excelência da cozinha se devia. No entanto, foi corrigido imediatamente pela senhora Bennet, que lhe garantiu com alguma rispidez que eles tinham recursos suficientes para ter uma boa cozinheira, e que suas filhas não tinham nada a fazer na cozinha. Ele pediu desculpas por tê-la desagradado. Num tom mais brando, ela declarou que não estava nem um pouco ofendida, porém ele continuou a se desculpar por cerca de um quarto de hora.

Capítulo XIV

Durante o jantar, o senhor Bennet quase não disse nada; mas, quando os criados se retiraram, ele pensou ser o momento oportuno para ter uma conversa com o convidado e, portanto, entrou num assunto no qual esperava que ele brilhasse, observando que o senhor Collins parecia muito afortunado com sua protetora. A atenção de Lady Catherine de Bourgh para com seus desejos e a preocupação com o seu conforto pareciam notáveis. O senhor Bennet não podia ter escolhido melhor. O senhor Collins foi eloquente em seus elogios. O assunto o elevara a uma solenidade nas maneiras maior do que a usual e, com um ar de muita importância, ele afirmou que nunca em sua vida testemunhara tal comportamento numa pessoa de alto nível, tamanha afabilidade e condescendência, como ele tinha visto da parte de Lady Catherine. Ela aprovara com gentileza ambos os sermões que ele tivera a honra de proferir diante dela. Também o convidara duas vezes para jantar em Rosings e, no sábado anterior, o chamara para completar seu grupo de *quadrille*[1] à noite. Lady Catherine era considerada orgulhosa por muitas pessoas que ele conhecia, mas *ele* mesmo nunca tinha visto nada senão afabilidade nela. Ela sempre o tratava como qualquer outro cavalheiro; não fizera a menor objeção quanto a ele frequentar a sociedade da vizinhança, nem ao fato de ele deixar a paróquia ocasionalmente por uma semana ou duas para visitar seus parentes. Teve a bondade até mesmo de aconselhá-lo a se casar tão logo pudesse, desde que escolhesse com critério, e uma vez fez-lhe uma visita em seu humilde presbitério, onde aprovou totalmente as alterações que ele vinha fazendo, e até mesmo sugeriu algumas mudanças, como colocar umas prateleiras no armário do primeiro andar.

— Tudo é muito apropriado e cortês, tenho certeza — disse a senhora Bennet —, e imagino que ela seja uma mulher muito agradável. É uma pena que as grandes damas em geral não sejam mais parecidas com ela. Ela vive perto do senhor?

— O jardim onde fica minha humilde casa é separado apenas por uma alameda de Rosings Park, a residência da minha senhora.

— O senhor disse que ela era viúva? Ela tem família?

---

1. Jogo de cartas muito popular no século XVIII, disputado por quatro participantes em duplas. Saiu de moda no fim do século XIX. (N.E.)

— Tem apenas uma filha, a herdeira de Rosings e de um grande patrimônio.

— Ah! — disse a senhora Bennet, balançando a cabeça. — Então ela está numa situação melhor do que muitas moças. E que tipo de menina é ela? É bonita?

— Ela é uma moça muito encantadora. A própria Lady Catherine diz que, tratando-se de verdadeira beleza, a senhorita de Bourgh é muito superior às mais belas do seu gênero, porque tem em seus traços aquilo que marca uma jovem de nascimento distinto. Infelizmente, é de uma constituição debilitada, que a impediu de fazer progresso em muitas matérias nas quais não falharia de outra forma, como me informou a senhora que cuida de sua educação, e que ainda reside com elas. Mas ela é perfeitamente amável, e com frequência tem a bondade de visitar minha humilde residência em seu pequeno fáeton puxado por pôneis.

— Ela já foi apresentada à sociedade? Não me lembro do nome dela entre as damas da corte.

— Seu precário estado de saúde infelizmente impede que ela vá à cidade; e isso, como eu disse a Lady Catherine certa vez, privou a corte britânica de seu mais brilhante ornamento. Sua senhoria pareceu lisonjeada com essa consideração; e podem imaginar como fico feliz sempre que posso fazer esses pequenos e delicados elogios tão apreciados pelas damas. Mais de uma vez observei a Lady Catherine que sua charmosa filha parecia ter nascido para ser uma duquesa, e que a mais alta hierarquia, em vez de conferir-lhe importância, seria adornada por ela. São coisinhas desse tipo que agradam sua senhoria, e é uma espécie de atenção que me julgo peculiarmente obrigado a lhe prestar.

— O senhor julga muito bem — disse a senhora Bennet —, e felizmente tem o talento de elogiar com delicadeza. Posso perguntar-lhe se esses agradáveis elogios procedem do impulso do momento ou se são resultado de um estudo prévio?

— Surgem principalmente do que se passa no momento e, embora eu às vezes me divirta concebendo e planejando esses pequenos elogios elegantes que podem ser adaptados para situações comuns, sempre procuro dar-lhes o ar mais improvisado possível.

As expectativas do senhor Bennet foram todas atendidas. Seu primo era tão absurdo quanto esperara, e ouviu-o com muito prazer, mantendo ao mesmo tempo a mais resoluta compostura, e, exceto por um olhar ocasional para Elizabeth, não precisava de parceiro para o seu deleite.

Na hora do chá da tarde, contudo, a dose já tinha sido suficiente, e o senhor Bennet teve o prazer de levar o hóspede para a sala de estar novamente e, quando o chá terminou, ficou contente em convidá-lo a ler em voz alta para as damas. O senhor Collins rapidamente concordou, e lhe providenciaram um livro; mas, ao observá-lo (tudo indicava que era de uma biblioteca circulante),[2] ele mudou de ideia e, pedindo desculpas, alegou que nunca lia novelas. Kitty o encarou, e Lydia soltou uma exclamação. Outros livros foram providenciados e, depois de alguma deliberação, ele escolheu os *Sermões*, de Fordyce.[3] Lydia bocejou enquanto ele abria o volume, e antes que ele lesse três páginas com monótona solenidade, ela o interrompeu, dizendo:

— Sabe, mamãe, que o tio Philips está falando em demitir Richard; e se ele o fizer, o coronel Forster o contratará. Foi minha tia que me contou isso no sábado. Devo ir até Meryton amanhã para saber mais e perguntar quando o senhor Denny volta da capital.

As duas irmãs mais velhas mandaram Lydia segurar a língua; mas o senhor Collins, muito ofendido, pôs o livro de lado e disse:

— Tenho observado com frequência que as mocinhas não se interessam por livros mais sérios, embora sejam escritos unicamente para seu benefício. Confesso que isso me surpreende, porque, certamente, não pode haver nada mais vantajoso para elas do que a instrução. Contudo, não mais importunarei minha jovem prima.

Então, virando-se para o senhor Bennet, ofereceu-se como adversário num jogo de gamão. O senhor Bennet aceitou o desafio, observando que ele agia com muita sabedoria ao deixar as meninas com suas diversões frívolas. A senhora Bennet e suas filhas pediram desculpas com muita cortesia pela interrupção de Lydia e prometeram que aquilo não ocorreria novamente, mas o senhor Collins, depois de assegurar-lhes que não sentia rancor pela jovem prima, e que jamais consideraria seu comportamento uma afronta, sentou-se à outra mesa com o senhor Bennet e preparou-se para o gamão.

---

2. As bibliotecas circulantes eram bibliotecas custeadas pelos sócios que frequentemente serviam de lugar de encontro para pessoas ociosas. Além disso, para muitas pessoas sem recursos, essas bibliotecas também eram o único meio de contato com os livros, que eram muito caros à época. (N.E.)
3. James Fordyce (1720-1796) foi um clérigo e escritor escocês do século XVIII reconhecido por sua coleção de sermões para jovens. (N.E.)

Capítulo XV

O senhor Collins não era um homem sábio, e a deficiência em sua natureza não tinha sido corrigida pela educação nem pela sociedade; passara a maior parte de sua vida sob orientação de um pai ignorante e avarento e, embora tivesse cursado uma universidade, concluíra apenas os estudos necessários, sem adquirir nenhum conhecimento verdadeiramente útil. A submissão com que o pai o criara lhe conferira maneiras humildes, porém estas agora eram em grande parte compensadas pela vaidade de uma cabeça fraca, pela vida em retiro e pelos sentimentos resultantes de uma prosperidade prematura e inesperada. Um feliz acaso o recomendara a Lady Catherine de Bourgh quando o presbitério de Hunsford ficou vago; e o respeito que sentia por sua nobreza e a veneração pelo fato de ela ser sua benfeitora, misturados a uma ótima opinião de si mesmo, à sua autoridade como clérigo e aos seus direitos como reitor, transformaram-no por fim numa mescla de orgulho e subserviência, presunção e humildade.

Tendo agora uma boa casa e renda mais que suficiente, ele pretendia se casar; e, ao buscar a reconciliação com a família de Longbourn, tinha em mente uma esposa, já que pretendia escolher uma das filhas, se as achasse bonitas e amáveis como eram descritas por muitos. Esse era seu plano de reparação — de compensação — por herdar a propriedade do pai; e ele achou que era um plano excelente, muito apropriado, extremamente generoso e desinteressado de sua parte.

Seu plano não mudou nada ao vê-las. O rosto adorável da senhorita Bennet confirmou sua opinião e comprovou todas as suas rígidas noções sobre a preferência devida à primogenitura; e, naquela primeira noite, *ela* foi sua escolhida. A manhã seguinte, contudo, causou uma alteração; porque, num *tête-à-tête* de quinze minutos com a senhora Bennet antes do café da manhã, uma conversa que começou sobre seu presbitério e naturalmente levou à confissão de suas esperanças de encontrar em Longbourn uma senhora para sua casa, produziu, da parte dela, entre sorrisos muito complacentes e palavras de incentivo, um alerta contra a mesma Jane que ele havia escolhido. Quanto às filhas *mais novas*, não podia falar por elas nem dar uma resposta positiva, mas não *sabia* de nenhuma predisposição; já sua filha *mais velha*, ela devia mencionar, pois sentia-se na obrigação de avisá-lo que provavelmente ficaria noiva muito em breve.

O senhor Collins teve apenas que mudar de Jane para Elizabeth, e isso foi logo feito enquanto a senhora Bennet atiçava o fogo. Elizabeth, que era a mais próxima a Jane em idade e beleza, era naturalmente sua sucessora.

A senhora Bennet gostava das indiretas, e confiou que logo poderia ter duas filhas casadas; e o homem de quem ela não suportava falar no dia anterior agora era alvo de sua boa vontade.

A intenção de Lydia de caminhar até Meryton não foi esquecida; todas as irmãs, exceto Mary, concordaram em ir com ela; e o senhor Collins as acompanharia, a pedidos do senhor Bennet, que estava muito ansioso para se livrar dele e ficar sozinho em sua biblioteca, pois para lá o senhor Collins o seguira depois do café da manhã e lá continuara, aparentemente ocupado com um dos maiores fólios da coleção, mas na verdade falando com o senhor Bennet, quase sem cessar, sobre sua casa e seu jardim em Hunsford. Essas atitudes perturbavam demais o senhor Bennet. Em sua biblioteca, ele sempre teve a garantia de poder relaxar com tranquilidade e, embora preparado, como dissera a Elizabeth, a encontrar tolice e vaidade em todos os outros cômodos da casa, ali, estava acostumado a ficar livre delas. Assim, usou de toda a sua cortesia para convidar o senhor Collins a juntar-se às filhas no passeio; e o senhor Collins, que de fato tinha mais propensão para caminhar do que para ler, fechou o livro robusto com imenso prazer e saiu.

Entre os comentários desimportantes e pomposos dele e as aprovações polidas das primas, o tempo passou até que chegaram a Meryton. Então não foi mais possível ter a atenção das mais novas. Seus olhares passaram imediatamente a vagar pelas ruas em busca de oficiais, e nada menos do que um chapéu muito elegante ou uma nova musselina numa vitrine era capaz de desviar sua atenção.

Entretanto a atenção de todas as moças foi logo capturada por um rapaz que elas nunca tinham visto antes, com aparência de cavalheiro, andando com um oficial do outro lado da rua. O oficial era o próprio senhor Denny — cujo retorno de Londres Lydia fora investigar —, que fez uma mesura ao passar. Todas ficaram impressionadas com o ar do estranho, e se perguntaram quem ele poderia ser; e Kitty e Lydia, determinadas a descobrir, se possível, atravessaram a rua com o pretexto de olhar a loja que ficava em frente e, por sorte, tinham acabado de alcançar a calçada quando os dois cavalheiros, retornando, chegaram ao mesmo lugar. O senhor Denny dirigiu-se a elas diretamente e pediu permissão para apresentar seu amigo, o senhor Wickham, que voltara com ele da capital no dia anterior e tivera a bondade de aceitar um posto em sua corporação. Era exatamente como devia ser; pois o rapaz só precisava de um uniforme para se tornar ainda mais encantador. Sua aparência lhe era muito favorável; ele tinha todos os melhores atrativos da beleza, um lindo semblante, um bom porte e maneiras muito agradáveis. Após a apresentação, mostrou disposição para conversar, uma disposição ao mesmo tempo perfeitamente correta e despretensiosa; e todo o grupo ainda estava em pé, confabulando muito agradavelmente, quando o som de cavalos se fez notar, e Darcy e Bingley foram vistos descendo a rua. Ao reconhecerem as moças do grupo, os dois cavalheiros foram diretamente em sua direção e as cumprimentaram com a cortesia habitual. Bingley foi o que mais falou, e a senhorita Bennet foi a principal interlocutora. Ele estava, segundo disse, a caminho de Longbourn com o propósito de saber dela. O senhor Darcy confirmou com uma mesura, e tentava não fixar seus olhos em Elizabeth, quando eles foram repentinamente capturados pela visão do estranho, e Elizabeth, que viu o semblante de ambos quando se entreolharam, ficou espantada com o efeito do encontro. Ambos mudaram de cor, um ficou branco, o outro, vermelho. O senhor Wickham, depois de alguns instantes, tocou seu chapéu, um cumprimento que o senhor Darcy apenas condescendeu em retribuir. Qual seria o significado daquilo? Era impossível imaginar; era impossível não ansiar por saber.

Em pouco tempo, o senhor Bingley, sem parecer ter percebido o que se passara, despediu-se e foi embora com o amigo.

O senhor Denny e o senhor Wickham acompanharam as moças até a porta da casa do senhor Philips, e então despediram-se com reverências, a despeito das súplicas da senhorita Lydia para que entrassem, e até mesmo do gesto da senhora Philips, que abriu as janelas e repetiu o convite com entusiasmo.

A senhora Philips ficava sempre contente ao ver as sobrinhas; e as duas mais velhas foram especialmente bem-vindas em virtude de sua recente ausência. Ela expressava efusivamente sua surpresa com o súbito retorno das duas para casa, do qual não teria ficado sabendo, uma vez que a carruagem delas não as buscara, se não tivesse encontrado o ajudante do senhor Jones na rua, que lhe disse que não enviariam mais remédios a Netherfield porque as senhoritas Bennets tinham ido embora, quando sua atenção foi reivindicada por Jane, que desejava apresentá-la ao senhor Collins. Ela o recebeu com muita polidez, à qual ele retribuiu com cortesia ainda maior, desculpando-se pela intrusão por visitá-la sem apresentação prévia, o que se justificaria por sua relação de parentesco, da qual não podia deixar de se orgulhar, com as moças que o apresentaram. A senhora Philips ficou bastante admirada com esse excesso de boa educação, porém a consideração sobre o estranho logo chegou ao fim com as exclamações e perguntas sobre o outro, de quem, contudo, ela não tinha mais nada a contar para as sobrinhas além daquilo que já sabiam, que o senhor Denny tinha-o trazido de Londres, e que ele assumiria o posto de tenente no regimento de ...shire. Afirmou que o estivera observando na última hora, enquanto ele subia e descia a rua, e se o senhor Wickham tivesse aparecido, Kitty e Lydia certamente teriam continuado com essa ocupação, mas infelizmente ninguém passava pelas janelas agora, a não ser alguns oficiais que, em comparação com o estranho, tornavam-se "sujeitos estúpidos e desagradáveis". Alguns deles deveriam jantar com os Philips no dia seguinte, e a tia prometeu pedir ao marido para visitar o senhor Wickham e entregar-lhe um convite também, se a família de Longbourn viesse à noite. Isso ficou acertado, e a senhora Philips comunicou que teriam um jogo agradável e animado de tômbola e um jantar em seguida. A perspectiva desses prazeres alegrou a todos, e partiram de bom humor. O senhor Collins repetiu suas desculpas ao deixar o recinto e foi assegurado, com uma cortesia infatigável, de que elas eram absolutamente desnecessárias.

No caminho para casa, Elizabeth relatou a Jane o que tinha observado se passar entre os dois cavalheiros; entretanto, embora Jane pudesse defender um dos dois ou ambos, caso tivesse percebido algo errado, não soube explicar aquele comportamento melhor do que a irmã.

De volta a casa, o senhor Collins agradou muito a senhora Bennet elogiando as maneiras e a educação da senhora Philips. Afirmou que, com exceção de Lady Catherine e sua filha, nunca tinha visto mulher mais elegante, pois ela não só o tinha recebido com a máxima cortesia, como também o havia incluído no convite para a noite seguinte, embora ele fosse um perfeito desconhecido para ela até então. Algo que, ele supôs, poderia ser atribuído à sua ligação com a família, mas, ainda assim, nunca fora tratado com tanta atenção em toda a sua vida.

Capítulo XVI

Como nenhuma objeção foi feita ao encontro das jovens com a tia, e todos os escrúpulos do senhor Collins por deixar o senhor e a senhora Bennet por uma única noite durante sua visita foram firmemente rejeitados, a carruagem o levou com as cinco primas até Meryton no horário apropriado; e as moças tiveram o prazer de ouvir, ao entrar na sala de estar, que o senhor Wickham tinha aceitado o convite do tio e já estava na casa.

Depois de recebrem essa informação e assim que todos tomaram seus lugares, o senhor Collins sentiu-se à vontade para olhar em volta e admirar a casa, e ficou tão impressionado com o tamanho e a mobília da sala que confessou quase se sentir na saleta de café da manhã de verão em Rosings; uma comparação que a princípio não causou muita satisfação, mas, quando a senhora Philips compreendeu o que era Rosings e quem era sua proprietária, quando ouviu a descrição de uma das salas de estar de Lady Catherine e ficou sabendo que só a lareira havia custado oitocentas libras, sentiu toda a força do elogio, e não se ressentiria com uma comparação com o quarto da governanta.

Ao descrever-lhe toda a grandiosidade de Lady Catherine e sua mansão, com digressões ocasionais para elogiar sua própria e humilde casa e as melhorias que ela estava recebendo, o senhor Collins manteve-se alegremente ocupado até que os cavalheiros se juntassem a eles, e encontrou na senhora Philips uma ouvinte muito atenciosa, cuja opinião sobre a importância social dele aumentara com o que ouvira, e que estava resolvida a recontar tudo minuciosamente para os vizinhos logo que pudesse. Para as meninas, que não aguentavam ouvir o primo e não tinham nada a fazer a não ser desejar que alguém tocasse um instrumento musical e examinar as miniaturas de porcelana na cornija da lareira, o intervalo de espera pareceu muito longo. Contudo, finalmente terminou. Os cavalheiros chegaram e, quando o senhor Wickham entrou na sala, Elizabeth sentiu que a admiração com a qual o tinha observado antes, e pensado nele desde então, não era exagerada. Os oficiais do regimento eram em geral um grupo muito respeitável e cavalheiresco, e os melhores entre eles estavam presentes, no entanto o senhor Wickham era muito superior em personalidade, aparência, maneiras e modo de andar, assim como *eles* eram superiores ao gorducho e enfadonho tio Philips, com seu hálito de vinho do Porto, que os acompanhou até a sala.

O senhor Wickham era o felizardo para quem quase todos os olhares femininos se voltavam, e Elizabeth foi a felizarda ao lado de quem ele finalmente se sentou; e a maneira agradável com a qual ele imediatamente começou a conversa, embora fosse apenas sobre a noite úmida que fazia e sobre a probabilidade de uma estação chuvosa, fez com que ela sentisse que o assunto mais comum, trivial e corriqueiro podia se tornar interessante pela habilidade do interlocutor.

Com rivais na atenção das moças tais como o senhor Wickham e os oficiais, o senhor Collins parecia prestes a afundar na insignificância; para as jovens, ele certamente não era nada; mas ainda tinha, com alguns intervalos, uma bondosa ouvinte na senhora Philips, e foi, pelos cuidados dela, servido de café e bolinhos em abundância.

Quando as mesas de jogo foram postas, ele teve a oportunidade de retribuir a gentileza, sentando-se para jogar uíste.[1]

— Sei pouco sobre esse jogo — disse ele —, mas ficarei feliz em me aprimorar, pois na minha situação de vida...

A senhora Philips ficou muito satisfeita com a gentileza dele, mas não pôde esperar que concluísse o raciocínio.

O senhor Wickham não jogava uíste, e com muito prazer foi recebido na outra mesa entre Elizabeth e Lydia. A princípio, pareceu haver o risco de Lydia absorver sua atenção por completo, pois era muito falante; mas, como também era extremamente aficionada por jogos, logo ficou mais interessada por isso, ansiosa demais por fazer apostas e reivindicar os prêmios para dedicar atenção a alguém em particular. Fora as demandas comuns do jogo, o senhor Wickham ficou, portanto, à vontade para conversar com Elizabeth, que estava muito impaciente para ouvi-lo, embora não esperasse que ele contasse aquilo que ela mais desejava ouvir: a história de seu relacionamento com o senhor Darcy. Ela não ousava nem mesmo mencionar aquele cavalheiro. Sua curiosidade, contudo, foi inesperadamente atendida. O próprio senhor Wickham entrou no assunto. Ele perguntou qual era a distância entre Netherfield e Meryton, e, depois de receber a resposta, indagou de um modo hesitante há quanto tempo o senhor Darcy estava lá.

---

1. Jogo muito difundido no século XVIII e especialmente no século XIX, ancestral do bridge (que o acabou eliminando), disputado com um baralho de 52 cartas, dividido equitativamente por quatro jogadores em duas parcerias. (N.E.)

— Há cerca de um mês — disse Elizabeth; e então, querendo continuar no assunto, acrescentou: — Ouvi dizer que ele tem uma propriedade muito grande em Derbyshire.

— Sim — respondeu o senhor Wickham —, sua propriedade lá é esplêndida. Rendem dez mil líquidos por ano. Não poderia ter encontrado uma pessoa mais habilitada para lhe dar informações sobre esse assunto do que eu, pois estive de certa forma ligado à família dele desde a infância.

Elizabeth não conseguiu esconder a surpresa.

— É natural que se surpreenda com essa afirmação, senhorita Bennet, depois de presenciar, como provavelmente pôde perceber, a extrema frieza de nosso encontro ontem. Conhece bem o senhor Darcy?

— Mais do que eu gostaria — exclamou Elizabeth calorosamente. — Passei quatro dias na mesma casa que ele, e o achei muito desagradável.

— Não tenho direito de dar a *minha* opinião — disse Wickham — quanto a ele ser agradável ou não. Não estou qualificado para tanto. Eu o conheço há muito tempo e muito bem para ser um juiz justo. É impossível, para *mim*, ser imparcial. Mas acredito que sua opinião sobre ele causaria grande espanto em geral, e talvez não a expressasse com tanta veemência em nenhum outro lugar. Aqui está em meio à sua própria família.

— Dou minha palavra, não falo mais *aqui* do que falaria em qualquer outra casa da vizinhança, exceto em Netherfield. Ninguém gosta dele em Hertfordshire. Todos têm aversão ao seu orgulho. Não encontrará ninguém que fale dele de forma mais favorável.

— Não posso fingir que lamento — disse Wickham, depois de uma breve interrupção — que ele ou que qualquer homem não seja estimado além do que merece; mas com *ele* acredito que isso não aconteça com frequência. O mundo se deixa cegar por sua fortuna e importância, ou teme suas maneiras distintas e imponentes, e o vê apenas como ele deseja ser visto.

— Imagino, apesar de conhecê-lo pouco, que seja um homem de mau temperamento.

Wickham apenas balançou a cabeça.

— Pergunto-me — disse ele, na primeira oportunidade de falar — se ele permanecerá nessa região por muito tempo.

— Não sei; mas *não ouvi* nada sobre sua partida quando estive em Netherfield. Espero que os seus planos no condado não sejam afetados pela presença dele nas redondezas.

— Oh! Não. Não sou eu que vou partir por causa do senhor Darcy. Se ele deseja evitar *me* ver, ele que deve ir embora. Não estamos em termos amigáveis, e sempre me incomoda encontrá-lo, mas tenho apenas um motivo para evitá-lo e posso declará-lo diante do mundo inteiro: um sentimento de grande injustiça e um doloroso desgosto por ele ser quem é. O pai dele, senhorita Bennet, o finado senhor Darcy, foi um dos melhores homens que já existiram, e o amigo mais verdadeiro que já tive; jamais poderei estar na companhia deste senhor Darcy sem sentir uma tristeza profunda por milhares de lembranças afetuosas. O comportamento dele para comigo foi indecoroso; mas realmente acredito que poderia perdoá-lo por toda e qualquer coisa, menos por frustrar as esperanças do pai e desgraçar sua memória.

Elizabeth sentiu seu interesse aumentar e o ouviu com todo o coração, porém a delicadeza do assunto lhe impedia de fazer mais perguntas.

O senhor Wickham começou a falar de temas mais gerais, Meryton, a vizinhança, a sociedade, parecendo muito satisfeito com tudo o que já tinha visto, e referindo-se à última com um sutil mas muito claro galanteio.

— Foi a perspectiva de uma vida social intensa e boa — ele acrescentou — o que mais me incentivou a entrar para o regimento. Eu sabia que se tratava de uma corporação das mais respeitáveis, e meu amigo Denny tentou-me ainda mais com seu relato dos alojamentos atuais e das atenções e excelentes relações que Meryton lhes oferecia. A vida social, admito, é necessária para mim. Já me desapontei muito, e meu espírito não suporta a solidão. *Preciso* de ocupação e companhia. Uma vida militar não era exatamente o que eu queria, mas as circunstâncias agora a tornaram conveniente. A igreja *deveria* ter sido a minha profissão, fui criado para a Igreja, e deveria nesse momento ter um ótimo posto eclesiástico, se isso tivesse sido do agrado do cavalheiro do qual falávamos.

— É mesmo?

— Sim, o falecido senhor Darcy me legara a próxima nomeação para a melhor paróquia em seus domínios. Ele era meu padrinho e muito apegado a mim. Não posso fazer justiça à sua benevolência. Ele desejava me amparar generosamente e achou que tivesse feito isso, mas, quando a paróquia ficou vaga, foi entregue a outro.

— Deus do céu! — exclamou Elizabeth. — Mas como *isso* pôde acontecer? Como o testamento pôde ser ignorado? Por que não buscou uma reparação legal?

— Havia uma informalidade nos termos da herança, o que não me dava esperanças com a lei. Um homem de honra não poderia ter duvidado da intenção, mas o senhor Darcy preferiu duvidar, ou tratá-la como uma recomendação meramente condicional, e justificar que eu tinha perdido todo o direito à herança por minha extravagância e imprudência, ou seja, por qualquer coisa. O certo é que a paróquia ficou vaga há dois anos, exatamente quando eu tinha idade para assumi-la, e foi dada a outro homem; no entanto, com certeza, não posso me culpar por ter feito alguma coisa para merecer perdê-la. Tenho um temperamento acalorado e franco, e posso ter expressado minha opinião *sobre* ele, e *para* ele, com muita liberdade. Não consigo me lembrar de nada pior do que isso. Porém o fato é que somos homens muito diferentes, e ele me odeia.

— Isso é muito espantoso! Ele merece ser publicamente desonrado.

— Cedo ou tarde, isso vai acontecer, mas não será por *meu* intermédio. Enquanto me lembrar de seu pai, jamais poderei afrontá-lo ou desmascará-lo.

Elizabeth o respeitou por esses sentimentos e achou-o ainda mais bonito enquanto ele os expressava.

— Mas qual — ela disse, depois de uma pausa — pode ser o motivo dele? O que pode tê-lo induzido a se comportar com tamanha crueldade?

— Uma completa e determinada antipatia por mim. Uma antipatia que só posso atribuir em alguma medida ao ciúme. Se o finado senhor Darcy gostasse menos de mim, seu filho poderia ter me tolerado; mas o apego incomum do pai para comigo o irritava, acredito, desde muito cedo. Ele não tem o temperamento para suportar o tipo de rivalidade que havia entre nós, o tipo de preferência que me era demonstrada frequentemente.

— Nunca havia imaginado que o senhor Darcy fosse tão maldoso assim, embora nunca tenha gostado dele. Nunca tinha pensado tão mal dele. Eu supunha que ele desprezasse as outras criaturas em geral, mas não suspeitava que se rebaixasse a uma vingança tão maligna, a tamanha injustiça e desumanidade.

Após refletir alguns minutos, contudo, ela continuou:

— Lembro-me de ele ter se vangloriado um dia, em Netherfield, de seus ressentimentos implacáveis, de ter um temperamento rancoroso. Seu gênio deve ser terrível.

— Sou suspeito para falar — respondeu Wickham —; dificilmente serei justo com ele.

Elizabeth voltou a mergulhar em pensamentos e, depois de um tempo, exclamou:

— Tratar dessa maneira o afilhado, o amigo, o favorito de seu pai! — e poderia ter acrescentado: "Um rapaz como *você*, cuja aparência atesta um caráter tão bondoso", mas se contentou em dizer: — E um rapaz, também, que provavelmente foi seu companheiro desde a infância, crescendo junto, como creio que disse, de maneira muito próxima.

— Nascemos na mesma paróquia, dentro das mesmas terras; a maior parte de nossa juventude, passamos juntos; morando na mesma casa, compartilhando as mesmas brincadeiras, recebendo o mesmo cuidado paternal. *Meu* pai começou a vida na profissão à qual seu tio, senhor Philips, parece dar muito crédito, mas ele desistiu de tudo para servir ao finado senhor Darcy e dedicou todo o seu tempo ao cuidado da propriedade de Pemberley. Ele era muito estimado pelo senhor Darcy, um amigo muito íntimo, um confidente. O senhor Darcy sempre reconhecera ter uma grande dívida para com a eficiente administração de meu pai, e quando, pouco antes da morte deste, o senhor Darcy fez-lhe a promessa voluntária de prover o meu futuro, estou convencido de que sentia que isso era tanto um gesto de gratidão para com *ele* quanto de afeição por mim.

— Que estranho! — exclamou Elizabeth. — Que abominável! Pergunto-me como o orgulho desse senhor Darcy não o obrigou a ser justo com você! Se não por motivo melhor, pelo menos porque não deve ter sentido muito orgulho de ser desonesto. Porque eu chamo isso de desonestidade.

— É mesmo espantoso — respondeu Wickham —, porque quase todas as atitudes dele podem ser atribuídas ao orgulho; e o orgulho costuma ser seu melhor amigo. Para ele, está mais próximo da virtude do que de qualquer outro sentimento. Contudo, nenhum de nós é coerente, e em seu comportamento para comigo houve impulsos mais fortes do que o orgulho.

— Pode um orgulho tão abominável quanto o dele ter-lhe feito algum bem?

— Sim. Com frequência, o fez agir de forma franca e generosa, dar seu dinheiro livremente, demonstrar hospitalidade, ajudar seus arrendatários e os pobres. O orgulho familiar e o orgulho *filial*, pois ele tem muito orgulho do pai, fizeram isso. Não aparentar desmerecer a família, não se desviar das qualidades mais valorizadas nem perder a influência de Pemberley são motivos fortes. Ele tem também orgulho *fraternal*, que, somado a *algum* afeto fraterno, faz dele um guardião muito gentil e zeloso da irmã, e você ouvirá dizer que ele é considerado o melhor e mais atencioso dos irmãos.

— Que tipo de moça é a senhorita Darcy?

Ele balançou a cabeça.

— Gostaria de dizer que é amável. Dói-me falar mal de um Darcy. Mas agora ela é muito parecida com o irmão; muito, muito orgulhosa. Quando criança, era afetuosa e agradável, e gostava muito de mim. Dediquei horas e horas a entretê-la. No entanto ela não significa nada para mim hoje. É uma moça bonita, de quinze ou dezesseis anos, e, pelo que sei, muito prendada. Desde a morte do pai, mora em Londres, com uma senhora que supervisiona sua educação.

Depois de muitas pausas e tentativas de falar de outros assuntos, Elizabeth não conseguiu evitar voltar mais uma vez ao primeiro e disse:

— Fico surpresa com a intimidade dele com o senhor Bingley! Como pode o senhor Bingley, que parece ser o bom humor em pessoa, e é, acredito, verdadeiramente amável, ter uma amizade com esse homem? Como podem se dar bem? Conhece o senhor Bingley?

— Não o conheço.

— É um homem gentil, amável, encantador. Não deve saber do que é capaz o senhor Darcy.

— Provavelmente não; mas o senhor Darcy sabe agradar quando quer. Não lhe faltam habilidades. Ele pode ser uma companhia sociável se achar que vale a pena. Entre aqueles iguais em importância social ele é um homem muito diferente do que com os menos prósperos. Seu orgulho nunca o abandona; mas com os ricos ele é generoso, justo, sincero, racional, honrado, e talvez até agradável, ainda que parte disso se deva à fortuna e à aparência.

O jogo de uíste terminou em seguida, os jogadores se reuniram em torno da outra mesa, e o senhor Collins tomou seu lugar entre sua prima Elizabeth e a senhora Philips. As perguntas de praxe sobre seu sucesso foram feitas pela última. Não tinha ido muito bem no jogo; tinha perdido todos os pontos; mas, quando a senhora Philips começou a mostrar-se preocupada, ele lhe assegurou com muita seriedade e de modo sincero que aquilo não tinha a mínima importância, que considerava o dinheiro mera ninharia, e pediu que ela não se inquietasse.

— Sei muito bem, madame — disse ele —, que, quando as pessoas se sentam à mesa de jogo, devem se arriscar, e felizmente não estou na situação de me preocupar em perder cinco xelins. Há sem dúvida muitos que não poderiam dizer o mesmo, mas, graças a Lady Catherine de Bourgh, estou muito além da necessidade de me importar com essas coisas menores.

Aquilo chamou a atenção do senhor Wickham, e, depois de observar o senhor Collins por alguns instantes, ele perguntou a Elizabeth em voz baixa se seu parente era muito íntimo da família de Bourgh.

— Lady Catherine de Bourgh — ela respondeu — ofereceu-lhe uma paróquia recentemente. Não sei como o senhor Collins foi apresentado a ela, mas certamente não a conhece há muito tempo.

— Você sabe, é claro, que Lady Catherine de Bourgh e Lady Anne Darcy eram irmãs; consequentemente, ela é tia do senhor Darcy.

— Não sabia. Não sei nada sobre as ligações de Lady Catherine. Nunca tinha ouvido nada sobre sua existência até anteontem.

— A filha dela, a senhorita de Bourgh, herdará uma grande fortuna, e acredita-se que ela e o primo unirão as duas propriedades.

Essa informação fez Elizabeth sorrir ao pensar na pobre senhorita Bingley. Vãs eram todas as suas atenções e inúteis os elogios ao senhor Darcy, vã e inútil era sua afeição pela irmã dele, se ele já estava destinado a outra.

— O senhor Collins — disse ela — fala muito bem de Lady Catherine e de sua filha; mas, por alguns pormenores do que contou sobre ela, suspeito que sua gratidão o cegue e que, apesar de ser sua benfeitora, é uma mulher arrogante e convencida.

— Acredito que ela seja as duas coisas em alto grau — respondeu Wickham —; não a vejo há muitos anos, mas lembro muito bem que nunca gostei dela, e que suas maneiras eram ditatoriais e insolentes. Ela tinha a reputação de ser notavelmente sensata e inteligente, mas creio que parte de suas habilidades vem de sua importância e fortuna, outra parte, de suas maneiras autoritárias, e o resto, do orgulho do sobrinho, que considera que todas as pessoas ligadas a ele devem ter uma inteligência de primeira classe.

Elizabeth admitiu que ele tinha feito um relato muito racional sobre tudo aquilo, e eles continuaram conversando com satisfação mútua até que o jantar colocou fim aos jogos de cartas e deu ao resto das moças sua cota das atenções do senhor Wickham. Era impossível conversar em meio ao barulho do grupo da senhora Philips durante o jantar, mas as maneiras dele o recomendavam a todos. O que quer que dissesse, era bem-dito; e o que quer que fizesse, era feito com graça. Elizabeth foi embora com a cabeça cheia de pensamentos sobre ele. Ela não conseguia pensar em nada a não ser no senhor Wickham e no que ele havia contado, durante todo o trajeto para casa; mas não houve tempo sequer para mencionar o nome dele, pois nem Lydia nem o senhor Collins pararam de falar. Lydia falou incessantemente sobre o jogo de loteria, da ficha que perdera e da ficha que ganhara; e o senhor Collins descrevia a cortesia do senhor e da senhora Philips, afirmando que não lamentava nem um pouco suas perdas no uíste, enumerando todos os pratos do jantar e desculpando-se repetidamente por espremer as primas na carruagem, tinha mais a dizer do que conseguiu antes que chegassem a Longbourn.

Capítulo XVII

Elizabeth relatou a Jane no dia seguinte o que tinha se passado entre ela e o senhor Wickham. Jane a ouviu com perplexidade e preocupação; ela não conseguia acreditar que o senhor Darcy pudesse ser tão indigno da consideração do senhor Bingley; ainda assim, não era de sua natureza questionar a veracidade de um jovem de aparência tão bondosa quanto Wickham. A possibilidade de ele ter sofrido tamanha crueldade era suficiente para despertar todos os seus bons sentimentos; e nada restava a fazer, portanto, a não ser pensar bem de ambos, defender a conduta de cada um e creditar a um acidente ou equívoco o que quer que não pudesse ser explicado de outra forma.

— Ambos foram enganados, acredito — disse ela —, de um jeito ou de outro, de modo que não podemos adivinhar. Pessoas interesseiras talvez tenham falado mal de um para o outro. É, em resumo, impossível para nós conjecturarmos as causas ou circunstâncias que podem tê-los separado sem que qualquer um dos lados tenha culpa.

— Verdade! E agora, minha querida Jane, o que tem a dizer em favor das pessoas interesseiras que provavelmente se envolveram na situação? Vai inocentá-las *também*, ou seremos obrigadas a pensar mal de alguém?

— Ria o quanto quiser, mas não me fará mudar de opinião. Minha querida Lizzy, apenas considere sob que luz vergonhosa isso coloca o senhor Darcy, tratando o favorito do pai dessa maneira, alguém a quem o pai tinha prometido prover. É impossível. Nenhum homem com o mínimo de humanidade, nenhum homem que valorize seu caráter seria capaz disso. Podem os amigos mais íntimos estar tão enganados a seu respeito? Ah, não.

— Para mim, é muito mais fácil acreditar que o senhor Bingley está sendo enganado do que crer que o senhor Wickham inventaria uma história dessas sobre si mesmo tal como me contou ontem à noite; nomes, fatos, tudo mencionado sem cerimônia. Se não for assim, deixe que o senhor Darcy o contradiga. Além disso, havia sinceridade em seu semblante.

— É difícil mesmo, é desolador. Não sabemos o que pensar.

— Desculpe, mas sabemos exatamente o que pensar.

Contudo Jane podia refletir com certeza sobre apenas um ponto: que o senhor Bingley, se *estivesse* sendo enganado, sofreria muito quando a situação se tornasse pública.

As duas jovens foram avisadas, no bosque onde essa conversa se passava, sobre a chegada das mesmas pessoas de quem estavam falando; o senhor Bingley e suas irmãs foram levar pessoalmente o convite para o tão esperado baile em Netherfield, que estava marcado para a terça-feira seguinte. As duas moças ficaram encantadas ao ver sua querida amiga novamente, disseram que fazia uma era que não se viam, e perguntaram várias vezes o que ela vinha fazendo desde então. Para o resto da família, elas não deram muita atenção, evitando a senhora Bennet o máximo possível, dizendo pouca coisa a Elizabeth e nada às outras irmãs. Elas logo partiram, levantando-se com um ímpeto que pegou o irmão de surpresa, e saíram apressadas como se estivessem ansiosas para escapar das cortesias da senhora Bennet.

A perspectiva de um baile em Netherfield era extremamente aprazível para todas as damas da família. A senhora Bennet decidiu considerar que o baile era oferecido em homenagem à filha mais velha, e ficou particularmente lisonjeada ao ser convidada pelo próprio senhor Bingley, e não por meio de um cartão cerimonioso. Jane imaginou uma noite alegre para si na companhia de suas duas amigas e com as atenções do irmão delas; e Elizabeth pensou com prazer em dançar bastante com o senhor Wickham, e em ver a confirmação de tudo no rosto e no comportamento do senhor Darcy. A felicidade antecipada por Catherine e Lydia dependia menos de um evento ou uma pessoa específica, porque, muito embora as duas, assim como Elizabeth, pensassem em dançar metade da noite com o senhor Wickham, ele não era de forma alguma o único parceiro que poderia satisfazê-las, e um baile era, de qualquer forma, um baile. E até Mary garantiu à família que não tinha nenhuma aversão à festa.

— Desde que eu possa ter as manhãs livres para mim mesma — disse ela —, é suficiente. Acho que não é nenhum sacrifício comparecer de vez em quando a compromissos à noite. A sociedade exige um pouco de todos nós; e eu me encontro entre aqueles que consideram intervalos de recreação e divertimento desejáveis para todos.

Elizabeth estava com um humor tão bom nessa ocasião que, embora não falasse mais do que o necessário com o senhor Collins, não pôde deixar de perguntar se ele tinha intenção de aceitar o convite do senhor Bingley e, em caso afirmativo, se achava apropriado participar da diversão noturna; e ficou muito surpresa ao descobrir que ele não tinha nenhum escrúpulo quanto a isso, e estava longe de temer uma reprimenda do arcebispo ou de Lady Catherine de Bourgh por se atrever a dançar.

— Não acredito, de forma alguma — disse ele —, que um baile desse tipo, oferecido por um homem de caráter a pessoas respeitáveis, tenha qualquer tendência maléfica; e estou tão longe de recusar-me a dançar, que espero receber a honra de ter a mão de todas as minhas belas primas ao longo da noite; e aproveito esta oportunidade para pedir a sua, senhorita Elizabeth, para as duas primeiras danças especialmente, uma preferência que acredito que minha prima Jane atribuirá à causa certa, sem nenhum desrespeito por ela.

Elizabeth ficou completamente desolada. Ela imaginara comprometer-se com o senhor Wickham para essas mesmas danças; mas, em vez disso, teria de dançar com o senhor Collins! Sua espontaneidade nunca fora tão inoportuna. Não havia o que fazer, contudo. A felicidade do senhor Wickham e a sua própria estavam forçosamente adiadas um pouco mais, e a proposta do senhor Collins foi aceita com o tanto de cortesia que lhe foi possível. Ela tampouco ficou satisfeita com o galanteio, porque ele sugeria algo mais. Tinha-lhe ocorrido pela primeira vez que *ela* havia sido escolhida entre as irmãs como digna de ser a esposa do reitor de Hunsford, e de ajudar a formar uma mesa de *quadrille* em Rosings na ausência de visitantes mais importantes. A ideia logo se transformou em convicção, à medida que ela observou as crescentes cortesias do senhor Collins para com ela e ouviu suas frequentes tentativas de elogiá-la por sua inteligência e vivacidade; e embora mais surpresa do que satisfeita consigo mesma por esse efeito de seus encantos, não demorou para sua mãe fazê-la entender que a probabilidade do casamento entre os dois lhe era extremamente agradável. Elizabeth, contudo, preferiu não dar atenção à insinuação, pois estava bem ciente de que uma séria discussão seria consequência de qualquer resposta. O senhor Collins talvez nunca fizesse a oferta, e, até que fizesse, seria inútil discutir por causa dele.

Se não houvesse um baile em Netherfield para o qual se preparar e sobre o qual falar, as senhoritas Bennet mais novas estariam num estado lastimável, porque, desde o dia do convite até o dia do baile, houve uma sucessão de dias chuvosos que não lhes permitiu ir a Meryton sequer uma vez. Nada de tia, oficiais ou notícias para comentar; os enfeites dos sapatos para o baile de Netherfield tiveram de ser encomendados. Até mesmo Elizabeth teve sua paciência testada pelo clima, que suspendeu totalmente o avanço de suas relações com o senhor Wickham; e só mesmo um baile na terça-feira poderia tornar suportáveis para Kitty e Lydia uma sexta, um sábado, um domingo e uma segunda como aqueles.

Capítulo XVIII

Até Elizabeth entrar na sala de estar de Netherfield e procurar em vão pelo senhor Wickham entre o grupo de casacos vermelhos lá reunido, a dúvida quanto a ele estar presente nunca lhe ocorrera. A certeza de encontrá-lo não tinha sido abalada por nenhuma das lembranças que, não sem razão, a haviam alarmado. Ela se vestira com um cuidado maior que de costume e se preparara com o melhor dos ânimos para a conquista do que restava de indômito no coração dele, confiando que não era nada que ela não pudesse vencer ao longo da noite. Mas num instante cresceu a terrível suspeita de que ele havia sido propositalmente omitido do convite de Bingley aos oficiais para agradar o senhor Darcy; e, embora esse não fosse exatamente o caso, o fato absoluto de sua ausência foi anunciado pelo senhor Denny, a quem Lydia ansiosamente indagara, que lhes disse que Wickham fora obrigado a ir para a cidade a negócios na véspera e ainda não havia retornado, acrescentando, com um sorriso significativo:

— Não acredito que os negócios o teriam chamado justamente agora se ele não quisesse evitar um certo cavalheiro aqui.

Essa parte da informação, embora tenha sido ignorada por Lydia, foi captada por Elizabeth, e, ao confirmar que Darcy não era menos responsável pela ausência de Wickham do que ela supusera, todo o sentimento de desprazer contra o primeiro foi tão acentuado pela frustração imediata que ela mal conseguiu responder com cortesia às educadas perguntas que ele mais tarde se aproximou para fazer. Atenção, indulgência e paciência para com Darcy eram uma injustiça para com Wickham. Estava decidida a evitar qualquer tipo de conversa com ele, e virou as costas num ímpeto de mau humor que não conseguiu dissimular nem mesmo ao falar com o senhor Bingley, cuja parcialidade cega a irritava.

No entanto o mau humor não fazia parte da natureza de Elizabeth; e embora todas as suas expectativas para a noite tivessem sido destruídas, isso não poderia se demorar em seu espírito. Depois de contar todas as suas mágoas para Charlotte Lucas, a quem não via há uma semana, logo foi capaz de mudar espontaneamente de assunto e chamou a atenção dela para as esquisitices de seu primo. As duas primeiras danças, contudo, trouxeram um retorno de sua angústia; foram danças de humilhação. O senhor Collins, desajeitado e solene, desculpando-se em vez de prestar atenção e com frequência errando os passos sem estar ciente disso, proporcionou-lhe toda a vergonha e tristeza que um parceiro desagradável pode fornecer por algumas danças. O momento de separar-se dele foi um êxtase.

Ela dançou depois com um oficial, e sentiu-se aliviada por falar sobre Wickham e saber que ele era querido por todos. Quando as danças terminaram, voltou para a companhia de Charlotte Lucas e conversava com ela quando se viu de repente interpelada pelo senhor Darcy, que muito a surpreendeu com um convite para dançar. Sem saber bem o que fazer, ela aceitou. Ele se afastou imediatamente, e ela lamentou sua própria falta de presença de espírito. Charlotte tentou consolá-la:

— Atrevo-me a dizer que o achará muito agradável.

— Deus me livre! *Isso* seria o maior dos infortúnios! Achar agradável o homem a quem estou determinada a odiar! Não me deseje tamanho mal.

Quando a dança recomeçou, contudo, e Darcy se aproximou para pedir-lhe a mão, Charlotte não pôde evitar aconselhá-la, num sussurro, que não fosse tola e não permitisse que seu encantamento por Wickham a fizesse parecer desagradável aos olhos de um homem dez vezes mais importante. Elizabeth não respondeu, apenas tomou seu lugar no grupo, surpresa com a honra que tinha alcançado de ser a escolhida para ficar de frente para o senhor Darcy, e percebeu a mesma surpresa nos olhares de suas vizinhas. Eles ficaram por algum tempo sem dizer uma palavra; e ela começou a imaginar que o silêncio duraria as duas danças, e a princípio estava decidida a não o quebrar, até que, de repente, imaginando que seria uma grande punição para seu parceiro obrigá-lo a falar, ela fez algum breve comentário sobre a dança. Ele respondeu e novamente ficou em silêncio. Depois de uma pausa de alguns minutos, ela se dirigiu a ele uma segunda vez:

— Agora é *sua* vez de dizer alguma coisa, senhor Darcy. Eu falei sobre a dança, e *você* deveria fazer algum tipo de observação sobre o tamanho do salão ou o número de casais.

Ele sorriu e assegurou-lhe que diria tudo o que ela desejasse.

— Muito bem. Essa resposta servirá por enquanto. Talvez logo mais eu comente que os bailes particulares são muito mais agradáveis do que os públicos. Mas *agora* podemos ficar em silêncio.

— A senhorita tem por regra conversar enquanto dança?

— Às vezes. Deve-se falar um pouco, como sabe. Seria estranho ficarmos completamente calados por meia hora juntos; e, no entanto, para o bem de *alguns*, a conversa deve ser arranjada para que possam dizer o mínimo possível.

— Está se referindo a seus próprios sentimentos no caso, ou imagina que está justificando os meus?

— As duas coisas — respondeu Elizabeth, irônica —, pois sempre vi uma grande similaridade no funcionamento de nossas mentes. Somos ambos de uma disposição antissocial e taciturna, avessa a falar, a menos que esperemos dizer algo que surpreenda todos os presentes e fique para a posteridade com toda a aclamação de um provérbio.

— Isso não tem uma semelhança muito grande com o seu caráter, tenho certeza — disse ele. — O quanto pode se aproximar do *meu*, não posso dizer. Mas *você* pensa que é um retrato fiel, sem dúvida.

— Não devo julgar meu próprio desempenho.

Ele não respondeu, e ficaram novamente em silêncio até cruzarem o salão, quando ele perguntou se ela e as irmãs iam com frequência a Meryton. Ela respondeu que sim, e, incapaz de resistir à tentação, acrescentou:

— Quando nos encontrou lá outro dia, acabávamos de conhecer um novo amigo.

O efeito foi imediato. Uma sombra profunda de arrogância passou pelo seu rosto, mas ele não disse uma palavra; e Elizabeth, embora se culpasse por sua própria fraqueza, preferiu não continuar. Por fim, Darcy falou, de uma maneira contida:

— O senhor Wickham é abençoado com maneiras tão agradáveis que lhe garantem *fazer* novos amigos. Mas, se ele é igualmente capaz de *manter* as amizades, não estou tão certo.

— Ele teve a infelicidade de perder a *sua* amizade — respondeu Elizabeth com ênfase —, e de uma maneira que provavelmente o fará sofrer a vida inteira.

Darcy não respondeu, e pareceu desejar mudar de assunto. Naquele momento, Sir William Lucas apareceu perto deles com a intenção de atravessar o salão; mas, ao perceber o senhor Darcy, inclinou-se num gesto de suprema cortesia para cumprimentá-lo pela dança e pela parceira.

— Estou muito satisfeito, meu caro senhor. Não se vê com frequência alguém dançar tão bem. É evidente que o senhor pertence aos círculos mais nobres. Permita-me dizer, contudo, que sua bela parceira não deixa a desejar, e que espero que esse prazer se repita, especialmente quando um certo evento desejável, minha cara Eliza — disse olhando para Jane e Bingley —, acontecer. Serão inúmeras as felicitações! Não é mesmo, senhor Darcy? Mas não me permita interrompê-lo, senhor. O senhor não me agradecerá por privá-lo da conversa encantadora dessa moça, cujos olhos brilhantes também estão me repreendendo.

A última parte dessa conversa mal foi ouvida pelo senhor Darcy; mas a alusão de Sir William a seu amigo pareceu atingi-lo com força, e seus olhos se dirigiram com uma expressão muito séria para Bingley e Jane, que dançavam juntos. Recuperando-se, contudo, em poucos instantes, ele virou-se para a parceira e disse:

— A interrupção de Sir William me fez esquecer do que estávamos falando.

— Acho que não estávamos falando sobre nada importante. Sir William não poderia ter interrompido duas pessoas no salão que tivessem menos a dizer uma a outra. Já tentamos dois ou três assuntos sem sucesso, e não imagino sobre o que falaremos em seguida.

— Quais são os livros que você aprecia? — ele disse, sorrindo.

— Livros... Oh, não! Tenho certeza de que nunca lemos os mesmos, ou pelo menos não com as mesmas impressões.

— Sinto muito que pense assim; mas, se esse for o caso, pelo menos não haverá falta de assunto. Podemos comparar nossas diferentes opiniões.

— Não, não posso falar de livros num salão de baile; minha cabeça está sempre cheia de outras coisas.

— Nessas ocasiões, você só se ocupa do *presente*, não é? — disse ele, com um ar de dúvida.

— Sim, sempre — ela respondeu, sem considerar o que estava dizendo, pois seus pensamentos tinham vagado para longe do assunto, como logo ficou claro por intermédio de sua repentina exclamação:

— Lembro-me de que disse uma vez, senhor Darcy, que raramente perdoa, que seu ressentimento, uma vez despertado, é implacável. É muito cauteloso, suponho, quanto a ele *ser despertado*.

— Sou — disse ele, com voz firme.

— E nunca se deixa cegar pelo preconceito?

— Espero que não.

— É especialmente importante para aqueles que nunca mudam de opinião estarem certos de julgar adequadamente a princípio.

— Posso lhe perguntar qual é a intenção dessas indagações?

— Meramente a ilustração de *seu* caráter — disse ela, tentando afastar o ar de seriedade. — Estou tentando compreendê-lo.

— E está tendo sucesso?
Ela balançou a cabeça.
— Não entendo de forma alguma. Ouço relatos tão diferentes sobre você que fico muito intrigada.
— Posso imaginar — ele respondeu, com seriedade — que os relatos devem variar muito a meu respeito; e eu gostaria, senhorita Bennet, que não traçasse o meu caráter no presente momento, pois há razão para temer que isso não seja benéfico para ambos.
— Mas, se eu não traçar seu retrato agora, posso nunca mais ter outra oportunidade.
— De forma alguma eu interromperia um prazer seu — ele respondeu, friamente.
Ela não disse mais nada, e eles dançaram mais uma vez e separaram-se em silêncio; ambos insatisfeitos, embora não no mesmo grau, pois no peito de Darcy havia um sentimento muito forte por ela, tanto que ele logo a perdoou e dirigiu toda a sua raiva contra outra pessoa.
Eles não tinham se separado havia muito quando a senhorita Bingley veio na direção de Elizabeth e, com uma expressão de desdém, aproximou-se e disse:
— Então, senhorita Eliza, ouvi dizer que está bastante encantada com George Wickham! Sua irmã estava me falando sobre ele e me fazendo mil perguntas; e acho que o jovem esqueceu de contar-lhe, em meio às outras informações, que ele era filho do velho Wickham, administrador do finado senhor Darcy. Deixe-me recomendar-lhe, contudo, como amiga, que não dê demasiada confiança a todas as afirmações dele; pois, quanto ao senhor Darcy tratá-lo mal, isso é absolutamente falso; pelo contrário, o senhor Darcy sempre foi notavelmente gentil com ele, embora George Wickham tenha tratado o senhor Darcy da maneira mais infame. Não sei os detalhes, mas sei muito bem que o senhor Darcy não tem nenhuma culpa, que ele não suporta nem ouvir alguma menção a George Wickham, e que, embora meu irmão achasse que não poderia evitar incluí-lo no convite aos oficiais, ficou bastante contente ao descobrir que ele tinha se retirado do caminho. O fato de ele vir para o campo é uma atitude muito insolente, e me pergunto como ele ousou fazer isso. Sinto muito, senhorita Eliza, por essa descoberta da culpa do seu favorito, mas, realmente, considerando suas origens, não se poderia esperar nada melhor.
— Sua culpa e sua origem modesta parecem ser a mesma coisa pelo seu relato — disse Elizabeth, irritada —, porque não a ouvi acusá-lo de

nada pior do que de ser filho do administrador do senhor Darcy, e *sobre isso*, posso assegurar-lhe, ele mesmo me informou.

— Desculpe — respondeu a senhorita Bingley, virando-se com uma expressão de desprezo. — Perdoe a minha interferência, foi bem-intencionada.

"Que insolente", disse Elizabeth para si mesma. "Está muito enganada se espera influenciar-me com um ataque tão desprezível quanto esse. Não vejo nada nisso a não ser sua voluntária ignorância e a malícia do senhor Darcy." Então ela procurou a irmã mais velha, que tinha questionado o senhor Bingley a respeito do mesmo assunto. Jane recebeu-a com um sorriso de uma satisfação tão doce, uma expressão tão feliz, que mostrava suficientemente o quanto ela estava contente com os acontecimentos da noite. Elizabeth logo percebeu os sentimentos dela e, naquele momento, a admiração por Wickham, o ressentimento contra seus inimigos e tudo mais deram lugar à esperança de Jane estar a caminho da felicidade.

— Quero saber — disse ela, com uma expressão não menos sorridente do que a irmã — o que você descobriu sobre o senhor Wickham. No entanto, talvez esteja entretida com coisas mais agradáveis para pensar em qualquer terceira pessoa; nesse caso, pode estar segura do meu perdão.

— Não — respondeu Jane —, não o esqueci; mas não tenho nada satisfatório para lhe contar. O senhor Bingley não sabe toda a história dele, e ignora as circunstâncias que levaram o senhor Darcy a sentir-se ofendido; mas ele garante a boa conduta, a probidade e a honra de seu amigo, e está perfeitamente convencido de que o senhor Wickham merecia muito menos atenção do senhor Darcy do que recebeu; e sinto muito por dizer que, segundo ele e a irmã, o senhor Wickham não é um homem respeitável. Acho que ele foi muito imprudente e mereceu perder a consideração do senhor Darcy.

— O senhor Bingley não conhece o senhor Wickham?

— Não; ele nunca o tinha visto antes daquela manhã em Meryton.

— Esse relato, então, foi o que ele ouviu do senhor Darcy. Estou satisfeita. Mas o que ele disse sobre a paróquia?

— Ele não se lembra exatamente das circunstâncias, embora tenha ouvido o senhor Darcy falar sobre isso mais de uma vez, porém, acredita que foi deixada a ele apenas *como uma condição*.

— Não tenho nenhuma dúvida quanto à sinceridade do senhor Bingley — disse Elizabeth —, mas você deve me desculpar se não me convenço apenas com essas afirmações. A defesa de seu amigo feita pelo senhor Bingley foi muito hábil, ouso dizer; mas, uma vez que ele não conhece as outras partes envolvidas na história, e ficou sabendo do resto por intermédio desse mesmo amigo, continuarei pensando sobre os dois cavalheiros como antes.

Elizabeth então mudou de assunto para um mais agradável a ambas, e sobre o qual não poderia haver divergências. Ela ouviu com prazer Jane falar sobre as esperanças felizes porém modestas que tinha a respeito do interesse do senhor Bingley, e disse tudo o que pôde para estimular a confiança dela. Quando o próprio senhor Bingley se juntou a elas, Elizabeth se retirou para a companhia da senhorita Lucas, a quem ela mal havia respondido às perguntas sobre a amabilidade de seu último parceiro na dança, quando o senhor Collins foi até elas e disse com grande entusiasmo que sentia-se muito afortunado por ter feito uma descoberta das mais importantes.

— Descobri — disse ele —, por um acaso singular, que está no salão um parente próximo de minha benfeitora. Ouvi o próprio cavalheiro mencionar à moça que faz as honras da casa o nome de sua prima, senhorita de Bourgh, e de sua tia, Lady Catherine. É uma maravilha que essas coisas aconteçam! Quem teria imaginado que eu conheceria, talvez, um sobrinho de Lady Catherine de Bourgh nesta reunião? Estou muito grato pela descoberta ter sido feita a tempo de cumprimentá-lo, coisa que vou fazer agora, e espero que ele me perdoe por não o ter feito antes. Minha total ignorância sobre o parentesco deve me garantir o perdão.

— Não vai apresentar a si mesmo ao senhor Darcy!

— É claro que vou. Devo pedir-lhe perdão por não o ter feito antes. Acredito que ele seja *sobrinho* de Lady Catherine. Caberá a mim lhe dizer que sua senhoria estava muito bem na semana passada.

Elizabeth tentou dissuadi-lo de tal plano, assegurando-lhe que o senhor Darcy consideraria sua aproximação sem prévia apresentação uma liberdade impertinente, e não um cumprimento à sua tia, que não era nem um pouco necessário que travassem conhecimento, e que, se fosse, caberia ao senhor Darcy, superior em importância, tomar a iniciativa. O senhor Collins ouviu-a embora estivesse determinado a seguir sua inclinação e, quando ela parou de falar, respondeu:

— Minha querida senhorita Elizabeth, tenho a melhor opinião do mundo quanto a seu excelente julgamento em todas as questões no âmbito de sua compreensão, mas permita-me dizer que deve haver uma grande diferença entre as formalidades estabelecidas entre os leigos e aquelas que regulam os clérigos; e peço licença para dizer que considero o ofício clerical igual em termos de dignidade à mais alta hierarquia do reino, desde que uma humildade no comportamento seja ao mesmo tempo mantida. Deve então me permitir seguir o que dita minha consciência nesta ocasião, que me leva a realizar o que vejo como uma questão de dever. Perdoe-me por negligenciar o seu conselho, que em qualquer outro assunto deverá ser meu guia constante, mas creio que nesse caso, por educação e modos habituais, eu considere-me mais apto a decidir o que é certo do que uma moça como a senhorita.

E com uma longa mesura ele se retirou para cumprimentar o senhor Darcy, cuja recepção de seus avanços ela observou com ansiedade, e cujo espanto por ser abordado dessa maneira foi muito evidente. Seu primo prefaciou o discurso com uma saudação solene e, embora ela não conseguisse ouvir uma palavra, sentiu como se estivesse ouvindo tudo, e viu nos movimentos dos seus lábios as palavras "desculpas", "Hunsford" e "Lady Catherine de Bourgh". Ela ficava constrangida por vê-lo se expor àquele homem. O senhor Darcy o observava com incontida surpresa, e, quando finalmente o senhor Collins permitiu que ele falasse, apenas respondeu com um ar de distante cortesia. O senhor Collins, contudo, não se desanimou e continuou falando, e o desprezo do senhor Darcy pareceu aumentar abundantemente com a extensão do seu segundo discurso, e ao final ele apenas lhe fez uma breve mesura e foi para outro lado. O senhor Collins então voltou para perto de Elizabeth.

— Não tenho motivo, posso garantir — disse ele —, para estar insatisfeito com a minha recepção. O senhor Darcy pareceu muito contente com a atenção. Ele me respondeu com a maior cortesia, e até me fez o elogio de dizer que estava tão convencido do discernimento de Lady Catherine que tinha certeza de que ela nunca ofereceria um favor sem merecimento. Foi realmente uma bela ideia. No geral, estou muito satisfeito com ele.

Como Elizabeth não tinha mais nenhum interesse pessoal no baile, voltou sua atenção quase que inteiramente para sua irmã e o senhor Bingley; e a sucessão de agradáveis reflexões que suas observações geraram a deixou talvez quase tão feliz quanto Jane. Ela a imaginou morando naquela mesma casa, com toda a felicidade que um casamento por verdadeira afeição pode conferir; e se sentiu capaz, naquelas circunstâncias, de até passar a gostar das duas irmãs do senhor Bingley. Os pensamentos de sua mãe, ela percebeu claramente, estavam inclinados na mesma direção, e ela decidiu não se aproximar dela para não ter de ouvir seus comentários. Quando se sentaram para jantar, portanto, ela considerou o mais azarado inconveniente estarem separadas por apenas uma pessoa; e ficou profundamente irritada ao perceber que a mãe falava com aquela mesma pessoa (Lady Lucas) abertamente e sobre nada menos do que sua expectativa de que Jane logo se casasse com o senhor Bingley. Era um assunto animado, e a senhora Bennet parecia incapaz de se fatigar enquanto enumerava as vantagens da união. O fato de ele ser um homem tão encantador, e tão rico, e viver a cinco quilômetros deles estava entre os principais pontos de satisfação; e também era um conforto pensar o quanto as duas irmãs gostavam de Jane, e ter a certeza de que elas desejavam a união tanto quanto ela mesma. Era, além disso, uma coisa muito promissora para suas filhas mais novas, já que Jane se casar tão bem as colocaria no caminho de outros homens ricos; e por último, era muito bom para ela, nesta idade, deixar suas filhas solteiras aos cuidados da irmã mais velha; dessa forma, ela não seria mais obrigada a acompanhá-las mais do que gostaria. Era necessário tornar essas circunstâncias uma fonte de prazer, porque nessas ocasiões é o que exige a etiqueta; mas ninguém gostava mais de ficar em casa do que a senhora Bennet, em qualquer época da vida. Ela concluiu com muitos votos de que Lady Lucas logo fosse tão afortunada quanto ela, embora acreditasse, evidente e triunfantemente, que não havia muitas esperanças.

Em vão, Elizabeth tentou impedir a rapidez das palavras de sua mãe, ou persuadi-la a descrever sua felicidade num tom menos audível; já que, para sua inexprimível irritação, percebeu que boa parte tinha sido ouvida pelo senhor Darcy, que estava sentado à frente delas. A mãe apenas a repreendeu pelo absurdo.

— Quem é o senhor Darcy para mim? Por que eu teria medo dele? Tenho certeza de que não lhe devemos nenhuma cortesia em particular para sermos obrigadas a não dizer algo que *ele* possa não gostar de ouvir.

— Pelo amor de Deus, mamãe, fale mais baixo. Que vantagem pode ter em ofender o senhor Darcy? Nunca será bem vista pelo amigo dele ao agir assim!

Nada que ela pudesse dizer, contudo, surtia efeito. A mãe falava sobre suas ideias no mesmo tom inteligível. Elizabeth corou e corou novamente com vergonha e irritação. Ela não podia deixar de olhar frequentemente para o senhor Darcy, embora cada olhar a convencesse do que ela mais temia; porque, embora ele não estivesse sempre olhando para sua mãe, ela estava certa de que sua atenção estava invariavelmente voltada para o que dizia. A expressão do rosto dele mudou gradualmente de um desprezo indignado para uma seriedade contida e inabalável.

Por fim, entretanto, a senhora Bennet não teve mais nada a dizer; e a Lady Lucas, que havia muito estava bocejando com a repetição sobre os prazeres dos quais provavelmente ela não tomaria parte, restou o conforto do frango e do pernil frios. Elizabeth então começou a se reanimar. Mas o intervalo de tranquilidade não foi longo; pois, quando o jantar terminou, falou-se de cantar, e ela teve a humilhação de ver Mary, depois de pouquíssimas solicitações, preparar-se para atender os convidados. Com olhares significativos e súplicas silenciosas, ela tentou evitar aquela prova de obsequiosidade da irmã, mas foi em vão; Mary não os ouvia; semelhante oportunidade de se exibir era encantadora para ela, que logo começou a cantar. Os olhos de Elizabeth fixavam-se nela com os mais dolorosos sentimentos, e ela observou-a progredir entre as várias estrofes com uma impaciência que foi muito mal recompensada ao final, porque Mary, ao perceber, entre os agradecimentos da mesa, algum indício de esperança de que pudesse ser solicitada a tocar novamente, recomeçou a cantar depois de uma pausa de meio minuto. As habilidades de Mary não eram de forma alguma adequadas para tal apresentação; sua voz era fraca, e suas maneiras, afetadas. Elizabeth estava em agonia. Ela olhou para Jane, para ver como ela suportava aquilo; mas Jane estava conversando com Bingley muito calmamente. Olhou então para suas duas irmãs, e as viu fazendo sinais de zombaria uma para a outra, e para Darcy, que continuava, contudo, imperturbavelmente sério. Ela olhou para o pai a fim de pedir sua interferência, com receio de que Mary cantasse a noite inteira. Ele entendeu a sugestão e, quando Mary terminou sua segunda canção, disse em voz alta:

— Já foi o suficiente, querida. Você nos alegrou por bastante tempo. Deixe as outras jovens terem oportunidade de se exibir.

Mary, embora fingisse não ouvir, ficou um tanto desconcertada; e Elizabeth, com pena dela e lamentando o discurso do pai, receou que sua preocupação não tivesse dado bom resultado. Outras do grupo foram então convidadas.

— Se eu tivesse a sorte de saber cantar — disse o senhor Collins —, sentiria grande prazer, eu creio, em oferecer ao grupo uma melodia; pois considero a música uma diversão muito inocente e perfeitamente compatível com a profissão de um clérigo. Não quero dizer, contudo, que se justifique devotarmos tempo demais para a música, pois há certamente outras coisas importantes. O reitor de uma paróquia tem muito trabalho. Em primeiro lugar, ele deve fazer um ajuste dos dízimos de forma que seja benéfico para si mesmo e não oneroso a seu patrono. Ele deve escrever seus próprios sermões; e o tempo que resta não é muito para seus deveres paroquiais e para o cuidado e a melhoria da casa, que ele não pode deixar de tornar o mais confortável possível. E não considero de pouca importância ele ter maneiras atenciosas e conciliatórias para com todos, especialmente com aqueles a quem deve seu cargo. Não posso isentá-lo desse dever; nem poderia pensar bem de um homem que se omitisse de testemunhar seu respeito para com qualquer pessoa ligada à família.

E, com uma mesura para o senhor Darcy, ele concluiu seu discurso, que tinha sido proferido num volume tão elevado a ponto de ser ouvido por metade da sala. Muitos olharam, muitos sorriram, mas ninguém pareceu se divertir mais do que o senhor Bennet, enquanto sua esposa parabenizou solenemente o senhor Collins por ter falado com tanta sensatez e observou num meio sussurro para Lady Lucas que ele era um jovem muito inteligente e distinto.

Para Elizabeth pareceu que, se seus parentes tivessem feito um acordo para se expor o máximo que pudessem durante a noite, teria sido impossível desempenharem seus papéis com mais presença de espírito ou tanto sucesso; por sorte, para Bingley e Jane, ele tinha perdido parte da exibição, e seus sentimentos não eram facilmente afetados pela tolice que testemunhara. O fato de que as duas irmãs de Bingley e o senhor Darcy tivessem tamanha oportunidade de ridicularizar seus conhecidos já era ruim o bastante, e ela não conseguia definir o que era mais intolerável: se o desprezo silencioso do cavalheiro, ou os sorrisos insolentes das damas.

O resto da noite não lhe trouxe muita diversão. Ela foi incomodada pelo senhor Collins, que perseverava a seu lado e, embora não a tirasse para dançar novamente, a impedia de dançar com outros. Em vão, ela rogou que ele dançasse com outra pessoa e ofereceu-se para apresentá-lo a qualquer moça do salão. Ele lhe assegurou que a dança lhe era perfeitamente indiferente, que seu principal objetivo era lhe dedicar delicadas atenções para ganhar sua simpatia, e que, portanto, fazia questão de ficar perto dela a noite inteira. Não havia como argumentar diante de tal projeto. Ela devia seu maior alívio à amiga, senhorita Lucas, que com frequência se juntava a eles e bondosamente puxava conversa com o senhor Collins.

Ao menos, ela estava livre do desgosto das atenções do senhor Darcy; embora várias vezes ele tivesse parado perto dela, sem conversar com ninguém, nunca se aproximava o suficiente para falar-lhe. Ela achou que isso fosse uma consequência provável de suas alusões ao senhor Wickham e regozijou-se.

O grupo de Longbourn foi o último a partir, e, por uma manobra da senhora Bennet, teve de esperar sua carruagem por um quarto de hora depois que todos já tinham ido embora, o que lhes deu tempo para ver com que sinceridade a família desejava que partissem. A senhora Hurst e sua irmã mal abriram a boca, exceto para reclamar do cansaço, e estavam evidentemente impacientes para ter a casa só para si. Elas rejeitaram qualquer tentativa de conversa da senhora Bennet, e assim lançaram sobre todo o grupo uma apatia que pouco se aliviava com os longos discursos do senhor Collins, que elogiava o senhor Bingley e suas irmãs pela elegância do baile e pela hospitalidade e educação que marcaram o comportamento para com seus convidados. Darcy não disse nada. O senhor Bennet, em igual silêncio, deleitava-se com a cena. O senhor Bingley e Jane estavam juntos, um pouco separados do grupo, e falavam apenas entre si. Elizabeth preservou um silêncio tão imperturbável quanto o da senhora Hurst ou da senhorita Bingley; e até mesmo Lydia estava muito fatigada para dizer mais do que uma exclamação ocasional de "Deus, como estou cansada!", acompanhada por um grande bocejo.

Quando finalmente se levantaram para partir, a senhora Bennet insistiu com cortesia em ver toda a família de Netherfield em breve em Longbourn, e dirigiu-se especialmente ao senhor Bingley, para assegurar-lhe de como os deixariam felizes se participassem de um jantar familiar com eles qualquer dia, sem a cerimônia de um convite formal. Bingley ficou muito agradecido e prontamente se comprometeu a aproveitar a primeira oportunidade para visitá-la, depois de seu retorno de Londres, para onde tinha de ir no dia seguinte, em que faria uma curta estada.

A senhora Bennet ficou inteiramente satisfeita e deixou a casa com a prazerosa convicção de que, contando as preparações necessárias dos contratos, novas carruagens e enxoval, indubitavelmente veria a filha estabelecida em Netherfield nos próximos três ou quatro meses.

Sobre ter outra filha casada com o senhor Collins, ela também pensou com igual certeza, e com considerável, embora não semelhante, prazer. Elizabeth era sua filha menos querida; e ainda que o homem e a união fossem bons o suficiente para *ela*, o valor de ambos era eclipsado pelo senhor Bingley e Netherfield.

Capítulo XIX

O dia seguinte abriu as cortinas para uma nova cena em Longbourn. O senhor Collins declarou-se formalmente. Resolveu fazê-lo sem perda de tempo, já que sua licença se estendia apenas até o sábado seguinte, e, sem nenhum acanhamento que o inibisse no momento do pedido, assim procedeu, de uma forma muito sistemática, com toda a cerimônia que supunha ser parte da ocasião. Ao encontrar a senhora Bennet, Elizabeth e uma das irmãs mais novas juntas, logo depois do café da manhã, dirigiu-se à mãe nestas palavras:

— Posso contar, minha senhora, com sua influência sobre sua bela filha Elizabeth, quando solicito a honra de uma audiência privada com ela no decorrer desta manhã?

Antes que Elizabeth tivesse tempo de qualquer coisa a não ser corar de surpresa, a senhora Bennet respondeu imediatamente:

— Oh, meu caro! Sim, é claro. Tenho certeza de que Lizzy ficará muito feliz, tenho certeza de que ela não fará nenhuma objeção. Venha, Kitty, vamos lá para cima.

E, juntando seus trabalhos, ela partia apressada quando Elizabeth exclamou:

— Querida mamãe, não vá. Suplico que não vá. O senhor Collins deve desculpar-me. Ele não pode ter nada a dizer para mim que ninguém mais possa ouvir. Eu é que vou subir.

— Não, não, tolice, Lizzy. Quero que fique onde está.

E como Elizabeth parecia realmente prestes a escapar, com um ar irritado e embaraçado, ela acrescentou:

— Lizzy, *insisto* que fique e ouça o senhor Collins.

Elizabeth não pôde desobedecer tal injunção. E, depois de considerar por um instante e achar que seria mais sábio acabar com aquilo o mais rápido e tranquilamente possível, sentou-se novamente e tentou esconder, com um trabalho incessante, os sentimentos que eram divididos entre aflição e curiosidade. A senhora Bennet e Kitty se afastaram, e, logo que saíram, o senhor Collins começou.

— Acredite, minha cara senhorita Elizabeth, que sua modéstia, longe de lhe fazer qualquer desserviço, acrescenta às suas outras perfeições. Teria sido menos cordial aos meus olhos se *não* tivesse havido essa pequena relutância; mas permita-me assegurar-lhe que tenho a permissão de sua respeitável mãe para esta conversa. Não pode duvidar do propósito de minhas palavras, mas sua natural delicadeza pode levá-la a dissimular; minhas atenções foram muito evidentes para serem confundidas. Quase tão logo cheguei a casa, a escolhi como a companheira de minha vida futura. Mas, antes que eu seja tomado pelos sentimentos, talvez seja mais aconselhável declarar minhas razões para casar e, mais do que isso, para ter vindo a Hertfordshire com o objetivo de escolher uma esposa, como de fato fiz.

A ideia de que o senhor Collins, com toda a sua solene compostura, fosse tomado por seus sentimentos fez Elizabeth quase rir, de forma que ela não conseguiu usar a curta pausa que ele concedeu numa tentativa de impedi-lo de falar, e ele continuou:

— Minhas razões para me casar são: em primeiro lugar, acho que é o correto para todos os clérigos em boa situação, como eu, ser o exemplo de matrimônio em sua paróquia; em segundo lugar, estou convencido de que o casamento aumentará muito minha felicidade; e em terceiro lugar, o que talvez eu devesse ter mencionado antes, esse é o conselho particular e a recomendação da senhora muito nobre a quem tenho a honra de chamar de minha protetora. Duas vezes ela condescendeu em me dar sua opinião, sem que eu tivesse pedido, sobre esse assunto; e foi na noite do sábado anterior à minha partida de Hunsford, entre nossas apostas no *quadrille*, enquanto a senhora Jenkinson ajeitava o banquinho para os pés da senhorita de Bourgh, que ela disse: "Senhor Collins, o senhor deve se casar. Um clérigo como o senhor precisa se casar. Escolha adequadamente, escolha uma boa moça por *mim*; e pelo *senhor*, uma que seja ativa, útil, que não tenha sido criada com luxo, mas que seja capaz de fazer render um pequeno ordenado. Esse é o meu conselho. Encontre tal mulher tão logo possa, traga-a a Hunsford, e eu vou visitá-la". Permita-me, a propósito, observar, minha bela prima, que não considero a atenção e a gentileza de Lady Catherine de Bourgh entre as menores vantagens que posso oferecer-lhe. Achará suas maneiras muito melhores do que qualquer coisa que eu possa descrever; e com sua inteligência e vivacidade, creio, será aceita por ela, especialmente quando suas qualidades forem temperadas pelo silêncio e pelo respeito que a posição dela inevitavelmente incita. Isso basta sobre minha intenção geral a favor do matrimônio; resta contar por que meus olhares estavam dirigidos a Longbourn e não à minha própria vizinhança, onde posso assegurar que há muitas moças encantadoras. Mas o fato é, como vou herdar esta propriedade depois da morte de seu honrado pai, que, contudo, pode viver muitos anos mais, não poderia me satisfazer se não decidisse escolher uma esposa entre suas filhas, para que o prejuízo delas seja o menor possível quando o melancólico evento acontecer, o que, contudo, como eu já disse, pode demorar ainda muitos anos. Esse foi meu motivo, minha bela prima, e acredito que isso não diminuirá sua estima por mim. E agora, nada me resta a não ser assegurar-lhe, no linguajar mais animado, da força da minha afeição. À fortuna sou totalmente indiferente, e não farei nenhuma demanda dessa natureza a seu pai, uma vez que sei que ela não poderia ser atendida, e que mil libras aos quatro por cento, que só serão suas após a morte de sua mãe, é tudo que terá de direito. Quanto a esse assunto, portanto, não direi nada; e pode se assegurar de que nenhuma repreensão pouco generosa passará pelos meus lábios quando estivermos casados.

Era absolutamente necessário interrompê-lo de imediato.

— O senhor é muito apressado — ela exclamou. — Esquece que eu não dei resposta alguma. Deixe-me fazê-lo sem mais perda de tempo. Aceite meu agradecimento pelo elogio que me faz. Tenho muita consciência da honra de sua proposta, mas para mim é impossível fazer outra coisa a não ser recusá-la.

— Sei muito bem — respondeu o senhor Collins, com um gesto formal — que é comum que as moças rejeitem as investidas do homem a quem secretamente desejam aceitar quando ele primeiro as pede em casamento; e que às vezes a recusa é repetida uma segunda vez, ou até mesmo uma terceira. Não estou, portanto, nem um pouco desencorajado pelo que acaba de dizer, e espero levá-la ao altar em breve.

— Dou minha palavra, senhor — exclamou Elizabeth —, sua esperança é extraordinária depois de minha declaração. Asseguro-lhe que não sou uma dessas moças, se é que existem moças assim, tão ousadas a ponto de apostar sua felicidade na possibilidade de receber uma segunda oferta. É perfeitamente séria minha recusa. O senhor não poderia *me* fazer feliz, e estou convencida de que sou a última mulher no mundo que poderia fazê-lo feliz. Não só isso, mas, se sua amiga Lady Catherine me conhecesse, tenho certeza de que me acharia pouco qualificada para a situação em todos os aspectos.

— Se houvesse certeza de que Lady Catherine pensaria assim — disse o senhor Collins num tom muito grave —, mas não posso imaginar que sua senhoria pudesse desaprovar algo em você. E pode estar certa de que, quando eu tiver a honra de encontrar Lady Catherine novamente, devo falar-lhe nos melhores termos sobre sua modéstia, sua simplicidade e outras qualidades encantadoras.

— Na verdade, senhor Collins, todos esses elogios serão desnecessários. Deve dar-me licença para julgar por mim mesma e fazer-me o favor de acreditar no que digo. Desejo que seja muito feliz e muito rico e, ao recusar sua mão, farei tudo que estiver ao meu alcance para impedir que seja o contrário. Ao fazer-me a oferta, deve ter satisfeito a delicadeza de seus sentimentos para com minha família, e poderá tomar posse da propriedade de Longbourn quando chegar o momento sem nenhum remorso. Essa questão pode ser considerada, portanto, resolvida.

E, levantando-se ao dizer isso, teria deixado a sala se o senhor Collins não tivesse se dirigido a ela:

— Quando eu tiver a honra de falar-lhe novamente sobre o assunto, espero receber uma resposta mais favorável do que a que me deu agora; embora eu esteja longe de acusá-la de crueldade neste momento, pois sei que é o costume estabelecido de seu gênero rejeitar um homem no primeiro pedido, e talvez você tenha dito agora o suficiente para incentivar minha proposta, como é condizente com a verdadeira delicadeza do caráter feminino.

— Realmente, senhor Collins — exclamou Elizabeth, com veemência —, o senhor muito me intriga. Se o que eu disse até agora pode lhe parecer um incentivo, não sei como expressar minha recusa de forma a convencê-lo.

— Deve me dar licença para acreditar, minha querida prima, que sua recusa às minhas investidas é meramente um palavreado de costume. Minhas razões para acreditar nisso são, brevemente: não me parece que meu pedido seja indigno de sua aceitação, ou que a estabilidade que posso oferecer seja menos do que altamente desejável. Minha situação social, minha ligação com a família de Bourgh e meu parentesco com a sua são circunstâncias em meu favor; e deve levar em consideração que, a despeito de seus muitos atrativos, não é nenhuma certeza que outra oferta de casamento lhe seja feita. Seu dote é infelizmente tão pequeno que muito provavelmente elimina os efeitos de sua amabilidade e de suas qualidades encantadoras. Portanto, devo concluir que sua recusa não é séria, e prefiro atribuí-la a seu desejo de aumentar o meu amor através da expectativa, conforme a prática comum das mulheres elegantes.

— Eu lhe asseguro, senhor, que não tenho nenhuma pretensão a esse tipo de elegância que consiste em atormentar um homem respeitável. Preferiria que me elogiasse por acreditar que sou sincera. Agradeço muito pela honra que me concedeu com suas propostas, mas aceitá-las é absolutamente impossível. Meus sentimentos o proíbem em todos os aspectos. Posso falar mais diretamente? Não me considere agora como uma mulher elegante, decidida a atormentá-lo, mas sim uma criatura racional, falando a verdade de seu coração.

— Como é encantadora! — exclamou ele com um ar de desajeitada galanteria. — E estou certo de que, quando sancionada pela autoridade expressa de seus excelentes pais, minha proposta não falhará em ser aceita.

A essa perseverança voluntária no autoengano, Elizabeth não encontrou resposta, então, retirou-se imediatamente, em silêncio, determinada, caso o senhor Collins persistisse em considerar suas repetidas recusas como incentivo, a procurar seu pai, cuja negativa poderia ser expressa de uma maneira mais decisiva, e cujo comportamento pelo menos não poderia ser confundido com a afetação e a coqueteria de uma mulher elegante.

Capítulo XX

O senhor Collins não ficou sozinho muito tempo contemplando em silêncio seu amor triunfante; a senhora Bennet, que ficara fazendo hora no vestíbulo aguardando o fim da conversa, assim que viu Elizabeth abrir a porta e passar por ela apressadamente em direção às escadas, entrou na sala e o parabenizou, e a si mesma, efusivamente pela feliz perspectiva de se tornarem parentes mais próximos. O senhor Collins recebeu e retribuiu as felicitações com igual prazer, e então se pôs a relatar os detalhes da entrevista, cujo resultado, ele confiava, dava-lhe toda a razão de estar satisfeito, já que as recusas reiteradas de sua prima vinham naturalmente de sua acanhada modéstia e da genuína delicadeza de seu caráter.

Essa informação, contudo, surpreendeu a senhora Bennet; ela teria ficado feliz e igualmente satisfeita se a filha tivesse a intenção de encorajá-lo ao rejeitar a proposta, mas não ousava acreditar nisso e não pôde deixar de dizê-lo.

— Mas esteja certo, senhor Collins — ela acrescentou —, que Lizzy voltará ao juízo. Falarei com ela sobre isso imediatamente. Ela é uma moça muito teimosa e tola, e não sabe o que é de seu próprio interesse, mas eu a *farei* entender.

— Perdão por interrompê-la, senhora — exclamou o senhor Collins —, mas, se ela é mesmo tola e teimosa, não sei se será uma esposa muito desejável para um homem na minha situação, que naturalmente busca a felicidade no casamento. Se, portanto, ela persistir em rejeitar meu pedido, talvez seja melhor não a forçar a me aceitar, porque, se está sujeita a esses defeitos de temperamento, não poderá contribuir muito para minha felicidade.

— O senhor me interpretou mal — disse a senhora Bennet, alarmada. — Lizzy só é teimosa em questões como essa. Em tudo mais ela é a moça mais afável que existe. Falarei diretamente com o senhor Bennet, e muito em breve acertaremos tudo com ela, tenho certeza.

Ela não deu tempo para o senhor Collins responder, e, apressando-se em procurar o marido, exclamou enquanto entrava na biblioteca:

— Oh! Senhor Bennet, precisamos do senhor imediatamente; estamos todos em alvoroço. Precisa convencer Lizzy a se casar com o senhor Collins, pois ela diz que não o quer e, se você não se apressar, ele mudará de ideia e não a desejará mais.

O senhor Bennet ergueu os olhos do livro e fixou-os no rosto da esposa com uma tranquilidade que não foi nem um pouco alterada pelo comunicado dela.

— Não tenho o prazer de compreendê-la — disse, quando ela terminou. — Do que está falando?

— Do senhor Collins e Lizzy. Lizzy declarou que não aceitará o senhor Collins, e o senhor Collins começou a dizer que não se casará com Lizzy.

— E o que devo fazer, então? Parece um caso perdido.

— Converse com Lizzy. Diga a ela que insiste que se case com ele.

— Chame-a aqui embaixo. Ela deverá ouvir minha opinião.

A senhora Bennet tocou o sino, e a senhorita Elizabeth foi chamada à biblioteca.

— Venha cá, minha filha — exclamou o pai, quando ela apareceu.

— Mandei buscá-la por causa de um assunto importante. Soube que o senhor Collins lhe fez um pedido de casamento. É verdade?

Elizabeth respondeu que sim.

— Muito bem. E essa proposta de casamento, você recusou?

— Sim, senhor.

— Muito bem. Agora chegamos ao ponto. Sua mãe insiste que você aceite. Não é isso, senhora Bennet?

— Sim, ou não quero vê-la nunca mais.

— Está diante de uma alternativa infeliz, Elizabeth. A partir de hoje você será uma estranha para um de seus pais. Sua mãe nunca mais a verá se você *não* se casar com o senhor Collins, e eu nunca mais a verei se você *se casar*.

Elizabeth não pôde conter um sorriso com tal conclusão, mas a senhora Bennet, que tinha se convencido de que o marido via a questão como ela desejava, ficou completamente desapontada.

— O que quer dizer, senhor Bennet, falando assim? Você me prometeu que *insistiria* que ela se casasse com ele.

— Minha cara — respondeu o marido —, tenho dois pequenos favores a lhe pedir. Primeiro, que me permita usar meu entendimento na presente ocasião; e segundo, minha sala. Ficarei feliz em ter a biblioteca só para mim o quanto antes.

Apesar de desapontada com o marido, a senhora Bennet não desistiu. Ela falou com Elizabeth novamente; adulando-a e ameaçando-a, alternadamente. Empenhou-se em conseguir o apoio de Jane; mas esta, com toda brandura possível, recusou-se a interferir; e Elizabeth, ora com verdadeira seriedade, ora com bom humor, respondeu a seus ataques. Embora suas maneiras variassem, contudo, sua determinação permaneceu sólida.

O senhor Collins, enquanto isso, meditava sozinho sobre o que se passara. Ele pensava muito bem de si mesmo para compreender por que motivos sua prima o recusara; e, embora seu orgulho estivesse ferido, ele não sofria de outra maneira. Seu apreço por ela era imaginário; e a possibilidade de Elizabeth merecer a reprovação da mãe não o fazia sentir nenhum remorso.

Enquanto a família estava nessa confusão, Charlotte Lucas chegou para passar o dia com eles. Foi recebida no vestíbulo por Lydia, que, correndo até ela, exclamou num meio sussurro:

— Estou feliz que tenha vindo, pois está muito divertido por aqui! O que acha que aconteceu esta manhã? O senhor Collins fez uma proposta de casamento a Lizzy, e ela recusou.

Charlotte mal teve tempo de responder antes de Kitty chegar e contar a mesma notícia; e, assim que entraram na saleta do café da manhã, onde a senhora Bennet estava sozinha, ela mesma entrou no assunto, pedindo a compaixão da senhorita Lucas e implorando que ela persuadisse a amiga Lizzy a atender aos desejos de toda a família.

— Por favor, faça isso, minha cara senhorita Lucas — ela acrescentou num tom melancólico —, pois ninguém está do meu lado, ninguém me ajuda. É uma crueldade, ninguém se importa com meus pobres nervos.

Charlotte foi poupada de dar uma resposta em virtude da entrada de Jane e Elizabeth.

— Aí vem ela — continuou a senhora Bennet —, mais despreocupada impossível, não se importa conosco mais do que se estivéssemos em York, desde que tudo saia como ela quer. Mas eu lhe digo, senhorita Lizzy, se teimar em continuar recusando toda proposta de casamento dessa forma, nunca terá um marido, e não sei quem a sustentará quando seu pai morrer. Eu não poderei cuidar de você, estou avisando. Tudo está acabado entre nós a partir de hoje. Eu lhe disse na biblioteca, você sabe, que nunca mais falarei com você, e verá que cumprirei minha palavra. Não tenho prazer em falar com filhas desobedientes. Não que eu tenha muito prazer, na verdade, em falar com qualquer pessoa. Quem sofre como eu de problemas nervosos não tem muita inclinação para conversar. Ninguém sabe o quanto sofro! Mas é sempre assim. Aqueles que não reclamam nunca recebem compaixão.

As filhas ouviram em silêncio o desabafo, cientes de que qualquer tentativa de argumentar com ela ou acalmá-la apenas resultaria em irritação. Ela continuou falando, portanto, sem a interrupção de nenhuma delas, até que o senhor Collins chegou, entrando na sala com um ar mais imponente do que o normal, e, ao perceber sua presença, ela disse às meninas:

— Agora, insisto que todas vocês fiquem quietas e deixem-me conversar um pouco com o senhor Collins.

Elizabeth saiu em silêncio da sala, Jane e Kitty a seguiram, mas Lydia não se moveu, determinada a ouvir tudo o que pudesse; e Charlotte, detida primeiro pela cortesia do senhor Collins, cujas perguntas sobre ela e a família foram muito minuciosas, e depois por um pouco de curiosidade, se limitou a andar até a janela e fingir que não ouvia a conversa. Numa voz triste, a senhora Bennet tentou dar início ao diálogo:

— Oh! Senhor Collins!

— Minha cara senhora — ele respondeu —, não vamos mais tocar nesse assunto. Longe de mim — ele continuou, numa voz que demonstrava desgosto — ficar ressentido com o comportamento de sua filha. A resignação aos males inevitáveis é dever de todos nós; especialmente de um rapaz como eu, que foi tão afortunado no início da carreira; e creio que saberei me resignar. Talvez por duvidar da minha felicidade caso minha bela prima tivesse me honrado com sua mão; pois várias vezes observei que a resignação nunca é tão perfeita quando a bênção negada começa a perder parte de seu valor em nossa estima. Não irá, assim espero, considerar que mostrei qualquer desrespeito para com sua família, minha cara senhora, retirando assim minhas pretensões de me casar com sua filha, sem ter solicitado à senhora e ao senhor Bennet que interpusessem sua autoridade em meu benefício. Minha conduta pode, acredito, ser repreendida por ter aceitado a rejeição dos lábios de sua filha em vez de pelos seus. No entanto todos nós estamos sujeitos a erros. Minha intenção certamente foi boa desde o início. Meu objetivo era conseguir uma companhia agradável para mim, considerando a vantagem para toda a sua família, e, se minhas *maneiras* foram de alguma forma repreensíveis, peço-lhe desculpas.

Capítulo XXI

A discussão sobre a proposta do senhor Collins estava quase encerrada, e Elizabeth já sofria apenas com os sentimentos desconfortáveis necessariamente ligados ao assunto, e, às vezes, com as alusões mal-humoradas de sua mãe. Quanto ao cavalheiro, *seus* sentimentos foram expressos principalmente não pela vergonha ou pela tristeza, tampouco ele tentava evitar Elizabeth, mas por uma frieza no tratamento e um silêncio ressentido. Ele mal falou com ela, e as assíduas atenções das quais era tão cioso foram transferidas pelo resto do dia para a senhorita Lucas, cuja cortesia em ouvi-lo foi um alívio oportuno para todos, especialmente para sua amiga Elizabeth.

O dia seguinte não trouxe nenhuma melhora para o mau humor ou a saúde da senhora Bennet. O senhor Collins também estava no mesmo estado de orgulho ferido. Elizabeth tinha esperança de que o ressentimento encurtasse sua visita, mas seus planos não pareceram nem um pouco afetados. Sua partida estava prevista para o sábado, e até sábado ele pretendia ficar.

Depois do café da manhã, as meninas andaram até Meryton para perguntar se o senhor Wickham tinha retornado e para lamentar sua ausência no baile de Netherfield. Ele as encontrou quando chegaram à cidade e as acompanhou até a casa da tia, onde seu pesar e seu aborrecimento pela ausência e a preocupação de todos foram bastante comentados. Para Elizabeth, contudo, ele reconheceu de bom grado que sua ausência tinha sido voluntária.

— Pensei — disse ele —, às vésperas do baile, que seria melhor não encontrar o senhor Darcy; que estar na mesma sala, no mesmo grupo que ele por tantas horas, seria mais do que eu poderia aguentar, e que as cenas poderiam ser desagradáveis não só para mim.

Ela aprovou com entusiasmo sua conduta, e eles tiveram tempo para discutir com integridade o assunto e também para trocar todos os elogios que a cortesia permitia enquanto Wickham e outro oficial as acompanharam na caminhada a Longbourn, durante a qual ele ocupou-se principalmente dela. O fato de ele acompanhá-las oferecia uma dupla vantagem; ela sentiu toda a cortesia que lhe era oferecida, e, além disso, tratava-se de uma ocasião das mais aceitáveis para apresentá-lo ao pai e à mãe.

Logo após seu retorno, uma carta foi entregue à senhorita Bennet, vinda de Netherfield. O envelope continha uma pequena folha de papel caro e elegante, preenchida pela caligrafia fluida e bela de uma dama. Elizabeth viu a fisionomia da irmã mudar enquanto lia, e a viu demorar-se intencionalmente em algumas passagens. Jane logo se recompôs e, guardando a carta, tentou participar da conversa com sua alegria de costume; mas Elizabeth sentiu uma ansiedade tão grande quanto ao assunto que nem mesmo prestou atenção em Wickham; e logo que ele e o companheiro partiram, um olhar de Jane a convidou a segui-la para o andar de cima. Quando chegaram ao quarto, Jane, abrindo a carta, disse:

— É de Caroline Bingley; o que ela contém me surpreendeu muito. Todo o grupo deve ter deixado Netherfield a esta hora e está a caminho da cidade, sem nenhuma intenção de voltar para cá. Você precisa ouvir o que ela diz.

Ela então leu a primeira frase em voz alta, que trazia a informação de que tinham decidido acompanhar o irmão à cidade de repente e da intenção de jantar em Grosvenor Street, onde o senhor Hurst tinha uma casa. A frase seguinte continha estas palavras:

> Não vou fingir me arrepender de deixar qualquer coisa em Hertfordshire, exceto sua companhia, minha querida amiga; mas esperemos, em algum momento futuro, desfrutar ainda muitas vezes aquelas agradáveis conversas que tivemos e, enquanto isso, amenizar a dor da separação com uma correspondência frequente e sem reservas. Conto com você para isso.

Essas palavras efusivas, Elizabeth ouviu com toda a insensibilidade da desconfiança; e embora sua partida repentina a tivesse surpreendido, ela não viu nada a lamentar naquilo; não se deveria supor que a ausência delas em Netherfield impedisse o senhor Bingley de voltar para lá; e quanto à perda da companhia, ela estava convencida de que Jane não sentiria falta, pois desfrutaria da companhia dele.

— É uma pena — disse ela, depois de uma breve pausa — que você não tenha podido ver suas amigas antes que partissem. Mas não podemos esperar que o período de felicidade futura que a senhorita Bingley deseja possa chegar antes do que ela imagina? E que as conversas agradáveis que tiveram como amigas sejam renovadas com uma satisfação ainda maior quando forem cunhadas? O senhor Bingley não ficará detido em Londres por causa delas.

— Caroline diz decididamente que ninguém do grupo retornará a Hertfordshire neste inverno. Vou ler para você: "Quando meu irmão nos deixou ontem, imaginou que o assunto que o levara a Londres pudesse ser concluído em três ou quatro dias; mas, como temos certeza de que não é assim, e ao mesmo tempo estamos convencidas de que, quando Charles chegar à cidade não terá pressa em partir, decidimos acompanhá-lo, para que ele não seja obrigado a passar suas horas vagas num hotel sem conforto. Muitos de nossos conhecidos já estão lá para o inverno; eu gostaria de saber que você, minha querida amiga, tem a intenção de fazer o mesmo, mas não tenho muita esperança de que isso aconteça. Espero sinceramente que seu Natal em Hertfordshire seja repleto das alegrias que esta época geralmente traz, e que seus admiradores sejam tão numerosos para impedir que sinta falta dos três dos quais a privaremos.".

— É evidente, portanto — acrescentou Jane —, que ele não voltará mais este inverno.

— É evidente apenas que a senhorita Bingley não acha que ele *deva* voltar.

— Por que pensaria isso? Deve ser uma decisão dele. Ele é dono de si. Mas você não sabe de *tudo*. *Lerei* para você a passagem que me chateia especialmente. Não esconderei nada de *você*.

"O senhor Darcy está impaciente para ver a irmã; e, para confessar a verdade, *nós* estamos tão ansiosas quanto ele para encontrá-la de novo. Realmente acho que ninguém se iguala a Georgiana Darcy em beleza, elegância e talentos; e a afeição que ela inspira em Louisa e em mim só cresce e se torna algo ainda mais interessante em virtude da esperança que ousamos alimentar de que se torne nossa cunhada. Não sei se mencionei a você meus sentimentos sobre o assunto; mas não deixarei este lugar sem confidenciá-los, e creio que não os considerará irrazoáveis. Meu irmão já tem grande admiração por ela; ele agora terá oportunidade para vê-la frequentemente com mais intimidade; todos os parentes dela desejam essa ligação, assim como os dele; e não creio que seja a parcialidade de irmã que me leve equivocadamente a considerar Charles capaz de conquistar o coração de uma mulher. Com todas essas circunstâncias favorecendo uma união, e nada para impedi-la, estarei errada, minha querida Jane, em nutrir a esperança de um evento que garantirá a felicidade de tantos?".

— O que acha *desta* frase, minha querida Lizzy? — disse Jane quando terminou. — Não é clara o bastante? Não declara expressamente que Caroline nem espera nem deseja que eu seja sua cunhada; que ela está perfeitamente convencida da indiferença do irmão; e que, se suspeita da natureza dos meus sentimentos por ele, quer, muito amavelmente, me alertar? Pode haver alguma outra opinião sobre esse assunto?

— Sim, pode; pois a minha é totalmente diferente. Quer ouvir?

— Sim, quero muito.

— Direi em poucas palavras. A senhorita Bingley vê que o irmão está apaixonado por você, e quer que ele se case com a senhorita Darcy. Ela o segue até a cidade na esperança de mantê-lo lá, e tenta persuadi-la de que ele não se importa com você.

Jane balançou a cabeça.

— É verdade, Jane, você deve acreditar em mim. Ninguém que tenha visto vocês dois juntos pode duvidar da afeição dele. A senhorita Bingley, tenho certeza, não pode duvidar. Ela não é tão tola. Se ela tivesse recebido metade desse amor do senhor Darcy, já teria encomendado o enxoval. Contudo, o caso é o seguinte: nós não somos ricas o bastante nem importantes o bastante para eles; e ela está ainda mais ansiosa para conseguir a senhorita Darcy para o irmão, pois acredita que, se houver um casamento entre as famílias, será mais fácil haver um segundo; no que há certamente alguma ingenuidade, e acredito até que daria certo se a senhorita de Bourgh não estivesse no caminho. Entretanto, minha querida Jane, você não pode de verdade imaginar que, porque a senhorita Bingley diz que o irmão admira muito a senhorita Darcy, ele esteja menos sensível ao *seu* mérito do que quando partiu na terça-feira, ou que ela tem o poder de persuadi-lo de que, em vez de apaixonado por você, está mais interessado na amiga dela.

— Se nós duas pensássemos o mesmo da senhorita Bingley — respondeu Jane —, sua interpretação de tudo isso me deixaria muito tranquila. Mas sei que sua premissa é injusta. Caroline é incapaz de enganar alguém intencionalmente; e tudo o que posso esperar nesse caso é que ela esteja enganando a si mesma.

— Está certo. Você não poderia ter tido uma ideia mais feliz, já que não se conforta com a minha. Acredite que ela está enganada, por favor. Agora o seu dever para com ela está cumprido, não deve se inquietar mais.

— Mas, minha querida irmã, posso ser feliz, mesmo supondo o melhor, aceitando um homem cujas irmãs e amigos desejam que se case com outra pessoa?

— Deve decidir por si mesma — disse Elizabeth —, e se, depois de madura deliberação, achar que a infelicidade de desagradar as duas irmãs é maior do que a felicidade de ser esposa dele, aconselho que o recuse.

— Como pode falar assim? — disse Jane, com um sorriso fraco. — Deve saber que, embora me chateasse muito a desaprovação delas, eu não conseguiria hesitar.

— Nunca pensei que fosse hesitar; e, sendo esse o caso, não posso considerar sua situação com muita compaixão.

— No entanto, se ele não voltar mais neste inverno, nunca serei obrigada a decidir. Milhares de coisas podem acontecer em seis meses!

Elizabeth tratou a ideia de ele não voltar com o maior desprezo. Parecia-lhe meramente sugestão dos desejos interesseiros de Caroline, e ela não pôde por um momento supor que esses desejos, ainda que fossem transparentes ou declarados com astúcia, pudessem influenciar um rapaz tão independente.

Ela expôs à irmã com toda a veemência possível o que sentia em relação ao assunto, e logo teve o prazer de ver seu feliz efeito. O temperamento de Jane não era desanimado, e ela foi gradualmente levada à esperança, embora a desconfiança às vezes a sobrepujasse, de que Bingley voltaria a Netherfield e corresponderia a cada desejo de seu coração.

Elas concordaram que a senhora Bennet só deveria ser informada da partida da família, sem ser alertada sobre a conduta do cavalheiro; mas mesmo essa comunicação parcial preocupou muito a senhora Bennet, e ela lamentou a infelicidade de as moças terem de partir no momento em que estavam todos ficando tão íntimos. Depois de queixar-se, contudo, por algum tempo, ela teve o consolo de que o senhor Bingley estaria de volta logo e jantaria em Longbourn, e a conclusão de tudo foi a declaração reconfortante de que, embora ele tivesse sido convidado apenas para um jantar de família, ela se encarregaria de providenciar dois menus completos.

Capítulo XXII

Os Bennets foram convidados a jantar com os Lucas e, novamente, durante a maior parte do tempo, a senhorita Lucas foi muito gentil em dar atenção ao senhor Collins. Elizabeth aproveitou uma oportunidade para agradecer.

— Isso o mantém de bom humor — disse ela. — Mal posso expressar meu agradecimento.

Charlotte assegurou à amiga que estava contente por ser útil, e que isso recompensava plenamente o pequeno sacrifício de seu tempo. Essa atitude era muito amável, mas a gentileza de Charlotte ia muito além do que Elizabeth podia conceber; seu objetivo era nada menos do que protegê-la de qualquer retorno das atenções do senhor Collins, atraindo-as para si. Esse era o plano da senhorita Lucas; e as aparências eram tão favoráveis que, quando eles se separaram à noite, ela quase teria se sentido segura do sucesso se ele não tivesse que partir de Hertfordshire tão breve. Contudo, nesse aspecto, ela cometeu uma injustiça com o entusiasmo e a independência do caráter dele, que o levaram a escapar da casa de Longbourn na manhã seguinte com admirável dissimulação e correr para Lucas Lodge, a fim de jogar-se a seus pés. Ele estava ansioso por evitar atrair a atenção das primas, convencido de que, se elas o vissem partir, não falhariam em descobrir seu plano, e ele não queria que a tentativa fosse conhecida até que seu sucesso também pudesse ser; pois, embora se sentisse quase seguro, e com razao, pois Charlotte o animara muito, estava um pouco acanhado desde a aventura da quarta-feira. Sua recepção, contudo, foi das mais lisonjeiras. A senhorita Lucas o avistou de uma das janelas do primeiro andar enquanto ele se dirigia à casa e, no mesmo instante, saiu para encontrá-lo como que acidentalmente na aleia. Porém não ousara imaginar que tanto amor e eloquência a esperassem ali.

Num tempo tão curto quanto permitiam os longos discursos do senhor Collins, tudo foi arranjado entre eles para a satisfação de ambos; e logo que entraram na casa ele suplicou que ela marcasse a data que o tornaria o mais feliz dos homens; e embora tal solicitação devesse ter sido adiada de momento, a moça não sentiu nenhuma inclinação para brincar com a felicidade dele. A estupidez com a qual ele era favorecido por natureza fazia com que sua corte fosse desprovida de qualquer encanto para que uma mulher pudesse desejar prolongá-la;

e à senhorita Lucas, que o aceitara somente pelo desejo puro e desinteressado de se estabelecer na vida, não importava o quão brevemente isso aconteceria.

O consentimento de Sir William e Lady Lucas foi logo solicitado, e conferido com o mais alegre entusiasmo. A situação do senhor Collins o tornava um partido dos mais desejáveis para a filha, a quem eles podiam dar apenas uma pequena fortuna; e as perspectivas dele de riqueza futura eram excessivamente boas. Lady Lucas começou imediatamente a calcular, com um interesse que nunca tivera pelo assunto, quantos anos mais o senhor Bennet viveria; e Sir William deu sua opinião decidida de que, quando o senhor Collins estivesse em posse de Longbourn, seria muito apropriado que fizessem sua apresentação em St. James. Toda a família ficou devidamente feliz na ocasião. As meninas mais novas tiveram a esperança de se apresentar à sociedade um ano ou dois antes do que estava programado; e os rapazes ficaram aliviados da apreensão de que Charlotte morresse solteirona. A própria Charlotte estava bastante tranquila. Ela conseguira o que queria e tinha tempo para pensar sobre isso. Suas reflexões eram em geral satisfatórias. O senhor Collins, com certeza, não era sábio nem simpático; sua companhia era enfadonha e seu afeto por ela devia ser imaginário, mas ainda assim ele seria seu marido. Sem muitas expectativas quanto a homens e matrimônio, o casamento sempre fora seu objetivo; era a única saída para moças educadas de pouca fortuna, e por mais incerta que fosse a felicidade, era a maneira mais agradável de se proteger da necessidade. Essa proteção ela acabava de obter; e com a idade de vinte e sete anos, sem nunca ter sido bela, percebeu toda a sorte que isso significava. A circunstância menos agradável do negócio era a surpresa que isso ocasionaria a Elizabeth Bennet, cuja amizade ela valorizava mais do que a de qualquer outra pessoa. Elizabeth provavelmente a reprovaria; e embora sua decisão não devesse ser abalada, seus sentimentos seriam feridos por essa desaprovação. Ela decidiu dar-lhe a informação pessoalmente e, portanto, encarregou o senhor Collins, quando retornasse a Longbourn para jantar, de não mencionar nada à família sobre o que havia se passado. Ele prontamente prometeu discrição, é claro, mas não poderia fazer isso sem alguma dificuldade; pois a curiosidade causada por sua longa ausência se mostrou por meio de perguntas muito diretas quando ele voltou, e exigiu alguma engenhosidade para ser contornada. Ao mesmo tempo, ele exercitava um grande sacrifício, pois estava ansioso para divulgar seu próspero amor.

Como ele começaria sua jornada de volta cedo demais na manhã seguinte para ver qualquer membro da família, a cerimônia de despedida foi realizada quando as senhoras se retiraram para dormir; e a senhora Bennet, com grande cortesia e cordialidade, disse que ficariam felizes em vê-lo em Longbourn novamente quando seus compromissos permitissem que os visitasse.

— Minha cara senhora — ele respondeu —, o convite é especialmente gratificante, pois desejava muito recebê-lo; e pode ter certeza de que farei uso dele o quanto antes.

Todos ficaram surpresos; porém o senhor Bennet, que de forma alguma desejava um retorno dele tão cedo, disse imediatamente:

— Mas não há perigo de que Lady Catherine o desaprove, meu senhor? É melhor negligenciar seus parentes do que correr o risco de ofender sua protetora.

— Meu caro senhor — respondeu o senhor Collins —, agradeço muito por esse amigável conselho, pode confiar que não vou tomar uma atitude tão importante sem o consentimento de sua senhoria.

— Precaução nunca é demais. Arrisque qualquer coisa menos o aborrecimento dela; e se achar provável que isso aconteça caso venha nos visitar de novo, algo que imagino extremamente provável, fique tranquilo em casa, e esteja certo de que *nós* não ficaremos ofendidos.

— Acredite, meu caro senhor, fico muitíssimo grato por tão afetuosa atenção; e tenha certeza, logo receberá uma carta minha de agradecimento por isso e por todas as outras demonstrações de respeito durante minha estadia em Hertfordshire. Quanto às minhas belas primas, embora minha ausência possa não ser longa o suficiente para que seja necessário, devo tomar a liberdade de desejar-lhes saúde e felicidade, sem excetuar minha prima Elizabeth.

Com as cortesias de praxe, as moças se retiraram; todas elas igualmente surpresas com o fato de ele planejar um breve retorno. A senhora Bennet preferiu acreditar que ele almejava cortejar uma das filhas mais jovens, e que Mary poderia ser persuadida a aceitar. Ela valorizava os talentos dele muito mais do que as irmãs; havia uma solidez em suas reflexões que com frequência a espantava, e embora ele não fosse de modo algum tão esperto quanto ela, pensou que, se estimulado a ler e a se aprimorar com o exemplo dela, poderia se tornar um companheiro muito agradável. No entanto, na manhã seguinte, toda esperança desse tipo se desfez. A senhorita Lucas os visitou logo depois do café da manhã e, numa conferência particular com Elizabeth, relatou o evento do dia anterior.

A possibilidade de o senhor Collins se acreditar apaixonado por sua amiga já tinha ocorrido a Elizabeth nos últimos dois dias; mas que Charlotte pudesse incentivá-lo parecia algo tão distante da possibilidade quanto se ela mesma o fizesse, e seu espanto foi consequentemente tão grande que superou as fronteiras do decoro, e ela não pôde evitar exclamar:

— Noiva do senhor Collins! Minha querida Charlotte, isso é impossível!

A calma compostura com a qual a senhorita Lucas tinha contado sua história deu lugar a uma confusão momentânea ao receber uma reprovação tão direta; contudo, como não era mais do que esperava, ela logo se recompôs e respondeu com tranquilidade:

— Por que está surpresa, minha cara Eliza? Acha inacreditável que o senhor Collins seja capaz de conquistar a simpatia de uma mulher porque não foi tão feliz em conquistar a sua?

Entretanto Elizabeth nesse momento já tinha se contido e, com um grande esforço, conseguiu assegurar com suficiente firmeza que a perspectiva do relacionamento entre ambos era muito agradável, e que desejava toda a felicidade do mundo a ela.

— Sei o que você está sentindo — respondeu Charlotte. — Deve estar surpresa, muito surpresa, pois muito recentemente o senhor Collins desejava se casar com você. Porém, quando tiver tempo para pensar sobre a situação, espero que fique satisfeita com o que eu fiz. Não sou romântica, você sabe; nunca fui. Só quero um lar confortável; e considerando o caráter, as relações e a posição do senhor Collins, estou convencida de que minha chance de ser feliz com ele é tão boa quanto a da maioria das pessoas que se casam.

Elizabeth respondeu calmamente: "Sem dúvida"; e, depois de uma pausa constrangedora, elas se juntaram ao restante da família. Charlotte não ficou por muito mais tempo, e Elizabeth pôde então refletir sobre o que tinha ouvido. Demorou um pouco para ela aceitar a ideia de uma união tão incompatível. A estranheza de o senhor Collins fazer duas propostas de casamento em três dias não era nada em comparação ao fato de ele ter sido agora aceito. Ela sempre desconfiara de que a opinião de Charlotte sobre o matrimônio não era exatamente igual à sua, mas não supunha possível que, quando chamada à ação, ela sacrificasse todos os melhores sentimentos em troca da vantagem mundana. Charlotte como esposa do senhor Collins era um quadro muito humilhante! E à aflição de ver uma amiga se desgraçar e cair em seu conceito acrescentou-se a convicção desoladora de que seria impossível que aquela amiga fosse minimamente feliz com o destino que escolhera.

Capítulo XXIII

Elizabeth estava com a mãe e as irmãs, refletindo sobre o que tinha ouvido e pensando se tinha autorização para contar a novidade quando Sir William Lucas apareceu, enviado pela filha, para anunciar o noivado à família. Com muitos cumprimentos a todos e bastante satisfação com a perspectiva de uma ligação entre as duas famílias, ele revelou o fato para uma audiência não meramente surpresa, mas incrédula; pois a senhora Bennet, com mais obstinação do que polidez, afirmou que ele deveria estar inteiramente enganado; e Lydia, sempre precipitada e muitas vezes rude, exclamou com veemência:

— Santo Deus! Sir William, como pode contar uma história dessas? Não sabe que o senhor Collins quer se casar com Lizzy?

Apenas a complacência de um cortesão poderia ter suportado sem raiva tal tratamento; mas a boa educação de Sir William o fez aguentar tudo aquilo; e embora pedisse licença para afirmar a verdade de sua informação, ouviu toda impertinência delas com a mais paciente cortesia.

Elizabeth, sentindo que tinha a responsabilidade de livrá-lo de situação tão desagradável, adiantou-se em confirmar seu relato, mencionando conhecer o fato por intermédio da própria Charlotte, e empenhou-se para colocar um fim às exclamações da mãe e das irmãs fazendo calorosas congratulações a Sir William, nas quais foi prontamente seguida por Jane, e uma série de comentários sobre a felicidade que poderia ser esperada da união, o excelente caráter do senhor Collins e a distância conveniente entre Hunsford e Londres.

A senhora Bennet ficou na verdade tão pasma que não conseguiu dizer muita coisa enquanto Sir William esteve lá; mas, logo que ele partiu, deu vazão a seus sentimentos. Em primeiro lugar, ela persistiu em não acreditar no assunto; em segundo, não duvidava de que o senhor Collins tinha sido ludibriado; em terceiro, tinha certeza de que os dois jamais seriam felizes juntos; e em quarto, que o noivado podia ser rompido. Duas conclusões, contudo, foram deduzidas do assunto: uma, que Elizabeth era a verdadeira causa da desgraça; e a outra era que ela própria tinha sido cruelmente usada por todos; e sobre esses dois pontos, principalmente, ela falou durante o resto do dia. Nada podia consolá-la e nada podia tranquilizá-la. Tampouco aquele dia esgotou o seu ressentimento. Uma semana se passou antes que ela pudesse ver Elizabeth sem ralhar com ela, um mês transcorreu antes que ela pudesse falar com Sir

William ou Lady Lucas sem ser rude, e muitos meses foram necessários para que ela perdoasse Charlotte.

As emoções do senhor Bennet estavam muito mais tranquilas na ocasião, e, assim que ele ficou sabendo, declarou achar tudo muito agradável; pois era gratificante, disse ele, confirmar que Charlotte Lucas, a quem costumava considerar muito pouco sensata, era tão tola quanto sua mulher, e mais tola ainda do que sua filha!

Jane se confessou um pouco espantada com o noivado, mas falou menos de sua surpresa do que de seu sincero desejo pela felicidade de ambos; nem Elizabeth pôde persuadi-la a considerar isso improvável.

Kitty e Lydia estavam longe de invejar a senhorita Lucas, pois o senhor Collins era apenas um clérigo; e aquilo não as afetava de nenhuma outra forma a não ser como uma novidade que podiam contar em Meryton.

Lady Lucas não resistiu ao triunfo de replicar à senhora Bennet sobre o conforto de ter uma filha bem casada, e visitou Longbourn com mais frequência do que de costume para dizer como estava feliz, embora os olhares amargos e as observações rancorosas da senhora Bennet fossem suficientes para espantar toda aquela felicidade.

Entre Elizabeth e Charlotte havia um embaraço que as manteve em silêncio sobre o assunto; e Elizabeth se convenceu de que nenhuma verdadeira confiança poderia existir entre elas novamente. Seu desapontamento com Charlotte fez com que ela se aproximasse mais afetuosamente da irmã, cuja retidão e delicadeza tinha certeza de que não a decepcionariam, e por cuja felicidade ficava cada dia mais ansiosa, já que Bingley partira havia uma semana e nada mais fora ouvido sobre seu retorno.

Jane enviara uma resposta imediata à carta de Caroline e contava os dias que teria de esperar para receber um retorno da parte dela. A carta de agradecimento prometida pelo senhor Collins chegou na terça-feira, endereçada ao pai, e escrita com toda solenidade e gratidão que somente uma estadia de um ano com a família teria incitado. Depois de aliviar sua consciência nesse assunto, ele continuou para informá-los, com muitas expressões arrebatadoras, de sua felicidade por ter obtido a afeição da amável vizinha deles, a senhorita Lucas, e então explicou que fora meramente com a ideia de desfrutar da companhia dela que tinha concordado tão prontamente com o gentil desejo deles de vê-lo novamente em Longbourn, para onde esperava retornar dali a quinze dias, na segunda-feira; pois Lady Catherine, ele acrescentou, aprovara tão sinceramente seu casamento que desejava que acontecesse o mais cedo possível, o que ele acreditava ser um argumento definitivo para sua adorável Charlotte escolher uma data para torná-lo o mais feliz dos homens.

O retorno do senhor Collins a Hertfordshire não era mais um motivo de prazer para a senhora Bennet. Ao contrário, ela estava tão disposta a reclamar dele quanto o marido. Era muito estranho que ele ficasse em Longbourn e não em Lucas Lodge; também era muito inconveniente e excessivamente importuno. Ela odiava ter visitantes em casa enquanto sua saúde estava tão debilitada, e noivos eram as pessoas mais desagradáveis do mundo. Esses eram os murmúrios da senhora Bennet, que deram lugar apenas a mais aflição por conta da ausência prolongada do senhor Bingley.

Nem Jane nem Elizabeth estavam confortáveis com o assunto. Dia após dia se passava sem trazer nenhuma outra informação dele além do rumor, que logo se espalhou por Meryton, de que ele não retornaria mais a Netherfield durante todo o inverno; um boato que deixou a senhora Bennet muito exasperada, e que ela nunca deixava de contradizer como uma mentira escandalosa.

Até Elizabeth começou a temer não que Bingley fosse indiferente, mas que as irmãs dele tivessem sucesso em mantê-lo longe dali. Apesar de relutar em admitir uma ideia tão desastrosa para a felicidade de Jane e tão desonrosa para o caráter de seu pretendente, não pôde evitar que ela lhe ocorresse com frequência. Os esforços unidos das duas insensíveis irmãs e de seu poderoso amigo, auxiliados pelos atrativos da senhorita Darcy e as diversões de Londres, talvez fossem demais, ela temia, para a força dos sentimentos dele.

Quanto a Jane, *sua* ansiedade diante desse suspense era, sem dúvida, mais dolorosa do que a de Elizabeth, mas o que quer que sentisse, desejava esconder, e, entre as duas, portanto, o assunto jamais era aludido. No entanto a delicadeza do tema não continha a senhora Bennet; não se passava uma hora sem que ela falasse de Bingley, expressasse impaciência com sua chegada, ou até mesmo pedisse a Jane para confessar que, se ele não voltasse, ela deveria se sentir muito ofendida. Era necessária toda a brandura de Jane para suportar esses ataques com razoável tranquilidade.

O senhor Collins retornou muito pontualmente na segunda-feira, quinze dias depois, porém sua recepção em Longbourn não foi tão cortês como tinha sido quando se apresentaram pela primeira vez. Ele estava muito alegre, contudo, para requerer muita atenção; e, felizmente para os outros, o noivado os aliviava bastante de sua companhia. Ele passava a maior parte dos dias em Lucas Lodge, e às vezes retornava a Longbourn apenas a tempo de um pedido de desculpas por sua ausência antes de a família se recolher para dormir.

A senhora Bennet estava num estado lastimável. A menção de qualquer coisa ligada ao noivado a lançava na agonia do mau humor, e, onde quer que fosse, ela ouvia falar do assunto. Ver a senhorita Lucas era detestável para ela. Pela hipótese de ela se tornar sua sucessora naquela casa, ela a via com ciúme e aversão. Sempre que Charlotte ia visitá-los, ela concluía que estava antecipando a hora da posse; e sempre que ela conversava em voz baixa com o senhor Collins, ela acreditava que eles estavam falando sobre a propriedade de Longbourn e decidindo expulsá-las da casa assim que o senhor Bennet morresse. Ela reclamou de tudo isso com amargura para o marido.

— Realmente, senhor Bennet — disse ela —, é muito duro pensar que Charlotte Lucas será a senhora desta casa, que eu serei forçada a dar lugar a *ela* e a viver para vê-la assumir meu posto.

— Minha cara, não ceda a esses pensamentos tristes. Vamos esperar o melhor. Vamos imaginar que vou viver mais do que você.

Isso não era muito consolador para a senhora Bennet, e, portanto, em vez de responder alguma coisa, ela continuou como antes.

— Não posso suportar pensar que eles serão os donos desta propriedade. Se não fosse a questão da herança, eu não me importaria.

— Com o que não se importaria?

— Não me importaria com nada.

— Então vamos agradecer por você ser poupada de um estado de tamanha insensibilidade.

— Nunca poderei ser grata, senhor Bennet, a nada em relação a essa herança. Como alguém pode ter a consciência tranquila deserdando as próprias filhas? Não compreendo. E tudo em favor do senhor Collins! Por que *ele* deve ficar com tudo, mais do que qualquer outra pessoa?

— Deixo essa conclusão para você — disse o senhor Bennet.

Capítulo XXIV

A carta da senhorita Bingley chegou e colocou fim à dúvida. A primeira frase transmitia a garantia de que todos ficariam instalados em Londres durante o inverno, e concluía com o pesar do irmão por não ter tido tempo de se despedir dos amigos em Hertfordshire antes de deixar o campo.

A esperança tinha acabado totalmente; e, quando Jane conseguiu ler o resto da carta, encontrou pouco, exceto a afeição declarada da remetente, que pudesse lhe dar algum conforto. O elogio à senhorita Darcy ocupava a maior parte dela. Seus muitos atrativos foram novamente descritos; Caroline se vangloriava alegremente da crescente intimidade entre as duas e arriscava-se a predizer a concretização dos desejos revelados na carta anterior. Dizia também com grande prazer que seu irmão estava hospedado na casa do senhor Darcy e mencionava com enlevo os planos do último em relação à nova mobília.

Elizabeth, a quem Jane logo comunicou o principal de tudo isso, ouviu em silenciosa indignação. Seu coração estava dividido entre a preocupação com a irmã e o ressentimento contra todos os outros. À afirmação de Caroline de que o irmão estava afeiçoado à senhorita Darcy ela não deu crédito. Que ele estivesse realmente apaixonado por Jane, ela não duvidava, como nunca duvidara, e, por mais que sempre tivesse estado disposta a gostar dele, não podia pensar sem raiva, dificilmente sem nenhum desprezo, naquela volubilidade de temperamento e na falta de iniciativa própria que agora o tornavam escravo de seus amigos astuciosos e o levavam a sacrificar sua própria felicidade ao capricho da inclinação deles. Se sua própria felicidade, contudo, fosse o único sacrifício, poderia brincar com ela como bem entendesse, mas a de Jane também estava envolvida, como ela achava que ele devia saber. Era um assunto, em suma, sobre o qual se refletiria muito ainda, e infrutiferamente. Ela não conseguia pensar em mais nada; e, no entanto, quer o apreço de Bingley tivesse realmente acabado, ou tivesse sido reprimido pela interferência de seus amigos; quer ele tivesse consciência do afeto de Jane, quer ele tivesse escapado à sua observação; qualquer que fosse o caso, embora a opinião que ela tivesse dele fosse substancialmente afetada pela divergência, a situação de sua irmã permanecia a mesma; sua paz, igualmente afetada.

Um dia ou dois se passaram antes que Jane tivesse coragem de falar de seus sentimentos para Elizabeth; mas, por fim, quando a senhora

Bennet as deixou sozinhas, depois de uma irritação mais longa do que de costume com Netherfield e seu dono, ela não se conteve:

— Oh, gostaria que minha querida mãe tivesse mais domínio sobre si mesma! Ela não faz ideia da dor a que me submete por suas contínuas reflexões sobre ele. Mas não vou reclamar. Não deve durar muito. Ele será esquecido, e todos voltaremos a ser còmo antes.

Elizabeth olhou para a irmã com incrédula solicitude, mas não disse nada.

— Você duvida de mim — exclamou Jane, enrubescendo —; não tem motivo para isso. Ele pode viver na nossa memória como o homem mais amável que conheço, mas é tudo. Não tenho nada a esperar ou temer, e nada do que o repreender. Graças a Deus! Eu não tenho *essa* dor. Um pouco de tempo, portanto, e certamente tentarei superar isso.

Com a voz mais forte, acrescentou logo depois:

— Tenho esse conforto, agora, de que não passou de um erro da minha imaginação, e que não fez mal a ninguém além de mim mesma.

— Minha querida Jane! — exclamou Elizabeth. — Você é bondosa demais. Sua doçura e abnegação são realmente angelicais; não sei o que lhe dizer. Sinto que nunca lhe fiz justiça ou a amei como merece.

A senhorita Bennet apressou-se em negar esse mérito extraordinário e atribuiu o elogio ao afeto caloroso da irmã.

— Não — disse Elizabeth —, isso não é justo. *Você* deseja pensar que todo mundo é respeitável e se dói se falo mal de alguém. Eu só quero achar *você* perfeita, mas você se opõe. Não tema que eu incorra em algum excesso, que eu me aproprie de seu privilégio de boa vontade universal. Não é necessário. São poucas pessoas de quem eu realmente gosto, e menos ainda de quem penso bem. Quanto mais vejo do mundo, mais fico insatisfeita com ele; e cada dia confirma minha crença na inconsistência do caráter humano e no pouco que se pode confiar na aparência de mérito ou bom senso. Deparei com dois acontecimentos recentemente, um que não vou mencionar; o outro é o casamento de Charlotte. É inexplicável! Sob todos os aspectos, é inexplicável!

— Minha querida Lizzy, não se entregue a esses sentimentos. Eles arruinarão sua felicidade. Você não leva em consideração as diferenças de situação e temperamento. Pense na respeitabilidade do senhor Collins e no caráter firme e prudente de Charlotte. Lembre-se de que ela tem uma família grande; que, quanto à fortuna, é uma união das mais desejáveis; e esteja pronta para acreditar, pelo bem de todos, que ela pode sentir algo como respeito e estima por nosso primo.

— Por você eu tentaria acreditar em quase qualquer coisa, mas ninguém mais pode se beneficiar por isso; pois, se eu estivesse convencida de que Charlotte tivesse qualquer respeito por ele, só pensaria pior de sua inteligência do que penso hoje de seu coração. Minha querida Jane, o senhor Collins é um homem tolo, presunçoso, pomposo e de ideias estreitas; você sabe que ele é assim tanto quanto eu sei; e você deve achar, assim como eu, que a mulher que se casar com ele não deve estar raciocinando direito. Não vá defendê-la, embora seja Charlotte Lucas. Você não deve, pelo bem de um indivíduo, mudar o significado de princípio e integridade, nem tentar persuadir a si mesma ou a mim de que egoísmo é prudência, e insensibilidade ao perigo é garantia de felicidade.

— Acho que você usa palavras fortes demais ao falar de ambos — respondeu Jane — e espero que se convença disso ao vê-los felizes juntos. Mas chega desse assunto. Você se referiu a outra coisa. Mencionou *dois* acontecimentos. Sei a que se refere, mas suplico-lhe, querida Lizzy, não me faça sofrer pensando que *aquela pessoa* é culpada, nem dizendo que ela caiu no seu conceito. Não devemos ser precipitadas e imaginar que fomos intencionalmente magoadas. Não devemos esperar que um jovem cheio de vivacidade seja sempre tão reservado e circunspecto. Quase sempre é a nossa vaidade que nos engana. As mulheres se iludem achando que a admiração tem mais significado do que tem na realidade.

— E os homens se encarregam de que elas pensem assim.

— Se é feito intencionalmente, eles não podem ser justificados; mas não acredito que exista tanta má intenção no mundo quanto algumas pessoas imaginam.

— Estou longe de atribuir qualquer parte da conduta do senhor Bingley à má intenção — disse Elizabeth —, mas, mesmo sem um plano para fazer o mal ou para fazer os outros infelizes, ele pode cometer erros e pode causar sofrimento. Descuido, falta de atenção aos sentimentos dos outros e ausência de firmeza causam os mesmos resultados.

— E você atribui a atitude dele a um desses motivos?

— Sim, ao último. No entanto, se eu continuar, vou desagradá-la dizendo o que penso sobre pessoas que você estima. Impeça-me enquanto pode.

— Você persiste, então, em supor que as irmãs o influenciaram?

— Sim, junto com o amigo dele.

— Não posso acreditar. Por que tentariam influenciá-lo? Elas só podem desejar a felicidade dele; e, se ele está apaixonado por mim, nenhuma outra mulher pode atraí-lo.

— Sua primeira afirmação é falsa. Elas podem desejar muitas coisas além da felicidade dele; podem desejar que sua riqueza e posição aumentem; podem desejar que ele se case com uma moça que tenha toda a influência do dinheiro, boas relações e orgulho.

— Sem dúvida, elas *desejam* realmente que ele escolha a senhorita Darcy — respondeu Jane —, mas isso pode ser por sentimentos melhores do que você supõe. Elas a conhecem há muito mais tempo do que a mim; não surpreende que gostem mais dela. No entanto, quaisquer que sejam seus desejos, é muito improvável que se oporiam aos do irmão. Que irmã se acharia na liberdade de fazer isso, a menos que houvesse algo muito repreensível? Se elas acreditassem que ele está apaixonado por mim, não tentariam nos separar; se ele estivesse, elas não poderiam ter sucesso. Ao supor essa afeição, você imagina que todos estejam agindo de forma errada e desnaturada, e me deixa muito triste. Não me angustie com essa ideia. Não tenho vergonha de ter me equivocado, ou, pelo menos, isso é mais leve, não é nada em comparação com o que eu deveria sentir pensando mal dele e de suas irmãs. Deixe que eu veja a situação da melhor forma, de modo que possa ser explicável.

Elizabeth não podia se opor a esse desejo; e, a partir desse dia, o nome do senhor Bingley quase nunca mais foi mencionado entre elas.

A senhora Bennet ainda continuava estranhando e lamentando o fato de ele não retornar mais, e embora não se passasse um dia sem que Elizabeth explicasse o que acontecia com clareza, havia pouca chance de que a mãe considerasse a situação com menos perplexidade. A filha tentou convencê-la daquilo em que ela mesma não acreditava, de que as atenções dele para com Jane tinham sido meramente o efeito de uma afeição comum e passageira, que acabara quando ele deixou de vê-la; e embora a probabilidade da afirmação fosse admitida no momento, ela tinha de repetir a mesma história todos os dias. O que confortava a senhora Bennet era a crença de que o senhor Bingley deveria voltar no verão.

O senhor Bennet tratou a questão de modo diferente.

— Então, Lizzy — disse ele um dia —, sua irmã teve uma desilusão amorosa, acredito. Eu a parabenizo. Fora o casamento, o que uma moça mais gosta é de se desiludir com o amor de vez em quando. É algo em que pensar, e dá a ela uma espécie de distinção entre suas companheiras. Quando chegará a sua vez? Você não vai querer ser ultrapassada por Jane por muito tempo. Agora aproveite. Há oficiais suficientes em Meryton para desapontar todas as moças da região. Deixe que Wickham seja o *seu* homem. É um sujeito agradável e a rejeitará dignamente.

— Obrigada, senhor, mas um homem menos agradável me satisfaria. Não devemos todas esperar a boa sorte de Jane.

— Verdade — disse o senhor Bennet —, mas é um conforto pensar que, seja o que for que lhe aconteça, você tem uma mãe afetuosa que tirará o máximo proveito disso.

A companhia do senhor Wickham era de grande utilidade para afastar a tristeza que os últimos acontecimentos inconvenientes tinham lançado sobre muitos da família de Longbourn. Viam-no com frequência, e às suas outras qualidades acrescentava-se agora uma franqueza absoluta. Tudo o que Elizabeth já tinha ouvido — as alegações sobre o senhor Darcy e tudo o que Wickham tinha sofrido nas mãos dele — era agora abertamente reconhecido e publicamente divulgado; e todos estavam satisfeitos em recordar o quanto sempre desgostaram do senhor Darcy mesmo antes de saber qualquer coisa sobre o assunto.

A senhorita Bennet era a única criatura que podia supor que houvesse circunstâncias atenuantes no caso, desconhecidas da sociedade de Hertfordshire. Sua meiga e firme imparcialidade sempre implorava tolerância e levantava a possibilidade de equívocos, mas, para todos os outros, o senhor Darcy estava condenado como o pior dos homens.

Capítulo XXV

Após uma semana de declarações de amor e planos de felicidade, a chegada do sábado afastou o senhor Collins da companhia de sua amada Charlotte. A dor da separação, contudo, poderia ser aliviada com os preparativos para receber a noiva, já que ele tinha motivo para esperar que, pouco depois de seu retorno de Hertfordshire, seria fixada a data que o tornaria o mais feliz dos homens. Ele se despediu de seus parentes em Longbourn com tanta solenidade quanto antes, desejou saúde e felicidade a suas encantadoras primas novamente e prometeu ao pai outra carta de agradecimento.

Na segunda-feira seguinte, a senhora Bennet teve o prazer de receber seu irmão e sua cunhada, que vieram, como de costume, passar o Natal em Longbourn. O senhor Gardiner era um homem sensato e distinto, muito superior à irmã, tanto em natureza quanto em educação. As moças de Netherfield teriam dificuldades em acreditar que um homem que vivia do comércio e morava próximo de seus armazéns pudesse ser tão bem-educado e agradável. A senhora Gardiner, muitos anos mais jovem que a senhora Bennet e a senhora Philips, era uma mulher amável, inteligente e elegante, e a grande favorita entre as sobrinhas de Longbourn. Entre as duas mais velhas e ela havia uma estima especial. Elas frequentemente ficavam com a tia na cidade.

A primeira tarefa da senhora Gardiner ao chegar foi distribuir os presentes e descrever a última moda. Depois disso, ela teve um papel menos ativo a desempenhar. Era sua vez de ouvir. A senhora Bennet tinha muitas injustiças a relatar e muito a reclamar. Todas tinham sido maltratadas desde a última vez que vira a cunhada. Duas de suas filhas estiveram a ponto de se casar, e no final nada tinha dado certo.

— Não culpo Jane — ela continuou —, pois ela teria se casado com o senhor Bingley se pudesse. Mas Lizzy! Oh, minha irmã! É muito duro pensar que ela poderia ser a esposa do senhor Collins neste momento se não fosse tão teimosa. Ele lhe fez uma proposta aqui mesmo nesta sala, e ela o recusou. A consequência disso é que Lady Lucas terá uma filha casada antes que eu, e que a propriedade de Longbourn está mais do que nunca destinada a outros. Os Lucas são muito astuciosos. São todos interesseiros. Sinto muito dizer isso deles, mas é assim. Isso me deixa muito nervosa e doente, ser contrariada assim em minha própria família, e ter vizinhos que pensam em si mesmos em detrimento dos outros. Contudo, você ter vindo justamente nessa hora é o maior dos consolos, e estou muito contente de ouvir o que nos contou sobre as mangas longas.

A senhora Gardiner, a quem o principal dessas notícias já tinha sido informado pela correspondência que mantinha com Jane e Elizabeth, deu uma resposta vaga e, por compaixão pelas sobrinhas, mudou de assunto.

Depois, quando estava sozinha com Elizabeth, ela falou mais sobre a questão.

— Parece que se tratava de um bom partido para Jane — disse ela.
— Sinto muito que não tenha dado certo. No entanto essas coisas acontecem com frequência! Um jovem, tal como você descreve o senhor Bingley, apaixona-se facilmente por uma moça bonita por algumas semanas e, quando o acaso os separa, a esquece com a mesma facilidade. Esse tipo de inconsistência é muito comum.

— Um excelente consolo, de certa forma — disse Elizabeth —, mas não servirá para *nós*. Não sofremos por *acaso*. Não é algo comum que a interferência de amigos convença um jovem de fortuna independente a deixar de pensar numa moça por quem estava perdidamente apaixonado alguns dias antes.

— Mas essa expressão "perdidamente apaixonado" é tão banal, tão duvidosa, tão indefinida, que não me esclarece nada. Costuma ser aplicada tanto a sentimentos que surgem após meia hora de conversa quanto a uma ligação forte e verdadeira. Por favor, me diga, qual era a intensidade da paixão do senhor Bingley?

— Nunca vi inclinação mais promissora; ele estava cada vez mais indiferente a outras pessoas e profundamente interessado por Jane. Toda vez que se encontravam, isso era mais evidente e notável. Em seu próprio baile, ele ofendeu duas ou três moças deixando de convidá--las para dançar; eu mesma falei duas vezes com ele sem receber resposta. Poderia haver sintomas mais claros? Não é a incivilidade a própria essência do amor?

— Ah, sim! Daquele tipo de amor que suponho que ele sentiu. Pobre Jane! Sinto muito por ela porque, com seu temperamento, pode ser que não o esqueça tão facilmente. Seria melhor que tivesse acontecido com *você*, Lizzy. Você teria achado graça da situação e a superado mais cedo. Acha que conseguimos convencê-la a voltar conosco? Uma mudança de ares pode ser boa, e talvez sair um pouco de casa possa ser bastante proveitoso.

Elizabeth ficou muito contente com a proposta e convencida de que a irmã aceitaria prontamente o convite.

— Espero — acrescentou a senhora Gardiner — que nenhuma consideração em relação a encontrar esse rapaz a influencie. Vivemos em partes tão diferentes da cidade, todas as nossas relações são tão diferentes e, como você bem sabe, saímos tão pouco, que é muito improvável que eles se encontrem, a menos que ele realmente vá visitá-la.

— E *isso* é quase impossível; pois ele está agora sob a tutela de seu amigo, e o senhor Darcy não permitiria que ele visitasse Jane naquela parte de Londres! Minha querida tia, como pôde pensar nisso? O senhor Darcy talvez já tenha *ouvido* falar de Gracechurch Street,[1] mas dificilmente consideraria um mês de abluções suficiente para limpá-lo das impurezas caso fosse até lá; e acredite, o senhor Bingley nunca faz nada sem ele.

— Tanto melhor. Espero que eles não se encontrem. Mas Jane não se corresponde com a irmã dele? *Ela* não poderá deixar de visitá-la.

— Ela cortará relações definitivamente.

Contudo, apesar da certeza que Elizabeth aparentou ao frisar esse ponto, bem como o fato ainda mais interessante de Bingley ter sido impedido de ver Jane, ela sentiu uma preocupação em relação ao assunto que a convenceu, após examinar os acontecimentos, a não considerar o caso totalmente perdido. Era possível, e às vezes ela achava que era provável, que a afeição dele fosse reanimada, e a influência de seus amigos, combatida pela influência mais natural dos atrativos de Jane.

A senhorita Bennet aceitou o convite da tia com prazer; e os Bingleys só passaram por seu pensamento quando ela imaginou que, pelo fato de Caroline não viver na mesma casa que o irmão, pudesse ocasionalmente passar uma manhã com ela sem nenhum risco de encontrá-lo.

Os Gardiners ficaram uma semana em Longbourn; e entre os Philips, os Lucas e os oficiais, não houve um dia sem que tivessem compromissos sociais. A senhora Bennet tinha cuidado com tanto zelo do entretenimento do irmão e da cunhada, que eles nem uma vez ficaram para o jantar em família. Quando o compromisso era em casa, alguns dos oficiais sempre participavam; entre eles, sem dúvida, o senhor Wickham; e, nessas ocasiões, a senhora Gardiner, curiosa por causa dos entusiasmados elogios de Elizabeth a ele, observou-os de perto.

---

1. Rua de Londres que, na época em que Jane Austen viveu, era ocupada principalmente pelo comércio. (N.E.)

Sem supor que eles, com base no que vira, estivessem muito seriamente apaixonados, a preferência de um pelo outro era clara o bastante para deixá-la um pouco preocupada; e ela decidiu falar com Elizabeth sobre o assunto antes de deixar Hertfordshire, e alertá-la para a imprudência de incentivar tal relacionamento.

Wickham tinha um meio de agradar a senhora Gardiner que não estava relacionado a seus atrativos. Cerca de dez ou doze anos atrás, antes de se casar, ela tinha passado um tempo considerável naquela mesma parte de Derbyshire à qual ele pertencia. Eles tinham, portanto, muitos conhecidos em comum; e embora Wickham tivesse estado pouco tempo lá após a morte do pai de Darcy, ocorrida cinco anos antes, ele ainda assim podia lhe dar notícias mais recentes sobre antigos amigos do que ela conseguiria obter de outra forma.

A senhora Gardiner estivera em Pemberley e conhecia muito bem a fama do finado senhor Darcy. Nisso, consequentemente, havia um assunto inesgotável. Ao comparar suas memórias de Pemberley com a descrição minuciosa que Wickham podia fornecer, e ao prestar seu tributo de elogios ao caráter de seu finado dono, ela deleitava-o e a si mesma. Ao ser informada sobre o tratamento do atual senhor Darcy para com ele, ela tentou se recordar se a descrição de seu caráter quando era apenas um garoto condizia com aquilo, e por fim teve a certeza de lembrar-se de ter ouvido falar que o senhor Fitzwilliam Darcy havia sido um menino muito orgulhoso e de má índole.

Capítulo XXVI

A advertência da senhora Gardiner a Elizabeth foi dada com pontualidade e gentileza na primeira oportunidade que teve de conversar a sós com a sobrinha; depois de dizer honestamente o que pensava, ela continuou:

— Você é uma moça sensata demais, Lizzy, para se apaixonar apenas porque é alertada contra isso. Portanto, não tenho medo de me expressar sem reservas. Falando sério, quero preveni-la. Não se envolva nem tente envolvê-lo numa relação que a falta de fortuna tornaria uma imprudência. Não tenho nada a dizer contra *ele*; é um jovem muito interessante; e se tivesse a fortuna que lhe é de direito, eu acharia que você não poderia se sair melhor. Mas, tal como estão as coisas, você não deve se deixar levar pela imaginação. Você tem bom senso, e todos nós esperamos que o utilize. Seu pai conta com a *sua* firmeza e boa conduta, tenho certeza. Você não deve desapontar seu pai.

— Minha querida tia, está levando as coisas muito a sério mesmo.

— Sim, e espero que você também as leve a sério.

— Bem, então, não precisa ficar alarmada. Tomarei conta de mim mesma e do senhor Wickham também. Ele não se apaixonará por mim, se eu puder evitar.

— Elizabeth, não está sendo séria agora.

— Peço desculpas, tentarei de novo. No momento, não estou apaixonada pelo senhor Wickham; não, certamente não. Entretanto ele é, acima de qualquer comparação, o homem mais agradável que já conheci, e, se ficar realmente interessado por mim, acredito que será melhor que não se apaixone. Compreendo a imprudência disso. Oh! *Aquele* abominável senhor Darcy! A opinião de meu pai sobre mim me deixa muito honrada, e eu ficaria desolada se a perdesse. Meu pai, contudo, gosta do senhor Wickham. Em suma, minha querida tia, eu ficaria muito arrependida se entristecesse qualquer um de vocês; mas, como vemos todos os dias, onde há afeição, os jovens raramente são impedidos, por causa da necessidade imediata de fortuna, de se comprometer um com o outro. Como posso prometer ser mais sensata do que meus iguais se eu for tentada, ou como saberei que seria prudente resistir? Tudo o que posso prometer, portanto, é não ter pressa. Não me apressarei a acreditar que sou o principal objeto de afeição do senhor Wickham. Quando estiver na companhia dele, não desejarei isso. Em suma, farei o possível.

— Talvez fosse prudente desencorajá-lo de vir aqui com tanta frequência. Pelo menos, você não deve *lembrar* sua mãe de convidá-lo.

— Como fiz no outro dia — disse Elizabeth com um sorriso consciente. — Verdade, seria mais sensato da minha parte evitar *isso*. Mas não imagine que ele venha aqui com tanta frequência. Foi por sua causa que ele foi convidado várias vezes esta semana. Conhece bem as ideias de minha mãe sobre a necessidade de companhia constante para seus amigos. Mas realmente, e dou minha palavra, tentarei fazer o que considero mais sensato; e agora espero que esteja satisfeita.

A tia assegurou que estava e, depois de Elizabeth agradecer a gentileza de suas dicas, elas se separaram; um maravilhoso exemplo de conselho dado sem gerar ressentimento.

O senhor Collins voltou a Hertfordshire pouco depois de os Gardiners e Jane terem partido; mas, como se hospedou com os Lucas, sua chegada não foi um grande inconveniente para a senhora Bennet. A data do casamento estava se aproximando, e ela estava finalmente tão resignada a ponto de considerá-lo inevitável, e até de dizer repetidamente, num tom ressentido, que "*desejava* que fossem felizes". A quinta-feira seria o dia do casamento e, na quarta, a senhorita Lucas fez sua visita de despedida. Quando ela se levantou para sair, Elizabeth, sinceramente emocionada e envergonhada das felicitações indelicadas e relutantes da mãe, acompanhou-a até a porta. Enquanto desciam as escadas juntas, Charlotte disse:

— Espero ter notícias suas com muita frequência, Eliza.

— Com certeza terá.

— E tenho outro favor a lhe pedir. Você irá me visitar?

— Devemos nos encontrar com frequência, espero, em Hertfordshire.

— É provável que eu não saia de Kent por algum tempo. Prometa-me, portanto, ir a Hunsford.

Elizabeth não pôde recusar, embora previsse pouco prazer na visita.

— Meu pai e Maria vão me visitar em março — acrescentou Charlotte —, e espero que você consinta em fazer parte do grupo. Sabe, Eliza, que será tão bem-vinda quanto eles.

O casamento aconteceu; a noiva e o noivo partiram para Kent após passar pela porta da igreja, e todos tiveram o bastante a dizer e a ouvir sobre o assunto, como de costume. Elizabeth logo teve notícias da amiga; e sua correspondência era regular e frequente como sempre; porém, era impossível que fosse igualmente franca. Elizabeth não conseguia mais se dirigir a ela sem sentir que todo o conforto da intimidade tinha acabado, e, embora determinada a não ser uma correspondente relapsa, fazia isso em nome do que tinha sido a amizade, e não do que era agora. As primeiras cartas de Charlotte foram recebidas com um tanto de ansiedade; não podia senão haver curiosidade para saber como ela falaria de sua nova casa, o que teria achado de Lady Catherine, e o quanto ousaria se declarar feliz; contudo, quando as cartas foram lidas, Elizabeth sentiu que Charlotte se expressava sobre cada ponto exatamente como o previsto. Ela escrevia alegremente, parecia cercada de confortos e não mencionava nada que não pudesse elogiar. A casa, os móveis, a vizinhança, as estradas, ela gostava de tudo, e o comportamento de Lady Catherine era dos mais amigáveis e solícitos. Era o mesmo quadro de Hunsford e Rosings pintado pelo senhor Collins, atenuado pela racionalidade; e Elizabeth percebeu que deveria esperar por sua própria visita para saber o resto.

Jane já tinha escrito algumas linhas para a irmã para anunciar que chegara bem a Londres; e quando escreveu novamente, Elizabeth esperava que tivesse notícia dos Bingleys.

Sua impaciência pela segunda carta foi tão bem recompensada quanto a impaciência geralmente o é. Jane estava havia uma semana na cidade sem ver Caroline nem ter notícias suas. Ela explicava isso, contudo, supondo que sua última carta de Longbourn à amiga tivesse por algum acidente se extraviado.

"Minha tia", ela continuava, "vai amanhã àquela parte da cidade, e devo aproveitar a oportunidade para visitar Grosvenor Street."

Ela escreveu novamente depois que a visita foi feita e contou que havia encontrado a senhorita Bingley. "Não achei Caroline de bom humor", foram suas palavras, "mas ela ficou muito contente em me ver e censurou-me por não ter lhe avisado da minha ida a Londres. Eu estava certa, portanto; minha última carta nunca chegou a ela. Perguntei de seu irmão, é claro. Ele estava bem, mas tão ocupado com o senhor Darcy que raramente o viam. Ela disse que a senhorita Darcy era esperada para jantar. Eu gostaria de tê-la encontrado. Minha visita não foi longa, pois Caroline e a senhora Hurst estavam de saída. Acredito que em breve as verei aqui."

Elizabeth balançou a cabeça ao terminar de ler a carta. Ficou convencida de que apenas o acaso poderia revelar ao senhor Bingley que Jane estava na cidade.

Quatro semanas se passaram, e Jane não o viu. Ela tentou persuadir a si mesma de que não lamentava o fato; mas não podia mais ser cega ao desinteresse da senhorita Bingley. Depois de esperar em casa todas as manhãs por uma quinzena, e inventando a cada noite uma nova desculpa para ela, a visitante finalmente apareceu; mas a rápida visita e, ainda mais, sua mudança de comportamento não permitiriam que Jane continuasse se enganando. A carta que escreveu nessa ocasião para a irmã demonstra o que ela sentiu:

> Minha querida Lizzy, tenho certeza de que você será incapaz de triunfar à minha custa quando eu confessar que estive inteiramente enganada quanto ao apreço da senhorita Bingley por mim. Mas, minha querida irmã, embora o acontecimento tenha provado que você estava certa, não me considere obstinada se ainda afirmo que, considerando como era o comportamento dela, minha confiança era tão natural quanto suas suspeitas. Não compreendo nem um pouco a razão dela para desejar intimidade comigo; mas, se as mesmas circunstâncias ocorressem novamente, tenho certeza de que me enganaria de novo. Caroline só retribuiu minha visita ontem; e nem um bilhete, nem uma linha, recebi nesse ínterim. Quando ela veio, ficou muito evidente que não tinha prazer na visita; desculpou-se breve e formalmente por não ter vindo antes, não disse nenhuma palavra sobre querer me ver de novo e, em todos os aspectos, era uma criatura tão alterada que, quando foi embora, eu estava plenamente decidida a cortar relações. Sinto muito, embora não possa evitar culpá-la. Ela fez muito mal em ter se aproximado de mim; posso dizer seguramente que todos os avanços para criar intimidade começaram da parte dela. Mas tenho pena dela, pois ela deve sentir que estava agindo errado, e porque tenho certeza de que a ansiedade por causa do irmão é o motivo disso. Não preciso me explicar mais; e embora *nós* saibamos que essa ansiedade é totalmente desnecessária, se é que ela a sente, isso justificará facilmente seu comportamento comigo; e como ele é merecidamente querido pela irmã, qualquer ansiedade que ela sinta em função dele é natural e amável. Não posso deixar de pensar, contudo, no fato de ela ter esses temores agora, porque, se ele se importasse um pouco comigo, já teríamos nos encontrado há muito tempo. Ele sabe que estou na cidade, tenho certeza, deduzi com base em algo que ela mesma disse; e ainda assim parecia, pelo seu jeito de falar, que ela queria se convencer de que ele está realmente interessado na senhorita Darcy. Não consigo entender. Se eu não tivesse medo de julgar com dureza, seria quase tentada a dizer que há uma forte aparência de fingimento nisso tudo. Mas tentarei banir qualquer pensamento doloroso e pensar apenas no que me deixa feliz: seu afeto e a gentileza constante dos meus queridos tios. Mande-me notícias logo. A senhorita Bingley disse algo sobre nunca mais

voltar a Netherfield, ou desistir da casa, mas não com certeza. Será melhor não mencionarmos isso. Estou muito contente com seus relatos agradáveis de nossos amigos em Hunsford. Por favor, vá vê-los com Sir William e Maria. Tenho certeza de que você ficará muito à vontade lá. Sua, etc.

Essa carta deixou Elizabeth chateada; mas seu ânimo voltou quando considerou que Jane não seria mais ludibriada, pelo menos não pela senhorita Bingley. Toda expectativa em relação ao irmão estava absolutamente frustrada. Ela nem mesmo desejaria voltar a receber suas atenções. O caráter dele caía em seu conceito a cada reavaliação dos fatos; e como punição para ele, e possível compensação para Jane, Elizabeth esperava que ele logo se casasse com a irmã do senhor Darcy, já que, pelo relato de Wickham, ela o faria se arrepender profundamente do que tinha jogado fora.

Nessa mesma época, a senhora Gardiner lembrou Elizabeth de sua promessa em relação àquele cavalheiro e pediu notícias; e Elizabeth tinha informações para mandar que dariam mais contentamento à tia do que a ela própria. Seu aparente interesse tinha diminuído, suas atenções, cessado, ele era o admirador de outra pessoa. Elizabeth estava atenta o bastante para perceber tudo, mas pôde constatar isso e escrever sobre o assunto sem muita tristeza. Seu coração não tinha sido tocado tão intensamente, e seu orgulho estava satisfeito em acreditar que *ela* teria sido a única escolhida se a fortuna permitisse. A súbita aquisição de dez mil libras era o atrativo mais notável da jovem a quem ele agora dedicava suas atenções; no entanto Elizabeth, menos lúcida talvez nesse caso do que no de Charlotte, não questionou o desejo dele de independência. Nada, ao contrário, podia ser mais natural; e embora capaz de supor que desistir dela custasse a Wickham algum conflito, estava pronta para admitir aquilo como uma medida sábia e desejável para ambos, e pôde muito sinceramente desejar-lhe felicidade.

Tudo isso foi contado à senhora Gardiner; e, depois de relatar as circunstâncias, ela continuou:

Estou convencida, minha querida tia, de que nunca estive muito apaixonada; pois, se eu tivesse realmente experimentado uma paixão pura e elevada, deveria estar odiando até o nome dele e desejando-lhe todo tipo de mal. Contudo meus sentimentos não apenas são cordiais para com *ele*, mas são até mesmo imparciais em relação à senhorita King. Não consigo encontrar em mim mesma nenhum ódio por ela, nem reluto em pensar nela como uma moça muito boa. Não deve haver nenhum amor nisso tudo. Minha prudência foi eficaz; e embora eu certamente me tornasse um objeto de maior interesse para todos os meus conhecidos se estivesse distraidamente apaixonada, não posso dizer que lamento minha insignificância. A importância, às vezes, pode cobrar um preço muito alto. Kitty e Lydia se doeram muito mais do que eu com essa traição. Elas são inexperientes nas coisas do mundo, e ainda não estão abertas à convicção embaraçosa de que os rapazes bonitos precisam ter algum dinheiro para viver, tanto quanto os feios.

Capítulo XXVII

Sem grandes acontecimentos na família de Longbourn, janeiro e fevereiro se passaram sem muita diversão além das caminhadas até Meryton, às vezes em meio à lama, às vezes, ao frio. Março deveria levar Elizabeth a Hunsford. A princípio ela não tinha pensado com muita seriedade em ir até lá; mas logo descobriu que Charlotte contava com isso. Então gradualmente passou a considerar a ideia com mais prazer e com mais certeza. A ausência aumentara seu desejo de ver Charlotte novamente e enfraquecera sua antipatia pelo senhor Collins. Havia novidade na ideia, e como, considerando a mãe que tinha e as irmãs tão pouco companheiras, ficar em casa era uma chateação; uma pequena mudança por si só era bem-vinda. A viagem lhe daria, além disso, a oportunidade de espiar Jane; e, em suma, à medida que o dia se aproximava, ela passou a lamentar qualquer demora. Tudo, entretanto, correu bem, e a viagem foi finalmente acertada de acordo com o projeto de Charlotte. Ela acompanharia Sir William e sua segunda filha. A ideia de passar uma noite em Londres foi planejada a tempo, e o plano tornou-se tão perfeito quanto poderia ser.

A única tristeza seria deixar o pai, que certamente sentiria sua falta, por isso, quando chegou o momento da partida, ele ficou tão chateado que pediu que ela lhe escrevesse, e até prometeu responder à carta.

A despedida entre ela e o senhor Wickham foi perfeitamente amigável; ainda mais por parte dele. Seu atual interesse não o fez esquecer que Elizabeth fora a primeira a despertar e merecer sua atenção, a primeira a ouvi-lo e a se compadecer dele, a primeira a ser admirada. E, em sua maneira de se despedir, desejando-lhe muita diversão, lembrando-a do que deveria esperar de Lady Catherine de Bourgh e confiando que a opinião de ambos sobre ela, que a opinião de ambos sobre qualquer um, sempre coincidiria, havia tal solicitude, tal interesse, que ela sentiu que sempre estaria ligada a ele pelo mais sincero respeito; e separou-se dele convencida de que, casado ou solteiro, ele sempre seria seu modelo de pessoa amável e agradável.

Seus companheiros de viagem no dia seguinte não eram do tipo que a fariam pensar nele com menos simpatia. Sir William Lucas e sua filha Maria, uma menina bem-humorada, mas de mente tão vazia quanto o pai, não tinham nada a dizer que fosse digno de ser escutado, e foram ouvidos com quase tanto prazer quanto o ruído da carruagem.

Elizabeth adorava o ridículo, mas conhecia Sir William havia tempo demais. Ele não podia lhe contar nada de novo sobre as maravilhas de sua apresentação na corte e seu título de cavaleiro; e suas cortesias eram tão ultrapassadas quanto suas informações.

Foi uma viagem de menos de quarenta quilômetros, e eles partiram tão cedo que chegaram a Gracechurch Street ao meio-dia. Ao se aproximarem da porta da casa do senhor Gardiner, Jane estava à janela da sala de estar, observando sua chegada. Quando eles entraram, ela já tinha ido até a porta para recebê-los, e Elizabeth, olhando ansiosamente para o rosto da irmã, ficou satisfeita ao vê-lo saudável e belo como sempre. No alto da escada havia um grupo de meninos e meninas cuja ansiedade pela chegada da prima não permitiu que esperassem na sala, e cuja timidez, pois não a viam há um ano, impedia que descessem mais. Tudo era alegria e gentilezas. O dia se passou da maneira mais agradável; a tarde, em alvoroço e compras, e a noite, em um dos teatros.

Elizabeth então deu um jeito de sentar-se ao lado da tia. O primeiro assunto foi sua irmã; e ela ficou mais triste do que surpresa ao ouvir, em resposta a suas perguntas minuciosas, que, embora Jane sempre se esforçasse para manter o bom humor, havia períodos de tristeza. Era razoável, contudo, esperar que isso não continuasse por muito tempo. A senhora Gardiner também deu detalhes sobre a visita da senhorita Bingley a Gracechurch Street, e repetiu as conversas que tivera com Jane em diferentes momentos, que provavam que a irmã tinha, de coração, desistido da amizade.

A senhora Gardiner então brincou com a sobrinha sobre a deserção de Wickham e cumprimentou-a por suportá-la tão bem.

— Mas, minha querida Elizabeth — ela acrescentou —, que tipo de moça é a senhorita King? Eu lamentaria pensar que nosso amigo é um mercenário.

— Por favor, minha querida tia, qual é a diferença entre ser mercenário e ser prudente nas questões matrimoniais? Onde termina o juízo e começa a avareza? No Natal passado, a senhora estava com medo de que ele se casasse comigo, porque seria imprudente; e agora, como ele está cortejando uma moça de apenas dez mil libras, quer descobrir se ele é mercenário.

— Se você me dissesse que tipo de moça é a senhorita King, eu saberia o que pensar.

— É uma moça muito boa, acredito. Não sei de nada ruim a seu respeito.

— Mas ele não lhe dava a menor atenção até que a morte do avô a tornasse dona dessa fortuna.

— Não. Por que deveria? Se não era admissível para ele conquistar *minha* afeição porque eu não tinha dinheiro, que motivo poderia haver para cortejar uma moça a quem era indiferente e que era igualmente pobre?

— Mas parece uma indelicadeza dirigir as afeições a ela tão pouco tempo depois do ocorrido.

— Um homem necessitado não tem tempo para todos esses elegantes decoros que outras pessoas podem observar. Se *ela* não se opõe a isso, por que *nós* deveríamos?

— O fato de *ela* não se opor não o justifica. Apenas mostra que ela mesma é deficiente em alguma coisa: bom senso ou sentimento.

— Bem — exclamou Elizabeth —, como queira. *Ele* deve ser mercenário, e *ela* deve ser tola.

— Não, Lizzy, *não* é assim que vejo. Eu lamentaria, você sabe, pensar mal de um rapaz que viveu por tanto tempo em Derbyshire.

— Oh! Se isso é tudo, tenho uma péssima opinião sobre rapazes que vivem em Derbyshire; e seus amigos íntimos que vivem em Hertfordshire não são muito melhores. Estou farta de todos eles. Graças a Deus, amanhã vou para um lugar onde encontrarei um homem que não tem nenhuma qualidade agradável, que não tem nem maneiras nem bom senso que o recomendem. Homens estúpidos são os únicos que vale a pena conhecer, afinal.

— Cuidado, Lizzy; essas palavras cheiram fortemente à desilusão.

Antes que elas se separassem após o final da peça, Elizabeth teve a felicidade inesperada de receber um convite para acompanhar os tios numa viagem de lazer que planejavam fazer no verão.

— Ainda não decidimos até onde vamos — disse o senhor Gardiner —, mas talvez até os Lagos.

Nenhum outro plano poderia ser mais agradável a Elizabeth, e ela aceitou o convite prontamente e com gratidão.

— Oh, minha querida tia! — exclamou em êxtase. — Que delícia! Que felicidade! A senhora me dá nova vida e vigor. Adeus, desilusão e melancolia. O que são os rapazes comparados a rochas e montanhas? Oh! Quantas horas maravilhosas passaremos! E quando retornarmos, não seremos como os outros viajantes, que não são capazes de fazer um relato preciso de nada. Saberemos aonde fomos, nos lembraremos do que vimos. Lagos, montanhas e rios não se misturarão em nossa memória; tampouco, quando tentarmos descrever uma cena, teremos dúvida sobre sua localização exata. Que *nossas* primeiras efusões sejam menos insuportáveis do que as da maioria dos viajantes.

Capítulo XXVIII

Tudo na viagem do dia seguinte pareceu novo e interessante a Elizabeth; e ela estava no melhor dos humores, pois vira a irmã com uma aparência tão boa a ponto de banir toda a preocupação com sua saúde, e a perspectiva da excursão para o norte era uma fonte incessante de deleite.

Quando deixaram a estrada principal para pegar a via para Hunsford, todos os olhares estavam em busca do presbitério, esperando que ele surgisse a cada curva. A cerca de Rosings Park limitava o caminho em sua lateral. Elizabeth sorriu ao se lembrar de tudo o que tinha ouvido sobre seus habitantes.

Por fim, o presbitério foi avistado. O jardim que descia até a estrada, a casa um pouco acima, a paliçada verde e a sebe de loureiros, tudo indicava que tinham chegado. O senhor Collins e Charlotte apareceram à porta, e a carruagem parou diante do pequeno portão que os levou por um curto caminho de cascalho até a casa, em meio a cumprimentos e sorrisos de todo o grupo. Em um instante, todos desceram da carruagem, alegres por se encontrarem. A senhora Collins recebeu a amiga com vivacidade e alegria, e Elizabeth ficou ainda mais contente por ter ido quando se viu recebida com tanto afeto. Ela percebeu imediatamente que as maneiras do primo não tinham sido afetadas pelo casamento, sua formalidade era a mesma de antes, e ele a deteve alguns minutos no portão para satisfazer suas indagações sobre toda a família. Foram, então, sem mais delongas, a não ser pelas observações do senhor Collins sobre a beleza da entrada, levados para dentro da casa; e, logo que chegaram à sala, ele lhes deu as boas-vindas uma segunda vez à sua humilde residência com pomposa formalidade, e prontamente repetiu todas as ofertas de sua esposa para que ficassem à vontade.

Elizabeth estava preparada para vê-la em toda a sua glória; e não pôde evitar imaginar que, ao mostrar o bom tamanho da sala, seu aspecto e a mobília, ele se dirigia especialmente a ela, como se desejasse fazê-la sentir o que perdera ao recusá-lo. Entretanto, embora tudo parecesse arrumado e confortável, ela não foi capaz de satisfazê-lo com nenhum suspiro de arrependimento e, em vez disso, olhava com espanto para a amiga, que tinha um ar tão alegre com aquele companheiro. Quando o senhor Collins dizia qualquer coisa da qual sua esposa pudesse com razão se envergonhar, o que não era incomum, ela involuntariamente voltava os olhos para Charlotte. Uma ou duas vezes, pôde discernir um leve rubor; mas, em geral, Charlotte sabiamente não o ouvia. Depois de permanecerem sentados por tempo suficiente para admirar cada artigo de mobília da sala, do guarda-louça à grade da lareira, bem como fazer um relato da viagem e de tudo o que acontecera em Londres, o senhor Collins convidou-os para um passeio no jardim, que era grande e bem traçado, e de cujo cultivo ele mesmo se encarregava. Trabalhar no jardim era um de seus prazeres mais respeitáveis; e Elizabeth admirou a seriedade com que Charlotte falava sobre o salutar exercício e confessava que o incentivava ao máximo. Ali, conduzindo o grupo por caminhos e travessas, e mal permitindo um intervalo para que fizessem os elogios que ele pedia, cada vista era descrita com tantos detalhes que deixava a beleza totalmente para trás. Ele podia enumerar os campos em cada direção e dizer quantas árvores havia no bosque mais distante. Contudo, entre todas as paisagens que seu jardim, ou a região, ou o reino, podia ostentar, nenhuma era comparável à de Rosings, vista por uma fresta entre as árvores que ladeavam o parque quase em frente à sua casa. Era uma construção bela e moderna, muito bem situada num aclive.

Do jardim, o senhor Collins os teria levado para suas duas campinas; mas as senhoras, sem os sapatos adequados para andar sobre a grama ainda coberta pela geada, voltaram; e, enquanto Sir William o acompanhava, Charlotte levou a irmã e a amiga para a casa, extremamente satisfeita, provavelmente, por ter a oportunidade de mostrá-la sem o auxílio do marido. Era uma casa pequena, mas bem construída e conveniente; e tudo estava disposto e arrumado com um capricho e uma harmonia pelos quais Elizabeth deu a Charlotte todo o crédito. Quando o senhor Collins podia ser esquecido, havia realmente um ar de grande conforto em tudo, e, pelo prazer evidente de Charlotte, Elizabeth supôs que ele era esquecido com frequência.

Ela já tinha sido informada de que Lady Catherine ainda estava no campo. Falou-se disso novamente durante o jantar e, quando o senhor Collins se juntou a eles, ele observou:

— Sim, senhorita Elizabeth, terá a honra de conhecer Lady Catherine de Bourgh no próximo domingo na igreja, e nem preciso dizer que ficará encantada com ela. Ela é a pessoa mais afável e condescendente, e não duvido que seja agraciada com alguma porção de sua atenção quando terminar a missa. Não tenho quase nenhuma hesitação em dizer que você e minha cunhada Maria serão incluídas em todos os convites com os quais nos honrar durante sua estadia aqui. O comportamento dela para com minha querida Charlotte é encantador.

Jantamos em Rosings duas vezes por semana, e nunca nos deixam voltar a pé para casa. A carruagem de sua senhoria nos é regularmente oferecida. Ou, *devo* dizer, uma das carruagens de sua senhoria, pois ela tem várias.

— Lady Catherine é mesmo uma mulher muito respeitável e justa — acrescentou Charlotte —, e uma vizinha muito atenciosa.

— Verdade, minha querida, é exatamente o que eu digo. Ela é o tipo de mulher que merece toda a nossa deferência.

A noite passou enquanto falavam principalmente das novidades de Hertfordshire e contavam novamente aquilo que já tinha sido dito por carta; e, ao retirar-se, Elizabeth, na solidão de seu quarto, refletiu sobre o grau de contentamento de Charlotte, tentou entender sua atitude de orientar o marido e sua compostura em suportá-lo e reconheceu que tudo isso era feito com muita desenvoltura. Ela também pensou em como a visita se passaria, o calmo teor das atividades cotidianas, as irritantes interrupções do senhor Collins e as alegrias das relações com Rosings. Sua imaginação vívida logo completou todo o quadro.

Lá pela metade do dia seguinte, quando estava no quarto se preparando para uma caminhada, um ruído repentino no andar de baixo pareceu deixar toda a casa em confusão; e, depois de ouvir por um instante, escutou alguém subir correndo as escadas, com muita pressa, e chamar alto seu nome. Ela abriu a porta e encontrou Maria no alto da escada, que, agitada e sem fôlego, exclamou:

— Oh, minha cara Eliza! Por favor, se apresse e venha à sala de jantar, precisa ver uma coisa! Não lhe direi o que é. Apresse-se e venha logo.

Elizabeth perguntou em vão; Maria não contaria mais nada. Então correram para a sala de jantar, que ficava de frente para a aleia, à procura dessa maravilha. Eram duas damas parando numa pequena carruagem descoberta em frente ao portão do jardim.

— E isso é tudo? — exclamou Elizabeth. — Eu esperava ao menos que os porcos tivessem entrado no jardim, e aí estão somente Lady Catherine e sua filha.

— Não, minha cara — disse Maria, bastante chocada com o equívoco —, não é Lady Catherine. A velha dama é a senhora Jenkinson, que vive com elas; a outra é a senhorita de Bourgh. Apenas olhe para ela. É uma criaturinha tão franzina. Quem imaginaria que ela poderia ser tão magra e miúda?

— É terrivelmente rude manter Charlotte lá fora com todo esse vento. Por que ela não entra?

— Oh, Charlotte diz que ela raramente entra. É o maior dos favores quando a senhorita de Bourgh entra numa casa.

— Gosto da aparência dela — disse Elizabeth, absorta com outras ideias. — Parece doente e triste. Sim, ela servirá muito bem para ele. Será uma esposa muito adequada.

O senhor Collins e Charlotte estavam ambos parados no portão, conversando com as damas; e Sir William, para a diversão de Elizabeth, estava postado na porta de entrada, em séria contemplação da grandeza à sua frente, curvando-se sempre que a senhorita de Bourgh olhava em sua direção.

Por fim, não havia mais nada a ser dito; as damas partiram, e os outros retornaram à casa. O senhor Collins, assim que viu as duas moças, começou a congratulá-las por sua boa fortuna, o que Charlotte explicou contando que todo o grupo havia sido convidado para jantar em Rosings no dia seguinte.

Capítulo XXIX

O triunfo do senhor Collins em consequência desse convite foi completo. A possibilidade de demonstrar a grandeza de sua benfeitora para seus hóspedes, e de deixá-los ver a cortesia com que ela tratava a ele e a esposa, era exatamente o que ele tinha desejado; e o fato de que tal oportunidade fosse oferecida tão cedo era um exemplo da condescendência de Lady Catherine, que ele não sabia como admirar o suficiente.

— Confesso — disse ele — que eu não teria ficado nem um pouco surpreso se sua senhoria nos convidasse para irmos tomar chá e passar a tarde em Rosings no domingo. Eu esperava que isso acontecesse, pois conheço bem sua afabilidade. Mas quem poderia prever uma atenção como essa? Quem poderia imaginar que receberíamos um convite para jantar lá, um convite, além disso, incluindo todo o grupo, tão imediatamente após sua chegada!

— Não estou tão surpreso com o que aconteceu — respondeu Sir William —, porque minha situação na vida me permitiu conhecer os modos dos grandes. Entre a corte, esses exemplos de elegante educação não são incomuns.

Quase não se falou em mais nada o dia inteiro e na manhã seguinte a não ser sobre a visita a Rosings. O senhor Collins os instruiu cuidadosamente sobre o que deveriam esperar, para que a visão daquelas salas, dos muitos criados e de um jantar tão esplêndido não os intimidasse.

Quando as senhoras se separaram para se arrumar, ele disse a Elizabeth:

— Não se preocupe, minha cara prima, com seus trajes. Lady Catherine está longe de exigir de nós a elegância que convém a ela e à filha. Eu a aconselharia simplesmente a vestir qualquer uma de suas roupas que seja superior às demais, não há ocasião para nada mais do que isso. Lady Catherine não pensará mal de você por se vestir com simplicidade. Ela gosta de preservar a distinção de hierarquia.

Enquanto estavam se vestindo, ele foi duas ou três vezes até cada porta para recomendar que fossem rápidas, já que Lady Catherine não gostava nada de ficar esperando pelo jantar. Os formidáveis relatos sobre sua senhoria e seu estilo de vida amedrontaram bastante Maria Lucas, que não estava muito acostumada à sociedade e aguardava sua apresentação em Rosings com tanta apreensão quanto seu pai sentira ao ser apresentado em St. James.

Como o tempo estava bom, a caminhada de um quilômetro atravessando o parque foi muito agradável. Cada parque tem suas belezas e paisagens; e Elizabeth viu o bastante para ficar encantada, embora não sentisse o êxtase que o senhor Collins esperava que o cenário inspirasse e não tenha se impressionado muito com a enumeração das janelas da frente da casa e o relato de quanto as vidraças haviam custado a Sir Lewis de Bourgh.

Enquanto subiam os degraus até o *hall*, o nervosismo de Maria crescia a cada instante, e mesmo Sir William não parecia completamente calmo. A coragem de Elizabeth não a abandonara. Ela não ouvira nada sobre Lady Catherine que lhe atribuísse talentos extraordinários ou uma virtude miraculosa, e achava que podia testemunhar sem medo a mera ostentação de dinheiro ou classe.

Do *hall* de entrada, cuja bela proporção e elegantes ornamentos o senhor Collins apontou com entusiasmo, eles seguiram os criados através de uma antecâmara até a sala onde estavam sentadas Lady Catherine, sua filha e a senhora Jenkinson. Sua senhoria, com grande amabilidade, levantou-se para recebê-los; e como a senhora Collins tinha combinado com o marido que se encarregaria das apresentações, elas foram realizadas de maneira apropriada, sem as desculpas e os agradecimentos que ele teria achado necessários.

Apesar de ter estado em St. James, Sir William estava tão completamente admirado com a grandeza que o cercava que teve coragem apenas para se curvar demoradamente e sentar sem dizer uma palavra; e sua filha, quase fora de si de tanto medo, sentou-se à beira da poltrona, sem saber para que lado olhar. Elizabeth não se sentiu nem um pouco diminuída pela cena, e pôde observar as três damas à sua frente com tranquilidade. Lady Catherine era uma mulher grande e alta, com traços fortes e marcantes, que provavelmente tinham sido belos um dia. Seu ar não era conciliatório, e sua maneira de receber jamais fazia os visitantes esquecerem que eram de posição social inferior. Não era o silêncio que a tornava temível, mas o que quer que falasse era dito num tom tão impositivo que demonstrava sua presunção, e isso fez Elizabeth se lembrar imediatamente do senhor Wickham; e, somando-se à observação do dia, ela comprovou que Lady Catherine era exatamente como ele tinha descrito.

Depois de examinar a mãe, em cujo semblante e postura encontrou alguma semelhança com o senhor Darcy, voltou os olhos para a filha, e quase sentiu o mesmo espanto de Maria por ela ser tão magra e tão pequena. Elas não eram nada parecidas em porte e feições. A senhorita de Bourgh era pálida e adoentada; seus traços, embora não fossem feios, eram insignificantes; e ela falava muito pouco, somente em voz baixa, com a senhora Jenkinson, em cuja aparência não havia nada de notável, e que estava inteiramente concentrada em ouvir o que ela dizia e em colocar um biombo na direção certa para proteger da luz os olhos da moça.

Ficaram sentados por alguns minutos e então foram todos levados a uma das janelas para admirar a vista. O senhor Collins encarregou-se de apontar as belezas, e Lady Catherine informou gentilmente que a paisagem era ainda mais bonita no verão.

O jantar foi extremamente generoso, e lá estavam todos os criados e todos os artigos de louça que o senhor Collins prometera; e, como ele também previra, tomou seu lugar à cabeceira da mesa, a pedido de Lady Catherine, e parecia sentir que a vida não podia lhe oferecer nada de melhor. Ele se serviu, comeu e elogiou com entusiasmo; e cada prato era louvado, primeiro por ele e depois por Sir William, que agora tinha se recuperado o suficiente para repetir o que quer que seu genro dissesse, de um jeito que Elizabeth se perguntou se Lady Catherine suportaria. No entanto Lady Catherine parecia satisfeita com a admiração excessiva de ambos, e sorria da maneira mais graciosa, especialmente quando algum prato era novidade para eles. O grupo não ofereceu muito assunto para conversa. Elizabeth estava pronta para falar sempre que havia uma oportunidade, mas estava sentada entre Charlotte e a senhorita de Bourgh. A primeira escutava com atenção Lady Catherine, e a última não lhe disse uma palavra durante todo o jantar. A senhora Jenkinson estava principalmente ocupada em observar o pouco que a senhorita de Bourgh comia, insistindo para que experimentasse outro prato e temendo que estivesse indisposta. Maria achou que falar estava fora de cogitação, e os cavalheiros não fizeram nada além de comer e elogiar.

Quando as damas retornaram à sala de estar, havia pouco a fazer a não ser ouvir Lady Catherine falar, o que ela fez sem interrupção até que o café chegasse, oferecendo sua opinião sobre todos os assuntos de uma maneira tão decidida, que provava que ela não estava acostumada a ter suas ideias contrariadas. Ela perguntou sobre os assuntos domésticos de Charlotte com familiaridade e minúcia, deu-lhe muitos conselhos quanto à administração de todos eles; disse-lhe como tudo deveria ser organizado numa família tão pequena como a dela e a instruiu a cuidar das vacas e das aves domésticas. Elizabeth viu que nada estava aquém da atenção dessa grande mulher quando se tratava da oportunidade de dar ordens aos outros. Nos intervalos de sua conversa com a senhora Collins, ela fazia uma série de perguntas a Maria e a Elizabeth, mas especialmente à última, cuja família conhecia menos, e que, segundo disse à senhora Collins, era uma moça muito educada e bonita. Perguntou, diversas vezes, quantas irmãs ela tinha, se eram mais novas ou mais velhas, se era provável que alguma delas se casasse em breve, se eram bonitas, onde tinham sido educadas, que carruagem o pai tinha e qual era o nome de solteira da mãe. Elizabeth sentiu toda a impertinência de suas indagações, mas respondeu-as muito calmamente. Lady Catherine então observou:

— A propriedade do seu pai será herdada pelo senhor Collins, creio. Para o seu bem — disse, virando-se para Charlotte —, fico contente por isso; mas, por outro lado, não vejo motivo para privar a descendência feminina da herança. Não se considerou necessário na família de Sir Lewis de Bourgh. Sabe tocar e cantar, senhorita Bennet?

— Um pouco.

— Oh! Então qualquer hora ficaremos felizes em ouvi-la. Nosso piano é inigualável, provavelmente superior ao... Deve experimentar um dia. Suas irmãs tocam e cantam?

— Uma delas, sim.

— Por que todas vocês não aprenderam? Todas deveriam ter aprendido. Todas as senhoritas Webb tocam, e o pai delas não tem uma renda tão boa quanto o seu. Você desenha?

— Não, nem um pouco.

— O quê? Nenhuma de vocês?

— Nenhuma de nós.

— Isso é muito estranho. Mas suponho que não tenham tido a oportunidade. Sua mãe deveria tê-las levado para a cidade toda primavera para estudar com os mestres.

— Minha mãe não teria nenhuma objeção, mas meu pai odeia Londres.

— A governanta de vocês as abandonou?

— Nunca tivemos governanta.

— Sem governanta! Como isso foi possível? Cinco filhas criadas em casa sem uma governanta! Nunca ouvi tal coisa. Sua mãe deve ter sido uma verdadeira escrava de sua educação.

Elizabeth não conseguiu segurar um sorriso ao assegurar que não tinha sido o caso.

— Então, quem as ensinou? Quem cuidou de vocês? Sem uma governanta, devem ter sido negligenciadas.

— Em comparação com algumas famílias, acredito que sim; mas, para aquelas de nós que quiseram estudar, nunca faltaram os meios. Sempre fomos estimuladas a ler e tivemos todos os mestres necessários. Aquelas que preferiram o ócio certamente o tiveram.

— Sem dúvida; mas é isso que uma governanta evita, e, se eu tivesse conhecido sua mãe, teria aconselhado com veemência que empregasse uma. Sempre digo que nada é feito na educação sem uma instrução constante e regular, e ninguém além de uma governanta pode oferecer isso. É maravilhoso o número de famílias que eu ajudei dessa forma. Sempre fico contente de deixar uma pessoa jovem bem colocada. Quatro sobrinhas da senhora Jenkinson estão muito bem situadas por meus meios; e outro dia mesmo recomendei outra jovem, que fora apenas acidentalmente mencionada a mim, e a família está muito satisfeita com ela. Senhora Collins, contei que Lady Metcalfe veio me visitar ontem para agradecer? Ela achou a senhorita Pope um tesouro. "Lady Catherine", ela disse, "a senhora me deu um tesouro". Alguma de suas outras irmãs já foi apresentada à sociedade, senhorita Bennet?

— Sim, senhora, todas.

— Todas! O quê? Todas as cinco de uma vez? Muito estranho! E você é apenas a segunda. As mais novas na sociedade antes de as mais velhas se casarem! Suas irmãs mais novas devem ser muito jovens.

— Sim, minha irmã mais nova ainda não fez dezesseis anos. Talvez *ela* seja jovem demais para estar na sociedade. Mas, realmente, senhora, acho que seria muito difícil para as irmãs mais novas se não tivessem sua quota de sociedade e diversão porque a mais velha pode não ter os meios ou a inclinação de se casar cedo. A última a nascer tem tanto direito aos prazeres da juventude quanto a primeira. E ficar em casa por *esse* motivo! Acho que isso muito provavelmente não promoveria a afeição entre as irmãs nem a delicadeza de espírito.

— Realmente — disse sua senhoria —, a senhorita dá sua opinião de forma muito decidida para uma pessoa tão jovem. Diga-me, qual é a sua idade?

— Com três irmãs mais novas crescidas — respondeu Elizabeth, sorrindo —, sua senhoria não há de esperar que eu confesse.

Lady Catherine pareceu bastante perplexa por não receber uma resposta direta; e Elizabeth suspeitou ser a primeira criatura que ousou gracejar com tamanha e nobre impertinência.

— Não deve ter mais de vinte anos, tenho certeza, portanto, não precisa esconder a idade.

— Ainda não fiz vinte e um.

Quando os cavalheiros se juntaram a elas e o chá terminou, as mesas de jogo foram postas. Lady Catherine, Sir William e o senhor e a senhora Collins sentaram-se para jogar *quadrille*; e como a senhorita de Bourgh preferisse jogar *cassino*, as duas moças tiveram a honra de se juntar à senhora Jenkinson para formar o grupo. A mesa delas era superlativamente estúpida. Quase nenhuma sílaba foi dita que não se relacionasse ao jogo, exceto quando a senhora Jenkinson se mostrava preocupada com o fato de que a senhorita de Bourgh estivesse com calor ou frio, ou sob muita ou pouca luz. Havia muito mais animação na outra mesa. Lady Catherine geralmente falava, apontando os erros dos outros três ou contando alguma história sobre sua vida. O senhor Collins estava empenhado em concordar com tudo o que sua senhoria dizia, agradecendo-lhe por qualquer rodada que vencia, e desculpando-se quando achava que tinha ganhado demais. Sir William não falava muito. Ele estava guardando em sua memória as histórias e os nomes nobres.

Quando Lady Catherine e a filha se cansaram de jogar, as mesas foram desfeitas, uma carruagem foi oferecida à senhora Collins, que a aceitou com gratidão, e imediatamente deram ordens para que fosse chamada. O grupo então se reuniu em volta da lareira para ouvir Lady Catherine dizer qual clima teriam no dia seguinte. Essas instruções foram interrompidas pela chegada do carro; e, tanto com discursos de agradecimento por parte do senhor Collins quanto com reverências de Sir William, eles partiram. Logo que saíram, Elizabeth foi chamada pelo primo para dar sua opinião sobre o que vira em Rosings, opinião que, apenas para o bem de Charlotte, ela tornou mais favorável do que era de fato. Porém seus elogios, embora lhe custassem algum esforço, de forma alguma satisfizeram o senhor Collins, e logo ele se viu obrigado a assumir a responsabilidade pelos louvores a sua senhoria.

Capítulo XXX

Sir William ficou apenas uma semana em Hunsford, mas sua visita foi longa o bastante para convencê-lo de que sua filha estava instalada com todo o conforto e tinha um marido e uma vizinha que não se encontram em toda parte. Enquanto Sir William esteve lá, o senhor Collins dedicou as manhãs a passear com ele em seu cabriolé para lhe mostrar a região; mas, quando ele foi embora, toda a família retornou a suas atividades de costume, e Elizabeth ficou satisfeita por constatar que a mudança não as fizera encontrar o primo com mais frequência, pois ele passava a maior parte do tempo entre o café da manhã e o jantar trabalhando no jardim ou lendo e escrevendo, e olhando pela janela em sua própria biblioteca, de frente para a estrada. A sala na qual as damas ficavam dava para os fundos. Elizabeth primeiro se perguntara por que Charlotte não preferia a sala de jantar para o uso comum; era uma sala maior e tinha um aspecto mais agradável; porém logo viu que a amiga tinha uma excelente razão para o que fazia, pois o senhor Collins ficaria muito menos em sua biblioteca caso elas se sentassem numa sala igualmente agradável; e deu crédito a Charlotte pelo arranjo.

 Da sala de estar, elas não podiam ver nada da estrada, e dependiam do senhor Collins para saber que carruagens circulavam e com que frequência especialmente a senhorita de Bourgh passava em seu fáeton, o que ele nunca deixava de informar-lhes, embora acontecesse quase todo dia. De vez em quando ela parava no presbitério e conversava por alguns minutos com Charlotte, mas quase nunca era persuadida a descer.

 Poucos dias se passavam sem que o senhor Collins fosse a pé até Rosings, e não muitos nos quais sua mulher não achasse necessário acompanhá-lo também; e até Elizabeth se lembrar de que poderia haver outras benesses a se aproveitar, não conseguia compreender o sacrifício de tantas horas. De vez em quando eles eram honrados com uma visita de sua senhoria, e nada do que se passava na sala escapava à sua observação durante essas visitas. Ela examinava suas ocupações, observava o trabalho e as aconselhava a fazer diferente; encontrava erros no arranjo dos móveis; ou detectava negligências da criada; e, se aceitava alguma coisa, parecia fazê-lo somente para comentar que os assados da senhora Collins eram grandes demais para a família.

 Elizabeth logo percebeu que, embora aquela grande senhora não estivesse encarregada da paz no condado, ela era uma juíza muito ativa em sua própria paróquia. As menores preocupações eram levadas a ela pelo senhor Collins; e sempre que qualquer um dos moradores estava em conflito, descontente ou desvalido, ela partia para o vilarejo a fim de resolver as diferenças, silenciar as queixas e repreendê-los visando restabelecer a harmonia e a fartura.

Os jantares em Rosings foram repetidos cerca de duas vezes por semana; e, apesar da ausência de Sir William e de haver apenas uma mesa de jogo, todas as noites foram semelhantes à primeira. Eram poucos os outros compromissos, já que o estilo de vida da vizinhança estava além das possibilidades do senhor Collins. Isso, contudo, não foi ruim para Elizabeth, e no geral ela passou o tempo de forma muito agradável; tinha boas conversas com Charlotte, e o tempo estava tão bom para aquela época do ano que ela sentia grande prazer em sair ao ar livre. Sua caminhada favorita, para onde ela ia com frequência enquanto os outros visitavam Lady Catherine, era pelo bosque aberto que fazia fronteira com o parque, onde havia um belo caminho abrigado que ninguém mais parecia valorizar além dela, e onde ela se sentia fora do alcance da curiosidade de Lady Catherine.

Dessa forma tranquila passaram-se os primeiros quinze dias de sua visita. A Páscoa estava se aproximando, e a semana anterior a ela traria um acréscimo à família de Rosings, que num círculo tão pequeno devia ser importante. Elizabeth soube, pouco depois de sua chegada, que o senhor Darcy era esperado dentro de poucas semanas, e embora ela houvesse preferido qualquer outro de seus conhecidos, a chegada dele traria um rosto relativamente novo às reuniões em Rosings, e ela se divertiria ao ver como eram inúteis os planos da senhorita Bingley, ao observar o comportamento dele para com a prima, a quem ele estava evidentemente destinado por Lady Catherine, que falava de sua vinda com a maior satisfação, referindo-se a ele com muita admiração; e ela pareceu quase zangada ao descobrir que a senhorita Lucas e Elizabeth já o tinham visto algumas vezes.

Sua chegada foi logo informada no presbitério; pois o senhor Collins ficou caminhando a manhã inteira perto das cabanas que davam para Hunsford Lane para ser o primeiro a confirmá-la, e, depois de reverenciar a carruagem, ele deu meia-volta no parque e correu para casa com a grande notícia. Na manhã seguinte, ele se apressou a ir a Rosings para apresentar seus respeitos. Havia dois sobrinhos de Lady Catherine para saudar, pois o senhor Darcy havia trazido consigo um certo coronel Fitzwilliam, o filho mais novo de seu tio Lorde... e para grande surpresa de todo o grupo, quando o senhor Collins retornou, os cavalheiros o acompanharam. Charlotte os viu da sala do marido, atravessando a rua, e correu imediatamente para a outra sala para comunicar às moças a honra que deveriam esperar, acrescentando:

— Devo agradecer-lhe, Eliza, por essa gentileza. O senhor Darcy jamais viria aqui tão cedo para me visitar.

Elizabeth mal teve tempo para negar todo direito ao elogio, pois a aproximação deles logo foi anunciada pela campainha da porta, e pouco depois os três cavalheiros entraram na sala. O coronel Fitzwilliam, que vinha na frente, tinha cerca de trinta anos, não era bonito, mas sua aparência e seus modos eram de um verdadeiro cavalheiro. O senhor Darcy tinha a mesma aparência que costumava ter em Hertfordshire, e cumprimentou a senhora Collins com a discrição habitual, e quaisquer que fossem seus sentimentos para com a amiga, saudou-a com muita compostura. Elizabeth fez apenas uma reverência, sem dizer palavra alguma.

O coronel Fitzwilliam começou a conversar imediatamente, com a prontidão e a facilidade de um homem de boa educação, e falou de forma muito agradável; mas seu primo, depois de ter feito uma breve observação sobre a casa e o jardim para a senhora Collins, sentou-se por algum tempo sem falar com ninguém. Por fim, contudo, sua cortesia foi despertada para indagar a Elizabeth sobre a saúde da família. Ela respondeu como de praxe e, depois de uma pausa, acrescentou:

— Minha irmã mais velha está na cidade há três meses. Não chegou a encontrá-la por lá?

Ela sabia perfeitamente que ele não a encontrara, mas queria ver se ele deixava escapar qualquer informação do que tinha se passado entre os Bingleys e Jane, e achou que ele pareceu um pouco confuso quando respondeu que nunca tinha tido a sorte de encontrar a senhorita Bennet. O assunto acabou ali, e logo depois os cavalheiros foram embora.

Capítulo XXXI

As maneiras do coronel Fitzwilliam foram muito admiradas no presbitério, e todas as damas acharam que ele contribuiria consideravelmente para os prazeres de seus compromissos em Rosings. Demorou alguns dias, contudo, para que recebessem um convite de lá, pois, enquanto havia visitantes na casa, eles não faziam falta; e foi só no domingo de Páscoa, quase uma semana depois da chegada dos cavalheiros, que foram honrados com tal atenção, e então foram convidados ao sair da igreja para ir lá à noite. Na semana anterior viram muito pouco Lady Catherine e sua filha. O coronel Fitzwilliam tinha visitado o presbitério mais de uma vez durante esse tempo, porém o senhor Darcy fora visto apenas na igreja.

O convite foi obviamente aceito e, no horário apropriado, eles se juntaram ao grupo na sala de estar de Lady Catherine. Sua senhoria os recebeu com cortesia, mas ficou claro que a companhia deles não era de forma alguma tão aceitável quanto nos dias em que ela estava sozinha; e ela estava, de fato, muito ocupada com seus sobrinhos, conversando com eles, especialmente com Darcy, muito mais do que com qualquer outra pessoa da sala.

O coronel Fitzwilliam parecia realmente contente de vê-los; qualquer coisa era um alívio bem-vindo para ele em Rosings; e a bela amiga da senhora Collins tinha, além disso, despertado muito seu interesse. Ele estava sentado ao lado dela, e falava tão agradavelmente de Kent e Hertfordshire, de viajar e de ficar em casa, de novos livros e de música, que Elizabeth nunca estivera tão entretida naquela sala antes; e eles conversaram com tanta presença de espírito e fluidez que atraíram a atenção da própria Lady Catherine, bem como do senhor Darcy. Os olhos deste último se voltavam insistentemente para eles com curiosidade; e sua senhoria, depois de um tempo, compartilhou do sentimento, reconhecido mais abertamente, pois não teve escrúpulos em perguntar:

— O que estava dizendo, Fitzwilliam? Do que estão falando? O que está contando à senhorita Bennet? Também quero saber.

— Estamos falando de música, senhora — disse ele, sentindo-se incapaz de evitar uma resposta.

— De música! Então, por favor, fale alto. É, entre todos os assuntos, o meu preferido. Devo tomar parte na conversa se estão falando de música. Há poucas pessoas na Inglaterra, eu imagino, que desfrutem mais verdadeiramente da música do que eu ou que tenham um gosto mais refinado. Se eu tivesse estudado, teria sido uma grande intérprete. E o mesmo vale para Anne, se a saúde dela permitisse. Tenho certeza de que ela tocaria maravilhosamente. Como Georgiana tem se saído, Darcy?

O senhor Darcy fez um elogio afetuoso sobre a competência da irmã.

— Fico muito contente em ouvir notícias tão boas a respeito dela — disse Lady Catherine — e, por favor, diga-lhe que não pode esperar se sobressair se não praticar bastante.

— Asseguro-lhe, senhora — ele respondeu —, que ela não precisa desse conselho. Ela pratica com muita constância.

— Tanto melhor. Nunca é demais; e da próxima vez que eu escrever a ela, devo recomendar que não negligencie os estudos sob nenhum pretexto. Costumo dizer às moças que nenhuma excelência em música é adquirida sem prática constante. Disse isso à senhorita Bennet várias vezes, que ela nunca tocará bem de verdade a menos que pratique mais; e embora a senhora Collins não tenha um instrumento, ela é muito bem-vinda, como lhe disse várias vezes, a vir a Rosings todos os dias para tocar o piano do quarto da senhora Jenkinson. Ela não atrapalhará ninguém naquela parte da casa.

O senhor Darcy pareceu um pouco envergonhado com a grosseria da tia e não lhe respondeu.

Quando o café terminou, o coronel Fitzwilliam lembrou que Elizabeth tinha prometido tocar para ele; e ela se sentou imediatamente ao piano. Ele puxou uma cadeira para perto dela. Lady Catherine ouviu metade de uma música e então começou a conversar, como antes, com seu outro sobrinho; até que ele se afastou dela e, dirigindo-se com sua deliberação usual até o piano, parou de forma a ter uma visão total do rosto da bela intérprete. Elizabeth viu o que ele estava fazendo e, na primeira pausa conveniente, virou-se para ele com um sorriso malicioso e disse:

— Quer me intimidar, senhor Darcy, vindo assim com toda a cerimônia para ouvir-me? Não vou ficar alarmada, embora sua irmã *toque* tão bem. Tenho uma certa teimosia que nunca permite que alguém me intimide. Minha coragem sempre cresce a cada tentativa de intimidação.

— Não direi que está enganada — ele respondeu — porque realmente não poderá acreditar que tenho qualquer intenção de alarmá-la; e tenho o prazer de conhecê-la há tempo suficiente para saber que encontra grande satisfação em emitir opiniões que na verdade não são suas.

Elizabeth riu com vontade desse retrato de si mesma, e então disse ao coronel Fitzwilliam:

— Seu primo lhe dará uma bela ideia a meu respeito e ensinará a não acreditar em nenhuma palavra do que digo. É muita falta de sorte encontrar uma pessoa tão capaz de expor meu verdadeiro caráter numa parte do mundo em que eu esperava transmitir alguma confiança. Na verdade, senhor Darcy, é muito pouco gentil de sua parte mencionar tudo o que descobriu de desvantajoso sobre mim em Hertfordshire e, permita-me dizer, muito deselegante também, pois me provoca a lhe desagravar, e certas coisas podem ser ditas e chocar seus parentes.

— Não tenho medo de você — disse ele, sorrindo.

— Por favor, me conte o que sabe que possa acusá-lo — exclamou o coronel Fitzwilliam. — Gostaria de saber como ele se comporta entre estranhos.

— Vai ouvir, então, mas se prepare para uma coisa muito espantosa. A primeira vez que o vi, em Hertfordshire, o senhor deve saber, foi num baile. E, nesse baile, o que acha que ele fez? Dançou apenas quatro danças, embora os cavalheiros fossem escassos, e, tenho certeza, mais de uma moça estava sentada esperando parceiro. Senhor Darcy, não pode negar esse fato.

— Naquele momento eu não tinha a honra de conhecer alguma moça presente além das de meu próprio grupo.

— Verdade; e ninguém jamais pode ser apresentado num salão de baile. Bem, coronel Fitzwilliam, o que devo tocar agora? Meus dedos esperam suas ordens.

— Talvez — disse Darcy —, eu devesse ter pensado melhor e buscado uma apresentação; porém não sou muito qualificado para falar de mim mesmo para estranhos.

— Devemos perguntar a seu primo a razão disso? — disse Elizabeth, ainda dirigindo-se ao coronel Fitzwilliam. — Devemos perguntar-lhe por que um homem de bom senso e educado, e que viveu no mundo, não é qualificado para falar de si para estranhos?

— Posso responder sua pergunta — disse Fitzwilliam — sem consultá-lo. É porque ele não se dá ao trabalho.

— Certamente não tenho o talento que algumas pessoas têm — disse Darcy — de conversar facilmente com aqueles que nunca vi antes. Não consigo encontrar o tom da conversa, nem parecer interessado em suas preocupações, como vejo acontecer com frequência.

— Meus dedos — disse Elizabeth — não se movem sobre este instrumento com tanta mestria quanto os de algumas mulheres. Eles não têm a mesma força ou rapidez e não produzem a mesma expressão. Mas sempre supus que fosse uma falha minha, porque não me dou ao trabalho de praticar. Não porque eu acredite que *meus* dedos não sejam tão capazes de execução superior quanto os de qualquer outra mulher.

Darcy sorriu e disse:

— Você está inteiramente certa. Empregou seu tempo de forma muito melhor. Ninguém que tem o privilégio de ouvi-la pode pensar que lhe falta alguma coisa. Nenhum de nós se apresenta para estranhos.

Nesse instante, foram interrompidos por Lady Catherine, que os chamou para saber do que falavam. Elizabeth imediatamente recomeçou a tocar. Lady Catherine se aproximou e, depois de ouvir por alguns minutos, disse a Darcy:

— A senhorita Bennet não erraria nada se praticasse mais, e poderia se beneficiar com um professor de Londres. Ela tem uma boa noção da técnica, embora seu gosto não se compare ao de Anne. Anne seria uma pianista encantadora se a saúde permitisse que ela aprendesse.

Elizabeth olhou para Darcy, para ver como ele reagia ao elogio à prima; mas nem naquele momento nem em nenhum outro ela conseguiu identificar algum sintoma de amor; e, observando seu comportamento em geral para com a senhorita de Bourgh, ela deduziu o que seria um conforto para a senhorita Bingley: que ele teria a mesma possibilidade de se casar com *ela*, caso fosse sua prima.

Lady Catherine continuou suas observações sobre o desempenho de Elizabeth, mesclando a elas muitas instruções sobre execução e bom gosto. Elizabeth as recebeu com toda a paciência e cortesia e, a pedido dos cavalheiros, permaneceu ao piano até que a carruagem de sua senhoria estivesse pronta para levá-los para casa.

Capítulo XXXII

Elizabeth estava sentada sozinha na manhã seguinte, escrevendo para Jane, enquanto a senhora Collins e Maria tinham ido ao vilarejo fazer compras, quando levou um susto com a campainha da porta, o sinal de que havia chegado um visitante. Como não tinha ouvido nenhuma carruagem, pensou que não era improvável que fosse Lady Catherine. Apreensiva, guardou a carta escrita pela metade para evitar as perguntas impertinentes. Quando a porta se abriu, para sua grande surpresa, o senhor Darcy, e apenas ele, entrou na sala.

Ele também pareceu espantado por encontrá-la sozinha, e desculpou-se pela intrusão, dizendo que achava que todas as damas estariam em casa.

Então eles se sentaram, e, depois de Elizabeth fazer perguntas sobre Rosings, pareciam correr o risco de mergulhar no silêncio total. Era absolutamente necessário, portanto, pensar em alguma coisa, e, nessa situação, lembrou-se de *quando* o vira pela última vez em Hertfordshire, e, sentindo-se curiosa para saber o que ele diria sobre sua partida repentina, ela observou:

— Foi muito súbita a partida de todos vocês de Netherfield em novembro passado, senhor Darcy! Deve ter sido uma surpresa muito agradável para o senhor Bingley vê-los todos tão cedo, pois, se me lembro bem, ele havia partido apenas no dia anterior. Ele e as irmãs estavam bem, suponho, quando os deixou em Londres recentemente?

— Muito bem, obrigado.

Ela percebeu que não receberia outra resposta e, depois de uma curta pausa, acrescentou:

— Creio ter entendido que o senhor Bingley não tem planos de voltar a Netherfield nunca mais.

— Jamais o ouvi dizer isso; mas é provável que ele passe pouco tempo lá no futuro. Ele tem muitos amigos e está numa fase da vida em que os amigos e compromissos estão sempre aumentando.

— Se ele pretende ficar tão pouco em Netherfield, seria melhor para a vizinhança que desistisse totalmente do lugar, porque então poderíamos ter uma família instalada lá. Contudo, talvez, o senhor Bingley não tenha assumido a casa tanto pela conveniência da vizinhança quanto por sua própria, e devemos esperar que ele a mantenha ou desista dela pelo mesmo princípio.

— Eu não me surpreenderia — disse Darcy — se ele abrisse mão da propriedade assim que aparecesse alguma oferta vantajosa.

Elizabeth não respondeu. Tinha medo de falar mais do amigo de Darcy; e, sem mais nada a dizer, estava agora determinada a deixar para ele o trabalho de encontrar um outro assunto.

Ele percebeu e disse em seguida:

— Esta casa parece muito confortável. Lady Catherine, acredito, fez muitas melhorias aqui quando o senhor Collins veio para Hunsford.

— Creio que sim, e tenho certeza de que ela não poderia ter destinado sua gentileza para uma pessoa mais grata.

— O senhor Collins parece ter sido muito afortunado na escolha de sua esposa.

— Sim, de fato, os amigos dele podem comemorar por ele ter encontrado uma das poucas mulheres sensatas que o teriam aceito, ou que o fizessem feliz nesse caso. Minha amiga é muito ajuizada, embora eu não tenha certeza de que considero o fato de ela se casar com o senhor Collins a coisa mais inteligente que já fez. Ela parece perfeitamente feliz, contudo, e, do ponto de vista da prudência, ele é certamente um bom marido para ela.

— Deve ser muito agradável para ela estar instalada a uma distância tão pequena da família e dos amigos.

— Chama isso de distância pequena? São quase oitenta quilômetros.

— E o que são oitenta quilômetros numa boa estrada? Pouco mais de meio dia de viagem. Sim, chamo isso de uma distância *muito* pequena.

— Eu jamais consideraria a distância como uma das *vantagens* do casamento — exclamou Elizabeth. — Jamais diria que a senhora Collins está morando *perto* da família.

— É uma prova de sua forte ligação com Hertfordshire. Qualquer coisa além da vizinhança de Longbourn, imagino, pareceria distante.

Enquanto falava, ele tinha uma espécie de sorriso que Elizabeth julgou entender; ele devia supor que ela estava pensando em Jane e Netherfield, e corou ao responder:

— Não quero dizer que uma mulher não possa morar longe da família. O longe e o perto são relativos e dependem de muitas circunstâncias variáveis. Onde há fortuna para tornar as despesas de viagem desimportantes, a distância não é nenhum mal. Porém este não é o caso *aqui*. O senhor e a senhora Collins têm uma renda confortável, mas não a ponto de lhes permitir viagens frequentes. E estou convencida de que minha amiga só se consideraria *perto* da família a menos da *metade* da distância atual.

O senhor Darcy puxou um pouco a cadeira na direção dela e disse:

— A senhorita não deveria ter um apego tão grande pelo lugar onde mora. Não precisa estar sempre em Longbourn.

Elizabeth pareceu surpresa. O cavalheiro demonstrou uma mudança de sentimento; ele afastou de novo a cadeira, pegou um jornal da mesa e, folheando-o, disse numa voz mais fria:

— Está gostando de Kent?

Um curto diálogo sobre o condado se seguiu, calmo e conciso de ambas as partes, e logo foi abreviado pela entrada de Charlotte e sua irmã, que acabavam de voltar da caminhada. O *tête-à-tête* as surpreendeu. O senhor Darcy relatou o equívoco que ocasionou sua intrusão e, depois de permanecer sentado por mais alguns minutos sem dizer muita coisa a ninguém, foi embora.

— Qual pode ser o significado disso? — disse Charlotte, assim que ele partiu. — Minha cara Eliza, ele deve estar apaixonado por você, ou nunca teria nos visitado dessa forma tão familiar.

No entanto, quando Eliza contou-lhe sobre o silêncio dele, não pareceu muito provável, mesmo para os desejos de Charlotte, que fosse esse o caso; e depois de várias conjecturas, elas puderam, por fim, apenas supor que a visita dele se devia à dificuldade de encontrar algo para fazer, o que era mais provável considerando a época do ano. Todos os esportes de campo estavam suspensos. Em casa havia Lady Catherine, livros e uma mesa de bilhar, mas os cavalheiros não conseguem sempre estar dentro de casa; e, por conta da proximidade do presbitério, da caminhada agradável até lá ou das pessoas que nela moravam, os dois primos se sentiram tentados, a partir de então, a caminhar até lá quase todos os dias. Eles os visitavam em vários horários da manhã, às vezes separados, às vezes juntos, e de vez em quando acompanhados pela tia. Ficou claro para todos que o coronel Fitzwilliam os visitava porque tinha prazer em sua companhia, uma convicção que certamente o tornava ainda mais agradável. Elizabeth lembrava-se, para sua própria satisfação ao estar com ele, bem como pela evidente admiração que ele tinha por ela, de seu antigo favorito George Wickham; e pensava, comparando-os, que via menos doçura cativante nas maneiras do coronel Fitzwilliam, mas ele provavelmente era mais culto.

No entanto o fato de o senhor Darcy ir com tanta frequência ao presbitério era mais difícil de compreender. Não podia ser pela companhia, pois frequentemente ele ficava sentado durante dez minutos sem abrir a boca, e, quando falava, parecia efeito da necessidade e não da escolha; um sacrifício pelas boas maneiras, não um prazer para ele. Raramente parecia animado. A senhora Collins não sabia o que pensar dele. O fato de o coronel Fitzwilliam rir da tolice do primo ocasionalmente provava que ele não era sempre assim, o que ela não teria deduzido pelo pouco que sabia dele; e como gostaria de acreditar que essa mudança era efeito do amor, e que o objeto desse amor era sua amiga Eliza, empenhou-se para descobrir. Ela o observava sempre que estavam em Rosings e sempre que ele ia a Hunsford; mas sem muito sucesso. Ele certamente olhava bastante para a amiga, mas a expressão naquele olhar era discutível. Era um olhar sério, fixo, mas ela com frequência duvidava que houvesse muita admiração nele, e ele às vezes parecia tão somente distraído.

Charlotte tinha uma ou duas vezes sugerido a Elizabeth a possibilidade de ele estar interessado nela, porém Elizabeth sempre ria dessa ideia; e a senhora Collins não achava correto insistir no assunto, sob o risco de criar expectativas que só poderiam terminar em frustração, pois em sua opinião não havia dúvida de que toda a aversão da amiga desapareceria se o supusesse em seu poder.

Em seus gentis planos para Elizabeth, ela às vezes pensava em casá-la com o coronel Fitzwilliam. Ele era, sem comparação, o mais agradável de todos; certamente a admirava, e sua posição era das mais desejáveis; mas, para contrabalançar essas vantagens, o senhor Darcy tinha considerável influência na igreja, e o primo não tinha nada disso.

Capítulo XXXIII

Mais de uma vez, em suas caminhadas pelo parque, Elizabeth encontrou inesperadamente o senhor Darcy. Ela sentia um grande aborrecimento pelo infortúnio que o levava aonde ninguém mais ia, e, para evitar que acontecesse de novo, tomou o cuidado de informá-lo de que aquele era um de seus refúgios favoritos. Como isso pôde ocorrer uma segunda vez, portanto, era muito estranho! Mesmo assim, aconteceu, e até mesmo uma terceira. Parecia uma crueldade proposital ou por penitência, pois essas ocasiões não se resumiam meramente a perguntas formais e uma pausa constrangida seguida de separação, mas ele de fato achava necessário voltar e caminhar com ela. Ele nunca falava bastante, nem ela se dava ao trabalho de falar ou ouvir muito; mas surpreendeu-a que, ao longo do terceiro reencontro, ele fez algumas perguntas estranhas e desconexas sobre o prazer dela de estar em Hunsford, sua predileção por caminhadas solitárias e sua opinião sobre a felicidade do senhor e da senhora Collins; e que, ao falar de Rosings e do fato de ela não conhecer perfeitamente a casa, ele parecia esperar que, da próxima vez que viesse a Kent, ela ficasse hospedada *lá* também. Suas palavras pareciam implicar isso. Será que ele tinha o coronel Fitzwilliam em mente? Ela supôs que, se ele quisesse dizer algo, devia ser uma alusão ao que poderia acontecer naquele sentido. Isso a deixou um pouco aflita, e ela ficou muito contente ao se ver diante do portão da cerca em frente ao presbitério.

Certo dia, enquanto caminhava e relia a última carta de Jane, demorando-se em algumas passagens que provavam que a irmã não estava contente, em vez de ser surpreendida novamente pelo senhor Darcy, viu que o coronel Fitzwilliam se aproximava dela. Guardando a carta imediatamente e forçando um sorriso, ela disse:

— Não sabia que o senhor costumava caminhar por aqui.

— Estava dando a volta no parque — disse ele —, como costumo fazer todo ano, e planejava terminar com uma visita ao presbitério. Pretende ir ainda muito longe?

— Não, eu ia voltar num instante.

E, dizendo isso, os dois deram a volta e seguiram juntos em direção ao presbitério.

— É verdade que deixará Kent no sábado? — perguntou ela.

— Sim. Se Darcy não adiar novamente. No entanto eu estou à disposição dele. Ele arranja as coisas como quer.

— E, se não ficar satisfeito com o arranjo, ele terá ao menos o prazer de dispor as coisas ao seu capricho.

— Não conheço ninguém que pareça gostar mais de fazer o que bem entende que o senhor Darcy.

— Ele gosta das coisas do jeito dele — respondeu o coronel Fitzwilliam. — Mas isso todos nós gostamos. A diferença é que ele tem mais meios de conseguir isso do que muitos outros, porque é rico e os outros são pobres. Falo sinceramente. Um filho caçula, você sabe, deve estar acostumado ao sacrifício e à dependência.

— A meu ver, o filho caçula de um conde deve conhecer muito pouco de ambos. Agora, de verdade, o que ele já conheceu de sacrifício e dependência? Quando foi impedido de ir para onde queria, ou de conseguir qualquer coisa que desejasse por falta de dinheiro?

— Essas são perguntas pessoais, e talvez eu não possa dizer que já tenha passado por muitas dificuldades dessa natureza. Entretanto, em questões relevantes, eu estou sujeito à falta de dinheiro. Os filhos mais moços não podem se casar com quem desejam.

— A menos que desejem se casar com mulheres ricas, o que acredito que costuma acontecer.

— Nossos gastos nos tornam muito dependentes, e não há muitos na minha situação social que podem se casar sem levar em consideração o dinheiro.

"Isso é para mim?", pensou Elizabeth, ruborizando com a ideia; no entanto, recompondo-se, disse num tom animado:

— E, me diga, qual é o preço usual do filho caçula de um conde? A menos que o irmão mais velho seja muito doente, suponho que você não possa pedir acima de cinquenta mil libras.

Ele respondeu-lhe no mesmo tom, e o assunto morreu. Para interromper um silêncio que poderia fazê-lo imaginar que ela estava afetada com o que se passara, Elizabeth logo depois disse:

— Imagino que seu primo o tenha trazido consigo principalmente para ter alguém a seu dispor. Eu me pergunto por que ele não se casa, pois assim garantiria uma conveniência duradoura desse tipo. Talvez, porém, a irmã cumpra esse papel agora, e, já que ela está sob seus cuidados exclusivos, ele pode fazer o que quiser na companhia dela.

— Não — disse o coronel Fitzwilliam. — Este é um privilégio que ele deve dividir comigo. Nós compartilhamos a tutela da senhorita Darcy.

— Ah, é? E diga-me, que tipo de guardiões vocês são? Sua tutelada lhes dá muito trabalho? Moças da idade dela às vezes são um pouco difíceis de lidar e, se ela tem o verdadeiro espírito Darcy, pode ser que goste das coisas do seu jeito.

Enquanto falava, observou que ele a olhava com um ar sério, e a maneira com que perguntou por que ela supunha provável que a senhorita Darcy lhes causasse apreensão convenceu-a de que ela havia, de uma forma ou de outra, chegado bem perto da verdade. Então, ela respondeu de modo direto:

— Não precisa se assustar. Nunca ouvi nada de mau sobre ela; e acredito que ela seja uma das criaturas mais dóceis do mundo. Ela é uma grande favorita de algumas damas que conheço, a senhora Hurst e a senhorita Bingley. Será que ouvi dizer que as conhece?

— Conheço um pouco. O irmão delas é um cavalheiro muito agradável, é um grande amigo do senhor Darcy.

— Ah, sim! — disse Elizabeth, séria. — O senhor Darcy é excepcionalmente gentil com o senhor Bingley e cuida dele de modo prodigioso.

— Cuida dele! Sim, realmente acredito que Darcy *cuide* dele nos aspectos em que ele mais necessita. Com base em algo que ele me contou na viagem para cá, tenho motivo para pensar que Bingley lhe deve muito. Mas devo-lhe desculpas, porque não tenho direito de supor que Bingley fosse a pessoa à qual ele se referia. É tudo conjectura.

— O que quer dizer?

— É uma circunstância que Darcy não gostaria que fosse de conhecimento dos outros porque, se chegasse aos ouvidos da família da moça, seria algo desagradável.

— Pode confiar que não vou mencionar nada.

— E lembre-se de que não tenho muito motivo para supor que ele se referia a Bingley. O que ele me disse foi simplesmente isto: que se alegrava por ter recentemente salvado um amigo das inconveniências de um casamento muito imprudente, mas sem mencionar nomes ou outros detalhes, e eu apenas suspeitei que fosse Bingley por acreditar que ele é o tipo de rapaz que entra nesse tipo de situação e por saber que eles estiveram juntos durante todo o verão passado.

— O senhor Darcy disse-lhe as razões que o levaram a essa interferência?

— Entendi que havia objeções muito fortes contra a moça.

— E que artifícios ele usou para separá-los?

— Ele não me falou sobre seus próprios artifícios — disse Fitzwilliam, sorrindo. — Só me contou o que eu acabo de lhe dizer.

Elizabeth não respondeu, apenas continuou andando, com o coração cheio de indignação. Depois de observá-la um pouco, Fitzwilliam perguntou por que ela estava tão pensativa.

— Estou pensando no que me contou — disse ela. — A conduta de seu primo não é aceitável para mim. Por que ele deveria ser o juiz?

— Está inclinada a considerar a interferência dele como uma intromissão?

— Não vejo que direito o senhor Darcy tem de decidir sobre a adequação da inclinação do amigo, ou por que, baseado somente em seu julgamento, deveria decidir de que maneira seu amigo pode ser feliz. Contudo — ela continuou, recompondo-se —, como não sabemos dos detalhes, não é justo condená-lo. Não se deve supor que houvesse muita afeição nesse caso.

— Esta não é uma suposição improvável — disse Fitzwilliam —, mas reduz tristemente a honra do triunfo de meu primo.

Isso foi dito de modo jocoso, mas pareceu-lhe um retrato tão justo do senhor Darcy que ela preferiu não responder, e, portanto, mudando abruptamente o rumo da conversa, ela passou a falar de assuntos irrelevantes até que chegassem ao presbitério. Lá, fechada em seu quarto assim que o visitante a deixou, pôde pensar sem interferências em tudo o que tinha ouvido. Não era de se supor que ele falasse de quaisquer outras pessoas a não ser daquelas às quais ela estava ligada. Não poderia haver no mundo *dois* homens sobre os quais o senhor Darcy tivesse tamanha influência. Que ele estivera envolvido nas medidas tomadas para separar Bingley e Jane, ela nunca duvidara; mas sempre atribuíra à senhorita Bingley o plano principal e sua execução. Se a vaidade dele, contudo, não o tivesse enganado, era *ele* a causa, seu orgulho e capricho eram a causa de tudo o que Jane sofrera e continuava a sofrer. Ele arruinara toda a esperança de felicidade para o coração mais afetuoso e generoso do mundo; e ninguém poderia dizer quanto tempo duraria o mal que infligira.

"Havia objeções muito fortes contra a moça", foram as palavras do coronel Fitzwilliam; e essas fortes objeções provavelmente eram o fato de ela ter um tio que era advogado no campo e outro que tinha um comércio em Londres.

"Contra a própria Jane", ela exclamou para si mesma, "não poderia haver objeção; ela é a amabilidade e a bondade em pessoa! É inteligente, tem boa cultura e maneiras cativantes. Tampouco havia objeções contra meu pai, que, apesar de algumas peculiaridades, tem habilidades que o senhor Darcy não desdenharia e uma respeitabilidade que ele provavelmente nunca alcançará." Quando pensou na mãe, sua confiança arrefeceu; mas não admitiu que nenhuma objeção *nesse ponto* tivesse um peso importante para o senhor Darcy, cujo orgulho, ela estava convencida, ficaria mais ferido pela falta de importância das conexões de seu amigo do que pela falta de bom senso; e ela se convenceu, por fim, de que ele tinha sido levado em parte pelo pior tipo de orgulho, e em parte pelo desejo de reservar o senhor Bingley para a irmã.

A agitação e as lágrimas que o assunto ocasionou trouxeram uma dor de cabeça que piorou tanto com o entardecer que, somada à sua indisposição de ver o senhor Darcy, fez com que ela decidisse não acompanhar seus primos a Rosings, onde eles eram convidados para o chá. A senhora Collins, vendo que ela estava realmente mal, não insistiu para que fosse e impediu que o marido insistisse; no entanto o senhor Collins não pôde esconder sua apreensão de que Lady Catherine ficasse ofendida com sua ausência.

Capítulo XXXIV

Quando eles saíram, Elizabeth, como se quisesse exasperar-se o máximo possível contra o senhor Darcy, decidiu reexaminar todas as cartas que Jane lhe escrevera desde que ela chegara a Kent. Elas não continham nenhuma queixa efetiva, tampouco havia nelas uma rememoração de acontecimentos passados ou algum indício de sofrimento presente. No entanto, no geral, e quase que em cada linha, faltava a alegria que costumava caracterizar seu estilo, que, procedendo da serenidade de uma mente em paz consigo mesma e bem-disposta para com todos, poucas vezes dera lugar à tristeza. Elizabeth percebeu, com uma atenção que não havia dedicado na primeira leitura, que cada frase transmitia a ideia de desassossego. O fato de o senhor Darcy ter se vangloriado pelo dano que havia causado deu a Elizabeth uma noção mais aguçada do sofrimento da irmã. Era um consolo pensar que a visita dele a Rosings terminaria dali a dois dias, e outro ainda maior saber que em menos de quinze dias ela estaria com Jane novamente e poderia contribuir para o restabelecimento de seu espírito, com toda a afeição que tinha.

Ela não conseguia pensar que Darcy deixaria Kent sem se lembrar de que o primo também partiria; mas o coronel Fitzwilliam deixara claro que não tinha nenhuma intenção em relação a ela, e, por mais agradável que fosse, ela não deveria ficar triste por causa dele.

Enquanto tomava essa decisão, foi de repente despertada pela campainha da porta, e seu humor melhorou um pouco pensando que podia ser o próprio coronel Fitzwilliam, que uma vez já a tinha visitado à noite, e que podia estar ali agora para perguntar como ela estava. Porém a ideia logo foi banida, e seu humor foi afetado de forma bem diversa quando, para seu espanto, viu o senhor Darcy entrar na sala. De um jeito apressado, ele começou a perguntar sobre sua saúde, atribuindo sua visita ao desejo de saber se ela estava melhor. Ela respondeu com fria cortesia. Ele se sentou por alguns instantes e então levantou-se e caminhou pela sala. Elizabeth estava surpresa, mas não disse uma palavra. Depois de um silêncio de vários minutos, ele se aproximou dela de um modo meio agitado, e assim começou:

— Venho lutando em vão. Meus sentimentos não serão reprimidos. Peço permissão para dizer que a admiro e a amo ardentemente.

O espanto de Elizabeth era indescritível. Ela olhou fixamente para ele, ruborizou-se, ficou perplexa e muda. Ele considerou isso como um sinal favorável; e a confissão de tudo o que havia muito sentia por ela imediatamente se seguiu. Ele falava bem; mas havia sentimentos além daqueles do coração para serem descritos; e ele falava com mais eloquência de orgulho do que de ternura. A consciência da inferioridade social dela, da degradação que isso significava para ele, os obstáculos familiares que sempre se opuseram ao seu interesse por ela foram expressos com um fervor que parecia consequência de seu sofrimento, mas era muito improvável que ele falasse a seu favor.

Apesar de sua profunda antipatia, Elizabeth não pôde ficar insensível à manifestação de afeição de um homem como ele, e, embora suas opiniões não variassem por um instante, a princípio, ficou com pena pela dor que lhe causaria; até que, levada ao ressentimento pelo que ele disse em seguida, toda a compaixão se transformou em raiva. Tentou, contudo, recompor-se para lhe responder com calma quando ele terminasse. Ele concluiu declarando a força daquele sentimento que, apesar de todo o seu esforço, descobriu impossível de conter; e expressando a esperança de que fosse recompensado pela aceitação de sua mão. Ao dizer isso, ela viu com clareza que ele não duvidava que receberia uma resposta favorável. Ele *falara* de apreensão e ansiedade, mas sua postura expressava verdadeira segurança. Tal circunstância só a exasperava ainda mais, e, quando ele terminou, ela disse, com o rosto vermelho:

— Em casos como este, acredito que é de praxe expressar os agradecimentos pelos sentimentos confessados, por mais que não sejam correspondidos. É natural que se sinta essa obrigação, e, se eu pudesse *sentir* gratidão, eu lhe agradeceria. Mas não posso. Nunca desejei sua consideração, e o senhor certamente declarou-se muito contra a vontade. Sinto muito se causei sofrimento a qualquer um. Não foi de propósito, contudo, e espero que isso não dure muito. Os sentimentos que, segundo me contou, impediram por bastante tempo que reconhecesse essa afeição não devem dificultar que a supere após essa explicação.

O senhor Darcy, que estava apoiado na lareira com os olhos fixos no rosto de Elizabeth, pareceu ouvir suas palavras com tanta surpresa quanto ressentimento. Seu rosto ficou pálido de raiva, e a perturbação de seu espírito era visível em cada traço. Ele lutava para manter a aparência de tranquilidade e só abriu a boca depois que acreditou tê-la alcançado. Essa pausa foi horrível para os sentimentos de Elizabeth. Por fim, com uma voz de serenidade forçada, ele disse:

— E esta é a única resposta pela qual terei a honra de esperar! Eu poderia, talvez, desejar saber por que, com tão pouca atenção à cortesia, fui assim rejeitado. Contudo isso não é importante.

— Eu também poderia perguntar — respondeu ela — por que, com um desejo tão evidente de me ofender e insultar, o senhor decidiu me contar que gosta de mim contra sua vontade, contra sua razão e até mesmo contra o seu caráter? Essa não é uma desculpa para a minha descortesia, se é que agi assim? No entanto, tenho outros motivos. Sabe que tenho. Se meus sentimentos não lhe fossem decididamente contrários, se fossem indiferentes ou até mesmo favoráveis, acha que qualquer consideração me tentaria a aceitar o homem que foi o instrumento para arruinar, talvez para sempre, a felicidade de uma irmã tão amada?

Ao ouvir essas palavras, o senhor Darcy mudou de cor; mas a comoção foi passageira, e ele a acompanhou sem tentar interrompê-la, enquanto ela continuava:

— Tenho todos os motivos do mundo para pensar mal do senhor. Nada pode justificar o papel injusto e pouco generoso que teve *naquela situação*. Não ousará negar que foi o principal, se não o único, responsável por separar os dois; expondo um à censura do mundo por capricho e instabilidade, e a outra ao menosprezo por ter esperanças desapontadas, envolvendo ambos no mais agudo dos sofrimentos.

Ela fez uma pausa e percebeu com indignação que ele a ouvia com um ar de quem não estava abalado por nenhum sentimento de remorso. Até mesmo olhou para ela com um sorriso de petulante incredulidade.

— Pode negar que o fez? — ela repetiu.

Com pretensa tranquilidade, ele então respondeu:

— Não tenho intenção de negar que fiz tudo que estava ao meu alcance para separar meu amigo de sua irmã, nem que me orgulho de meu sucesso. Fui muito mais cuidadoso com ele do que comigo mesmo.

Elizabeth não se dignou demonstrar que havia compreendido a observação, mas seu significado não lhe escapou, e não era provável que a pacificasse.

— Entretanto não é apenas nessa questão — ela continuou — que minha antipatia é fundada. Muito antes de isso acontecer, minha opinião sobre o senhor já estava decidida. Seu caráter me foi revelado no relato que ouvi do senhor Wickham alguns meses atrás. Quanto a isso, o que tem a dizer? Que imaginária atitude de amizade pode usar para se defender? Ou com qual distorção pode justificar enganar os outros?

— Parece se interessar muito pelas preocupações daquele cavalheiro — disse Darcy, num tom menos tranquilo e com o rosto mais corado.

— Quem conhece os infortúnios dele não pode deixar de se interessar.

— Os infortúnios dele! — repetiu Darcy com desdém. — Sim, os infortúnios dele foram muitos, realmente.

— E o senhor os causou — exclamou Elizabeth com ímpeto. — O senhor o reduziu ao seu atual estado de pobreza, de relativa pobreza. Negou-lhe as vantagens que, deve saber, eram-lhe destinadas. Privou-o nos melhores anos de sua vida da independência que lhe era de direito e merecimento. O senhor fez tudo isso! E ainda ridiculariza e menospreza a menção a seu infortúnio.

— E essa — exclamou Darcy, enquanto andava a passos rápidos pela sala — é sua opinião sobre mim! Essa é a estima que tem por mim! Agradeço por explicar tão claramente. Meus erros, de acordo com essa avaliação, são de fato graves! Contudo, talvez — ele acrescentou, parando de andar e virando-se para ela —, essas ofensas poderiam ter sido relevadas se o seu orgulho não tivesse se ferido pela minha honesta confissão dos escrúpulos que havia muito me impediam de tomar uma decisão séria. Essas acusações amargas poderiam ter sido evitadas se eu, com mais tato, escondesse os meus conflitos e a lisonjeasse, fazendo-a acreditar que sou impelido por uma paixão absoluta e pura; pela razão, pela reflexão, por tudo. Porém qualquer tipo de dissimulação me causa aversão. Tampouco tenho vergonha dos sentimentos que relatei. Eles são naturais e justos. Ou esperava que eu me alegrasse com a inferioridade de suas relações? Que me congratulasse na esperança de ter parentes cuja condição de vida seja tão decididamente aquém da minha?

Elizabeth sentiu sua indignação crescer cada vez mais; no entanto, buscou expressar-se com toda a calma quando disse:

— Está enganado, senhor Darcy, se supõe que a forma de sua declaração tenha me afetado de outra maneira que não me poupando da preocupação que eu poderia ter sentido ao recusá-lo se tivesse se comportado de modo mais cavalheiresco.

Ela o viu se sobressaltar com isso, mas Darcy não disse nada, e Elizabeth continuou:

— Não poderia ter me ofertado a mão de nenhuma forma que me tentasse a aceitá-la.

Novamente sua perplexidade era óbvia; e ele olhou para ela com uma expressão mista de incredulidade e humilhação. Ela continuou:

— Desde o início, quase posso afirmar que desde o primeiro instante em que o vi, suas maneiras me levaram à crença firme em sua arrogância, sua presunção, seu desdém egoísta pelos sentimentos alheios, de modo a formar uma base de desaprovação sobre a qual os eventos posteriores construíram uma antipatia muito forte; e eu o conhecia havia apenas um mês e já sentia que era o último homem do mundo com quem eu me casaria.

— Já disse o suficiente, senhorita. Compreendo perfeitamente seus sentimentos, e agora só me resta me envergonhar dos meus próprios. Perdoe-me por ter tomado tanto do seu tempo, e aceite meus sinceros votos por sua saúde e felicidade.

E, com essas palavras, ele saiu apressado da sala. Elizabeth o ouviu logo em seguida abrir a porta da frente e deixar a casa.

O tumulto em suas ideias era dolorosamente imenso. Ela não conseguiu se sustentar em pé e, de fraqueza, sentou-se e chorou por meia hora. Sua perplexidade, enquanto refletia sobre o que tinha se passado, crescia a cada revisão do ocorrido. Que ela tivesse recebido uma oferta de casamento do senhor Darcy! Que ele estivesse apaixonado por ela há tantos meses! Tão apaixonado a ponto de desejar se casar com ela apesar de todas as objeções que fizeram com que ele impedisse o amigo de se casar com Jane, e que deveriam ter força igual em seu próprio caso! Tudo isso era quase inacreditável! Era gratificante ter inspirado inconscientemente uma afeição tão forte. Porém o orgulho do senhor Darcy, seu abominável orgulho, sua desavergonhada confissão do que tinha feito a Jane, sua imperdoável falta de pudor ao reconhecê-lo, embora não o pudesse justificar, e a maneira insensível com que mencionara o senhor Wickham, sem tentar negar sua crueldade para com ele, logo superaram a piedade que a consideração daquele afeto por um momento havia inspirado nela.

Elizabeth continuou com pensamentos muito agitados até que o som da carruagem de Lady Catherine fez com que ela percebesse que não estava em condições de se expor à observação de Charlotte, e então ela correu para o quarto.

Capítulo XXXV

Elizabeth acordou na manhã seguinte com os mesmos pensamentos e reflexões com os quais finalmente fechara os olhos na noite anterior. Ela não conseguira se recompor da surpresa pelo que tinha acontecido; era impossível pensar em outra coisa; e, totalmente indisposta para qualquer atividade, resolveu, pouco depois do café da manhã, permitir-se um pouco de ar livre e exercício. Estava se dirigindo diretamente a seu caminho favorito quando parou ao se lembrar de que o senhor Darcy às vezes passava por ali e, em vez de entrar no parque, virou na aleia que seguia para longe da estrada principal. A cerca do parque limitava o caminho de um lado, e logo ela atravessou um dos portões da propriedade.

Depois de andar duas ou três vezes ao longo daquela parte do caminho, sentiu-se tentada, pela manhã agradável que fazia, a parar nos portões e contemplar o parque. As cinco semanas que ela passara em Kent tinham feito uma grande diferença na paisagem, e cada dia as árvores ficavam mais verdes. Ela estava a ponto de retomar sua caminhada quando viu o vulto de um cavalheiro dentro do bosque que fazia fronteira com o parque; ele caminhava apressado em sua direção; e, temendo que fosse o senhor Darcy, ela imediatamente recuou. No entanto a pessoa que avançava estava perto o suficiente para vê-la, e, adiantando-se com ímpeto, pronunciou seu nome. Ela virou as costas, mas, ao ouvir seu nome ser chamado, e embora reconhecesse a voz do senhor Darcy, ela se voltou em direção ao portão. Ele se aproximou no mesmo momento e, entregando-lhe uma carta, que ela instintivamente pegou, disse, com um ar de altiva tranquilidade:

— Eu estava andando pelo bosque havia algum tempo na esperança de encontrá-la. Poderia me dar a honra de ler esta carta? — E então, com uma discreta mesura, virou-se novamente para o campo e logo desapareceu.

Sem esperar nenhum agrado, mas com grande curiosidade, Elizabeth abriu a carta e, para sua crescente surpresa, percebeu um envelope contendo duas folhas de papel, totalmente preenchidas por uma letra bem pequena. O próprio envelope estava preenchido da mesma forma. Continuando a caminhar pela alameda, ela começou a ler. Estava datada de Rosings, às oito da manhã, e dizia o seguinte:

Não fique alarmada, senhorita, ao receber esta carta, pela apreensão de que ela contenha qualquer repetição daqueles sentimentos ou uma renovação das propostas que na noite passada lhe foram tão repulsivas. Escrevo sem nenhuma intenção de incomodá-la ou de me humilhar insistindo em anseios que, para a felicidade de ambos, devem ser esquecidos o mais cedo possível; e o esforço que a redação e a leitura desta carta devem ocasionar poderia ter sido poupado se meu caráter não exigisse que ela fosse escrita e lida. Deve, portanto, perdoar-me pela liberdade com que demando sua atenção; seus sentimentos, eu sei, a concederão contra sua vontade, mas exijo isso de sua justiça.

De duas ofensas de natureza bem diversa, e de forma alguma de igual magnitude, acusou-me na noite passada. A primeira mencionada foi que, independentemente dos sentimentos de ambos, eu havia separado o senhor Bingley de sua irmã, e a outra, que eu tinha, em desrespeito a vários direitos, em desrespeito à honra e à humanidade, arruinado a prosperidade imediata e destruído as perspectivas futuras do senhor Wickham. Ter me livrado de forma intencional e cruel do meu companheiro de infância, o favorito declarado de meu pai, um rapaz que quase não tinha outro amparo que não o nosso, e que tinha crescido contando com isso, seria uma perversidade à qual a separação de dois jovens cuja afeição crescera em apenas algumas semanas de convivência não poderia se comparar. Entretanto, da severidade daquela culpa que na noite passada me foi tão generosamente conferida por conta de cada circunstância, espero estar livre no futuro, quando o seguinte relato de minhas ações e meus motivos for lido. Se, durante a explanação deles, que compete a mim, eu sentir necessidade de descrever sentimentos que possam ser ofensivos aos seus, só posso dizer que lamento. A necessidade deve ser obedecida, e desculpar-me ainda mais seria absurdo. Eu não estava havia muito tempo em Hertfordshire quando percebi que Bingley preferia sua irmã mais velha a qualquer outra moça da região. Porém foi só na noite do baile em Netherfield que fiquei apreensivo pela seriedade dos sentimentos dele. Várias vezes o tinha visto apaixonado antes. No baile, enquanto tive a honra de dançar com você, pela primeira vez tomei conhecimento, por meio de uma informação acidental de Sir William Lucas, que as atenções de Bingley para com sua irmã tinham gerado uma expectativa geral de que se casassem. Ele falou disso como um acontecimento certo, do qual apenas a data não havia sido decidida. A partir daquele momento observei o comportamento de meu amigo com atenção e pude então perceber que sua inclinação pela senhorita Bennet era mais forte do que qualquer outra que eu já tivesse testemunhado nele. Também observei sua irmã. O olhar e as maneiras dela eram francos, alegres e simpáticos como sempre, mas sem nenhum sintoma de interesse em particular, e me convenci, a partir do escrutínio daquela noite, de que, embora ela recebesse as atenções dele com prazer, não correspondia a elas com os mesmos sentimentos. Se *a senhorita* não se enganou, *eu* é que deveria estar errado. Como você conhece melhor sua irmã, a última hipótese deve ser verdadeira. Se foi assim, se fui levado por esse erro a causar sofrimento a ela, seu ressentimento não é infundado. Contudo, não devo ter receio de afirmar que a serenidade da postura e do ar de sua irmã foi tamanha que poderia dar ao mais atento observador uma convicção de que, por mais amável que fosse seu temperamento, seu coração não era tocado facilmente. Que eu desejava acreditar na indiferença dela é certo, mas ouso dizer que minha investigação e minhas decisões não são normalmente influenciadas por minhas esperanças ou meus temores. Não acreditei na indiferença dela porque assim desejava; acreditei por imparcial convicção, tão sincera quanto racional. Minhas objeções ao casamento não foram meramente aquelas que reconheci na noite passada e que precisaram de toda a força da paixão para serem superadas no meu caso; a pouca importância social não seria um mal tão grande para meu amigo quanto para mim. Mas havia outros motivos para a objeção; causas que, embora ainda existam, e existam em igual nível em ambas as situações, eu me esforcei para esquecer porque não me afetavam diretamente. Essas causas devem ser declaradas, ainda que brevemente. A situação da família de sua mãe, embora reprovável, não era nada em comparação com a total falta de compostura tão frequente e quase uniforme dela, de suas três irmãs mais novas, e ocasionalmente até mesmo de seu pai. Perdoe-me. Dói-me ofendê-la. No entanto, em meio ao que concerne aos defeitos de suas relações mais próximas, e a seu desprazer com essa descrição, console-se considerando que, tendo se portado de forma a evitar qualquer tipo de censura, você e sua irmã mais velha são honradas com elogios frequentes à sensatez e ao temperamento. Apenas direi que o que se passou naquela noite confirmou minha opinião a respeito de todos os envolvidos e persuadiu-me a preservar meu amigo do que eu considerava uma união das mais infelizes. Ele deixou Netherfield com destino a Londres no dia seguinte, como certamente se lembra, com o plano de retornar em breve. Agora devo explicar a parte na qual agi. A preocupação das irmãs dele foi igualmente despertada; nossa coincidência de sentimentos foi logo descoberta e, conscientes de que não se deveria perder tempo em afastar Bingley, em pouco tempo resolvemos nos juntar a ele em Londres. Assim, fomos até lá, e eu prontamente me empenhei na tarefa de apontar para meu amigo alguns males de tal escolha. Eu os descrevi e os reforcei com firmeza. Todavia, por mais que essa repreensão pudesse ter enfraquecido ou postergado sua determinação, não suponho que por fim viesse a impedir o casamento se não tivesse sido acompanhada pela garantia, que não hesitei em lhe dar, da indiferença de sua irmã. Antes ele acreditara que ela correspondia à sua afeição com sincera, senão igual, estima. Mas Bingley tem uma grande modéstia natural, e confia muito mais no meu julgamento do que em seu próprio. Convencê-lo, portanto, de que tinha se iludido não foi um ponto muito difícil. Persuadi-lo a não retornar a Hertfordshire, quando essa convicção lhe foi exposta, foi questão de instantes. Não posso me culpar por ter feito isso. Há apenas um aspecto da minha conduta na situação toda que me parece reprovável; é que condescendi em adotar as medidas da astúcia para esconder dele o fato de sua irmã estar na cidade. Eu mesmo sabia, por intermédio da senhorita Bingley; mas o irmão dela até agora ignora o fato. É possível que eles tivessem se encontrado sem consequências ruins; porém seu afeto não me parecia suficientemente extinto para que ele a visse sem correr nenhum perigo. Talvez esse segredo e essa dissimulação sejam baixos para mim; contudo, está feito, e foi com a melhor das intenções. Quanto a esse assunto, não tenho mais nada a dizer, nenhum pedido de desculpas a oferecer. Se feri os sentimentos de sua irmã, não foi intencionalmente, e, embora os motivos que me levaram a isso possam parecer-lhe insuficientes, ainda não vejo razão para condená-los. Com respeito àquela outra e mais grave acusação, de ter prejudicado o senhor Wickham, só posso refutá-la expondo-lhe toda a história de sua ligação com minha família. Ignoro do que ele *particularmente* me acusou; mas, sobre a verdade do que vou relatar, posso convocar mais de uma testemunha absolutamente confiável. O senhor Wickham é filho de um homem muito respeitável, que por muitos anos foi encarregado da administração de todo o patrimônio de Pemberley, e cuja boa conduta no desempenho de seus deveres naturalmente levou meu pai a retribuir-lhe os serviços; e assim George Wickham, que era seu afilhado, foi alvo de sua irrestrita generosidade. Meu pai pagou-lhe os estudos e, mais tarde, em Cambridge, deu-lhe uma assistência muito importante, já que o pai de Wickham, sempre pobre por causa das extravagâncias da mulher, teria sido incapaz de oferecer-lhe uma educação digna de um cavalheiro. Meu pai não só gostava da companhia do rapaz, cujas maneiras eram sempre simpáticas, como também tinha a mais alta consideração por ele e, esperando que a igreja viesse a ser sua profissão, pretendia oferecer-lhe um posto. Quanto a mim, já faz muitos e muitos anos desde que comecei a pensar nele de uma maneira muito diferente. Sua propensão ao vício e a falta de princípios que ele tinha o cuidado de esconder do conhecimento de seu melhor amigo não podiam escapar da observação de um jovem quase da mesma idade que ele, e que teve oportunidade de vê-lo em momentos de descuido, coisa que o senhor Darcy não poderia ter visto. Aqui novamente devo magoá-la, em um grau que apenas a senhorita poderá dizer. Mas, quaisquer que sejam os sentimentos que o senhor Wickham tenha despertado em você, essa suspeita sobre sua natureza não deve me impedir de revelar seu verdadeiro caráter; pelo contrário, isso acrescenta mais um motivo. Meu excelente pai morreu cerca de cinco anos atrás; e sua amizade com o senhor Wickham foi tão firme até o fim que, em seu testamento, ele recomendou particularmente a mim que o apoiasse da melhor maneira que a profissão permitisse. E, se ele se ordenasse, desejou que um valioso posto eclesiástico da família fosse dele assim que ficasse vago. Havia também uma herança de mil libras. O pai dele não viveu muito tempo além do meu, e, seis meses depois desses eventos, o senhor Wickham me escreveu para informar que, tendo finalmente decidido não se ordenar, esperava que eu não achasse despropositado que ele desejasse alguma vantagem pecuniária imediata em vez do cargo que não haveria de desfrutar. Ele acrescentou que tinha alguma intenção de estudar Direito e que eu deveria saber que os rendimentos de mil libras seriam, portanto, insuficientes para sustentá-lo. Eu mais desejei do que acreditei que ele estivesse sendo sincero; mas, de qualquer forma, estava perfeitamente disposto a consentir com sua proposta. Eu sabia que o senhor Wickham não estava capacitado para ser clérigo; o negócio foi então logo acertado, ele renunciou a qualquer direito ao cargo na igreja, caso fosse possível que um dia estivesse em condições de recebê-lo, e aceitou em troca três mil libras. Toda ligação entre nós parecia então dissolvida. Eu pensava muito mal dele para convidá-lo a visitar Pemberley ou admitir sua companhia na cidade. E lá acredito que tenha vivido a maior parte do tempo, porém os estudos de Direito foram um mero pretexto, porque, então, livre de qualquer controle, sua vida passou a ser de ócio e libertinagem. Por cerca de três anos, quase não ouvi falar dele; mas, quando o pastor incumbido do posto que havia sido designado a ele morreu, ele me procurou novamente por carta para ser apresentado ao cargo. Suas circunstâncias, ele me garantiu — e não tive dificuldade em acreditar —, eram bastante desfavoráveis. Ele achara o Direito um estudo pouco lucrativo, e estava agora absolutamente decidido a se ordenar se eu o apresentasse para o cargo em questão, coisa da qual ele não tinha muita dúvida, já que estava certo de que eu não tinha outra pessoa a indicar e que eu não poderia ter me esquecido das intenções de meu honrado pai. Dificilmente vai me culpar por recusar-me a conceder esse pedido ou por resistir a toda insistência. O ressentimento dele foi proporcional à precariedade de suas circunstâncias, e ele sem dúvida me criticou diante dos outros com a mesma violência com que me injuriou diretamente. Depois desse período, todas as relações foram cortadas. Como ele viveu, eu não sei. Entretanto, no verão passado, voltou a se intrometer em minha vida da maneira mais desagradável. Devo agora mencionar uma circunstância que eu mesmo gostaria de esquecer e que nenhuma obrigação, exceto a presente, me induziria a revelá-la a nenhum ser humano. Tendo dito isso, não tenho dúvidas de sua discrição. Minha irmã, que é mais de dez anos mais nova do que eu, foi deixada sob a tutela do sobrinho de minha mãe, o coronel Fitzwilliam, e a minha. Há cerca de um ano, ela foi retirada da escola e foi morar em Londres; e, no verão passado, foi com a senhora encarregada de sua educação para Ramsgate. Para lá também foi o senhor Wickham, certamente de propósito; pois ficou provado que ele conhecia previamente a senhora Younge, por cujo caráter fomos infelizmente enganados; e, com a conivência e a ajuda dela, ele cortejou Georgiana, cujo coração afetuoso guardava uma impressão tão forte da gentileza dele para com ela quando era criança que foi persuadida a acreditar que estava apaixonada e a consentir com uma fuga. Ela tinha apenas 15 anos, o que lhe serve de desculpa; e, depois de revelar sua imprudência, fico feliz em acrescentar que devo o conhecimento disso a ela própria. Eu fui ao encontro deles, sem avisar, um dia ou dois antes da premeditada fuga, e então Georgiana, incapaz de suportar a ideia de ferir e ofender um irmão a quem ela sempre admirou como um pai, admitiu tudo para mim. Pode imaginar o que senti e como agi. A consideração pela imagem e pelos sentimentos de minha irmã impediu qualquer exposição pública; mas escrevi para o senhor Wickham, que deixou o local imediatamente, e a senhora Younge foi obviamente dispensada de sua função. O principal objetivo do senhor Wickham era, sem dúvida, a fortuna de minha irmã, que é de 30 mil libras; mas não posso deixar de pensar que a esperança de se vingar de mim foi um forte motivo. Sua vingança estaria realmente completa. Esta, senhorita, é uma narrativa fiel dos acontecimentos nos quais nós dois estivemos envolvidos; e se não a considerá-la falsa, irá, espero, inocentar-me daqui em diante de ter agido com crueldade para com o senhor Wickham. Não sei de que maneira, com que mentira ele a iludiu; mas seu sucesso talvez não seja surpreendente. Ignorando tudo o que concerne a ambos, a senhorita não tinha como descobrir, e a desconfiança certamente não é uma inclinação sua. Pode talvez se perguntar por que não lhe disse isso ontem à noite; mas eu não estava com domínio suficiente de mim mesmo para saber o que poderia ou deveria ser revelado. Para confirmar tudo que foi aqui relatado, posso apelar mais particularmente ao testemunho do coronel Fitzwilliam, que, devido ao nosso parentesco e constante intimidade, e, mais ainda, como um dos executores do testamento de meu pai, é inevitavelmente conhecedor de todos os detalhes dessas transações. Se sua aversão por *mim* tornar minhas asserções sem valor, não poderá ser impedida pela mesma razão de confiar no meu primo; e para que tenha a possibilidade de consultá-lo, tentarei encontrar uma oportunidade de colocar esta carta em suas mãos durante a manhã. Acrescentarei apenas: Deus a abençoe.

Fitzwilliam Darcy

Capítulo XXXVI

Se Elizabeth, quando o senhor Darcy lhe entregou a carta, não esperava que ela contivesse uma renovação de suas propostas, tampouco tinha formado alguma expectativa sobre seu conteúdo. Mas pode-se imaginar a ansiedade com que a leu e a contrariedade de emoções que a carta suscitou. Seus sentimentos ao lê-la mal podiam ser definidos. Com perplexidade, ela a princípio entendeu que ele acreditava poder se desculpar; mas em seguida ficou firmemente persuadida de que um justificado sentimento de vergonha o impediria de dar qualquer explicação. Com um forte preconceito contra tudo o que ele pudesse dizer, ela começou a reler o relato sobre o que acontecera em Netherfield. Leu com tamanha ansiedade que mal lhe restava poder de compreensão, e, com a impaciência de saber o que a próxima frase pudesse trazer, era incapaz de entender o sentido daquela que estava lendo. Ela imediatamente considerou falsa a crença dele na insensibilidade da irmã; e o relato das reais e piores objeções à união a deixou irritada demais para ter qualquer desejo de lhe fazer justiça. Ele não expressou nenhum arrependimento pelo que tinha feito que a satisfizesse; seu estilo não era penitente, mas arrogante. Ela não via nada além de orgulho e insolência.

Contudo, quando esse assunto foi sucedido pelo relato sobre o senhor Wickham, quando ela leu com um pouco mais de atenção a relação dos acontecimentos que, se verdadeiros, deveriam derrubar qualquer boa opinião a respeito dele, e que tinha uma afinidade alarmante com a história que o próprio Wickham havia contado, seus sentimentos foram ainda mais dolorosos e mais difíceis de definir. Perplexidade, apreensão e até horror a oprimiam. Ela desejou não acreditar em nada, exclamando repetidamente: "Isso deve ser mentira! Não pode ser! É a maior das falsidades!". E quando leu toda a carta, embora não se lembrasse de quase nada da última ou penúltima página, guardou-a apressadamente, jurando que não a levaria em consideração, que nunca a leria novamente.

Nesse estado de perturbação, com pensamentos que não se detinham em nada, ela voltou a caminhar; mas não adiantou; em meio minuto abriu a carta novamente e, recompondo-se o máximo que podia, recomeçou a mortificante leitura de tudo o que se relacionava a Wickham, e controlou-se a ponto de examinar o significado de cada frase. O relato de sua ligação com a família de Pemberley era exatamente o que ele próprio tinha feito; e a bondade do falecido senhor

Darcy, embora ela antes não conhecesse toda a sua extensão, coincidia muito com as palavras dele. Até esse ponto as narrativas se confirmavam, mas, quando ela chegou no testamento, a diferença era grande. O que Wickham dissera sobre o posto eclesiástico estava fresco em sua memória, e, à medida que se recordava de suas palavras, era impossível não perceber que havia uma grosseira fraude de uma parte ou de outra; e, por alguns instantes, ela acreditou que seus desejos estavam corretos. Entretanto, quando leu e releu com mais atenção os detalhes que se seguiam imediatamente ao fato de Wickham renunciar a todas as pretensões ao cargo, e optar por receber no lugar disso a soma tão considerável de três mil libras, novamente foi obrigada a hesitar. Ela fechou a carta, pesou cada circunstância com o que pretendia que fosse imparcialidade, deliberou sobre a probabilidade de cada afirmação, mas com pouco sucesso. De ambos os lados havia apenas asserções. Novamente ela leu a carta; mas cada linha provava mais claramente que a situação, que ela acreditara impossível de ser descrita com qualquer artifício que tornasse a conduta do senhor Darcy menos infame, era capaz de ter uma reviravolta que o inocentava totalmente.

A extravagância e o desregramento que ele não tinha escrúpulos em atribuir ao senhor Wickham a chocaram bastante; mais ainda porque ela não podia provar que se tratava de uma injustiça. Ela nunca tinha ouvido falar dele antes de sua chegada ao regimento de ...shire, no qual ele se alistara por sugestão de um rapaz que, ao encontrá-lo acidentalmente na cidade, reatara então relações superficiais. Sobre sua vida pregressa nada se sabia em Hertfordshire além do que ele próprio tinha contado. Quanto a seu verdadeiro caráter, ainda que pudesse se informar, nunca sentira o desejo de averiguar. Suas feições, voz e maneiras tinham-lhe conferido de imediato todas as virtudes. Ela tentou se lembrar de algum exemplo de bondade, de algum traço distinto de integridade ou benevolência que pudessem salvá-lo dos ataques do senhor Darcy; ou que, pelo menos, pela predominância da virtude, reparassem aqueles erros casuais — como estava disposta a classificar o que o senhor Darcy descrevera como a ociosidade e o vício de muitos anos. Porém nenhuma recordação semelhante lhe ocorria. Podia vê-lo diante de si, com todo o encanto de sua aparência e de suas maneiras, mas não conseguia se lembrar de nada em seu favor além da aprovação geral da vizinhança e da consideração que suas habilidades sociais tinham-lhe conquistado entre os oficiais. Depois de refletir sobre essa questão por um tempo considerável, mais uma vez retomou a leitura. Mas, infelizmente, a história que se seguia, das intenções dele para com a senhorita Darcy, encontrava algum respaldo no que havia se passado entre ela e o coronel Fitzwilliam na manhã anterior; e, por fim, o senhor Darcy recomendava que ela procurasse saber a verdade de cada detalhe com o próprio coronel Fitzwilliam, cujo caráter ela não tinha motivos para questionar, e de quem havia recebido previamente a informação de seu envolvimento próximo com todos os assuntos do primo. Por um instante Elizabeth esteve a ponto de procurá-lo, mas hesitou por causa do constrangimento que o pedido lhe causaria, e, por fim, descartou totalmente a ideia pela convicção de que o senhor Darcy jamais teria se arriscado a propor aquilo se não tivesse total garantia da corroboração do primo.

Ela se lembrava perfeitamente de tudo o que havia se passado na conversa com o senhor Wickham na primeira noite na casa do senhor Philips. Muitas de suas expressões ainda estavam vivas em sua memória. Mas só agora se dava conta da impropriedade daquelas revelações a uma estranha e se perguntava como não notara isso antes. Percebia a indelicadeza de chamar atenção para si como ele havia feito, e a incoerência entre suas declarações e sua conduta. Ela se lembrou de que ele tinha se vangloriado de não ter medo de encontrar o senhor Darcy. Que o senhor Darcy podia sair do condado, mas *ele* ficaria onde estava; e, mesmo assim, evitara o baile de Netherfield na semana seguinte. Ela também se lembrou de que, até a família de Netherfield deixar o condado, ele havia contado sua história apenas para ela e ninguém mais; porém, depois da partida deles, o caso fora discutido em toda parte; lembrou-se de que ele não tinha reservas ou escrúpulos em aviltar o caráter do senhor Darcy, embora tivesse assegurado a ela que o respeito pelo pai sempre o impediria de expor o filho.

Como tudo o que dizia respeito a ele parecia diferente agora! Suas atenções para com a senhorita King então eram consequência de intenções simples e odiosamente mercenárias; e a mediocridade da fortuna dela não demonstrava a moderação de seus desejos, mas sim sua ansiedade por agarrar-se a qualquer coisa. Seu comportamento para com Elizabeth não poderia ter motivo tolerável; ou se enganara em relação à sua fortuna, ou satisfizera sua vaidade estimulando a preferência que ela acreditava ter demonstrado de forma descuidada. Todo esforço que ainda restava em favor dele foi diminuindo cada vez mais; e, como justificativa ao que o senhor Darcy dissera, ela era obrigada a reconhecer que o senhor Bingley, quando questionado por Jane, havia há muito afirmado a inocência do amigo no caso; que, por mais orgulhosas e antipáticas que fossem suas maneiras, desde que ele havia entrado em suas relações — relações estas que os tinham aproximado mais nos últimos tempos e conferido a Elizabeth uma espécie de intimidade com o caráter dele —, ela nunca tinha visto qualquer coisa que revelasse que ele fosse injusto ou inescrupuloso, nada que sugerisse que ele tinha hábitos irreligiosos ou imorais. Percebeu que Darcy era estimado e valorizado por seus amigos e conhecidos, e que até Wickham tinha reconhecido seu mérito como irmão, e que ela com frequência o tinha ouvido falar muito afetuosamente da irmã, provando que era capaz de ter *algum* sentimento amável. Concluiu que, se tivesse agido como o senhor Wickham contou, uma violação tão grande de tudo o que é correto dificilmente seria escondida do mundo; e que a amizade entre uma pessoa capaz disso tudo e um homem tão amável quanto o senhor Bingley era incompreensível.

Ela ficou cada vez mais envergonhada de si mesma. Não podia pensar em Darcy ou Wickham sem sentir que tinha sido cega, parcial, preconceituosa, absurda.

"Como foi desprezível meu comportamento!", ela pensou. "Eu, que me orgulhava do meu discernimento! Eu, que valorizava minha perspicácia! Que com frequência desdenhei da sinceridade generosa de minha irmã e gratifiquei minha vaidade com uma desconfiança inútil e equivocada! Que humilhante é essa descoberta! Mas que humilhação justa! Se eu estivesse apaixonada, não poderia ter sido cega de maneira mais infame! No entanto a vaidade, não o amor, foi minha tolice. Satisfeita com a preferência de um e ofendida pela negligência de outro, logo que o conheci, flertei com o preconceito e a ignorância, e deixei a razão de lado naquilo que concernia a ambos. Até este momento, eu não me conhecia."

De si mesma para Jane, de Jane para Bingley, seus pensamentos seguiram uma linha e logo trouxeram a lembrança de que a explanação do senhor Darcy sobre esse assunto tinha lhe parecido insuficiente, e ela a releu. Bem diferente foi o efeito dessa segunda leitura. Como podia negar crédito a suas afirmações num caso, se tinha sido obrigada a acreditar no outro? Ele se declarava totalmente ignorante do afeto de Jane; e ela não podia deixar de se lembrar da opinião que Charlotte sempre tivera. Tampouco podia negar a justiça da descrição que ele fazia de Jane. Ela percebia que os sentimentos de Jane, embora fossem fervorosos, não eram demonstrados, e que havia uma constante benevolência em seu comportamento e em suas maneiras que raramente era associada a uma grande sensibilidade.

Quando chegou àquela parte da carta na qual sua família era mencionada nos termos de uma humilhante, ainda que merecida, reprovação, ficou profundamente envergonhada. A justiça da acusação a afetou demais para negá-la, e as circunstâncias às quais ele particularmente aludia, que haviam se dado no baile em Netherfield e que confirmavam toda a sua desaprovação inicial, não poderiam ter causado uma impressão mais forte na mente dele do que na dela.

O elogio a ela e à irmã não passou despercebido. Era um alívio, mas não podia consolá-la pelo desprezo que o comportamento do resto da família atraía; e enquanto considerava que o desapontamento de Jane tinha sido na verdade causado por seus próprios parentes, e refletia como o crédito de ambas poderia ser prejudicado por uma conduta tão imprópria, sentiu-se mais deprimida do que nunca.

Depois de caminhar pela alameda durante duas horas, permitindo-se toda variedade de pensamentos, reconsiderando acontecimentos, determinando probabilidades e reconciliando-se o máximo que podia com uma mudança tão repentina e tão importante, o cansaço e a lembrança de sua longa ausência fizeram-na finalmente voltar para a casa; e lá entrou com o desejo de parecer alegre como sempre e com a resolução de reprimir essas reflexões, pois de outra forma não seria capaz de manter qualquer conversa.

Foi imediatamente informada de que os dois cavalheiros de Rosings tinham visitado a casa durante sua ausência; o senhor Darcy apenas por alguns minutos para se despedir, mas o coronel Fitzwilliam ficou com eles por pelo menos uma hora, esperando pelo retorno dela, e quase decidiu sair andando para procurá-la. Elizabeth conseguiu apenas *fingir* lamentar não o ter encontrado; na realidade, ficara feliz com isso. O coronel Fitzwilliam estava fora de questão; ela só conseguia pensar na carta.

Capítulo XXXVII

Os dois cavalheiros deixaram Rosings na manhã seguinte, e o senhor Collins, que os estivera esperando perto da casa de guarda para despedir-se com uma mesura, voltou para casa com a boa notícia de que pareciam estar com muito boa saúde e relativo bom humor, como era de esperar depois da cena melancólica tão recente em Rosings. E para lá ele se apressou a ir, a fim de consolar Lady Catherine e sua filha; e ao retornar trouxe consigo, com grande satisfação, uma mensagem de sua senhoria, dizendo que estava tão entediada que desejava muito recebê-los para jantar.

Elizabeth não podia ver Lady Catherine sem se recordar que, se tivesse assim escolhido, poderia a esta altura já ter sido apresentada como sua futura sobrinha; nem podia deixar de pensar, com um sorriso, como teria sido a indignação de sua senhoria. "O que ela teria dito? Como teria se comportado?" eram perguntas com as quais se divertia.

O primeiro assunto abordado foi a diminuição do grupo de Rosings.

— Garanto-lhes, fico muito sentida — disse Lady Catherine. — Acredito que ninguém mais sente tanto a ausência dos amigos quanto eu. Mas sou particularmente apegada a esses rapazes, e sei que eles também são apegados a mim! Eles ficaram muito tristes por partir! Contudo, sempre ficam. O estimado coronel manteve o bom humor até o fim; mas Darcy parecia sentir mais profundamente, creio que mais do que no ano passado. Seu apego a Rosings certamente cresceu.

O senhor Collins fez um elogio e uma alusão nesse ponto, que foram retribuídos com sorrisos gentis da mãe e da filha.

Lady Catherine observou, depois do jantar, que a senhorita Bennet parecia tristonha, e, imediatamente atribuindo isso à suposição de que ela não gostaria de voltar para casa tão cedo, acrescentou:

— Se é este o caso, deve escrever para sua mãe e pedir para ficar um pouco mais. A senhora Collins ficará muito contente com a sua companhia, tenho certeza.

— Agradeço muito a vossa senhoria pelo gentil convite — respondeu Elizabeth —, mas não posso aceitá-lo. Devo estar na cidade no próximo sábado.

— Mas, dessa forma, terá passado apenas seis semanas aqui. Eu esperava que ficasse dois meses. Disse isso à senhora Collins antes de você vir. Não deve haver motivo para partir tão cedo. A senhora Bennet poderia certamente esperá-la mais quinze dias.

— Mas meu pai não pode. Ele escreveu na semana passada pedindo que apressasse minha volta.
— Oh! Seu pai com certeza pode esperá-la, se sua mãe pode. Filhas nunca são muito necessárias para os pais. E, se ficar mais um *mês* completo, eu poderia levar uma de vocês a Londres, pois viajarei para lá no começo de junho, por uma semana; e como Dawson não se importa de usar a caleche, haverá espaço suficiente para uma de vocês. E, na verdade, se o tempo estiver frio, eu não me incomodaria de levar as duas, já que ambas são magras.
— É muita gentileza sua, senhora; mas acredito que devemos seguir nosso plano original.
Lady Catherine pareceu resignada.
— Senhora Collins, é preciso enviar um criado com elas. Sabe que sempre falo o que penso, e não posso concordar com a ideia de duas moças viajarem sozinhas. É muito impróprio. Precisa providenciar alguém para acompanhá-las. Não suporto esse tipo de coisa. Moças devem estar sempre acompanhadas de acordo com sua posição. Quando minha sobrinha Georgiana foi para Ramsgate no verão passado, fiz questão de que dois criados fossem com ela. A senhorita Darcy, filha do senhor Darcy de Pemberley e de Lady Anne, não poderia viajar com decência de maneira diferente. Dou muita atenção a todas essas coisas. Mande John com as moças, senhora Collins. Estou contente de ter me lembrado de mencionar isso; pois seria desonroso para *você* deixá-las viajar sozinhas.
— Meu tio vai mandar um criado para nós.
— Oh! Seu tio! Ele tem um criado? Fico muito feliz que tenham alguém que pense nessas coisas. Onde trocarão os cavalos? Oh! Bromley, é claro. Se mencionar meu nome em Bell, serão atendidas.
 Lady Catherine tinha muitas outras perguntas a fazer a respeito da viagem, e, como ela mesma não as respondia, era necessário prestar atenção, o que para Elizabeth foi uma sorte; pois, com a mente assim ocupada, podia esquecer onde estava. A reflexão tinha de ser reservada para as horas de solidão; e sempre que ficava sozinha dava asas a ela com grande alívio, nenhum dia se passava sem um passeio solitário no qual se entregava ao prazer das lembranças desagradáveis.
 Ela estava a ponto de saber quase de cor a carta do senhor Darcy. Estudara cada frase, e seus sentimentos em relação ao remetente eram às vezes bastante diversos. Quando se lembrava do estilo de seu discurso, ainda sentia muita indignação; mas, quando considerava a

injustiça com que o havia condenado e censurado, sua raiva se voltava contra si mesma; e o desapontamento dele se tornava objeto de compaixão. A afeição dele incitava gratidão, seu caráter em geral, respeito; mas ela não conseguia aprová-lo; tampouco se arrepender de tê-lo rejeitado por um instante que fosse, ou sentir a mínima vontade de vê-lo novamente. No modo como ela havia se comportado previamente, havia uma fonte constante de desgosto e remorso; e nos infelizes defeitos de sua família, um motivo para ainda mais profunda humilhação. Eles eram incorrigíveis. O pai, que se limitava a rir, jamais se esforçaria para conter a leviandade das filhas mais moças; e a mãe, com maneiras tão distantes das corretas, era inteiramente insensível ao perigo. Elizabeth frequentemente se unia a Jane na tentativa de conter a imprudência de Catherine e Lydia; mas, enquanto elas eram apoiadas pela indulgência da mãe, que chance poderia haver para melhorarem? Catherine, de caráter fraco, irritadiço e completamente sob a influência de Lydia, sempre se sentia insultada pelo conselho delas; e Lydia, voluntariosa e inconsequente, dificilmente lhes dava ouvidos. Elas eram ignorantes, ociosas e fúteis. Enquanto houvesse um oficial em Meryton, flertariam com ele; e enquanto Meryton ficasse a uma caminhada de distância de Longbourn, iriam para lá pelo resto da vida.

A ansiedade para com Jane era uma de suas maiores preocupações; e a explicação do senhor Darcy, restaurando a boa opinião que ela tinha sobre Bingley, intensificou a noção do que Jane tinha perdido. Provou-se que a afeição dele era sincera, e sua conduta, isenta de qualquer culpa, a menos que a atribuíssem à cega confiança no amigo. Como era triste então pensar que, de uma situação tão desejável em todos os sentidos, tão repleta de vantagens, com tantas promessas de felicidade, Jane havia sido privada pela tolice e falta de decoro da própria família!

Quando a essas recordações se somava a revelação sobre o caráter de Wickham, podia-se acreditar facilmente que o bom humor que raramente abandonara Elizabeth estava agora tão afetado a ponto de tornar quase impossível para ela aparentar o mínimo de alegria.

Os compromissos em Rosings foram tão frequentes na última semana de sua estadia quanto haviam sido na primeira. A última noite foi passada lá; e sua senhoria perguntou novamente sobre os detalhes da viagem, deu-lhes orientações quanto à melhor maneira de fazer as malas, e foi tão incisiva quanto à necessidade de guardar os vestidos do único jeito certo, que Maria se sentiu obrigada, ao retornarem, a desfazer o trabalho da manhã e arrumar novamente sua mala.

Quando partiram, Lady Catherine, com grande condescendência, desejou-lhes uma boa viagem e as convidou para voltar a Hunsford no ano seguinte; e a senhorita de Bourgh esforçou-se a ponto de fazer uma mesura e estender a mão a ambas.

Capítulo XXXVIII

Na manhã de sábado, Elizabeth e o senhor Collins se encontraram durante o café da manhã alguns minutos antes que as outras moças aparecessem; e ele aproveitou a oportunidade para se despedir com as formalidades que considerava indispensáveis.

— Não sei, senhorita Elizabeth — disse ele —, se a senhora Collins já agradeceu a gentileza de vir nos visitar; mas estou certo de que não deixará esta casa sem receber os agradecimentos por isso. A honra de sua companhia foi bastante apreciada, garanto-lhe. Sabemos que nossa humilde casa não oferece muitos atrativos. Nossa maneira simples de viver, os quartos pequenos e os poucos criados, e nosso isolamento do mundo devem tornar Hunsford extremamente tediosa para uma moça como você; mas espero que acredite que estamos gratos por sua condescendência, e que fizemos de tudo para que não passasse seu tempo de forma desagradável.

Elizabeth expressou efusivamente seus agradecimentos e assegurou-lhe que fora feliz ali. Passara seis semanas muito agradáveis; e o prazer da companhia de Charlotte e as atenções que recebera faziam com que *ela* se sentisse grata. O senhor Collins ficou satisfeito e, com uma solenidade mais sorridente, respondeu:

— É um grande prazer saber que passou o tempo de forma agradável. Certamente fizemos tudo o que podíamos; e afortunadamente tivemos a oportunidade de apresentá-la à mais alta sociedade e um meio frequente de variar a humilde cena doméstica graças a nossas relações com Rosings. Portanto, acho que podemos nos gabar de que sua visita a Hunsford não foi totalmente aborrecida. Nossa posição em relação à família de Lady Catherine é de fato uma espécie de extraordinária vantagem e uma bênção de que poucos podem se vangloriar. Viu como são nossas relações. Viu com que frequência somos convidados lá. Na verdade, devo reconhecer que, apesar de todas as desvantagens desse humilde presbitério, não penso em quem quer que se hospede aqui como um objeto de compaixão enquanto pode compartilhar de nossa intimidade em Rosings.

Palavras eram insuficientes para a elevação de seus sentimentos; e ele se viu obrigado a andar pela sala, enquanto Elizabeth tentava unir a cortesia e a verdade em algumas poucas frases.

— Poderá, na verdade, levar um relato muito favorável de nós a Hertfordshire, minha cara prima. Orgulho-me, pelo menos, de que poderá fazê-lo. Foi testemunha diária das atenções de Lady Catherine para com a senhora Collins; e, no geral, creio que não pareça que sua amiga tirou a má sorte... mas nesse ponto é melhor ficar em silêncio. Apenas permita-me assegurar, minha cara senhorita Elizabeth, que de coração desejo-lhe uma igual felicidade no casamento. Minha querida Charlotte e eu temos uma só cabeça e uma forma de pensar. Há em tudo uma notável semelhança de caráter e de ideias entre nós. Parece que fomos feitos um para o outro.

Elizabeth pôde dizer com segurança que era uma grande felicidade quando isso acontecia, e com igual sinceridade acrescentou que acreditava firmemente em seus confortos domésticos e se alegrava com isso. Contudo, não lamentou que a enumeração de todos eles fosse interrompida pela dama responsável. Pobre Charlotte! Era triste deixá-la naquela companhia! Mas ela a havia escolhido conscientemente; e embora sem dúvida lamentasse que suas visitas tivessem de partir, não parecia pedir pela sua compaixão. Seu lar e suas atividades domésticas, sua paróquia e suas galinhas, e todas as tarefas a eles relacionadas ainda não tinham perdido o encanto.

Por fim, a carruagem chegou, as malas foram amarradas, os pacotes, acomodados, e foi avisado que tudo estava pronto. Depois de uma despedida afetuosa entre as amigas, Elizabeth foi levada à carruagem pelo senhor Collins e, enquanto andavam pelo jardim, ele a encarregou de enviar seus respeitos para toda a família, sem esquecer o agradecimento pela gentileza que tinha recebido em Longbourn no inverno, e seus cumprimentos ao senhor e à senhora Gardiner, embora não os conhecesse. Ele então ajudou-a a entrar, Maria a seguiu, e a porta estava prestes a ser fechada quando ele de súbito as lembrou, com alguma consternação, que tinham esquecido de deixar uma mensagem para as damas de Rosings.

— Mas — ele acrescentou —, certamente desejarão enviar seus humildes respeitos a elas com um agradecimento pela gentileza com que foram tratadas enquanto estiveram aqui.

Elizabeth não fez objeção; a porta foi então fechada e a carruagem partiu.

— Santo Deus! — exclamou Maria, depois de alguns minutos de silêncio. — Parece que não se passaram um ou dois dias desde que chegamos! E, no entanto, quanta coisa aconteceu!

— Muitas coisas, mesmo — disse sua companheira com um suspiro.

— Jantamos nove vezes em Rosings, além de termos ido tomar chá duas vezes. Quanta coisa terei para contar!

Elizabeth acrescentou para si mesma: "E quanta coisa eu terei para esconder!".

A viagem transcorreu sem muita conversa ou qualquer surpresa; e, quatro horas depois de deixarem Hunsford, chegaram à casa do senhor Gardiner, onde deveriam ficar alguns dias.

Jane parecia bem, e Elizabeth teve pouca oportunidade de avaliar seu humor em meio aos vários compromissos que a gentileza de sua tia lhes reservara. No entanto Jane deveria voltar para casa com ela, e em Longbourn Elizabeth teria tempo suficiente para observá-la.

Não foi sem esforço, contudo, que conseguiu esperar até chegar a Longbourn para contar à irmã sobre a proposta de Darcy. Saber que tinha o poder de revelar algo que deixaria Jane tão atônita, e que, ao mesmo tempo, gratificaria a vaidade que ela ainda não era capaz de dominar, era uma tentação tão grande para sua sinceridade que nada poderia tê-la vencido a não ser o estado de indecisão no qual se encontrava quanto à extensão do que deveria revelar; e o medo, uma vez que entrasse no assunto, de repetir alguma coisa sobre Bingley que só deixaria a irmã mais triste.

Capítulo XXXIX

Na segunda semana de maio, as três moças partiram de Gracechurch Street para a cidade de ..., em Hertfordshire; e, quando se aproximavam da hospedaria onde a carruagem do senhor Bennet as encontraria depois, logo perceberam, graças à pontualidade do cocheiro, Kitty e Lydia olhando da sala de jantar no andar de cima. Havia uma hora que as duas meninas estavam no local, alegremente entretidas, visitando a modista de chapéus em frente, observando as sentinelas em guarda e temperando uma salada de alface e pepino.

Depois de receberem as irmãs, exibiram triunfalmente uma mesa posta com carnes frias que só a despensa de uma hospedaria poderia fornecer, exclamando:

— Não é uma beleza? Não é uma surpresa agradável?

— E queremos convidar a todas — acrescentou Lydia —, mas devem nos emprestar o dinheiro, pois gastamos o nosso na loja ali em frente. — Então, mostraram suas compras. — Olhem, comprei este chapéu. Não acho que seja muito bonito; mas achei melhor comprá-lo do que não comprá-lo. Devo desfazê-lo assim que chegar em casa e ver se consigo melhorá-lo.

E quando as irmãs caçoaram dizendo que o chapéu era feio, ela acrescentou, com total indiferença:

— Oh! Mas havia dois ou três muito mais feios na loja. E, depois que eu comprar um cetim de uma cor mais bonita para enfeitá-lo, acho que ficará bastante razoável. Além disso, não importará muito o que vamos usar neste verão depois que os oficiais de ...shire deixarem Meryton; e eles partirão em quinze dias.

— É verdade? — exclamou Elizabeth, com a maior satisfação.

— Ficarão acampados perto de Brighton; e quero muito que papai nos leve lá para passar o verão! Seria um plano maravilhoso; e acredito que não custaria nada. Mamãe, acima de tudo, também gostaria de ir! Pense só que verão triste teríamos em outro lugar!

"Sim", pensou Elizabeth, "*este* seria um plano maravilhoso e acabaria por nos arruinar de uma vez. Santo Deus! Brighton e um acampamento inteiro de soldados para nós, que já ficamos perturbadas com um simples regimento e com os bailes mensais em Meryton!"

— Agora tenho notícias para vocês — disse Lydia, enquanto elas se sentavam. — O que acham? São notícias excelentes, notícias importantes, sobre uma certa pessoa de quem todas nós gostamos!

Jane e Elizabeth se entreolharam, e o criado foi dispensado. Lydia riu e disse:

— Sempre essa formalidade e discrição. Acham que o criado não deve ouvir, como se ele se importasse! Creio que ele costuma escutar coisas piores do que vou dizer agora. Mas ele é um sujeito feio! Fico contente que tenha saído. Nunca vi um queixo tão grande na minha vida. Bom, mas, agora, a minha novidade: é sobre nosso querido Wickham. Boa demais para o criado, não é mesmo? Não há risco de Wickham se casar com Mary King. É isso! Ela foi à casa do tio em Liverpool, foi para ficar. Wickham está salvo.

— E Mary King está salva! — acrescentou Elizabeth. — Salva de uma ligação imprudente no aspecto financeiro.

— Ela é uma grande tola de ir embora, se gosta dele.

— Mas imagino que não haja um sentimento forte de nenhuma das partes — disse Jane.

— Tenho certeza de que não há da parte *dele*. Posso garantir que ele nunca deu a mínima importância para ela. Quem se importaria com uma criaturinha tão horrível e cheia de sardas?

Elizabeth ficou chocada em pensar que, apesar de ser incapaz de proferir uma *expressão* tão rude, a rudeza de *sentimento* não era nada diferente daquela que o seu próprio peito abrigara antes, e ainda considerava como generosidade!

Assim que terminaram de comer e as mais velhas pagaram a conta, a carruagem foi chamada; e, depois de se organizarem, todas as moças, com todas as suas caixas, cestas de trabalho e seus pacotes, e o infeliz acréscimo das compras de Kitty e Lydia, acomodaram-se.

— Que bom que estamos todas espremidas aqui — exclamou Lydia. — Estou contente de ter comprado meu chapéu, mesmo que seja só pelo prazer de ter outra chapeleira! Bem, agora vamos nos aconchegar e ficar à vontade para falar e rir até chegar em casa. E, em primeiro lugar, vamos saber o que aconteceu com todas vocês desde que foram embora. Viram algum homem bonito? Flertaram com alguém? Eu tinha muita esperança de que vocês arranjassem um marido antes de voltar. Jane será uma velha solteirona em breve, devo dizer. Ela tem quase vinte e três! Deus, como eu ficaria envergonhada se não me casasse antes dos vinte e três! Minha tia Philips quer tanto que se casem, não podem imaginar. Ela diz que teria sido melhor se Lizzy tivesse aceito o senhor Collins; mas *eu* acho que não teria nenhuma graça. Deus! Como eu gostaria de me casar antes de qualquer uma de vocês; e então eu seria sua acompanhante em todos os bailes. Santo Deus! Nós nos divertimos tanto no outro dia na casa do coronel Forster. Kitty e eu íamos passar o dia lá, e a senhora Forster prometeu uma pequena dança à noite (a propósito, a senhora Forster e eu somos *muito* amigas!); e assim ela convidou as duas Harringtons, mas Harriet estava doente; e então Pen foi obrigada a ir sozinha; e daí, o que acham que fizemos? Vestimos Chamberlayne com roupas de mulher de propósito para se passar por uma dama, imaginem que divertido! Ninguém sabia, além do coronel e da senhora Forster, Kitty, eu e minha tia, pois fomos obrigadas a tomar emprestado um de seus vestidos; e vocês não podem imaginar como ele estava bonito! Quando Denny, Wickham e Pratt e mais dois ou três homens chegaram, não o reconheceram. Deus! Como eu ri! E a senhora Forster também. Achei que eu ia morrer. E *isso* fez os homens suspeitarem, e logo eles descobriram por que estávamos rindo.

Com essas histórias de suas festas e brincadeiras, Lydia, auxiliada pelas dicas e pelos acréscimos de Kitty, tentou distrair suas companheiras durante todo o trajeto até Longbourn. Elizabeth ouviu o mínimo que podia, mas não tinha como escapar da menção frequente ao nome de Wickham.

A recepção delas em casa foi a mais afetuosa. A senhora Bennet se alegrou ao ver Jane com a mesma beleza; e mais de uma vez durante o jantar o senhor Bennet disse sinceramente a Elizabeth:

— Estou feliz que esteja de volta, Lizzy.

O grupo na sala de jantar era grande, pois quase todos os Lucas tinham ido encontrar Maria e ouvir as novidades; e vários foram os assuntos que os ocuparam: Lady Lucas perguntou a Maria pela saúde das galinhas da filha mais velha; a senhora Bennet estava duplamente ocupada, de um lado, ouvia um relato sobre a última moda em Londres feito por Jane, sentada um pouco abaixo, de outro, os detalhava para as Lucas mais novas; e Lydia, numa voz mais alta do que a dos demais, enumerava os vários prazeres da manhã para quem quisesse ouvir.

— Oh, Mary! — ela disse. — Gostaria que tivesse ido conosco, porque nos divertimos muito! Na ida, Kitty e eu fechamos todas as cortinas e fingimos que não havia ninguém dentro da carruagem; e eu teria ido assim o caminho inteiro se Kitty não tivesse passado mal; e, quando chegamos ao George, acho que nos comportamos muito bem, pois oferecemos às outras três o melhor almoço frio do mundo, e, se você tivesse ido, a teríamos convidado também. E depois, quando voltamos, foi tão divertido! Achei que nunca conseguiríamos caber na carruagem.

Eu estava quase morrendo de rir. E então viemos tão alegres todo o caminho para casa! Falamos e rimos tão alto que qualquer um podia nos ouvir a quinze quilômetros de distância!

A isso Mary respondeu muito séria:

— Longe de mim, querida irmã, depreciar tais prazeres! Eles são sem dúvida apropriados para a maioria das mentes femininas. Mas confesso que não têm apelo para *mim*. Preferiria infinitamente um livro.

Dessa resposta, no entanto, Lydia não ouviu uma só palavra. Ela raramente ouvia qualquer pessoa por mais de meio minuto, e nunca prestava atenção em Mary.

À tarde, Lydia insistiu com as moças para que fossem a Meryton ver como todos estavam; mas Elizabeth se opôs firmemente ao plano. Não queria que dissessem que as senhoritas Bennets não aguentavam ficar em casa nem meio dia antes de sair à procura dos oficiais. Havia outro motivo para sua oposição. Ela temia encontrar o senhor Wickham novamente, e estava decidida a evitar isso o máximo possível. O conforto de saber que o regimento estava prestes a ser transferido dali era inexprimível. Em quinze dias, eles deveriam partir, e, uma vez longe, ela esperava que nada mais que dissesse respeito a ele a afetasse.

Não fazia muitas horas que estava em casa quando Elizabeth descobriu que o plano de Brighton, que Lydia mencionara na hospedaria, estava sob discussão constante entre seus pais. Ela percebeu imediatamente que o pai não tinha a menor intenção de ceder; mas suas respostas eram ao mesmo tempo tão vagas e ambíguas que a mãe, embora desalentada, não tinha ainda desistido de triunfar no final.

Capítulo XL

A impaciência de Elizabeth por informar Jane a respeito do que havia acontecido não podia mais ser contida; e, por fim, resolvendo apenas suprimir todos os detalhes referentes à irmã e preparando-a para ser surpreendida, relatou na manhã seguinte o principal sobre o encontro entre ela e o senhor Darcy.

O espanto da senhorita Bennet foi logo atenuado pelo forte afeto fraterno que tornava qualquer admiração por Elizabeth perfeitamente natural; e toda a surpresa logo se perdeu em meio a outros sentimentos. Ela lamentou que o senhor Darcy tivesse revelado seus sentimentos de uma maneira tão pouco apropriada, mas ficou ainda mais triste pela infelicidade que a recusa da irmã devia ter causado a ele.

— A convicção de que teria sucesso foi um erro — disse ela —, e certamente ele não transpareceu, mas considere o quanto isso deve ter aumentado sua frustração.

— Sem dúvida — respondeu Elizabeth —, estou sinceramente triste por ele; mas ele tem outros sentimentos que provavelmente logo afastarão a consideração que tem por mim. Você não me culpa, então, por recusá-lo?

— Culpá-la? Ah, não.

— Mas me culpa por ter falado tão afetuosamente de Wickham?

— Não. Não sei se estava errada em dizer o que disse.

— Mas *saberá* quando eu lhe contar o que aconteceu no dia seguinte.

Ela então falou da carta, descrevendo todo o conteúdo que dizia respeito a George Wickham. Que golpe isso foi para a pobre Jane, que de boa vontade passaria pelo mundo sem acreditar que existisse tanta maldade na humanidade como a que havia aqui em um só indivíduo. Nem a justificativa de Darcy, embora atenuasse seus sentimentos, era capaz de consolá-la por tal descoberta. De um modo muito sério ela tentou provar a probabilidade do erro e buscou inocentar um sem envolver o outro.

— Não vai funcionar — disse Elizabeth —, você nunca conseguirá fazer com que ambos sejam bons. Faça sua escolha, mas deve se satisfazer com apenas um deles. Há uma certa quantidade de mérito entre os dois suficiente para apenas um homem bom; e ultimamente isso vem mudando bastante. Quanto a mim, estou inclinada a acreditar em Darcy; mas você deve fazer como achar melhor.

Levou algum tempo, contudo, para que um sorriso fosse arrancado de Jane.

— Não me lembro de ter ficado tão chocada — disse ela. — Wickham é muito mau! É quase inacreditável. E pobre senhor Darcy! Querida Lizzy, apenas considere o que ele deve ter sofrido. Que decepção! E sabendo do seu desprezo também! E tendo que contar tal coisa sobre a irmã! É realmente muito penoso. Tenho certeza de que você sente a mesma coisa.

— Oh! Não, meu arrependimento e minha compaixão terminam quando a vejo tão repleta desses sentimentos. Sei que você lhe fará tanta justiça que fico a cada instante mais despreocupada e indiferente. Sua profusão de sentimentos faz com que eu os economize; e se você lamentar por ele por mais tempo, meu coração ficará leve como uma pena.

— Pobre Wickham! Há tanta expressão de bondade em seu rosto! Tanta sinceridade e gentileza em suas maneiras!

— Certamente houve algum grande erro na educação daqueles dois rapazes. Um ficou com toda a bondade, e o outro com toda a aparência dela.

— Nunca achei o senhor Darcy tão deficiente na *aparência* de bondade como você costumava achar.

— E, no entanto, eu me considerava extremamente inteligente por estar tão decidida a não gostar dele sem nenhuma razão. É um grande estímulo para o gênio, uma grande oportunidade para a ironia ter uma antipatia desse tipo. Pode-se ofender alguém o tempo todo sem dizer nada de justo; mas não se pode zombar sempre de um homem sem, de vez em quando, esbarrar em algo espirituoso.

— Lizzy, quando você leu a carta pela primeira vez, tenho certeza de que não tratou o assunto como agora.

— De fato, não consegui. Fiquei bastante desconfortável, posso dizer até infeliz. E sem ninguém para conversar sobre o que sentia, nenhuma Jane para me confortar e dizer que eu não tinha sido tão fraca, fútil e insensata como sei que fui! Oh! Como eu queria que você estivesse lá!

— Que pena que você usou expressões tão fortes ao falar sobre Wickham com o senhor Darcy, pois agora elas *parecem* totalmente imerecidas.

— Sem dúvida. Mas o infortúnio de falar com amargura é uma consequência natural dos preconceitos que eu estava nutrindo. Há um ponto no qual quero seu conselho. Quero sabe se devo ou não alertar nossos conhecidos em geral sobre o caráter de Wickham.

A senhorita Bennet fez uma pequena pausa e então respondeu:
— Creio que não há motivo para expô-lo de forma tão terrível. Qual é a sua opinião?
— Que não deveria. O senhor Darcy não me autorizou a tornar sua comunicação pública. Pelo contrário, pediu que eu guardasse comigo o máximo possível os detalhes em relação à sua irmã. E se eu tentar alertar as pessoas quanto à sua conduta, quem acreditará em mim? O preconceito geral contra o senhor Darcy é tão forte que seria a morte para metade das boas pessoas de Meryton tentar enxergá-lo de uma forma mais amável. Não tenho capacidade para tanto. Wickham logo partirá; e, portanto, não fará diferença para qualquer um aqui saber quem ele realmente é. Um dia tudo será descoberto, e então poderemos rir da estupidez de todos por não saberem disso antes. No momento, não direi nada sobre o assunto.
— Você tem razão. Divulgar seus erros pode arruiná-lo para sempre. Talvez ele esteja arrependido pelo que fez e ansioso para restabelecer seu caráter. Não devemos fazer com que se desespere.

O tumulto dos pensamentos de Elizabeth se atenuou com essa conversa. Ela se livrara de dois dos segredos que a oprimiam havia uma quinzena, e estava certa de ter uma ouvinte disposta em Jane sempre que desejasse falar novamente sobre ambos. No entanto ainda havia algo escondido que a prudência a impedia de revelar. Ela não ousava relatar a outra metade da carta de Darcy, nem explicar à irmã a sinceridade com que ela tinha sido admirada pelo amigo. Ali havia uma informação que ela não podia compartilhar com ninguém; e ela sabia que nada menos do que um perfeito entendimento entre as partes podia justificar que se livrasse desse último estorvo. "E então", pensou, "se esse evento muito improvável acontecer, serei capaz apenas de dizer o que o próprio Bingley poderá contar de uma maneira muito mais agradável. Só terei a liberdade para revelá-la depois que ela tiver perdido todo o seu valor!"

Como passava o dia em casa, tinha tempo para observar o verdadeiro estado de espírito da irmã. Jane não estava feliz. Ainda nutria uma terna afeição por Bingley. Como nunca se imaginara apaixonada antes, seu sentimento tinha todo o fervor do primeiro amor e, por causa de sua idade e seu temperamento, tinha mais constância do que um primeiro amor pode demonstrar; e valorizava tão ardentemente a lembrança dele e o preferia de tal forma em relação a todos os homens, que todo o seu bom senso e toda a sua atenção aos sentimentos de seus parentes eram necessários para conter a tristeza que acabaria com sua saúde e com a tranquilidade dos demais.

— Bem, Lizzy — disse a senhora Bennet um dia —, qual é sua opinião *agora* sobre esse triste caso de Jane? De minha parte, estou determinada a nunca mais falar sobre o assunto com ninguém. Disse isso à minha irmã Philips outro dia. Mas não consigo descobrir se Jane o viu em Londres. Bem, é um rapaz muito indigno. E suponho que não exista a mínima chance de ela conquistá-lo agora. Não há notícias de que ele venha a Netherfield novamente no verão; perguntei a todo mundo que pudesse saber.

— Acredito que ele nunca mais virá morar em Netherfield.

— Ah, bem! Ele que faça o que bem entender. Ninguém quer que ele venha. Embora eu sempre vá dizer que ele tratou minha filha muito mal; e, se eu fosse ela, não teria aguentado. Bem, meu conforto é a certeza de que Jane morrerá de coração partido e então ele lamentará pelo que fez.

Porém, como Elizabeth não podia se reconfortar com tal expectativa, não respondeu.

— Bem, Lizzy — continuou a mãe pouco depois —, então os Collins vivem de maneira muito confortável, não é mesmo? Bem, bem, espero apenas que dure. E que tipo de comida servem? Charlotte é uma ótima administradora, arrisco dizer. Se ela tiver metade da inteligência da mãe, está economizando o suficiente. Não há nenhuma extravagância na casa *deles*, acredito.

— Não, nenhuma.

— Grande parte de uma boa administração depende disso. Sim, sim, *eles* tomarão cuidado para não gastar mais do que ganham. A *eles* nunca faltará dinheiro. Bem, que isso os faça felizes! Suponho que falem com frequência de ficar com Longbourn quando seu pai morrer. Eles a consideram como sua, acredito, independentemente de quando isso aconteça.

— É um assunto que nunca mencionaram na minha frente.

— Não, teria sido estranho se o tivessem feito; mas não tenho dúvida de que falam disso com frequência entre si. Bem, se conseguem ficar à vontade com uma propriedade que não é legalmente deles, tanto melhor. Eu teria vergonha de herdar uma propriedade dessa forma.

Capítulo XLI

A primeira semana depois do retorno das irmãs passou rápido. A segunda teve início. Era a última da estadia do regimento em Meryton, e todas as moças da vizinhança estavam desconsoladas. O desânimo era quase geral. Só as senhoritas Bennets mais velhas ainda eram capazes de comer, beber e dormir, e seguir com o curso normal de suas tarefas. Inúmeras vezes, foram acusadas de insensibilidade por Kitty e Lydia, cujo sofrimento era extremo e não conseguiam compreender a frieza das irmãs.

— Santo Deus! O que será de nós? O que vamos fazer? — exclamavam com frequência, amarguradas de pesar. — Como pode estar tão sorridente, Lizzy?

A mãe afetuosa compartilhava a mesma tristeza; lembrando que ela própria tinha passado por uma situação semelhante, vinte e cinco anos antes.

— Eu me lembro — disse ela — que chorei por dois dias quando o regimento do coronel Miller foi embora. Achei que meu coração fosse se partir.

— Tenho certeza de que o *meu* vai se partir — disse Lydia.

— Se ao menos pudéssemos ir a Brighton! — suspirou a senhora Bennet.

— Ah, sim! Se ao menos pudéssemos ir a Brighton! Mas papai é tão irritante.

— Alguns banhos de mar me restabeleceriam para sempre.

— E minha tia Philips assegurou que *me* faria muito bem — acrescentou Kitty.

Essas eram as lamentações que ecoavam perpetuamente na casa de Longbourn. Elizabeth tentava se divertir com elas; mas todo prazer era anulado pela vergonha. Ela sentiu novamente a justiça das objeções do senhor Darcy, e nunca esteve tão disposta a perdoar a interferência contida na opinião do amigo.

Entretanto a tristeza das perspectivas de Lydia foi logo dissipada, pois ela recebeu um convite da senhora Forster, esposa do coronel do regimento, para que a acompanhasse até Brighton. Essa inestimável amiga era uma mulher muito jovem e casada havia pouquíssimo tempo. O temperamento animado e bem-humorado que compartilhavam as aproximou; e dos *três* meses que se conheciam, fazia *dois* que tinham estreitado a amizade.

O arrebatamento de Lydia nessa ocasião, sua adoração pela senhora Forster, a satisfação da senhora Bennet e a mortificação de Kitty não precisam de descrição. Totalmente indiferente aos sentimentos da irmã, Lydia andava pela casa num êxtase incansável, pedindo as felicitações de todos e rindo e falando com mais ímpeto do que nunca; enquanto a infeliz Kitty continuava na sala, lamentando seu destino em termos pouco razoáveis em um tom de voz rabugento.

— Não entendo por que a senhora Forster não *me* convidou, além de Lydia — disse ela. — Embora eu não seja sua amiga íntima, tenho tanto direito de ser convidada quanto ela, mais até, porque sou dois anos mais velha.

Em vão Elizabeth tentou chamá-la à razão, e Jane procurou resigná-la. Quanto à própria Elizabeth, o convite estava muito longe de incitar nela os mesmos sentimentos que em sua mãe e Lydia, e o considerou uma sentença de morte para qualquer possibilidade de que a última desenvolvesse o bom senso; e, por mais que a atitude a tornasse detestável se fosse descoberta, não pôde deixar de secretamente aconselhar o pai a impedir que a irmã fosse. Ela lhe descreveu todas as impropriedades do comportamento geral de Lydia, a pouca vantagem que ela poderia ter com a amizade de uma mulher como a senhora Forster, e a probabilidade de ela ser ainda mais imprudente com tal companhia em Brighton, onde as tentações deveriam ser maiores do que em casa. Ele a ouviu atentamente e então disse:

— Lydia não sossegará enquanto não se expuser em um ou outro lugar público, e não podemos esperar que ela faça isso com tão pouco custo ou inconveniência para a família quanto nessa ocasião.

— Se o senhor soubesse — disse Elizabeth — da grande inconveniência que os modos imprudentes e indiscretos de Lydia podem causar para todos nós diante da opinião pública, ou melhor, que já causaram, tenho certeza de que julgaria o assunto de forma diferente.

— Já causaram? — repetiu o senhor Bennet. — O que aconteceu? Ela espantou algum de seus pretendentes? Pobre Lizzy! Mas não se sinta humilhada. Esses jovens melindrosos que não suportam estar ligados a um pouco de desatino não merecem seu pesar. Venha, deixe-me ver a lista desses sujeitos desprezíveis que se afastaram por causa da insensatez de Lydia.

— Na verdade, está equivocado. Não tenho nenhuma decepção a lamentar. Não é de um mal específico, mas sim de males gerais que estou reclamando. Nossa importância e nossa respeitabilidade no mundo serão afetadas pela volatilidade, pela impertinência e pelo menosprezo a todo comedimento que marcam o caráter de Lydia. Perdoe-me, mas devo falar francamente. Se o senhor, meu querido pai, não se der ao trabalho de conter seu espírito extravagante e de ensiná-la que seus interesses atuais não devem ser seu objetivo de vida, ela logo estará fora do alcance de qualquer correção. Seu caráter estará determinado, e ela será, aos dezesseis anos, a mais incorrigível namoradeira que expõe ao ridículo não só a si mesma como a toda a sua família; uma namoradeira, também, do pior e mais desprezível nível; sem nenhuma atração além da juventude e do fato de ter uma aparência tolerável; e, por causa de sua ignorância e cabeça vazia, será totalmente incapaz de repelir o menosprezo geral que seu afã por admiração atrairá. Kitty também correrá esse perigo. Ela seguirá Lydia em qualquer coisa. Fútil, ignorante, ociosa e absolutamente descontrolada! Oh! Meu querido pai, pode evitar que elas sejam censuradas e desprezadas onde quer que sejam conhecidas, e que suas irmãs sejam envolvidas com frequência nessa desgraça?

O senhor Bennet percebeu que Elizabeth falava de todo o coração, então, segurando afetuosamente sua mão, respondeu:

— Não se preocupe, meu amor. Onde quer que você e Jane sejam conhecidas, serão respeitadas e valorizadas; e não estarão em desvantagem por terem duas, ou devo dizer três, irmãs muito tolas. Não teremos paz em Longbourn se Lydia não for a Brighton. Deixe-a ir, portanto. O coronel Forster é um homem sensato e a manterá longe de qualquer perigo real; e por sorte ela é muito pobre para se tornar objeto de cobiça de qualquer um. Em Brighton ela terá menos importância para os rapazes do que aqui. Os oficiais encontrarão lá mulheres mais interessantes. Vamos esperar, portanto, que o fato de ir para lá a ensine sobre sua própria insignificância. Em todo caso, ela não poderá piorar muito; caso contrário, teremos motivos suficientes para trancá-la em casa pelo resto da vida.

Com essa resposta, Elizabeth foi obrigada a se contentar; mas sua própria opinião continuou a mesma, e ela se retirou, desapontada e triste. Não fazia parte de sua natureza, contudo, remoer os aborrecimentos. Ela estava confiante de ter cumprido seu dever, e preocupar-se com males inevitáveis ou dimensioná-los com a ansiedade não fazia parte de seu temperamento.

Se Lydia e a mãe soubessem do tema de sua conversa com o pai, a loquacidade das duas juntas não seria suficiente para expressar a indignação que sentiriam. Na imaginação de Lydia, uma visita a Brighton continha todas as possibilidades de felicidade terrena. Ela via, com o olhar criativo da imaginação, as ruas daquele alegre balneário cobertas de oficiais. Via a si mesma como objeto de atenção de dezenas de oficiais, e de inúmeros outros que ainda não conhecia. Via todas as glórias do acampamento, as barracas que se estendiam em belas fileiras uniformes, repletas de rapazes alegres e deslumbrantes de vermelho; e, para completar a cena, via a si mesma sentada sob uma barraca, flertando com pelo menos seis oficiais ao mesmo tempo.

Se ela soubesse que a irmã tentara arrancá-la de tais sonhos e realidades, quais teriam sido suas reações? Apenas a mãe teria sido capaz de compreendê-la, pois sentiria quase a mesma coisa. A possibilidade de Lydia ir para Brighton era tudo o que consolava a senhora Bennet da melancólica convicção de que seu marido pretendia jamais ir para lá.

Porém elas não faziam a mínima ideia do que se passara; e seu entusiasmo continuou, com pouca intermissão, até o dia em que Lydia partiu.

Elizabeth veria então o senhor Wickham pela última vez. Tinha estado frequentemente em sua companhia desde que retornara, e toda sua agitação já havia passado; os antigos sentimentos, mais ainda. Tinha até aprendido a detectar, na gentileza que a princípio a encantara, uma afetação e algo parecido com aversão e enfado. Em seu comportamento para com ela, além disso, Elizabeth teve uma nova fonte de desprazer, pois a vontade que ele logo demonstrou de renovar aquelas atenções que haviam marcado o início de seu relacionamento só poderia servir, depois do que se passara, para provocá-la. Perdera toda a consideração por ele ao ver-se, assim, escolhida como objeto de uma galanteria tão frívola e inútil. E, embora constantemente o repelisse, não podia deixar de sentir a ofensa contida na crença dele de que, por mais tempo que tivesse se passado e qualquer que fosse o motivo para ter retirado suas atenções, a vaidade de Elizabeth seria agradada e sua preferência, reconquistada a qualquer momento pela renovação de suas gentilezas.

No último dia da estadia do regimento em Meryton, ele jantou com outros oficiais em Longbourn; e Elizabeth estava tão pouco disposta a despedir-se dele com bom humor que, quando questionada sobre como havia passado o tempo em Hunsford, mencionou que o coronel Fitzwilliam e o senhor Darcy tinham passado três semanas em Rosings e perguntou se ele conhecia o primeiro.

Wickham pareceu surpreso, descontente, alarmado; mas, depois de um instante que teve para recordar-se, respondeu com um sorriso que no passado o encontrava com frequência; e, depois de observar que era um homem bastante cavalheiro, perguntou-lhe o que ela havia achado. A resposta de Elizabeth foi afetuosa para com o coronel. Com um ar de indiferença, ele logo acrescentou:

— Quanto tempo disse que ele esteve em Rosings?

— Quase três semanas.

— E o viu com frequência?

— Sim, quase todos os dias.

— As maneiras dele são muito diferentes das do primo.

— Sim, muito diferentes. Mas acho que o senhor Darcy melhora quanto mais o conhecemos.

— É sério? — exclamou o senhor Wickham, com um olhar que não escapou a Elizabeth. — E, posso perguntar... — mas, interrompendo-se, seguiu num tom mais alegre: — É na maneira de falar que ele melhora? Ele se dignou a acrescentar um mínimo de cortesia ao seu estilo habitual? Pois não creio — continuou num tom mais baixo e mais sério — que ele tenha melhorado em essência.

— Oh, não — disse Elizabeth. — Em essência, acredito, ele é o mesmo de sempre.

Enquanto ela falava, Wickham parecia não saber se alegrava-se com suas palavras ou se desconfiava de seu significado. Havia algo na expressão dela que o fazia escutar com uma atenção apreensiva e ansiosa, enquanto ela acrescentava:

— Quando eu disse que ele melhora quanto mais o conhecemos, não quis dizer que sua inteligência ou suas maneiras encontravam-se em estado de aperfeiçoamento, mas que, ao conhecê-lo melhor, compreende-se melhor o seu caráter.

O alarme de Wickham então transparecia na expressão de seu rosto e no olhar agitado; por alguns minutos ele ficou em silêncio, até que, disfarçando o constrangimento, voltou-se para ela novamente e disse no tom mais gentil possível:

— A senhorita, que conhece tão bem meus sentimentos em relação ao senhor Darcy, compreenderá de pronto como fico sinceramente feliz que ele seja inteligente o bastante para assumir ao menos a *aparência* do que é certo. O orgulho, nesse sentido, pode ser útil, se não para ele mesmo, para muitos outros, pois deve impedir a má conduta da qual fui vítima. Só temo que esse tipo de cautela à qual acaba de aludir seja adotada apenas nas visitas à tia, cuja opinião e julgamento ele muito respeita. O medo que tem dela sempre atuou sobre seus atos quando estão juntos; e boa parte disso se deve a seu desejo de concretizar a união com a senhorita de Bourgh, que, tenho certeza, ele leva muito a sério.

Elizabeth não pôde conter um sorriso ao ouvir isso, mas respondeu apenas com um leve meneio de cabeça. Percebeu que ele queria envolvê-la no velho assunto de suas mágoas e não estava com disposição para ouvi-lo. O resto da noite se passou com a *aparência*, por parte dele, da habitual alegria, mas sem mais tentativas de aproximar-se de Elizabeth; e eles se despediram por fim com mútua cortesia e possivelmente com o mútuo desejo de nunca mais se encontrarem.

Quando o grupo foi embora, Lydia retornou com a senhora Forster para Meryton, de onde partiriam cedo na manhã seguinte. A separação entre ela e a família foi mais ruidosa do que patética. Kitty foi a única que chorou; mas de desgosto e inveja. A senhora Bennet foi prolixa ao expressar seus desejos de felicidade para a filha e comovente em suas injunções para que ela não perdesse a oportunidade de se divertir o máximo possível; conselho que, havia todo motivo para crer, seria seguido à risca; e, na clamorosa alegria de Lydia ao se despedir, os cumprimentos mais discretos de suas irmãs nem sequer foram ouvidos.

Capítulo XLII

Se a opinião de Elizabeth se baseasse na própria família, ela não poderia ter formado uma ideia muito satisfatória a respeito da felicidade conjugal ou do conforto doméstico. Seu pai, cativado pela juventude e beleza, e pela aparência de bom humor que a juventude e a beleza geralmente conferem, casara-se com uma mulher cuja pouca inteligência e ideias mesquinhas tinham, muito cedo no casamento, colocado um fim a toda afeição real por ela. Respeito, estima e confiança desapareceram para sempre; e todas as suas perspectivas de felicidade doméstica foram destruídas. Contudo o senhor Bennet não tinha ímpeto de buscar conforto por causa das desilusões que sua própria imprudência havia causado em qualquer um daqueles prazeres que com frequência consolam os infelizes por sua insensatez ou seu vício. Ele gostava do campo e dos livros; e desses gostos tinham surgido suas principais distrações. À esposa, ele devia pouco além da diversão que sua ignorância e tolice lhe proporcionavam. Este não é o tipo de felicidade que um homem em geral deseja atribuir à esposa; mas, onde faltam outras formas de entretenimento, o verdadeiro filósofo encontra benefício naquelas que lhe são dadas.

Elizabeth, contudo, nunca fora cega à impropriedade do comportamento do pai como marido. Sempre sofrera com isso; mas, respeitando suas qualidades e grata por ser tratada com afetuosidade por ele, esforçara-se para esquecer o que não podia ignorar e para banir de seus pensamentos aquela transgressão contínua da obrigação conjugal e do decoro que, por expor a mulher ao desprezo de suas próprias filhas, era tão repreensível. Mas ela nunca sentira tão fortemente quanto agora as desvantagens que sofrem os filhos de um casamento tão incompatível, nem mesmo estivera tão consciente dos males resultantes de um emprego tão equivocado de talentos; talentos que, se bem usados, ainda que incapazes de ampliar a inteligência da esposa, poderiam ao menos ter preservado a respeitabilidade das filhas.

Depois de alegrar-se com a partida de Wickham, Elizabeth não encontrou outras causas de satisfação na ausência do regimento. As festas que frequentavam eram menos variadas do que antes, e em casa ela tinha uma mãe e uma irmã cujas queixas constantes quanto à monotonia de tudo ao redor deixavam o círculo doméstico entristecido. E, embora Kitty pudesse recuperar com o tempo seu grau natural de bom senso, uma vez que aqueles que perturbavam sua paz tinham ido embora, a outra irmã, de cujo temperamento um mal maior poderia advir, provavelmente teria a insensatez e a ousadia acentuadas por uma situação de duplo perigo: um balneário e um acampamento. Em linhas gerais, portanto, ela descobriu o que algumas vezes já havia observado, que um acontecimento que vinha desejando com impaciência não trazia, ao ocorrer, toda a satisfação que era de esperar. Assim, era necessário escolher algum outro período para o começo da verdadeira felicidade, ter alguma outra meta na qual seus desejos e esperanças pudessem se fixar, e, novamente desfrutando do prazer da antecipação, consolar a si mesma pelo presente e preparar-se para outra frustração. Sua viagem aos Lagos era agora o objeto dos pensamentos mais felizes; era seu melhor consolo por todas as horas incômodas que o descontentamento da mãe e de Kitty tornava inevitáveis; e, se pudesse incluir Jane no plano, todos os detalhes seriam perfeitos.

"Mas tenho sorte", ela pensou, "de ter algo a desejar. Se todo o arranjo estivesse completo, minha frustração seria certa. Mas aqui, carregando comigo uma fonte inesgotável de tristeza pela ausência de minha irmã, posso razoavelmente esperar ter todas as minhas expectativas de prazer realizadas. Um plano no qual todas as partes prometem satisfação nunca pode ser bem-sucedido; e a frustração geral só pode ser evitada pela existência de algum pequeno e peculiar aborrecimento."

Quando Lydia partiu, prometera escrever com frequência e detalhes para a mãe e para Kitty; mas suas cartas sempre demoravam muito a chegar e eram sempre muito curtas. As cartas para a mãe diziam pouco mais além de que tinham acabado de voltar da biblioteca, onde tais e tais oficiais as acompanharam, e que tinha visto ornamentos tão bonitos que a deixaram louca; que tinha um novo vestido ou uma nova sombrinha, que descreveria com mais detalhes se não tivesse de sair às pressas, pois a senhora Forster a havia chamado para ir ao acampamento; e, da correspondência com a irmã, havia menos ainda a ser informado, pois as cartas a Kitty, embora fossem mais longas, estavam repletas de entrelinhas que não podiam vir a público.

Depois de duas ou três semanas da ausência de Lydia, a saúde, o bom humor e a alegria começaram a reaparecer em Longbourn. Tudo estava com um aspecto mais feliz. As famílias que tinham passado o inverno em Londres retornaram, e a elegância e os compromissos de verão começaram a surgir. A senhora Bennet voltou à sua habitual serenidade queixosa e, em meados de junho, Kitty estava tão recuperada a ponto de ir a Meryton sem lágrimas; um acontecimento tão promissor que fez

Elizabeth ter esperanças de que no próximo Natal ela já tivesse juízo o bastante para não mencionar o nome de um oficial mais de uma vez por dia, a menos que, por um arranjo cruel e malicioso do Departamento de Guerra, outro regimento viesse a se instalar em Meryton.

A data marcada para a viagem ao norte estava se aproximando rapidamente, e faltavam apenas quinze dias quando chegou uma carta da senhora Gardiner que de uma só vez postergava o início da excursão e reduzia sua duração. O senhor Gardiner só poderia partir quinze dias depois, em julho, por conta de um compromisso de trabalho, e deveria estar em Londres novamente dentro de um mês. Como isso tornaria o tempo curto demais para ir tão longe e ver tudo o que tinham planejado, ou pelo menos ver com a calma e o conforto que tinham previsto, eles foram obrigados a desistir dos Lagos e a optar por uma viagem mais curta. De acordo com o novo plano, não iriam mais longe do que Derbyshire. Naquele condado havia o suficiente para ser visto e ocupar a maior parte das três semanas; e para a senhora Gardiner isso tinha um forte e peculiar atrativo. A localidade onde ela vivera alguns anos de sua vida, e onde eles passariam alguns dias, era provavelmente tão interessante para ela quanto as celebradas belezas de Matlock, Chatsworth, Dovedale e Peak.

Elizabeth ficou extremamente desapontada; tinha muita vontade de ver os Lagos, e ainda pensava que haveria tempo suficiente. Mas cabia a ela se conformar e recobrar o bom humor; e logo tudo ficou bem de novo.

Havia muitas ideias conectadas à menção de Derbyshire. Era impossível ver a palavra sem se lembrar de Pemberley e de seu proprietário. "Mas sem dúvida", pensou, "posso entrar no condado discretamente e resgatar algumas lembranças da viagem[1] sem que ele saiba."

O período de expectativa agora havia dobrado. Quatro semanas se passariam até a chegada dos tios. Porém elas se passaram, e o senhor e a senhora Gardiner, com seus quatro filhos, finalmente chegaram a Longbourn. Os filhos, duas meninas de seis e oito anos, e dois meninos mais novos, ficariam aos cuidados da prima Jane, que era a favorita de todos e cujo bom senso e doçura de temperamento a tornavam perfeitamente apta a ensinar, brincar e amar as crianças.

Os Gardiners ficaram apenas uma noite em Longbourn e partiram na manhã seguinte com Elizabeth em busca de novidade e diversão.

---

1. Derbyshire é uma região famosa por suas pedras de fluorita. Os turistas costumam levá-las como recordação do lugar. (N.E.)

Um prazer era certo, o da compatibilidade entre os viajantes, uma compatibilidade que compreendia saúde e bom humor para suportar as inconveniências, alegria para ampliar todos os prazeres e afeição e inteligência para superar qualquer decepção na viagem.

Não é objetivo desta obra fazer uma descrição de Derbyshire, nem de nenhum dos belos lugares pelos quais passaram; Oxford, Blenheim, Warwick, Kenilworth, Birmingham, etc. são bastante conhecidos. Uma pequena parte de Derbyshire é tudo que nos interessa. Para a pequena cidade de Lambton, cenário da antiga residência da senhora Gardiner, e onde ela ficou sabendo que alguns conhecidos ainda moravam, eles desviaram seus passos depois de terem visto as principais maravilhas da região; e Elizabeth descobriu por intermédio da tia que Pemberley estava situada a oito quilômetros de Lambton. Não ficava diretamente no caminho, mas apenas a um ou dois quilômetros dele. Ao pegar a estrada na noite anterior, a senhora Gardiner expressou seu desejo de visitar o lugar novamente. O senhor Gardiner disse que estava disposto, e Elizabeth foi consultada a respeito de sua aprovação.

— Minha querida, não gostaria de conhecer um lugar do qual tanto ouviu falar? — disse a tia. — Um lugar também ao qual muitos de seus conhecidos estão ligados. Wickham passou toda a infância aqui, você sabe.

Elizabeth ficou angustiada. Sentia que não tinha nada o que fazer em Pemberley e foi obrigada a assumir sua relutância em visitar o lugar. Confessou que estava cansada de ver casarões; depois de ter visto tantos, não tinha mais prazer com carpetes finos e cortinas de cetim.

A senhora Gardiner zombou de sua tolice.

— Se fosse apenas uma bela casa ricamente mobiliada — disse ela —, eu mesma não ligaria; mas as terras são maravilhosas. Eles têm um dos bosques mais bonitos do país.

Elizabeth não disse mais nada, mas em seu íntimo não podia concordar. A possibilidade de encontrar o senhor Darcy enquanto visitava a região ocorreu-lhe num instante. Seria terrível! Ela corou com a ideia e pensou que seria melhor falar abertamente com a tia do que correr tal risco. Mas isso causaria certos inconvenientes; e finalmente resolveu que seria seu último recurso caso suas perguntas discretas sobre a ausência da família do proprietário fossem respondidas negativamente.

Assim, quando foi se deitar à noite, perguntou à criada se Pemberley era um lugar encantador, qual era o nome de seu proprietário e, com grande apreensão, se a família estava lá passando o verão.

Uma bem-vinda negativa se seguiu à última questão. E, agora que sua ansiedade havia passado, ela estava à vontade e sentia uma grande curiosidade de conhecer a casa; e quando o assunto foi retomado na manhã seguinte, e ela foi novamente consultada, pôde responder de imediato, com um ar apropriado de indiferença, que não tinha realmente nenhuma objeção ao plano.

Portanto, todos iriam a Pemberley.

Capítulo XLIII

Enquanto a carruagem passava pelos bosques de Pemberley, Elizabeth os observava com alguma perturbação; e, quando finalmente viraram na casa de guarda, ela ficou ainda mais agitada.

O parque era muito amplo e dispunha de uma grande variedade de paisagens. Entraram na propriedade por um dos pontos mais baixos e seguiram por algum tempo em meio a um belo bosque que ocupava uma grande extensão.

A mente de Elizabeth estava ocupada demais para conversar, mas ela viu e admirou todos os recantos e panoramas. Eles subiram gradualmente por quase um quilômetro e então se encontraram no topo de um morro bastante alto, onde o bosque acabava e os olhos eram imediatamente atraídos para a mansão Pemberley, situada do lado oposto a um vale, no qual a estrada terminava abruptamente. Era uma bela e imponente construção de pedra, no alto de uma elevação, e tinha ao fundo uma cadeia de altas colinas arborizadas; e, à frente, um riacho natural caudaloso que se avolumava, sem nenhuma interferência artificial. Suas margens não eram regulares nem falsamente adornadas. Elizabeth estava encantada. Nunca tinha visto um lugar em que a natureza fosse tão generosa, ou onde a beleza natural tivesse sido tão pouco modificada em prol de um gosto duvidoso. Todos foram efusivos em sua admiração; e naquele momento ela achou que ser a senhora de Pemberley significava muita coisa!

Eles desceram a colina, atravessaram a ponte e dirigiram-se à entrada; e, enquanto examinavam a casa mais de perto, toda a apreensão de Elizabeth de encontrar o proprietário retornou. Temia que a criada estivesse errada. Ao pedirem para ver a casa, foram convidados a entrar no *hall*; e, enquanto esperavam pela governanta, Elizabeth teve tempo para divagar sobre o fato de estar ali.

A governanta chegou; uma mulher mais velha, de aparência respeitável, muito mais simples e cortês do que ela esperava. Eles a seguiram até a sala de jantar. Era um cômodo grande, de boas proporções, bem decorado. Elizabeth, depois de examiná-lo superficialmente, foi até uma janela para desfrutar da vista. A colina por onde tinham descido, coroada por um bosque, parecia mais íngreme à distância e compunha uma bela paisagem. A distribuição do terreno era boa; e ela contemplou, encantada, todo o panorama: o rio, as árvores espalhadas pelas margens e o serpentear do vale até onde a vista alcançava. À medida que passavam às outras salas, essas cenas iam tomando diferentes ângulos; mas de cada janela havia belezas a serem observadas.

As salas eram amplas e belas, e a mobília, digna da fortuna do proprietário; porém Elizabeth notou, admirando o bom gosto deste, que não era pomposa nem inutilmente requintada; com menos esplendor e mais elegância genuína do que a mobília de Rosings.

"E de tudo isso", pensou, "eu poderia ter sido dona! Já estaria familiarizada com essas salas! Em vez de vê-las como um lugar estranho, poderia desfrutar delas como se fossem minhas e receber meus tios como visitantes. Mas não", refletiu, "isso jamais aconteceria; eu teria perdido meus tios, não teria permissão para convidá-los."

Essa foi uma reflexão afortunada, poupou-a de algo muito parecido com o arrependimento.

Ela ansiava por perguntar à governanta se seu proprietário estava realmente ausente, mas não tinha coragem para tanto. Por fim, contudo, a pergunta foi feita por seu tio; e Elizabeth virou-se, alarmada, enquanto a senhora Reynolds respondia que sim, acrescentando:

— Mas o esperamos amanhã, com um grande grupo de amigos.

Que alívio Elizabeth sentiu por sua viagem não ter sido adiada um dia!

A senhora Gardiner então chamou-a para olhar um quadro. Ela se aproximou e viu um retrato do senhor Wickham, entre várias outras miniaturas, por sobre a lareira. A tia perguntou, sorrindo, o que ela achava. A governanta adiantou-se e disse que era um retrato do filho do administrador de seu falecido patrão, que o havia educado por sua própria conta.

— Ele agora entrou para o exército — acrescentou —, mas temo que tenha se desvirtuado.

A senhora Gardiner olhou para a sobrinha com um sorriso, mas Elizabeth não conseguiu corresponder.

— E este — disse a senhora Reynolds, apontando para outra das miniaturas — é o meu patrão, um retrato muito parecido com ele. Foi feito na mesma ocasião que o outro, cerca de oito anos atrás.

— Já ouvi falar bastante sobre a fineza de seu patrão — disse a senhora Gardiner, olhando o retrato. — Ele tem um belo rosto. Mas, Lizzy, você pode nos dizer se é parecido ou não.

O respeito da senhora Reynolds por Elizabeth pareceu se elevar com essa alusão de que ela conhecia seu patrão.

— Essa jovem conhece o senhor Darcy?

Elizabeth corou e disse:
— Um pouco.
— E não o acha um cavalheiro muito bonito, madame?
— Sim, muito bonito.
— Tenho certeza de que não conheço nenhum homem mais bonito; mas na galeria lá de cima verá um retrato maior e mais refinado dele do que este. Esta sala era a preferida de meu antigo patrão, e estas miniaturas estão tal como naquela época. Ele gostava muito delas.

Isso justificava para Elizabeth o fato de o senhor Wickham estar entre elas.

A senhora Reynolds então dirigiu a atenção deles para o retrato da senhorita Darcy, feito quando ela tinha apenas oito anos de idade.

— E a senhorita Darcy é tão bonita quanto o irmão? — perguntou a senhora Gardiner.

— Ah, sim! A moça mais bela que já existiu; e tão prendada! Ela toca e canta o dia inteiro. Na sala ao lado há um piano novo que acabou de chegar para ela, um presente de meu patrão. Ela virá amanhã com ele.

O senhor Gardiner, cujos modos eram contidos e agradáveis, incentivava-a a falar com suas perguntas e observações; a senhora Reynolds, quer por orgulho ou apego, tinha evidentemente grande prazer em falar do patrão e de sua irmã.

— Seu patrão vem muito a Pemberley durante o ano?
— Não tanto quanto eu gostaria, senhor; mas creio que passa metade do tempo aqui; e a senhorita Darcy sempre vem para os meses de verão.

"Exceto", pensou Elizabeth, "quando vai para Ramsgate."

— Se o seu patrão se casasse, provavelmente o veria com mais frequência.

— Sim, senhor, mas não sei quando *isso* acontecerá. Não conheço ninguém que esteja à sua altura.

O senhor e a senhora Gardiner sorriram. Elizabeth não pôde evitar dizer:

— Isso é um grande elogio, tenho certeza, se a senhora pensa assim.
— Não digo mais do que a verdade, e todos que o conhecem dirão o mesmo — respondeu a outra.

Elizabeth pensou que aquilo estava indo longe demais; e ouviu com crescente surpresa o que a governanta acrescentou:

— Nunca ouvi uma palavra ríspida dele em toda a minha vida, e eu o conheço desde que ele tinha quatro anos de idade.

Esse era o elogio mais extraordinário de todos, completamente contrário às suas ideias. Elizabeth tinha a firme convicção de que ele não era um homem de bom temperamento. Sua sincera curiosidade fora despertada; ela ansiava por ouvir mais, e ficou grata ao tio, que disse:

— Há poucas pessoas sobre as quais isso tudo pode ser dito. A senhora tem sorte de ter um patrão assim.

— Sim, senhor, sei que tenho. Se eu atravessasse o mundo, não poderia encontrar patrão melhor. Mas sempre observei que aqueles que são bons quando criança, são bons quando crescem; e ele sempre foi o menino de temperamento mais doce e coração mais generoso do mundo.

Elizabeth fixou o olhar nela. "Pode este ser o senhor Darcy?", pensou.

— O pai dele era um homem excelente — disse a senhora Gardiner.

— Sim, madame, era mesmo; e o filho será como ele, muito bondoso com os pobres.

Elizabeth ouviu, ponderou, duvidou, e ficou impaciente por saber mais. A senhora Reynolds não podia interessá-la mais com outros assuntos. Ela relacionou os personagens das pinturas, a dimensão das salas e o preço da mobília, em vão. O senhor Gardiner, entretido com aquela predileção familiar à qual atribuía os elogios excessivos ao patrão, logo voltou ao assunto; e ela falou com entusiasmo sobre os méritos dele enquanto subiam as imponentes escadas.

— Ele é o melhor proprietário de terras e o melhor patrão que já viveu — disse ela —, nada parecido com os jovens de hoje, que só pensam em si mesmos. Não há um só de seus arrendatários ou criados que não o elogiem. Algumas pessoas o chamam de orgulhoso; mas posso garantir que nunca vi nada disso. Acredito que seja apenas porque ele não é tagarela como os outros rapazes.

"Em que luz favorável ela o coloca!", pensou Elizabeth.

— Esse relato tão promissor — sussurrou a tia enquanto andavam — não é muito coerente com o comportamento dele em relação a nosso pobre amigo.

— Talvez tenhamos sido enganadas.

— Isso não é muito provável; nossa fonte era muito boa.

Ao chegarem ao espaçoso corredor no andar superior, foram levados a uma saleta muito bonita, decorada recentemente com mais elegância e leveza do que os cômodos de baixo; e foram informados de que tinha acabado de ser mobiliada para agradar a senhorita Darcy, que se encantara por aquela sala da última vez que estivera em Pemberley.

— Ele é sem dúvida um bom irmão — disse Elizabeth, enquanto se dirigia a uma das janelas.

A senhora Reynolds previa a alegria da senhorita Darcy quando esta entrasse na sala.

— E é sempre assim com ele — ela acrescentou. — O que quer que dê prazer à irmã é feito no mesmo momento. Não há nada que ele não faça por ela.

A galeria de quadros e dois ou três dos quartos principais eram tudo o que restava a ser mostrado. Na primeira havia muitas boas pinturas; mas Elizabeth não entendia nada de arte; e, entre os quadros como os que vira embaixo, ela se virou curiosa para observar alguns desenhos da senhorita Darcy, feitos com giz de cera, cujos temas eram em geral mais interessantes e também mais inteligíveis.

Na galeria havia muitos retratos de família, mas despertavam pouco interesse de um estranho. Elizabeth percorria a sala em busca do único rosto cujas feições eram-lhe conhecidas. Por fim, o encontrou e descobriu uma impressionante semelhança com o senhor Darcy, com um sorriso no rosto como ela se lembrava de ter visto às vezes quando ele a olhava. Ficou vários minutos diante da pintura em profunda contemplação e retornou a ela novamente antes de deixarem a sala. A senhora Reynolds informou que o retrato fora pintado quando o pai de Darcy ainda era vivo.

Havia naquele momento, nos pensamentos de Elizabeth, um sentimento mais gentil para com o original do que jamais sentira desde que o conhecera. Os louvores feitos pela senhora Reynolds não eram superficiais. Que elogio é mais valioso do que o de uma criada inteligente? Como irmão, proprietário de terras, patrão, Elizabeth concluiu que a felicidade de muitas pessoas dependia dele! Quanto prazer ou sofrimento estava em seu poder proporcionar! Quanto bem ou mal podia fazer! Cada ideia que foi apresentada pela governanta era favorável ao seu caráter, e, enquanto fitava a tela na qual ele estava representado, com os olhos fixos nos seus, pensou na admiração dele com uma gratidão mais profunda do que jamais sentira; lembrou-se do calor do seu afeto e relevou a forma inapropriada com que ele se expressara.

Quando toda a parte da casa que estava aberta à visitação tinha sido vista, eles voltaram para o térreo e, deixando a governanta, foram entregues ao jardineiro, que os encontrou na porta do *hall*.

Andavam pelo gramado em direção ao riacho, quando Elizabeth de repente virou-se para olhar a casa; os tios também pararam e, enquanto

Elizabeth conjecturava sobre a idade da construção, o proprietário em pessoa apareceu de súbito na estrada que levava às cocheiras atrás da casa.

Eles estavam a vinte metros um do outro, e seu surgimento foi tão abrupto que foi impossível evitar ser vista. Seus olhos se encontraram instantaneamente, e as faces de ambos coraram de intenso rubor. Ele se deteve e, por um instante, pareceu imóvel com a surpresa; mas logo se recuperou, avançou em direção ao grupo e falou com Elizabeth, se não com perfeita calma, pelo menos com perfeita cortesia.

Ela virara-se instintivamente; mas parou ao vê-lo se aproximar e recebeu os cumprimentos com um constrangimento impossível de disfarçar. Se sua aparência e a semelhança com o retrato que tinham acabado de examinar fossem insuficientes para assegurar aos tios de que agora viam o senhor Darcy, a expressão de surpresa do jardineiro ao ver o patrão deveria imediatamente confirmar o fato. Os Gardiners ficaram um pouco afastados enquanto ele falava com a sobrinha, que, surpresa e confusa, mal ousava erguer os olhos até seu rosto e respondeu mecanicamente às perguntas cordiais sobre sua família. Surpreendida com a alteração nos modos dele desde a última vez que se viram, cada frase que ele dizia aumentava seu embaraço; retornavam à sua mente todos os pensamentos sobre a impropriedade de ser encontrada ali, e os poucos minutos que conversaram foram os mais desconfortáveis de sua vida. Ele tampouco parecia muito mais à vontade; quando falava, seu tom não tinha nada da tranquilidade costumeira; e repetiu tantas vezes e de forma tão apressada as perguntas sobre a partida dela de Longbourn e sobre sua estadia em Derbyshire que ficou claro que estava com os pensamentos perturbados.

Por fim, todas as ideias pareceram faltar-lhe e, depois de ficar alguns instantes sem dizer nada, de repente, se recompôs e se despediu.

Os demais então juntaram-se a ela e expressaram sua admiração pela figura do rapaz; mas Elizabeth não ouviu uma palavra e, totalmente absorta em seus sentimentos, seguiu o grupo em silêncio. Estava tomada de vergonha e aflição. Aquela visita era a coisa mais desafortunada e insensata do mundo! Como isso pareceria estranho para ele! Que vergonhoso seria aos olhos de um homem tão vaidoso! Ele poderia pensar que ela se atirara em seu caminho mais uma vez! Oh! Por que viera? E por que ele chegara um dia antes do que era esperado? Se tivessem saído apenas dez minutos antes, estariam fora do alcance de sua visão; pois estava claro que ele tinha chegado naquele instante, e naquele instante apeado de seu cavalo ou de sua carruagem. Ela corou diversas vezes ao pensar no capricho do encontro. E o comportamento dele, tão alterado, o que poderia significar? Só o fato de lhe dirigir a palavra era surpreendente! Mas falar com tamanha cortesia, perguntar sobre sua família! Nunca em sua vida tinha visto as maneiras dele tão pouco formais, nunca ele havia falado com tanta gentileza quanto nesse encontro inesperado. Que contraste oferecia em relação a seu último discurso em Rosings quando lhe entregou a carta. Ela não sabia o que pensar, nem como explicar seu comportamento.

Eles entraram então por um belo caminho que margeava o rio, e cada passo trazia um trecho mais nobre de terreno, ou uma vista mais bonita dos bosques dos quais se aproximavam; mas levou algum tempo para que Elizabeth percebesse qualquer coisa; e, embora respondesse mecanicamente aos repetidos comentários de seus tios e parecesse dirigir o olhar para os objetos que eles apontavam, ela não distinguia nenhuma parte da paisagem. Seus pensamentos estavam todos fixos naquele ponto da mansão Pemberley, qualquer que fosse, onde o senhor Darcy estava. Ela ansiava por saber o que se passava em sua cabeça naquele momento, de que forma pensava sobre ela e se, apesar de tudo, ainda lhe era cara. Talvez ele tivesse sido cortês apenas porque se sentira indiferente; mas ainda assim havia *algo* em sua voz que denotava intranquilidade. Se ele sentira mais dor ou prazer ao encontrá-la, ela não sabia dizer, mas certamente não a encontrara com serenidade.

Por fim, contudo, os comentários de seus companheiros sobre sua distração fizeram-na voltar a si e ela sentiu a necessidade de parecer mais presente.

Eles entraram no bosque e, dando adeus ao riacho por um tempo, subiram a terras mais elevadas, das quais, nos lugares em que as frestas entre as árvores permitiam aos olhos perambular, avistavam-se muitas paisagens encantadoras do vale, das colinas, em sua maioria cobertas por árvores, e ocasionalmente divisavam também parte do riacho. O senhor Gardiner expressou o desejo de dar a volta em todo o parque, mas temia que não fosse possível a pé. Com um sorriso triunfante, o jardineiro informou que a volta completa tinha dezesseis quilômetros. Isso resolveu a questão; e eles seguiram no circuito habitual, que os levou depois de algum tempo, após uma descida entre as árvores, até a beira do riacho em uma de suas partes mais estreitas. Atravessaram-no por uma pequena ponte em harmonia com o aspecto geral da paisagem; era um lugar menos adornado do que os outros que tinham visitado; e o vale, ali reduzido a uma fenda profunda, tinha espaço apenas para o riacho e um caminho estreito em meio ao matagal que o margeava. Elizabeth desejou explorar as imediações; mas, quando atravessaram a ponte e perceberam a distância da casa, a senhora Gardiner, que não estava acostumada a caminhar tanto, não pôde continuar, e pensava apenas em voltar para a carruagem o mais rápido possível. A sobrinha, portanto, foi obrigada a se submeter à vontade da tia, e todos tomaram o caminho de volta a casa, que ficava do outro lado do riacho; mas o progresso foi lento porque o senhor Gardiner, embora raramente se permitisse o prazer, gostava muito de pescar, e pouco avançava, de tão absorto em observar as trutas que ocasionalmente saltavam na água e em conversar com o jardineiro sobre elas. Enquanto andavam assim lentamente, foram novamente surpreendidos, e o susto de Elizabeth foi quase o mesmo da primeira vez, ao avistar o senhor Darcy se aproximando deles à pouca distância. Como o caminho ali era menos sombreado que do outro lado, puderam vê-lo antes de o encontrarem. Elizabeth, apesar de espantada, estava pelo menos mais preparada para uma conversa do que antes, e resolveu falar com calma, caso ele realmente tivesse a intenção de abordá-los. Por alguns instantes, de fato, achou que ele fosse tomar outro atalho. A ideia durou enquanto uma curva no caminho o escondeu da vista; passando a curva, ele estava imediatamente à frente. Com um olhar, ela percebeu que ele não tinha perdido nada de sua recente cortesia; e, imitando sua gentileza, começou a admirar a beleza do lugar; mas não tinha ido muito além das palavras "lindo" e "encantador" quando algumas lembranças infelizes se impuseram e ela imaginou que o fato de elogiar Pemberley poderia ser mal interpretado. Sua cor mudou, e ela não disse mais nada.

A senhora Gardiner estava um pouco atrás, e o senhor Darcy aproveitou o silêncio de Elizabeth para perguntar se ela podia conceder-lhe a honra de apresentá-lo a seus amigos. Esse foi um gesto de cortesia para o qual ela estava totalmente despreparada; e mal pôde conter um sorriso ao pensar que ele agora buscava conhecer algumas das mesmas pessoas contra as quais seu orgulho se revoltara em seu pedido de casamento. "Qual não será sua surpresa", ela pensou, "quando souber quem são eles? Ele os imagina agora como pessoas importantes."

A apresentação, contudo, foi feita imediatamente; e quando ela revelou o parentesco, olhou-o discretamente para ver como reagia, esperando que ele escapasse o mais rápido possível de companhia tão infeliz. Sua *surpresa* com o parentesco era evidente; mas ele se recompôs com firmeza e, longe de ir embora, voltou com eles e começou a conversar com o senhor Gardiner. Elizabeth só podia sentir-se satisfeita e triunfante. Era consolador que ele soubesse que ela tinha parentes dos quais não havia motivo para se envergonhar. Ouviu com muita atenção toda a conversa que se passava entre eles e comemorou cada expressão, cada frase de seu tio que demonstrava inteligência, bom gosto e boas maneiras.

A conversa logo voltou-se para a pesca; e ela ouviu o senhor Darcy convidá-lo, com a maior cortesia, para pescar lá quando quisesse enquanto estivesse na vizinhança, oferecendo ao mesmo tempo equipamento para pesca e apontando as partes do riacho onde havia mais peixes. A senhora Gardiner, que andava de braços dados com Elizabeth, lançou-lhe um olhar expressivo de encantamento. Elizabeth não disse nada, mas ficou extremamente satisfeita; a gentileza devia ser toda para ela. Sua surpresa, contudo, era extrema, e continuamente se repetia: "Por que ele está tão alterado? De onde vem isso? Não pode ser por *mim*. Não pode ser por *minha* causa que as maneiras dele estejam tão atenuadas. Minhas reprovações em Hunsford não podem ter causado uma mudança como essa. É impossível que ele continue apaixonado por mim."

Depois de caminharem durante um tempo assim, as duas damas à frente, os dois cavalheiros atrás, ao retomarem seus lugares depois de descer até a margem do rio para ver melhor uma curiosa planta aquática, houve uma pequena alteração. A senhora Gardiner, cansada pelo exercício da manhã, achou o braço de Elizabeth inadequado para sustentá-la e, consequentemente, preferiu o do marido. O senhor Darcy tomou seu lugar ao lado da sobrinha, e continuaram assim. Depois de um breve silêncio, a moça falou primeiro. Ela desejou que ele soubesse que tinha sido informada de sua ausência antes de ir para lá e observou que sua chegada fora inesperada.

— Sua governanta — ela acrescentou — nos informou que o senhor com certeza só estaria aqui amanhã; e, de fato, antes de sairmos de Bakewell, confirmamos que o senhor não era esperado imediatamente na região.

Ele reconheceu a verdade de tudo aquilo e disse que uma reunião com seu administrador tinha ocasionado sua vinda algumas horas antes do resto do grupo com o qual viajava.

— Eles se juntarão a mim amanhã cedo — continuou —, e entre eles estão alguns amigos que a senhorita conhece: o senhor Bingley e suas irmãs.

Elizabeth respondeu com um leve aceno de cabeça. Seus pensamentos foram levados no mesmo instante para o momento em que o nome do senhor Bingley fora mencionado pela última vez entre eles; e, pelo que podia julgar de sua expressão, a mente *dele* não estava ocupada de outra maneira.

— Há também outra pessoa no grupo — ele continuou após uma pausa — que gostaria especialmente de conhecê-la. Permitiria que eu a apresentasse à minha irmã durante sua estadia em Lambton, ou seria pedir demais?

A surpresa com tal pedido foi grande; grande demais para ela saber de que maneira deveria responder. Imediatamente ela achou que qualquer desejo que a senhorita Darcy pudesse ter de conhecê-la deveria ser por obra do irmão e, sem tirar maiores conclusões, pareceu-lhe lisonjeiro; era gratificante saber que o ressentimento dele não o fizera pensar mal a seu respeito.

Seguiram andando em silêncio, cada um imerso em seus próprios pensamentos. Elizabeth não estava à vontade; isso era impossível; mas estava lisonjeada e satisfeita. O desejo dele de apresentar-lhe a irmã era um elogio muito gentil. Eles logo ultrapassaram os outros, e, quando chegaram à carruagem, o senhor e a senhora Gardiner estavam cerca de quatrocentos metros atrás.

Ele então a convidou para entrar na casa, mas ela respondeu que não estava cansada, e ficaram parados no gramado. Naquela situação, muita coisa podia ser dita, e o silêncio era constrangedor. Ela queria falar, mas parecia haver um embargo em cada assunto. Por fim, ela se lembrou de que estivera viajando, e falaram sobre Matlock e Dove Dale com grande entusiasmo. Contudo, o tempo e a tia andavam devagar, e a paciência e as ideias de Elizabeth tinham quase acabado antes que a conversa terminasse. Quando o senhor e a senhora Gardiner chegaram, foram todos convidados a entrar na casa para descansar; mas recusaram, e ambos os lados se despediram com a maior polidez. O senhor Darcy deu a mão para as senhoras entrarem na carruagem; e, quando partiram, Elizabeth o viu caminhando lentamente em direção à casa.

As observações de seus tios começaram; e ambos afirmaram que ele era infinitamente superior ao que tinham imaginado.

— Ele é muito bem-educado, polido e despretensioso — disse o tio.

— *Existe* algo um pouco imponente nele, sem dúvida — respondeu a tia —, mas resume-se à sua aparência, e não é nada inconveniente. Posso agora dizer, junto à governanta, que, embora algumas pessoas possam chamá-lo de orgulhoso, não vi nada disso em seu comportamento.

— O que mais me surpreendeu foi sua atitude conosco. Foi mais do que cortês; foi realmente muito atencioso; e não havia necessidade de tamanha atenção. Sua amizade com Elizabeth era muito superficial.

— Com certeza, Lizzy — disse a tia —, ele não é tão bonito quanto Wickham; ou melhor, não tem o semblante de Wickham, mas seus traços são perfeitos. Como você pôde me dizer que ele era tão desagradável?

Elizabeth explicou-se o melhor que pôde; disse que gostara mais dele quando se encontraram em Kent do que antes, e que nunca o vira tão amável quanto naquela manhã.

— Mas talvez ele seja um pouco excêntrico em suas cortesias — respondeu o tio. — Todos os grandes homens costumam ser; e, portanto, não levarei o convite para pescar ao pé da letra, já que ele pode mudar de ideia amanhã e me expulsar de suas terras.

Elizabeth sentiu que eles estavam totalmente equivocados quanto ao caráter do senhor Darcy, mas não disse nada.

— Pelo que vimos dele — continuou a senhora Gardiner —, realmente não acredito que possa se comportar de uma forma tão cruel com alguém como fez com o pobre Wickham. Ele não tem aparência de mau-caráter. Pelo contrário, há algo de muito encantador em seus lábios quando fala. E há uma certa dignidade em seu semblante que não daria a ninguém uma ideia desfavorável quanto ao seu coração. Certamente, a boa senhora que nos mostrou a casa atribuiu-lhe o caráter mais brilhante! Eu mal conseguia conter o riso às vezes. Contudo, ele é um patrão generoso, suponho, e *isso* aos olhos de uma criada compreende todas as virtudes.

Elizabeth sentiu-se na obrigação de dizer algo que justificasse o comportamento dele para com Wickham; e, portanto, os fez entender, da maneira mais discreta que pôde, que, com base no que tinha ouvido dos parentes dele em Kent, suas ações eram passíveis de uma interpretação muito diferente; e que seu caráter não era de forma alguma tão falho, nem Wickham era tão amável, quanto se pensara em Hertfordshire. Para confirmar isso, relatou os detalhes de todas as transações pecuniárias nas quais eles estiveram envolvidos, sem citar seu informante, mas afirmando que era uma fonte confiável.

A senhora Gardiner ficou surpresa e curiosa; mas, como estavam se aproximando do cenário de seus antigos prazeres, todas as ideias deram lugar ao encanto da lembrança; e ela estava empenhada demais em apontar para o marido todos os pontos interessantes do lugar para pensar em qualquer outra coisa. Apesar do cansaço da caminhada matutina, eles mal tinham acabado de jantar, e ela saiu novamente em busca de seus antigos conhecidos, e a noite se passou com a satisfação das relações renovadas depois de muitos anos de afastamento.

As ocorrências do dia eram interessantes demais para permitir que Elizabeth desse muita atenção a esses novos amigos; e ela não conseguia fazer nada além de pensar, e pensar com espanto, sobre as cortesias do senhor Darcy e o fato de ele querer apresentá-la à irmã.

Capítulo XLIV

Elizabeth imaginara que o senhor Darcy traria a irmã para visitá-la um dia depois que ela chegasse a Pemberley; e estava consequentemente decidida a não sair da hospedaria durante toda a manhã seguinte. No entanto sua conclusão estava errada; pois, na mesma manhã em que Elizabeth chegara a Lambton, os visitantes vieram. Ela e os tios tinham passeado pelo lugar com alguns de seus novos amigos e haviam acabado de voltar à hospedaria para se vestir e almoçar com a mesma família quando o som de um cabriolé os levou até a janela, e então viram um cavalheiro e uma moça no veículo que subia a rua. Elizabeth imediatamente reconheceu o uniforme do cocheiro e adivinhou o que significava, e comunicou sua surpresa aos parentes, informando-os sobre a honra que estava esperando. O tio e a tia ficaram espantados; e o embaraço em sua maneira de falar, somado à situação e a muitas das circunstâncias do dia anterior, deu-lhes uma nova perspectiva sobre o assunto. Nada sugerira isso antes, mas acharam que não havia outra forma de justificar essa atenção da parte dele a não ser supondo que tivesse algum interesse por Elizabeth. Enquanto essas ideias recém-nascidas passavam por sua cabeça, a perturbação dos sentimentos de Elizabeth aumentava a cada instante. Ela mesma ficou surpresa com sua agitação; mas, entre outras causas de inquietação, temia que o interesse do senhor Darcy tivesse exagerado suas qualidades; e, mais do que uma ansiedade comum por agradar, suspeitava naturalmente que lhe faltariam os recursos para tanto.

Afastou-se da janela com medo de ser vista; e, enquanto andava de um lado para outro da sala, tentando se recompor, percebeu os olhares surpresos e intrigados de seus tios, o que deixava tudo ainda pior.

A senhorita Darcy e o irmão apareceram, e deu-se a temida apresentação. Com espanto, Elizabeth percebeu que sua nova conhecida estava pelo menos tão constrangida quanto ela. Desde que chegara a Lambton, ouvira dizer que a senhorita Darcy era excessivamente orgulhosa; mas a observação de alguns minutos a convenceu de que era apenas excessivamente tímida. Achou difícil arrancar dela até mesmo uma palavra que não fosse um monossílabo.

A senhorita Darcy era alta e mais encorpada que Elizabeth; e, embora tivesse pouco mais de dezesseis anos, seu corpo estava formado, e sua aparência era feminina e graciosa. Ela não era tão bonita quanto o irmão; mas havia inteligência e bom humor em seu rosto, e suas maneiras eram despretensiosas e cordiais. Elizabeth, que esperava encontrar nela uma observadora arguta e desembaraçada como o senhor Darcy, ficou bastante aliviada ao distinguir sentimentos tão diferentes.

Pouco tempo depois de chegar, o senhor Darcy disse que Bingley também viria visitá-la; e ela mal teve tempo de expressar sua satisfação e se preparar para receber o visitante quando o passo rápido de Bingley foi ouvido nas escadas e, num instante, ele entrou na sala. Toda a raiva de Elizabeth contra ele tinha passado fazia tempo; mas, se ainda restasse alguma, não sobreviveria diante da cordialidade despretensiosa com a qual ele se expressou ao revê-la. Ele perguntou sobre sua família num tom amigável e, em seus modos e sua fala, demonstrava a mesma simplicidade e o bom humor de sempre.

Para o senhor e a senhora Gardiner, ele era um personagem tão interessante quanto para ela. Havia muito desejavam conhecê-lo. Todo o grupo diante deles, na verdade, despertava animada atenção. As suspeitas que tinham acabado de surgir sobre o senhor Darcy e a sobrinha dirigiram a observação dos tios para os dois com sincera, embora reservada, curiosidade; e logo concluíram com total convicção que pelo menos um deles sabia o que era amar. Quanto aos sentimentos da sobrinha, permaneceram um pouco em dúvida; mas que o cavalheiro estava transbordando de admiração era bastante evidente.

Elizabeth, por sua vez, tinha muito a fazer. Queria averiguar os sentimentos de cada um de seus visitantes; queria se recompor e ser agradável com eles; e, neste último objetivo, no qual mais temia falhar, seu sucesso era mais do que certo, pois aqueles a quem ela desejava agradar tinham simpatia por ela. Bingley estava disposto, Georgiana, ansiosa, e Darcy, determinado a receber suas atenções.

Ao ver Bingley, seus pensamentos naturalmente voltaram-se para a irmã; e como ela desejava saber se os dele seguiam a mesma direção! Em alguns momentos, imaginou que ele falava menos do que em ocasiões anteriores, e uma ou duas vezes agradou-se com a ideia de que ele olhava para ela em busca de alguma semelhança com a irmã. Contudo, embora isso pudesse ser imaginário, não podia estar enganada em relação ao comportamento dele para com a senhorita Darcy, que havia sido definida como rival de Jane. Nem um olhar de ambos os lados revelava qualquer consideração especial. Nada ocorreu entre eles que pudesse justificar as esperanças da irmã de Bingley. Nesse ponto, ela logo ficou satisfeita; e duas ou três circunstâncias ocorreram antes de partirem que, em sua ansiosa interpretação, denotavam uma lembrança carinhosa de Jane e o desejo de dizer algo mais que levasse à menção dela, caso ousasse. Ele observou para Elizabeth, no momento em que os outros conversavam, e num tom que tinha algo de verdadeiro arrependimento, que "fazia muito tempo desde a última vez que tivera o prazer de vê-la", e, antes que ela pudesse responder, acrescentou:

— Faz mais de oito meses. Não nos encontramos desde o dia 26 de novembro, quando estávamos todos dançando juntos em Netherfield.

Elizabeth ficou contente com a lembrança tão exata; e ele aproveitou a oportunidade para perguntar, sem que os demais ouvissem, se *todas* as suas irmãs estavam em Longbourn. Não havia nada de especial na pergunta nem na observação precedente; mas seu olhar e seus modos lhe deram outro significado.

Elizabeth não teve muitas oportunidades de voltar os olhos para o senhor Darcy; mas, sempre que o via de relance, percebia uma expressão de afabilidade, e, em tudo o que dizia, havia um tom tão distante da *arrogância* ou do desdém por seus companheiros, que a convenceu de que a melhora nos modos que ela testemunhara no dia anterior, por mais temporária que pudesse ser, tinha pelo menos sobrevivido um dia. Quando ela o viu buscando a companhia e procurando a boa opinião de pessoas com quem alguns meses atrás qualquer interação teria sido uma desonra; quando o viu assim cortês não só com ela, mas com as mesmas relações que ele desdenhara tão abertamente, e lembrou-se com clareza do último encontro que tiveram no presbitério de Hunsford, a diferença, a mudança era tão grande e a afetara de tal forma, que ela mal podia esconder a surpresa. Nunca, mesmo na companhia de seus amigos mais próximos em Netherfield ou de suas distintas relações em Rosings, ela o tinha visto tão empenhado em agradar, tão livre de mostrar-se importante ou reservado como agora, quando nada poderia resultar do sucesso de seus esforços, e quando até mesmo o fato de conhecer aquelas pessoas a quem dirigia agora as atenções poderia parecer ridículo e censurável entre as damas de Netherfield ou Rosings.

Os visitantes ficaram com eles pouco mais de meia hora; e quando se levantaram para partir, o senhor Darcy chamou a irmã para perto a fim de expressar o desejo de convidar o senhor e a senhora Gardiner e a senhorita Bennet para um jantar em Pemberley, antes que deixassem a região. A senhorita Darcy, apesar do acanhamento que demonstrava que não tinha o hábito de fazer convites, obedeceu prontamente. A senhora Gardiner olhou para a sobrinha, desejosa de saber se *ela*, a quem o convite mais se dirigia, sentia-se disposta a aceitá-lo, porém Elizabeth havia virado o rosto. Presumindo, contudo, que essa atitude premeditada revelava um constrangimento momentâneo e não uma aversão à proposta, e vendo em seu marido, que gostava da sociedade, uma perfeita disposição para aceitá-la, arriscou-se a assentir em nome de todos, e o jantar foi marcado para dali a dois dias.

Bingley se mostrou encantado com a certeza de ver Elizabeth novamente, pois tinha muito ainda a lhe dizer e muitas perguntas a fazer sobre todos os amigos de Hertfordshire. Elizabeth, interpretando isso como um desejo de ouvi-la falar da irmã, ficou contente e, por esse motivo, assim como por alguns outros, descobriu-se, logo que os visitantes partiram, capaz de considerar a última meia hora com alguma satisfação, embora, enquanto durara a visita, o prazer tivesse sido pouco.

Ansiosa por ficar sozinha e com medo dos questionamentos de seus tios, permaneceu com eles apenas tempo suficiente para ouvir a opinião favorável dos dois sobre Bingley e então correu para o quarto com o propósito de vestir-se.

Entretanto ela não tinha motivo para temer a curiosidade do senhor e da senhora Gardiner; não era o desejo deles forçar que ela falasse. Era evidente que ela conhecia o senhor Darcy muito mais do que eles tinham imaginado; era evidente que ele estava muito apaixonado por ela. Eles viram o bastante para se interessar, mas nada que justificasse indagações.

Do senhor Darcy, agora, ansiavam por ter uma boa opinião; e, até onde o conheciam, não encontraram nenhum defeito. Não podiam deixar de se sentir tocados por sua polidez; e, se descrevessem seu caráter com base em seus próprios sentimentos e no relato da criada, sem nenhuma outra referência, a sociedade de Hertfordshire na qual ele circulara não o teria reconhecido. Desejavam agora, contudo, acreditar nas palavras da governanta; e eles logo consideraram que a autoridade de uma criada que o conhecia desde os quatro anos de idade e cujas próprias maneiras indicavam respeitabilidade não deveria ser rejeitada tão prontamente. Tampouco receberam qualquer informação de seus amigos de Lambton que pudesse diminuir o peso dessa opinião. Não tinham nada do que acusá-lo a não ser o orgulho; orgulho que ele provavelmente tinha e, se não tivesse, certamente lhe seria imputado pelos moradores de uma cidadezinha que a família dele não visitava. Reconheciam, entretanto, que era um homem generoso e que fazia muito pelos pobres.

Quanto a Wickham, os viajantes logo descobriram que ele não era muito estimado no lugar; pois, embora suas relações com o filho de seu benfeitor não fossem bem compreendidas, era um fato conhecido que, ao sair de Derbyshire, ele deixara muitas dívidas para trás, que o senhor Darcy mais tarde quitara.

Quanto a Elizabeth, seus pensamentos estavam em Pemberley naquela noite mais do que na anterior; e a noite, embora parecesse longa, não era longa o bastante para definir seus sentimentos em relação a *uma* pessoa naquela mansão; então ela ficou acordada na cama por duas horas inteiras tentando discerni-los. Certamente não o odiava. Não; o ódio desaparecera havia muito tempo, e desde então estivera envergonhada por ter sentido antipatia por ele. O respeito gerado pela convicção de suas valiosas qualidades, embora a princípio admitidas a contragosto, tinha há algum tempo contribuído para cessar a hostilidade de seus sentimentos; e se transformara então em algo de uma natureza mais amigável por causa do testemunho tão favorável do dia anterior, que retratara seu caráter sob uma luz tão bondosa. Mas, acima de tudo, acima do respeito e da estima, havia um motivo na boa vontade dela que não podia ser ignorado. Era gratidão; gratidão não meramente por tê-la amado um dia, mas por amá-la ainda o suficiente para perdoar toda a petulância e rudeza com que o rejeitara, e todas as acusações injustas que acompanharam a recusa. Ele, que, ela acreditava, deveria evitá-la como se fosse sua maior inimiga, parecera, naquele encontro acidental, mais determinado a preservar a relação. E, sem nenhuma demonstração indelicada de afeto, ou qualquer peculiaridade nas maneiras quando estavam a sós, procurara agradar os amigos dela e fizera questão de apresentá-la à irmã. Tamanha mudança num homem de tanto orgulho causava não só surpresa, mas também gratidão, pois ao amor, um amor ardente, devia ser atribuída; e, dessa forma, a impressão que esse amor lhe causava era de um tipo a ser estimulado, e de maneira alguma era desagradável, embora não pudesse ser exatamente definido. Ela o respeitava e estimava, era grata a ele, sentia um verdadeiro interesse em que fosse feliz; e só queria saber o quanto desejava que essa felicidade dependesse dela, e o quanto deveria, para a felicidade de ambos, empregar o poder que ainda acreditava ter para fazê-lo renovar suas propostas.

Ficara acertado naquela noite entre a tia e a sobrinha que uma cortesia tão grande quanto a da senhorita Darcy, de visitá-los no mesmo dia em que chegara a Pemberley tarde da manhã, deveria ser retribuída, embora não pudesse ser igualada, por uma demonstração especial de polidez por parte deles; e, consequentemente, seria bastante oportuno visitá-los em Pemberley na manhã seguinte. Portanto, o fariam.

Elizabeth ficou contente, embora, ao se perguntar sobre o motivo, não conseguisse encontrar uma resposta.

O senhor Gardiner deixou-as logo depois do café da manhã. O convite para a pescaria fora renovado no dia anterior, e ficou combinado que ele se encontraria com alguns dos cavalheiros em Pemberley antes do meio-dia.

Capítulo XLV

Convencida como Elizabeth estava agora de que a antipatia da senhorita Bingley por ela era fruto do ciúme, não podia deixar de pensar que sua visita a Pemberley seria importuna para aquela dama, e ficou curiosa para saber com quanta cortesia ela retomaria as relações.

Ao chegarem a casa, foram acompanhados do *hall* até o salão, cuja face norte o tornava muito agradável no verão. As janelas se abriam para a propriedade e ofereciam uma vista das mais revigorantes dos bosques nas altas colinas atrás da casa e dos belos carvalhos e castanheiras espanholas que se espalhavam pelo gramado adiante.

No salão, foram recebidos pela senhorita Darcy, que estava sentada com a senhora Hurst, a senhorita Bingley e a senhora com quem morava em Londres. A recepção de Georgiana foi muito cortês, mas acompanhada por todo o constrangimento que, embora procedesse da timidez e do medo de errar, facilmente daria àqueles que se sentem inferiores a crença de que ela era orgulhosa e reservada. A senhora Gardiner e sua sobrinha, contudo, fizeram-lhe justiça e se compadeceram dela.

A senhora Hurst e a senhorita Bingley as cumprimentaram apenas com uma mesura; e, ao se sentarem, uma pausa, embaraçosa como essas pausas sempre são, sucedeu-se por alguns instantes. Foi quebrada pela senhora Annesley, uma mulher distinta e de bela aparência, cuja tentativa de introduzir algum assunto provou que era mais bem-educada do que as outras duas; e entre ela e a senhora Gardiner, com a ajuda ocasional de Elizabeth, a conversa transcorreu. A senhorita Darcy parecia desejar ter coragem suficiente para participar; e às vezes arriscava uma frase curta quando havia menos perigo de ser ouvida.

Elizabeth logo percebeu que estava sendo observada com atenção pela senhorita Bingley e que não podia dizer uma palavra, especialmente para a senhorita Darcy, sem atrair sua atenção. Essa observação não a teria impedido de tentar conversar com a última se elas não estivessem sentadas a uma distância inconveniente; mas ela não lamentava ser poupada da necessidade de falar muito. Estava ocupada com os próprios pensamentos. Esperava que a qualquer momento um dos cavalheiros entrasse na sala. Desejava e temia que o dono da casa estivesse entre eles; e, se mais desejava ou temia, não sabia dizer. Depois de permanecerem sentadas dessa maneira por um quarto de hora sem ouvir a voz da senhorita Bingley, Elizabeth surpreendeu-se ao ouvir dela uma fria pergunta sobre a saúde de sua família. Ela respondeu com igual indiferença e brevidade, e a outra não disse mais nada.

O próximo acontecimento que a visita proporcionou foi produzido pela entrada dos criados com carnes frias, bolo e uma variedade de todas as melhores frutas da estação; mas isso só ocorreu depois que a senhora Annesley dirigiu muitos olhares e sorrisos significativos para a senhorita Darcy, para lembrá-la de sua obrigação. Agora todo o grupo estava ocupado, pois, embora nem todas conseguissem falar, todas podiam comer; e as belas pirâmides de uvas, nectarinas e pêssegos logo as reuniram em volta da mesa.

Enquanto isso, Elizabeth teve uma boa oportunidade para definir se mais temia ou desejava a aparição do senhor Darcy em virtude dos sentimentos que prevaleceram quando ele entrou na sala; e então, embora por um momento tivesse acreditado que o desejo predominava, passou a lamentar sua chegada.

Ele passara algum tempo com o senhor Gardiner, que estava pescando acompanhado de dois ou três outros cavalheiros da casa, e deixou-os apenas ao saber que as damas da família tinham a intenção de visitar Georgiana naquela manhã. Assim que Darcy apareceu, Elizabeth sabiamente resolveu aparentar perfeita calma e desembaraço; uma resolução necessária, mas talvez não tão fácil de cumprir, pois percebeu que as suspeitas de todo o grupo tinham sido lançadas sobre eles e que não havia um par de olhos que não tivesse observado o comportamento dele ao entrar na sala. Em nenhum outro semblante a curiosidade estava tão evidente quanto no da senhorita Bingley, apesar dos sorrisos que estampava no rosto ao se dirigir a ele; pois o ciúme ainda não a deixara desesperada e suas atenções para com o senhor Darcy não tinham de forma alguma diminuído. A senhorita Darcy esforçou-se muito mais para falar quando o irmão entrou, e Elizabeth viu que ele estava ansioso para que ela e a irmã se entrosassem e estimulava o máximo possível toda tentativa de conversa entre as duas. A senhorita Bingley também percebeu isso; e, na imprudência da raiva, aproveitou a primeira oportunidade para dizer, com irônica cortesia:

— Diga-me, senhorita Eliza, o regimento de ...shire não deixou Meryton? Deve ter sido uma grande perda para *sua* família.

Na presença de Darcy, a senhorita Bingley não ousava mencionar o nome de Wickham; entretanto Elizabeth compreendeu no mesmo instante que ela se referia a ele; e as várias lembranças ligadas a ele a inquietaram por um momento, mas, esforçando-se vigorosamente para repelir o ataque maldoso, respondeu à pergunta num tom indiferente. Enquanto falava, um olhar involuntário a fez perceber que Darcy mantinha a expressão atenta, olhando fixamente para ela, e sua irmã permanecia dominada pela confusão e incapaz de erguer os olhos. Se a senhorita Bingley soubesse o sofrimento que causava à sua estimada amiga, sem dúvida teria evitado aquela insinuação; mas ela tinha meramente a intenção de embaraçar Elizabeth trazendo à tona a lembrança de um homem por quem supostamente estivera interessada, para fazê-la revelar um sentimento que pudesse prejudicá-la na opinião de Darcy e, talvez, para lembrar o último de todas as tolices e dos absurdos que ligavam parte da família de Elizabeth àquela corporação. Nenhuma sílaba jamais fora dita sobre a fuga premeditada da senhorita Darcy. A nenhuma criatura aquilo fora revelado, até onde fora possível guardar segredo, exceto a Elizabeth; e, de toda a família de Bingley, Darcy estava particularmente ansioso por esconder o fato por causa do desejo, que Elizabeth havia tempos lhe atribuíra, de que se tornasse sua família também. Ele certamente planejara isso e, ainda que não fosse este o motivo para separar Bingley da senhorita Bennet, é provável que acrescentasse algo à sua viva preocupação com a felicidade do amigo.

O comportamento contido de Elizabeth, contudo, logo tranquilizou as emoções de Darcy; e, como a senhorita Bingley, contrariada e desapontada, não ousasse mencionar Wickham mais diretamente, Georgiana também se recompôs em tempo, embora não o suficiente para conseguir dizer qualquer outra coisa. O irmão, cujo olhar Elizabeth temia encontrar, mal lembrava do interesse dela pelo assunto, e a circunstância que fora planejada para tirar seus pensamentos de Elizabeth pareceu fixá-los nela com prazer ainda maior.

A visita não durou muito depois da pergunta e da resposta acima mencionadas; e, enquanto o senhor Darcy as acompanhava até a carruagem, a senhorita Bingley deu vazão a seus sentimentos em críticas à aparência, ao comportamento e às roupas de Elizabeth. Entretanto Georgiana não se juntou a ela. A recomendação do irmão era suficiente para garantir sua estima; o julgamento dele era infalível. E ele falara de tal maneira de Elizabeth que deixou Georgiana propensa a achá-la adorável e agradável. Quando Darcy retornou ao salão, a senhorita Bingley não pôde evitar repetir uma parte do que estivera dizendo à irmã dele.

— A senhorita Eliza Bennet não aparentava o seu melhor esta manhã, senhor Darcy — ela exclamou. — Nunca na minha vida vi alguém tão mudada quanto ela desde o inverno. Está tão morena e vulgar! Louisa e eu estávamos comentando que não a reconheceríamos.

Por mais que o senhor Darcy desgostasse dessas palavras, contentou-se em responder friamente que não percebia nenhuma alteração além de ela estar bronzeada, consequência nada milagrosa de viajar no verão.

— De minha parte — ela continuou —, devo confessar que nunca consegui ver nenhuma beleza nela. O rosto é fino demais; a pele não tem brilho; e os traços não são nada bonitos. Falta personalidade ao nariz, não há nada marcante em suas linhas. Os dentes são toleráveis, mas nada fora do comum; e, quanto aos olhos, que já foram chamados de belos, nunca vi nada de extraordinário neles. Têm uma expressão mordaz e agressiva, de que não gosto nem um pouco; e em seu ar em geral há uma presunção deselegante, que é insuportável.

Convencida como estava a senhorita Bingley de que Darcy admirava Elizabeth, aquela não era a melhor forma de se fazer notar; mas pessoas enraivecidas nem sempre são sábias; e, ao vê-lo um tanto ofendido, teve todo o êxito que esperava. Contudo, ele estava decidido a ficar calado, porém, determinada a fazê-lo falar, ela continuou:

— Lembro quando a conhecemos em Hertfordshire, como todos ficamos espantados ao saber que era reconhecida pela beleza; e eu particularmente me lembro de você dizer uma noite, depois que eles jantaram em Netherfield: "*Ela*, uma beleza? Antes chamar a mãe de inteligente!". Mas depois disso ela pareceu melhorar a seus olhos, e acredito que chegou a achá-la bonita uma vez.

— Sim — respondeu Darcy, que não conseguiu mais se conter —, mas *isso* foi quando eu a vi pela primeira vez, pois agora já faz muitos meses que a considero uma das mulheres mais bonitas que conheço.

Ele então foi embora, e a senhorita Bingley ficou com toda a satisfação de tê-lo obrigado a dizer algo que não causava dor a ninguém mais além dela mesma.

No caminho de volta, a senhora Gardiner e Elizabeth falaram sobre tudo o que ocorrera na visita, exceto daquilo que interessava especialmente a ambas. A aparência e o comportamento de todos que tinham visto foram discutidos, exceto da pessoa que mais chamara sua atenção. Falaram sobre a irmã, os amigos, a casa, as frutas, tudo menos dele próprio; embora Elizabeth ansiasse por saber o que a senhora Gardiner pensava dele, e a senhora Gardiner tivesse ficado muito contente se a sobrinha introduzisse o assunto.

Capítulo XLVI

Elizabeth ficara muito desapontada por não encontrar uma carta de Jane ao chegar a Lambton; e esse desapontamento se renovava a cada manhã que lá passava; mas, na terceira, suas queixas terminaram, e a irmã foi redimida pelo recebimento de duas cartas de uma só vez, sendo que em uma delas estava citado que havia sido enviada para outro lugar por engano. Elizabeth não ficou surpresa com isso, já que Jane escrevera o endereço com péssima caligrafia.

Eles estavam se preparando para uma caminhada quando as cartas chegaram; e seus tios, deixando-a sozinha para ler com tranquilidade, partiram sem ela. A carta extraviada deveria ser a primeira a ser lida; fora escrita cinco dias antes. O começo continha um relato de todas as festinhas e dos compromissos, com as novidades que o campo proporcionava; mas a última metade, que era datada do dia seguinte ao da primeira e escrita em evidente agitação, trazia informações mais importantes. Dizia o seguinte:

> Depois que escrevi o trecho acima, querida Lizzy, algo inesperado e da maior gravidade aconteceu; mas não quero alarmá-la; asseguro-lhe que todos estamos bem. O que tenho a contar diz respeito à pobre Lydia. Uma mensagem urgente do coronel Forster chegou ontem à meia-noite, quando tínhamos acabado de nos recolher, para nos informar que ela tinha fugido para a Escócia com um dos oficiais; para falar a verdade, com Wickham! Imagine nossa surpresa. Para Kitty, contudo, não pareceu nada inesperado. Estou muito, muito triste. Uma união tão imprudente para ambos os lados! Porém estou disposta a esperar pelo melhor, e desejar que o caráter dele tenha sido mal compreendido. Posso crer facilmente que ele é insensato e indiscreto, mas esse passo (e alegremo-nos com isso) não revela um mau coração. A escolha dele é, pelo menos, desinteressada, pois ele deve saber que meu pai não pode dar nada a ela. Nossa pobre mãe está profundamente abatida. Papai suporta melhor. Como estou grata por não termos revelado a eles o que fora dito contra Wickham; nós mesmas devemos esquecer. Suspeita-se que eles partiram na noite de sábado, cerca de meia-noite, mas a ausência deles só foi notada na manhã de ontem, às oito horas. A mensagem foi enviada imediatamente. Minha querida Lizzy, eles devem ter passado a quinze quilômetros de nós. O coronel Forster nos dá razão para esperá-lo aqui em breve. Lydia

deixou algumas linhas para a mulher dele, informando-a de sua intenção. Devo concluir aqui, pois não posso ficar muito tempo longe de minha pobre mãe. Temo que não compreenda esta carta, pois nem eu sei direito o que escrevi.

Sem permitir-se tempo para considerar e sem saber o que sentia, Elizabeth imediatamente pegou a outra carta e, abrindo-a com impaciência, leu o que se segue; escrito um dia depois:

A esta altura, minha querida irmã, já recebeu minha carta apressada; espero que esta seja mais inteligível, e, embora sem a restrição do tempo, minha cabeça está tão confusa que não posso responder por sua coerência. Querida Lizzy, nem sei o que vou escrever, mas tenho más notícias para você, e que não podem esperar. Por mais imprudente que possa ser o casamento entre o senhor Wickham e nossa pobre Lydia, estamos agora ansiosos para saber se ele de fato aconteceu, pois há muitos motivos para temer que eles não tenham ido à Escócia. O coronel Forster chegou ontem, após deixar Brighton no dia anterior, poucas horas depois de enviar-nos a mensagem. Embora a curta carta de Lydia para a senhora F. tenha os feito entender que eles estavam indo para Gretna Green,[1] algo foi dito por Denny expressando sua crença de que W. nunca planejara ir para lá e tampouco se casar com Lydia, o que foi repetido para o coronel F., que, instantaneamente alarmado, partiu de B. com a intenção de ir atrás deles. Ele os rastreou apenas até Clapham; pois, ao chegarem lá, passaram para um coche de aluguel e abandonaram a carruagem que os trouxera de Epsom. Tudo o que se sabe depois disso é que foram vistos pegando a estrada para Londres. Não sei o que pensar. Depois de fazer todas as perguntas possíveis naquele lado de Londres, o coronel F. veio para Hertfordshire, procurando ansiosamente por eles em todas as estradas e pousadas em Barnet e Hatfield, mas sem nenhum sucesso, já que nenhum casal fora visto passando por lá. Com dedicada preocupação, ele chegou a Longbourn e nos revelou suas apreensões da maneira mais respeitável. Estou sinceramente triste por ele e pela senhora F., mas ninguém pode culpá-los. Nossa apreensão, querida Lizzy, é muito grande. Papai e

---

1. Gretna Green é a primeira cidade da Escócia após a fronteira com a Inglaterra. Como tinha leis mais brandas e não exigia maioridade nem autorização dos pais para o casamento, era muito procurada por jovens que desejavam se casar rapidamente. (N.E.)

mamãe acreditam no pior, mas eu não posso pensar tão mal dele. Muitas circunstâncias podem fazer com que seja mais conveniente para eles se casarem discretamente na cidade em vez de seguir o primeiro plano; e, mesmo que *ele* possa ter outras intenções contra uma jovem de boa família como Lydia, o que não é provável, devo supor que ela esteja assim tão perdida? Impossível! No entanto me aflige saber que o coronel F. não está inclinado a acreditar no casamento deles; quando expressei minhas esperanças, ele balançou a cabeça e disse temer que W. não seja um homem confiável. Minha pobre mãe está desolada e não sai do quarto. Se ela fizesse um esforço, seria melhor, mas não creio que isso vá acontecer. E, quanto a papai, nunca em minha vida o vi tão perturbado. A pobre Kitty está desesperada por ter escondido a ligação entre os dois; mas, como era uma questão de confidência, não tinha o que fazer. Estou verdadeiramente contente, querida Lizzy, por você ter sido poupada dessas cenas inquietantes; porém agora, que o primeiro choque passou, devo confessar que anseio pelo seu retorno. Não sou tão egoísta, entretanto, para pressioná-la a voltar se for inconveniente. Adeus!

Pego minha pena novamente para fazer o que acabei de dizer que não faria; mas as circunstâncias são tão graves que não posso deixar de implorar para que todos vocês voltem para cá o mais rápido possível. Conheço tão bem meu tio e minha tia que não tenho medo de pedir isso, embora ainda tenha algo mais a pedir a ele. Papai irá a Londres imediatamente com o coronel Forster para tentar encontrá-la. Não tenho ideia do que ele planeja fazer; mas seu nervosismo extremo não permitirá que ele tome qualquer medida da forma mais apropriada e segura, e o coronel Forster deve retornar a Brighton amanhã à noite. Nessa situação, o conselho e a ajuda de meu tio seriam tudo no mundo; ele imediatamente compreenderá o que estou sentindo, e eu confio em sua bondade.

— Oh! Onde está meu tio? — exclamou Elizabeth, pulando da cadeira enquanto terminava de ler a carta, ansiosa por sair atrás dele, sem perder um minuto do tempo tão precioso; mas, quando chegou à porta, ela foi aberta por um criado, e o senhor Darcy apareceu. O rosto pálido e o ímpeto de Elizabeth o assustaram, e, antes que ele pudesse se recobrar para falar, ela, em cuja mente todos os pensamentos eram suplantados pela situação de Lydia, exclamou com muita pressa:

— Peço-lhe desculpas, mas devo deixá-lo. Preciso encontrar o senhor Gardiner imediatamente, em razão de um assunto que não pode ser adiado; não tenho um instante a perder.

— Santo Deus! Qual é o problema? — ele exclamou, com mais emoção do que polidez; então, recompondo-se, disse: — Não a deterei por um minuto; mas deixe que eu, ou o criado, vá em busca do senhor Gardiner. A senhorita não está em condições de ir sozinha.

Elizabeth hesitou, mas seus joelhos tremiam, e ela percebeu que não ganharia nada tentando procurá-los. Chamou de volta o criado e o incumbiu, embora num tom tão afoito que a tornava quase ininteligível, de trazer os patrões para casa imediatamente.

Quando o criado deixou a sala, ela se sentou, incapaz de se sustentar em pé, num estado tão lamentável que foi impossível que Darcy a deixasse sozinha ou não dissesse, num tom de gentileza e comiseração:

— Deixe-me chamar sua criada. Há algo que possa tomar para lhe dar algum alívio imediato? Devo buscar uma taça de vinho? Parece que está muito mal.

— Não, obrigada — ela respondeu, tentando se recuperar. — Não há nada de errado comigo. Estou bem; apenas nervosa com algumas notícias terríveis que acabei de receber de Longbourn.

Ela rompeu em lágrimas ao aludir o fato e, por alguns minutos, não conseguiu dizer nenhuma palavra. Darcy, num suspense angustiante, pôde apenas expressar sua preocupação e observá-la num silêncio piedoso. Por fim, ela falou novamente:

— Acabo de receber uma carta de Jane com notícias terríveis. Não há como esconder de ninguém. Minha irmã mais nova deixou todos os seus amigos e fugiu; entregou-se ao... senhor Wickham. Eles partiram juntos de Brighton. Conhece-o muito bem para compreender o que isso significa. Ela não tem dinheiro, relações, nada que possa tentá-lo. Está perdida para sempre.

Darcy ficou imóvel de espanto.

— Quando penso — ela acrescentou numa voz ainda mais agitada — que eu poderia ter evitado isso! Eu, que sabia quem ele era. Se tivesse contado apenas uma parte de sua história, uma parte do que sabia, para minha própria família! Se seu caráter fosse conhecido, isso não teria acontecido. Mas agora é tarde, tarde demais.

— Estou muito triste — exclamou Darcy —; triste e chocado. Mas isso é certo? Absolutamente certo?

— Oh, sim! Eles deixaram Brighton juntos no domingo à noite, e seu rastro foi seguido quase até Londres, mas não além; eles com certeza não foram para a Escócia.

— E o que foi feito, o que tentaram fazer para resgatá-la?

— Meu pai foi a Londres, e Jane escreveu para implorar a ajuda imediata de meu tio; e devemos partir, espero, em meia hora. Mas nada pode ser feito, sei muito bem que nada pode ser feito. De que modo um homem como ele pode ser persuadido? Como, antes disso, descobrir onde estão? Não tenho a mínima esperança. É horrível em todos os aspectos!

Darcy balançou a cabeça em silenciosa aquiescência.

— Quando *meus* olhos foram abertos para o seu verdadeiro caráter... Oh! Se eu soubesse o que aconteceria, o que eu ousaria fazer! Mas eu não me atrevi, tinha medo de me exceder. Que erro infeliz!

Darcy nada respondeu. Ele mal parecia ouvi-la, e andava de um lado para o outro da sala em profunda reflexão, com o cenho franzido e uma expressão sombria. Elizabeth logo o observou e no mesmo instante compreendeu. Sua influência sobre ele estava diminuindo; tudo *deveria* diminuir diante daquela prova de indignidade familiar, daquela garantia da mais profunda desgraça. Ela não podia se espantar nem o condenar, mas a crença no autodomínio dele não a consolava em nada, não trazia nenhum alívio para seu nervosismo. Aquele gesto era, ao contrário, exatamente calculado para fazê-la entender seus próprios sentimentos; e ela nunca sentira tão sinceramente que podia tê-lo amado quanto agora, quando todo amor era vão.

Porém seus próprios interesses, embora se intrometessem, não absorviam sua atenção. Lydia, a humilhação, o sofrimento que ela trazia para todos afastaram qualquer preocupação consigo mesma; cobrindo o rosto com o lenço, Elizabeth logo se perdeu para todo o resto; e, depois de uma pausa de vários minutos, só foi trazida de volta à realidade de sua situação pela voz de seu companheiro, que, embora transmitisse compaixão, também demonstrava reserva, dizendo:

— Creio que há muito tempo deseja que eu me vá, e eu não tenho nada para usar como desculpa para minha permanência, exceto uma preocupação real, embora inútil. Quem dera eu pudesse dizer ou fazer alguma coisa que oferecesse consolo à tamanha aflição! Mas não a atormentarei com desejos vãos que possam parecer propositais para conquistar sua gratidão. Esta situação desafortunada irá, acredito, privar minha irmã do prazer de vê-la em Pemberley hoje.

— Ah, sim. Peço-lhe a gentileza de nos desculpar com a senhorita Darcy. Diga que um assunto urgente nos obriga a voltar para casa imediatamente. Esconda a infeliz verdade o máximo possível, sei que não pode ser por muito tempo.

Ele prontamente assegurou guardar segredo; expressou novamente pesar pela aflição dela, desejou uma conclusão mais feliz do que havia motivo para se esperar e, deixando os cumprimentos para seus parentes, com apenas um olhar sério de despedida, saiu. Quando ele deixou a sala, Elizabeth sentiu o quanto era improvável que tornassem a se ver naqueles termos tão cordiais que marcaram seus vários encontros em Derbyshire; e, lançando um olhar retrospectivo sobre toda a história de suas relações com o senhor Darcy, tão cheia de contradições e surpresas, suspirou diante do capricho daqueles sentimentos que agora desejavam a continuação daquelas mesmas relações que antes a teriam alegrado com seu término.

Se a gratidão e a estima são boas bases para a afeição, a transformação dos sentimentos de Elizabeth não seria improvável nem condenável. Mas, se, ao contrário, a consideração que brota dessas fontes for irracional ou artificial, em comparação com aquela que costuma surgir espontaneamente num primeiro encontro antes mesmo que duas palavras tenham sido trocadas com seu objeto, nada pode ser dito em sua defesa, exceto que ela tinha de certa forma experimentado o último método com Wickham, e que seu insucesso poderia, talvez, autorizá--la a buscar o outro modo, ainda que menos interessante, de afeição.

Seja como for, viu-o partir com pesar; e, nesse primeiro exemplo do que a infâmia de Lydia podia causar, encontrou mais angústia enquanto refletia sobre aquele assunto infeliz. Nunca, desde que lera a segunda carta de Jane, tivera a esperança de que Wickham tencionasse se casar com Lydia. Ninguém além de Jane, ela pensou, podia nutrir aquela esperança. Surpresa foi a última coisa que sentiria diante dos fatos. Enquanto o conteúdo da primeira carta permaneceu em sua mente, ela ficou espantada com o fato de Wickham se casar com uma moça que não era um bom partido; e como Lydia pudesse tê-lo conquistado parecia incompreensível. Entretanto, agora, era tudo muito natural. Pois, para uma ligação como aquela, ela tinha encantos suficientes; e, embora Elizabeth não imaginasse que Lydia se envolveria deliberadamente numa fuga sem a intenção de se casar, não teve dificuldade em acreditar que nem a virtude nem a compreensão da irmã a impediram de se tornar uma presa fácil.

Ela nunca percebera, enquanto o regimento esteve em Hertfordshire, que Lydia tivesse qualquer interesse especial por Wickham; mas estava convencida de que a irmã precisava apenas de incentivo para se afeiçoar por qualquer um. Ora um oficial, ora outro era seu favorito, à medida que as atenções deles os elevavam em sua opinião. Suas afeições flutuavam o tempo todo, mas sempre tinham algum objeto. O dano que a negligência e uma equivocada indulgência para com uma moça como aquela podia causar... Oh! Como ela o sentia agora!

Não via a hora de chegar em casa para ouvir, ver, estar lá para compartilhar com Jane os cuidados que agora recaíam sobre ela, naquela família tão desordenada, com um pai ausente e uma mãe incapaz de qualquer esforço e que demandava atenção constante. Embora quase convencida de que nada podia ser feito por Lydia, a interferência de seu tio parecia da maior importância, e, até que ele entrasse na sala, o sofrimento causado pela impaciência foi grande. O senhor e a senhora Gardiner voltaram às pressas e alarmados, imaginando que, pelo relato do criado, a sobrinha estivesse subitamente doente; mas, tranquilizando-os imediatamente quanto a isso, ela comunicou com ansiedade o motivo de tê-los chamado, lendo as duas cartas em voz alta e demorando-se no final da última com trêmula energia. Embora Lydia nunca tivesse sido a favorita dos tios, o senhor e a senhora Gardiner não podiam senão estar profundamente aflitos. Não só Lydia, mas todos eram afetados pela situação; e, depois das primeiras exclamações de surpresa e horror, o senhor Gardiner prometeu fazer tudo que estivesse ao seu alcance. Elizabeth, embora não esperasse menos, agradeceu-lhe com lágrimas nos olhos; e, como todos estavam movidos pelo mesmo espírito, tudo relacionado à viagem foi rapidamente acertado. Partiriam o mais cedo possível.

— Mas o que devemos fazer em relação a Pemberley? — exclamou a senhora Gardiner. — John nos disse que o senhor Darcy esteve aqui quando você mandou nos buscar; é verdade?

— Sim; e eu lhe disse que não conseguiremos cumprir com o compromisso. *Isso* está resolvido.

— Isso está resolvido — repetiu a tia, enquanto Elizabeth corria para o quarto para se preparar. — Será que já estão em termos que permitam que ela lhe revele a verdade? Oh, isso eu gostaria de saber!

Entretanto os desejos eram vãos, ou no mínimo serviriam apenas para distraí-la na pressa e na confusão da hora seguinte. Se Elizabeth pudesse ficar desocupada, teria a certeza de que qualquer esforço era impossível para alguém tão aflita quanto ela; mas tinha sua parcela de afazeres, bem como a tia, e entre eles havia bilhetes a escrever para todos os amigos de Lambton com desculpas forjadas pela partida repentina. Dentro de uma hora, entretanto, haviam terminado tudo, e, depois que o senhor Gardiner acertou a conta da hospedaria, não havia mais nada a se fazer a não ser partir; e Elizabeth, depois de todo o sofrimento da manhã, encontrou-se, num tempo mais curto do que poderia imaginar, sentada na carruagem a caminho de Longbourn.

Capítulo XLVII

— Estive pensando novamente, Elizabeth — disse o tio, enquanto se afastavam da cidade —, e, realmente, depois de séria consideração, estou muito mais inclinado do que estava a concordar com sua irmã mais velha nesse caso. Parece-me tão improvável que um rapaz tenha uma intenção dessas contra uma moça que tem proteção e amigos e que estava hospedada na casa da família de seu coronel, que estou fortemente inclinado a esperar pelo melhor. Será que ele imaginava que os amigos dela ficariam omissos? Será que esperava ser admitido novamente pelo regimento depois de tal afronta ao coronel Forster? A tentação não compensaria o risco!

— Pensa mesmo isso? — exclamou Elizabeth, animando-se por um momento.

— Dou minha palavra — disse a senhora Gardiner — de que começo a pensar como seu tio. É de fato uma enorme violação da decência, da honra e do próprio interesse se ele for culpado. Não posso pensar tão mal de Wickham. E você, Lizzy, decepcionou-se com ele a ponto de acreditá-lo capaz disso?

— Talvez não de negligenciar seu próprio interesse; mas, de qualquer outra negligência, acredito que seja capaz. Se, de fato, fosse assim como dizem! No entanto, não ouso ter esperanças. Se fosse o caso, por que não foram para a Escócia?

— Em primeiro lugar — respondeu o senhor Gardiner —, não há prova absoluta de que eles não tenham ido para a Escócia.

— Oh! Mas o fato de terem abandonado a carruagem e alugado um coche é um grande indício! E, além disso, não foi encontrado nenhum rastro deles na estrada de Barnet.

— Bem, então, supondo que estejam em Londres... Podem estar lá, mas com o objetivo de se esconder e nenhum outro propósito excepcional. É pouco provável que o dinheiro seja abundante em qualquer um dos lados; e eles podem ter se dado conta de que seria mais econômico, embora menos rápido, casarem-se em Londres do que na Escócia.

— Mas por que todo esse segredo? Por que o medo de serem encontrados? Por que o casamento deve ser às escondidas? Oh, não, não, isso não é provável. Seu amigo mais íntimo, segundo o relato de Jane, estava convencido de que ele nunca tivera a intenção de se casar com Lydia.

Wickham nunca se casará com uma mulher sem dinheiro. Não pode se dar ao luxo. E que dote tem Lydia? Que atrativos ela tem, além de juventude, saúde e bom humor, que pudessem fazer com que ele, por sua causa, abrisse mão de se beneficiar com um bom casamento? Quanto às retaliações pelas ofensas à dignidade da corporação que uma fuga desonrosa pode trazer, não sou capaz de julgar; pois não sei nada dos efeitos que uma atitude como essa pode produzir. Mas, quanto à sua outra objeção, acredito que dificilmente se sustente. Lydia não tem irmãos para protegê-la; e ele pode imaginar, pelo comportamento de meu pai, de sua indolência e da pouca atenção que sempre pareceu dar ao que acontecia em sua família, que *ele* faria tão pouco e pensaria tão pouco sobre isso quanto qualquer outro pai num caso como esse.

— Mas acha que Lydia está tão perdidamente apaixonada para consentir viver com ele em outros termos que não o casamento?

— É o que parece, e é muito espantoso mesmo — respondeu Elizabeth, com lágrimas nos olhos — que o senso de decência e a virtude de uma irmã admitam dúvida nesse ponto. Mas, realmente, não sei o que dizer. Talvez eu não esteja lhe fazendo justiça. Contudo, ela é muito jovem; nunca foi ensinada a pensar sobre assuntos sérios; e, nos últimos seis meses, ou melhor, no último ano, entregou-se apenas à diversão e à vaidade. Permitiram-na usar seu tempo da maneira mais ociosa e frívola e adotar qualquer opinião que encontrasse. Desde que o regimento de ...shire chegou a Meryton, nada a não ser o amor, o flerte e os oficiais estiveram em sua cabeça. Ela vinha fazendo tudo o que podia, pensando e falando no assunto, para dar maior... como devo dizer?... suscetibilidade a seus próprios sentimentos; que já são naturalmente bastante intensos. E todos nós sabemos que Wickham tem todo encanto e maneiras capazes de cativar uma mulher.

— Mas você vê que Jane — disse a tia — não pensa tão mal de Wickham a ponto de acreditá-lo capaz de tal atitude.

— E Jane já pensou mal de alguém? E quem, independentemente da conduta anterior, ela acharia capaz de tal atitude até que fosse finalmente provada? Mas Jane sabe, assim como eu, quem Wickham realmente é. Nós duas sabemos que ele tem sido libertino em todos os sentidos da palavra; que ele não tem integridade nem honra; que é tão falso e dissimulado quanto é insinuante.

— E vocês realmente sabem de tudo isso? — exclamou a senhora Gardiner, cuja curiosidade quanto à origem da informação despertara com intensidade.

— Sei, sim — respondeu Elizabeth, corando. — Eu lhe disse, outro dia, sobre o comportamento infame dele para com o senhor Darcy; e a senhora mesma, quando esteve em Longbourn, ouviu a maneira com que ele falou do homem que se comportou com tanta clemência e generosidade para com ele. E há outras circunstâncias que não tenho a liberdade... que não vale a pena relatar; mas as mentiras dele sobre toda a família de Pemberley são infinitas. Pelo que ele disse sobre a senhorita Darcy, eu estava preparada para encontrar uma menina orgulhosa, reservada e desagradável. Porém ele mesmo sabia que era o contrário. Ele deve saber que ela é amável e modesta, como nós pudemos constatar.

— Mas Lydia não sabe de nada disso? Pode ela ignorar o que você e Jane parecem compreender tão bem?

— Oh, sim. Isso é o pior. Antes de eu ir para Kent e encontrar com mais frequência o senhor Darcy e seu primo, o coronel Fitzwilliam, também ignorava a verdade. E, quando voltei para casa, o regimento estava para deixar Meryton em uma ou duas semanas. Como era esse o caso, nem Jane, a quem relatei tudo, nem eu achamos necessário tornar nosso conhecimento público; pois que utilidade teria para as pessoas a destruição da reputação dele na vizinhança? E mesmo quando ficou decidido que Lydia viajaria com a senhora Forster, a necessidade de abrir seus olhos para o caráter dele nunca me ocorreu. Nunca passou pela minha cabeça que ela corria perigo e pudesse ser enganada por ele. Que uma consequência como *esta* pudesse advir, estava muito longe de meus pensamentos.

— Quando o regimento partiu para Brighton, portanto, você não tinha motivo para acreditar que houvesse algo entre eles?

— Nem o mínimo motivo. Não me lembro de nenhum sinal de afeição de nenhum dos lados; e, se algo parecido fosse perceptível, deve saber que, em nossa família, não passaria em branco. Quando ele entrou para o regimento, ela o admirava muito; assim como todas nós. Todas as moças de Meryton e das redondezas perderam a cabeça por causa dele nos primeiros dois meses; mas ele nunca a distinguira com nenhuma atenção em particular; e, consequentemente, depois de um curto período de extravagância e admiração irrefreada, seu interesse por ele arrefeceu, e outros rapazes do regimento, que a tratavam com mais distinção, tornaram-se seus favoritos.

Pode-se facilmente acreditar que, embora pouca novidade pudesse ser acrescentada aos medos, às esperanças e conjecturas dos três quanto àquele importante assunto, ainda que o discutissem repetidamente, nenhum outro tema foi capaz de absorvê-los por muito tempo durante toda a viagem. Dos pensamentos de Elizabeth, nunca estivera ausente. Fixo em sua mente em razão da maior das angústias, a culpa, ela não encontrava nenhum intervalo de tranquilidade ou esquecimento.

Viajaram o mais rápido possível, dormiram uma noite na estrada e chegaram a Longbourn na hora do jantar do dia seguinte. Era um conforto para Elizabeth saber que Jane não se desgastara com uma longa espera.

Os filhos dos Gardiners, atraídos pela visão da carruagem, foram esperar nos degraus da escada enquanto eles entravam na propriedade; e, quando a carruagem aproximou-se da porta, a alegre surpresa que iluminou o rosto deles e se manifestou numa variedade de saltos e cambalhotas foi a primeira e sincera demonstração de felicidade com a chegada.

Elizabeth saltou da carruagem e, depois de dar um beijo apressado em cada um, correu para o vestíbulo, onde Jane, que viera correndo do quarto da mãe, imediatamente a encontrou.

Enquanto era abraçada afetuosamente e as lágrimas enchiam os olhos de ambas, Elizabeth não perdeu nem um instante para perguntar se havia alguma novidade sobre os fugitivos.

— Ainda não — respondeu Jane. — Mas, agora que meu querido tio chegou, espero que tudo fique bem.

— Papai está na cidade?

— Sim, ele foi na terça-feira, conforme lhe escrevi.

— E tem dado notícias frequentes?

— Apenas duas vezes. Ele me escreveu algumas linhas na quarta-feira para dizer que havia chegado em segurança e para me dar seu endereço, como eu havia pedido. Ele meramente acrescentou que não deveria escrever novamente até ter algo de importante a mencionar.

— E mamãe, como ela está? Como estão todas vocês?

— Mamãe está razoavelmente bem, acredito; embora seu ânimo esteja bastante abalado. Ela está lá em cima e ficará muito contente de vê-los. Ela ainda não sai do quarto. Mary e Kitty, graças a Deus, estão muito bem.

— Mas e você, como está? — exclamou Elizabeth. — Parece pálida. Por quanta coisa deve ter passado!

A irmã, contudo, assegurou que estava perfeitamente bem; e a conversa, que se passara enquanto o senhor e a senhora Gardiner estavam ocupados com os filhos, terminou com a aproximação de todo o grupo. Jane correu para os tios, deu boas-vindas e agradeceu a ambos, alternando sorrisos e lágrimas.

Quando todos estavam na sala de estar, as perguntas que Elizabeth fizera foram repetidas pelos outros, e logo descobriram que Jane não tinha mais informações a dar. As esperanças otimistas, contudo, que a benevolência de seu coração sugeria, ainda não a tinham desertado; ela ainda esperava que tudo terminasse bem, e que alguma manhã trouxesse uma carta de Lydia ou do pai explicando os acontecimentos e, talvez, anunciando o casamento.

A senhora Bennet, para cujo quarto todos se dirigiram depois de alguns minutos de conversa, recebeu-os exatamente como era de esperar; com lágrimas e lamentos de remorso, injúrias contra a conduta vil de Wickham e queixas de seu próprio sofrimento; culpando a todos menos a quem, por sua insensata indulgência, se deviam principalmente os erros da filha.

— Se eu pudesse — disse ela — ter ido a Brighton como desejava, com toda a minha família, *isso* não teria acontecido; mas a pobre e querida Lydia não tinha ninguém para tomar conta dela. Por que os Forsters a permitiram sair de sua vista? Tenho certeza de que houve uma grande negligência por parte deles, pois ela não é o tipo de moça que faria tal coisa se fosse bem cuidada. Sempre achei que eles não serviam para tomar conta dela; mas fui vencida, como sempre. Pobre criança! E agora o senhor Bennet se foi, e sei que ele lutará com Wickham, onde quer que o encontre, e então acabará morrendo, e o que será de todas nós? Os Collins nos expulsarão antes que ele esteja frio no túmulo, e se você não for gentil conosco, meu irmão, não sei o que faremos.

Todos repudiaram ideias tão terríveis; e o senhor Gardiner, depois de assegurar seu afeto por ela e por toda a família, disse que pretendia estar em Londres ainda no dia seguinte e ajudaria o senhor Bennet com todo esforço para encontrar Lydia.

— Não se renda a uma angústia inútil — acrescentou ele. — Embora seja preciso se preparar para o pior, não há motivo para imaginar isso como certo. Não faz uma semana que eles deixaram Brighton. Em alguns dias, talvez tenhamos notícias deles; e, até que saibamos que não estão casados e não têm planos de se casar, não vamos imaginar que o caso está perdido. Assim que eu chegar à cidade, procurarei meu cunhado e o levarei comigo para casa em Gracechurch Street; e então vamos decidir juntos o que deve ser feito.

— Oh, meu querido irmão — respondeu a senhora Bennet —, isso é exatamente o que eu mais desejava. E agora, por favor, quando chegar à cidade, encontre-os, onde quer que estejam; e se não estiverem casados ainda, *faça-os* se casar. E quanto ao enxoval, não os deixe esperar por isso, diga a Lydia que ela terá o dinheiro de que precisar para comprá-lo depois que se casarem. E, acima de tudo, impeça o senhor Bennet de brigar. Diga a ele o estado terrível em que me encontro, que estou apavorada, que tenho tremores pelo corpo todo, espasmos do lado, dores de cabeça e tantas palpitações que não consigo repousar nem à noite nem de dia. E diga à minha querida Lydia para não decidir nada sobre suas roupas até falar comigo, pois ela não sabe onde ficam as melhores lojas. Oh, meu irmão, como você é bondoso! Sei que resolverá tudo.

Contudo o senhor Gardiner, embora lhe assegurasse novamente de seu sincero esforço no caso, não pôde evitar recomendar-lhe alguma moderação, tanto nas esperanças quanto nos medos; e depois de conversar com ela nesse tom até o jantar ser servido, todos deixaram-na desabafando seus sentimentos com a governanta, que cuidava dela na ausência das filhas.

Embora o irmão e a cunhada estivessem convencidos de que não havia motivo real para ela ficar assim isolada da família, não tentaram se opor, pois sabiam que a senhora Bennet não tinha prudência suficiente para segurar a língua na frente dos criados enquanto esperavam à mesa, e acharam melhor que apenas *uma* criada, aquela em quem mais podiam confiar, soubesse de todos os seus temores e de suas preocupações quanto ao assunto.

Mary e Kitty, que estavam ocupadas demais em seus quartos, juntaram-se a eles um pouco depois na sala de jantar. Uma deixara seus livros, e a outra viera de sua toalete. O semblante de ambas, contudo, parecia razoavelmente tranquilo, e nenhuma mudança era visível, exceto que a ausência de sua irmã favorita e a raiva por estar envolvida na história tinham deixado o tom de Kitty mais mal-humorado do que de costume. Quanto a Mary, tinha domínio suficiente sobre si mesma para sussurrar a Elizabeth, com expressão de grave reflexão, logo depois que se sentaram à mesa:

— Esse é um caso extremamente infeliz, e provavelmente será muito falado. Mas devemos suportar a maré de maledicência e derramar em nosso peito ferido o bálsamo do consolo fraternal.

Então, percebendo que Elizabeth não estava com nenhuma disposição para responder, acrescentou:

— Por mais infeliz que o acontecimento seja para Lydia, devemos tirar dele esta lição útil: que a perda da virtude de uma mulher é irreparável; que um passo em falso a envolve em infindável ruína; que sua reputação não é menos frágil do que bela; e que nenhuma prudência é demais em seu comportamento diante da indignidade do sexo oposto.

Elizabeth ergueu os olhos com surpresa, mas estava aflita demais para dar alguma resposta. Mary, contudo, continuou se consolando com lições de moral perante o mal que as abatia.

Durante a tarde, as duas senhoritas Bennets mais velhas conseguiram ficar sozinhas por meia hora; e Elizabeth aproveitou a oportunidade para fazer mais perguntas, que Jane estava igualmente ansiosa por responder. Depois de lamentarem as terríveis consequências do fato, que Elizabeth considerava praticamente como certo, e a senhorita Bennet não podia afirmar que era de todo impossível, a primeira continuou o assunto, dizendo:

— Mas diga-me tudo que eu ainda não sei. Conte-me os detalhes. O que o coronel Forster disse? Eles não desconfiavam de nada antes da fuga? Devem tê-los visto juntos alguma vez.

— O coronel Forster admitiu que suspeitava de algum interesse, especialmente da parte de Lydia, mas nada que o tivesse alarmado. Estou tão triste por ele! Seu comportamento foi atencioso e extremamente gentil. Ele *veio* até nós para assegurar-nos de sua preocupação antes de supor que tivessem ido para a Escócia; quando essa informação circulou, ele apressou sua viagem.

— E Denny estava convencido de que Wickham não se casaria? Ele sabia que eles pretendiam fugir? O coronel Forster encontrou-se pessoalmente com Denny?

— Sim, mas, quando questionado por *ele*, Denny negou saber sobre os planos dos dois e não deu sua verdadeira opinião sobre o caso. Ele não repetiu sua convicção de que não se casariam, por *isso* estou inclinada a acreditar que ele possa ter sido mal interpretado.

— E até que o coronel Forster viesse em pessoa, nenhum de vocês tinha dúvida, imagino, de que eles estivessem realmente casados?

— Como era possível que uma ideia como essa passasse pela nossa cabeça? Eu fiquei um pouco preocupada, um pouco temerosa pela felicidade de minha irmã no casamento, porque sabia que a conduta de Wickham nem sempre fora muito correta. Papai e mamãe não sabiam de nada disso; eles apenas acharam imprudente a união. Kitty então admitiu, com um triunfo muito natural por saber mais do que o resto de nós, que, na última carta de Lydia, ela a havia preparado para tal acontecimento. Ela sabia, ao que parece, que estavam apaixonados um pelo outro havia muitas semanas.

— Mas não antes de irem para Brighton?

— Não, acredito que não.

— E o coronel Forster parece ter um bom conceito de Wickham? Ele conhece seu verdadeiro caráter?

— Devo confessar que ele não falou tão bem de Wickham como antigamente. Acredita que ele seja imprudente e extravagante. E, desde que esse infeliz acontecimento ocorreu, dizem que ele saiu bastante endividado de Meryton; mas espero que não seja verdade.

— Oh, Jane, se não tivéssemos guardado segredo, se tivéssemos contado o que sabíamos dele, isso não teria acontecido!

— Poderia ter sido melhor — respondeu a irmã. — Mas expor os erros antigos de uma pessoa sem saber quais são seus sentimentos atuais parecia injustificável. Nós agimos com a melhor das intenções.

— O coronel Forster contou sobre os detalhes do bilhete que Lydia deixou para sua esposa?

— Ele o trouxe consigo para vermos.

Jane então tirou-o de dentro de um livro e entregou-o a Elizabeth. Este era o conteúdo:

Minha cara Harriet,

Você vai rir quando souber para onde fui, e não posso deixar de rir também com sua surpresa amanhã de manhã, logo que notar minha falta. Estou indo para Gretna Green, e, se você não adivinhar com quem, vou pensar que é uma tola, pois só há um homem no mundo que eu amo, e ele é um anjo. Eu nunca seria feliz sem ele, então não pense mal da minha partida. Não precisa avisar em Longbourn que fui embora se não quiser, pois isso tornará a surpresa ainda maior quando eu escrever para eles e assinar meu nome "Lydia Wickham". Vai ser muito engraçado! Mal consigo escrever de tanto rir. Por favor, apresente minhas desculpas a Pratt por não cumprir meu compromisso de dançar com ele hoje à noite. Diga-lhe que espero que ele me perdoe quando souber de tudo; e diga que dançarei com ele no próximo baile em que nos encontrarmos, com grande prazer. Devo pedir para buscarem minhas roupas quando chegar a Longbourn; mas gostaria que você pedisse a Sally para que costure um grande rasgo no meu vestido de musselina antes que ele seja guardado nas malas. Adeus. Lembranças para o coronel Forster. Espero que brindem pela nossa boa viagem.

Sua amiga afetuosa,
Lydia Bennet

— Oh! Insensata, insensata Lydia! — exclamou Elizabeth quando terminou de ler. — Que carta é essa para ser escrita num momento como esse! Mas pelo menos mostra que *ela* levava a sério o motivo da viagem. O que quer que ele a tenha persuadido a fazer, não era, da parte dela, um plano tão infame. Meu pobre pai! Como deve ter sofrido!

— Nunca vi ninguém tão chocado. Ele não conseguiu dizer uma palavra por dez minutos. Mamãe passou mal imediatamente, e a casa inteira ficou na maior confusão!

— Oh! Jane — exclamou Elizabeth —, por acaso havia algum criado que não soubesse da história antes do fim do dia?

— Não sei. Espero que sim. Mas ser reservado nessas horas é muito difícil. Mamãe estava histérica, e, embora eu tenha dado toda a assistência que pude, temo não ter feito tanto quanto deveria! Todavia o horror do que poderia acontecer quase me fez perder a razão.

— Cuidar dela foi demais para você. Não parece bem. Oh, se eu estivesse aqui! Você suportou sozinha todo o peso dos cuidados e da ansiedade.

— Mary e Kitty têm sido muito gentis, e teriam dividido todas as tarefas, tenho certeza; mas não achei conveniente para nenhuma das duas. Kitty é fraca e delicada; e Mary estuda tanto que achei melhor não interromper suas horas de descanso. A tia Philips veio a Longbourn na terça-feira, depois que papai partiu; e foi tão bondosa a ponto de ficar até quinta comigo. Ela foi muito útil e um consolo para todas nós. E Lady Lucas também tem sido muito gentil; ela veio aqui na manhã de quarta-feira para expressar seu pesar e oferecer ajuda, dela e das filhas, se pudessem ser-nos úteis.

— Seria melhor se ela tivesse ficado em casa — exclamou Elizabeth —; talvez sua *intenção* fosse boa, mas, diante de uma tragédia como esta, ninguém quer ver muito os vizinhos. A ajuda é impossível; a condolência, insuportável. Que triunfem à distância e que fiquem satisfeitas.

Ela então começou a perguntar sobre as medidas que o senhor Bennet pretendia tomar na cidade para encontrar a filha.

— Ele pretendia, acredito — respondeu Jane —, ir para Epsom, onde eles trocariam de cavalos, conversar com os postilhões e tentar extrair deles alguma informação. Seu principal objetivo era descobrir o número do coche de aluguel no qual partiram de Clapham. O veículo chegara com um passageiro de Londres; e, como papai achava que a circunstância de um cavalheiro e uma dama trocando de carruagem podia ter sido notada, planejava fazer perguntas em Clapham. Se pudesse de alguma forma descobrir a casa em que o cocheiro deixara o passageiro, pretendia fazer perguntas lá também, e esperava que não fosse impossível descobrir o número do coche e seu posto. Não sei se ele tinha outros planos; mas estava com tanta pressa para ir, e num estado de espírito tão perturbado, que tive dificuldade de descobrir tudo isso.

Capítulo XLVIII

Todos tinham a esperança de receber uma carta do senhor Bennet na manhã seguinte, mas o correio chegou sem trazer uma linha sequer. A família sabia que ele era, normalmente, um missivista dos mais negligentes e dilatórios; mas, a esta altura, esperavam algum esforço de sua parte. Foram obrigados a concluir que ele não tinha nenhuma informação a enviar; mas mesmo *disso* gostariam de ter certeza. O senhor Gardiner só estava esperando as cartas para poder partir.

Quando ele foi embora, elas tiveram a certeza de que pelo menos receberiam informações constantes sobre o que estava acontecendo, e o tio prometeu, ao partir, convencer o senhor Bennet a voltar a Longbourn o quanto antes, para o consolo da senhora Bennet, que considerava seu retorno a única garantia de que não fosse morto num duelo.

A senhora Gardiner ficou em Hertfordshire com seus filhos por mais alguns dias, já que acreditava que sua presença poderia ser útil para as sobrinhas. Ela compartilhava os cuidados da senhora Bennet e era um grande conforto para as moças em suas horas livres. A outra tia também as visitava frequentemente, e, como dizia, sempre com a intenção de alegrá-las e fortalecê-las, embora, como nunca viesse sem relatar algum novo exemplo da extravagância e inconstância de Wickham, geralmente ia embora deixando-as mais abatidas do que quando chegara.

Toda Meryton parecia empenhada em difamar o homem que, apenas três meses antes, era considerado quase um anjo de luz. Declaravam que ele tinha dívidas com todos os comerciantes do lugar, e que suas intrigas amorosas, chamadas pelo título honrado de "seduções", também se estenderam às famílias de todos os comerciantes. Todos diziam que ele era o rapaz mais perverso do mundo; e começavam a descobrir que sempre tinham desconfiado de sua aparente bondade. Elizabeth, embora não desse crédito à metade do que se dizia, acreditava o suficiente para tornar ainda mais certa sua crença inicial na ruína da irmã; e até Jane, que confiava ainda menos nas histórias, ficou quase sem esperanças, especialmente porque chegara o momento em que, se tivessem realmente ido à Escócia, o que ela nunca deixara totalmente de esperar, elas já deveriam muito provavelmente ter recebido notícias.

O senhor Gardiner deixou Longbourn no domingo; na terça-feira sua mulher recebeu uma carta dele; contava-lhes que, ao chegar, encontrara imediatamente seu cunhado e o persuadira a ir para Gracechurch Street; que o senhor Bennet tinha ido a Epsom e a Clapham antes de sua chegada, mas sem conseguir informações satisfatórias; e que ele estava agora determinado a investigar em todos os principais hotéis da cidade, já que o senhor Bennet achava possível que eles tivessem ido para um deles ao chegar a Londres, antes de procurar novas acomodações. O próprio senhor Gardiner não esperava nenhum sucesso dessa medida, mas, como o cunhado estava determinado, decidiu assisti-lo na empreitada. Ele acrescentou que o senhor Bennet parecia totalmente decidido a não deixar Londres naquele momento e prometeu mandar notícias novamente muito em breve. Havia também um pós--escrito nesse sentido:

> Escrevi para o coronel Forster para pedir-lhe que descubra, se possível, com alguns dos colegas de regimento do rapaz, se Wickham tem relações ou conexões que possam indicar em que parte da cidade ele se escondeu. Se houver alguém que possamos procurar com a probabilidade de conseguir uma pista como esta, será de essencial importância. Atualmente não temos nada para nos guiar. O coronel Forster irá, acredito, fazer tudo que estiver ao seu alcance para nos ajudar nesse ponto. Mas, pensando bem, talvez Lizzy possa nos dizer melhor do que qualquer outra pessoa se ele tem parentes vivos.

Elizabeth compreendeu de onde vinha essa deferência à sua autoridade; mas não era capaz de dar nenhuma informação satisfatória que fizesse justiça ao elogio. Nunca ouvira falar sobre ele ter parentes, exceto um pai e uma mãe que tinham morrido havia muitos anos. Era possível, contudo, que alguns de seus companheiros de regimento pudessem dar mais informações; e, embora ela não tivesse muitas esperanças, poderia ser um caminho a seguir.

Todos os dias em Longbourn transcorriam com grande ansiedade; mas a parte mais angustiante era quando se esperava a correspondência. A chegada das cartas era o grande motivo da impaciência de todas as manhãs. Por meio das cartas, o que quer que de bom ou ruim devesse ser dito seria comunicado, e cada dia que se passava podia trazer notícias importantes.

Contudo, antes que ouvissem novamente do senhor Gardiner, uma carta chegou para o senhor Bennet, de um remetente diferente, o senhor Collins. Como Jane tinha recebido instruções de abrir tudo o que chegasse para o pai em sua ausência, ela leu a carta; e Elizabeth, que sabia como as epístolas dele eram sempre curiosas, leu-a também, por cima do ombro de Jane. Dizia o seguinte:

> Meu caro senhor,
> Sinto-me obrigado, por nosso parentesco e minha posição, a expressar minhas condolências pela triste aflição pela qual está passando agora, da qual fomos informados ontem por uma carta de Hertfordshire. Esteja certo, meu caro senhor, de que a senhora Collins e eu nos solidarizamos sinceramente com o senhor e sua respeitável família em seu presente sofrimento, que deve ser do tipo mais amargo, pois vem de uma desventura que o tempo não poderá apagar. Não faltarão argumentos de minha parte para aliviar tão grave infortúnio ou para confortá-lo diante de uma circunstância que, entre todas, deve ser a mais aflitiva para um pai. A morte de uma filha teria sido uma bênção em comparação a isso. E é ainda mais lamentável, pois há motivo para supor, como me informa minha querida Charlotte, que essa licenciosidade de comportamento de sua filha procede de um grau excessivo de indulgência; embora, ao mesmo tempo, para consolo do senhor e da senhora Bennet, eu esteja inclinado a pensar que o próprio caráter de sua filha deva ser naturalmente perverso, ou ela não seria culpada de tal monstruosidade numa idade tão tenra. Seja como for, o senhor merece nossa compaixão; opinião na qual sou acompanhado não só pela senhora Collins, mas também por Lady Catherine e sua filha, a quem relatei o caso. Elas concordam comigo ao considerar que esse passo em falso de uma filha será prejudicial para o destino das outras; pois quem, como Lady Catherine disse com condescendência, desejará se unir a tal família? E essa consideração me leva além disso a refletir, com mais satisfação, sobre um certo evento em novembro passado; pois, se tivesse sido diferente, eu deveria estar envolvido em toda a sua tristeza e desgraça. Permita-me então aconselhá-lo, caro senhor, a resignar-se o máximo possível, a expulsar essa indigna filha de sua afeição para sempre, e deixar que ela colha os frutos de sua própria e abominável transgressão.
> Seu, caro senhor, etc. etc.

O senhor Gardiner só voltou a escrever depois de receber uma resposta do coronel Forster; e mesmo assim não tinha nada agradável a dizer. Não se sabia se Wickham tinha qualquer parente distante com o qual mantivesse alguma ligação, e era certo que não tinha nenhum parente próximo vivo. Seus antigos conhecidos eram numerosos; mas, desde que entrara para o regimento, não parecia que estava em bons termos de amizade com nenhum deles. Não havia ninguém, portanto, que pudesse ser apontado para dar qualquer notícia dele. Além do medo de ser descoberto pelos parentes de Lydia, no estado precário de suas finanças, havia outro poderoso motivo para manter seu paradeiro em segredo, pois os últimos rumores davam conta de que deixara dívidas de jogo de soma considerável. O coronel Forster acreditava que mais de mil libras seriam necessárias para saldar suas despesas em Brighton. Ele devia bastante na cidade, mas suas dívidas de honra eram ainda maiores. O senhor Gardiner não tentou esconder esses detalhes da família de Longbourn. Jane os ouviu com horror.

— Um jogador! — exclamou. — Isso é muito inesperado. Não podia imaginar.

O senhor Gardiner acrescentou em sua carta que elas podiam esperar rever o pai em casa no dia seguinte, que era um sábado. Desanimado com o insucesso da empreitada, ele cedera às súplicas do cunhado para que retornasse à família e deixasse a seu cargo o que parecesse aconselhável para continuar a busca. Quando a senhora Bennet ficou sabendo disso, não expressou tanta satisfação quanto as filhas esperavam, considerando a ansiedade que nutrira pela vida dele.

— O quê? Ele está vindo sem a pobre Lydia? — exclamou. — Com certeza, não pode deixar Londres antes de tê-los encontrado. Quem vai lutar com Wickham e fazê-lo se casar com ela se Bennet voltar?

Como a senhora Gardiner começou a expressar o desejo de ir para casa, ficou combinado que ela e as crianças deveriam ir para Londres aproveitando o retorno do senhor Bennet de lá. A carruagem, portanto, levou-os à primeira parada de sua jornada e trouxe seu proprietário de volta a Longbourn.

A senhora Gardiner foi embora com a mesma surpresa em relação a Elizabeth e seu amigo de Derbyshire que a acompanhara desde lá. O nome dele nunca fora voluntariamente mencionado pela sobrinha; e a expectativa que a senhora Gardiner alimentara de receberem uma carta dele não fora atendida. Elizabeth não recebera nada vindo de Pemberley desde seu retorno.

O triste estado da família tornava desnecessária qualquer desculpa por seu ânimo abatido; nada, portanto, podia ser deduzido *daquilo*, embora Elizabeth, que estava àquela altura bastante familiarizada com seus próprios sentimentos, tivesse plena consciência de que, se não tivesse conhecido Darcy, poderia suportar melhor o horror da infâmia de Lydia. Isso lhe teria poupado, pensou, uma noite de insônia a cada duas.

Quando o senhor Bennet chegou, parecia conservar toda a sua serenidade filosófica de costume. Falou tão pouco quanto era seu hábito; não mencionou o que o tirara de casa, e as filhas levaram algum tempo para ter coragem de falar no assunto.

Foi só durante a tarde, quando se juntou a elas para o chá, que Elizabeth se aventurou a introduzir o tópico; e então, depois de expressar brevemente seu pesar pelo que o pai devia ter passado, este respondeu:

— Não diga nada sobre isso. Quem deveria sofrer a não ser eu mesmo? Foi minha culpa, devo admitir.

— Não deve ser tão severo consigo mesmo — respondeu Elizabeth.

— Pode me prevenir contra esse mal. A natureza humana tem tendência a sucumbir a ele! Não, Lizzy, deixe-me uma vez na vida sentir o peso da responsabilidade. Não tenho medo de ser dominado pelo sentimento. Ele logo passará.

— Acha que eles estão em Londres?

— Sim; onde mais poderiam estar tão bem escondidos?

— E Lydia sempre desejou tanto ir para Londres — acrescentou Kitty.

— Ela está feliz, então — disse o pai, secamente. — E sua residência lá provavelmente terá uma longa duração.

Depois de um curto silêncio, ele continuou:

— Lizzy, não guarde rancor por eu não ter seguido o conselho que me deu em maio passado, que, considerando o acontecido, mostra um grande discernimento.

Nesse momento foram interrompidos pela senhorita Bennet, que viera buscar o chá da mãe.

— Essa, sim, é uma exibição — exclamou — que conforta; dá uma certa elegância ao sofrimento! Qualquer dia farei o mesmo; sentarei em minha biblioteca, de touca e roupão, e darei o máximo de trabalho que puder; ou talvez possa esperar para fazer isso quando Kitty fugir.

— Não vou fugir, papai — disse Kitty, irritada. — Se eu fosse para Brighton, me comportaria melhor do que Lydia.

— *Você*, ir a Brighton? Não confiaria em você para ir nem mesmo a Eastbourn, nem por cinquenta libras! Não, Kitty, aprendi pelo menos a ser cauteloso, e você sentirá os efeitos disso. Nenhum oficial entrará em minha casa novamente, nem que esteja só de passagem pelo vilarejo. Os bailes serão absolutamente proibidos, a menos que fique ao lado de uma de suas irmãs. E só sairá de casa quando provar que passou ao menos dez minutos de uma maneira sensata todos os dias.

Kitty, que levou todas essas ameaças a sério, começou a chorar.

— Bem, bem — disse ele —, não fique tão triste. Se for uma boa moça pelos próximos dez anos, vou levá-la para assistir a um desfile de tropas.

Capítulo XLIX

Dois dias após o retorno do senhor Bennet, enquanto Jane e Elizabeth estavam caminhando no jardim atrás da casa, viram a governanta vindo em sua direção. Concluíram que vinha chamá-las para ver a mãe e adiantaram-se para encontrá-la; mas, em vez da solicitação esperada, quando se aproximaram, ela disse para a senhorita Bennet:

— Desculpe interrompê-las, senhorita, mas eu esperava que tivessem alguma boa notícia da cidade, então tomei a liberdade de vir perguntar.

— O que quer dizer, Hill? Não tivemos notícias da cidade.

— Cara senhorita — exclamou a senhora Hill com grande surpresa —, não sabe que um mensageiro expresso chegou com notícias do senhor Gardiner para o patrão? Ele ficou aqui por meia hora e trouxe uma carta para o senhor Bennet.

As moças saíram correndo, ansiosas demais para poder falar qualquer coisa. Atravessaram o vestíbulo em direção à sala do café da manhã e de lá para a biblioteca; o pai não estava em nenhum dos dois lugares; e estavam a ponto de procurá-lo no andar de cima com a mãe quando encontraram o mordomo, que disse:

— Se estão procurando pelo patrão, senhorita, ele está a caminho do bosque.

Com essa informação, elas na mesma hora passaram pelo vestíbulo mais uma vez e atravessaram o gramado correndo em busca do pai, que caminhava em direção ao pequeno bosque ao lado da propriedade. Jane, que não era tão leve e não tinha o hábito de correr como Elizabeth, logo ficou para trás, enquanto a irmã, ofegante, aproximou-se do pai e exclamou ansiosamente:

— Oh, papai, quais são as novidades? Recebeu notícias de meu tio?

— Sim, recebi uma carta dele pelo expresso.

— Bem, e que notícias traz? Boas ou más?

— O que há de bom a esperar? — disse ele, tirando a carta do bolso. — Mas talvez você queira lê-la.

Elizabeth pegou a carta com impaciência da mão dele. Jane os alcançara.

— Leia em voz alta — pediu o pai —, pois eu mal consegui entendê-la.

Gracechurch Street, segunda-feira, 2 de agosto

Meu caro cunhado,

Finalmente posso enviar-lhe notícias de minha sobrinha, e tais são elas que, no geral, espero que fique satisfeito. Logo depois que me deixou no sábado, tive a sorte de descobrir em que parte de Londres eles estavam. Os detalhes eu reservo para quando nos encontrarmos; é suficiente saber que eles foram descobertos. Estive com ambos...

— Então é como eu sempre esperei — exclamou Jane —, eles estão casados!

Elizabeth continuou lendo:

Estive com ambos. Eles não se casaram, nem consegui descobrir nenhuma intenção de fazê-lo; mas, se estiver disposto a aceitar os compromissos que tomei a liberdade de assumir em seu nome, espero que não demorem muito para se casar. Tudo o que precisa fazer é garantir para sua filha, por acordo, a parte dela das cinco mil libras destinadas às suas filhas depois de sua morte e a da minha irmã; e, além disso, comprometer-se a dar a ela, durante sua vida, cem libras por ano. Essas são as condições que, considerando tudo, não hesitei em aceitar, por acreditar-me incumbido de fazê-lo. Enviarei esta carta pelo expresso para que me dê sua resposta sem perda de tempo. Facilmente entenderá, por esses detalhes, que as circunstâncias do senhor Wickham não são tão precárias quanto se acreditava. Todos se enganaram a esse respeito; e fico feliz em dizer que haverá algum dinheiro, mesmo depois de pagar todas as dívidas, para sustentar minha sobrinha, além da própria fortuna dela. Se, como concluo ser o caso, conceder-me plenos poderes para agir em seu nome neste assunto, darei ordens imediatamente a Haggerston para preparar um contrato. Não há a menor necessidade de você voltar para a cidade; portanto fique tranquilo em Longbourn e conte com minha diligência e meu cuidado. Envie-me uma resposta o mais rápido que puder, e faça o possível para escrever claramente. Achamos melhor que minha sobrinha se case nesta casa, o que espero que aprove. Ela virá até nós hoje. Tornarei a escrever assim que algo de novo for decidido. Seu, etc.,

Edw. Gardiner

— Será possível? — exclamou Elizabeth, quando terminou. — Será possível que ele se case com ela?

— Wickham então não é tão indigno quanto pensávamos — disse a irmã. — Minhas congratulações, meu querido pai.

— E você respondeu à carta? — perguntou Elizabeth.

— Não; mas isso deve ser feito logo.

Com a maior seriedade, ela implorou ao pai que não perdesse mais tempo.

— Oh, meu querido pai — ela exclamou —, volte e escreva imediatamente. Considere a importância de cada minuto neste caso.

— Deixe que eu escreva para o senhor — disse Jane —, se o trabalho lhe desagrada.

— Isso me desagrada muito — ele respondeu —, mas deve ser feito.

E, dizendo isso, regressou com as filhas para casa.

— E posso perguntar qual será a resposta? — disse Elizabeth. — Os termos, imagino, devem ser aceitos.

— Aceitos! Tenho apenas vergonha por ele ter pedido tão pouco.

— E eles *precisam* se casar! Ainda que ele seja *este tipo* de homem!

— Sim, sim, eles precisam se casar. Não há nada mais a ser feito. Mas há duas coisas que eu gostaria muito de saber; uma é quanto dinheiro seu tio pagou para arranjar isso; e a outra, como poderei pagá-lo.

— Dinheiro! Meu tio! — exclamou Jane. — O que quer dizer?

— Quero dizer que nenhum homem em sã consciência se casaria com Lydia por uma tentação tão insignificante quanto cem libras por ano durante minha vida e cinquenta depois que eu me for.

— Isso é bem verdade — disse Elizabeth —; embora não tenha me ocorrido antes. As dívidas serão pagas e ainda restará algo! Oh! Deve ser obra de meu tio! Um homem tão bom e generoso, temo que ele saia prejudicado. Uma quantia pequena não faria tudo isso.

— Não — disse o pai —; Wickham é um tolo se a aceitar por uma quantia menor que dez mil libras. Eu ficaria muito triste de pensar tão mal dele logo no início de nossas relações.

— Dez mil libras! Deus nos livre! Como pagaríamos metade dessa soma?

O senhor Bennet nada respondeu, e todos os três, em profunda reflexão, continuaram caminhando em silêncio até chegarem a casa. O pai então foi para a biblioteca a fim de escrever, e as filhas entraram na saleta do café da manhã.

— Eles realmente vão se casar! — exclamou Elizabeth, assim que ficaram sozinhas. — Como é estranho! E por *isso* devemos ser gratas. Somos obrigadas a nos alegrar com o casamento, por menor que sejam suas chances de felicidade e por mais vil que seja o caráter de Wickham. Oh, Lydia!

— Eu me consolo em pensar — respondeu Jane — que ele certamente não se casaria com Lydia se não tivesse uma verdadeira consideração por ela.

Embora nosso generoso tio tenha feito algo para quitar-lhe as dívidas, não posso acreditar que dez mil libras, ou qualquer valor parecido, tenha sido pago. Ele tem filhos e poderá ter mais. Como poderia gastar metade de dez mil libras?

— Se pudéssemos saber o montante das dívidas de Wickham — disse Elizabeth — e quanto lhe caberá pelo dote de nossa irmã, saberíamos exatamente o que o senhor Gardiner fez por eles, porque Wickham não tem um tostão. A generosidade de nossos tios não poderá jamais ser retribuída. O fato de a receberem em casa e oferecerem apoio e proteção é um sacrifício tão grande que anos de gratidão não serão reconhecimento suficiente. A esta altura ela já está com eles. Se toda essa bondade não a fizer consciente agora, ela nunca merecerá ser feliz! Que vergonha será para ela quando vir minha tia!

— Devemos tentar esquecer o que os dois fizeram — disse Jane.

— Espero que eles sejam felizes e acredito nisso. O consentimento dele em se casar com ela é uma prova, quero crer, de que está pensando corretamente. A afeição mútua fortalecerá a união; e tenho esperança de que eles se estabeleçam tão discretamente e vivam de uma maneira tão racional, que com o tempo essa imprudência seja esquecida.

— A conduta deles foi tão grave — respondeu Elizabeth — que nem você, nem eu, nem ninguém poderá jamais esquecer. É inútil falar disso.

Então ocorreu às moças que a mãe ignorava totalmente o que havia acontecido. Elas foram à biblioteca, portanto, e perguntaram ao pai se ele não queria que fossem contar à mãe. Ele estava escrevendo e, sem levantar a cabeça, respondeu friamente:

— Como quiserem.

— Podemos levar a carta de meu tio e ler para ela?

— Peguem o que quiserem e saiam.

Elizabeth pegou a carta da escrivaninha e as duas subiram juntas. Mary e Kitty estavam com a senhora Bennet; um único comunicado, portanto, serviria a todas. Depois de uma breve preparação para as boas notícias, a carta foi lida em voz alta. A senhora Bennet mal conseguiu se conter. Assim que Jane leu sobre a esperança do senhor Gardiner de que Lydia se casasse em breve, ela explodiu em alegria, e cada frase seguinte aumentava sua exuberância. Estava agora numa agitação tão intensa quanto estivera nervosa por causa da angústia e do desgosto.

Saber que sua filha se casaria era o suficiente. Nenhum medo a perturbava quanto à felicidade da filha, tampouco se sentia humilhada pela lembrança de sua má conduta.

— Minha querida, querida Lydia! — exclamou. — Que alegria! Ela vai se casar! Vou vê-la de novo! Ela se casará aos dezesseis! Meu bondoso e gentil irmão! Eu sabia que seria assim. Sabia que ele resolveria tudo! Como quero vê-lo, e também o querido Wickham! Mas as roupas, o enxoval! Escreverei para minha cunhada Gardiner sobre isso imediatamente. Lizzy, querida, corra até seu pai e pergunte quanto ele vai dar a Lydia. Fique, fique, eu mesma vou. Toque o sino, Kitty, para chamar Hill. Vou me vestir num instante. Minha querida, querida Lydia! Como ficaremos felizes quando nos encontrarmos!

A filha mais velha tentou atenuar um pouco a intensidade daquele arrebatamento, fazendo-a pensar nas obrigações que o comportamento do senhor Gardiner impunha a todos.

— Pois devemos atribuir esse feliz desenlace — ela acrescentou — em grande medida à generosidade dele. Estamos convencidos de que ele prometeu ajudar o senhor Wickham com dinheiro.

— Bem — exclamou a mãe —, está tudo certo; quem mais deveria fazer isso por ela senão o próprio tio? Se ele não tivesse formado uma família, eu e minhas filhas é que deveríamos herdar todo o seu dinheiro, você sabe; e é a primeira vez que recebemos qualquer coisa dele, salvo alguns presentes. Bem! Estou tão feliz! Em pouco tempo teremos uma filha casada. Senhora Wickham! Como soa bem! E ela fez apenas dezesseis anos em junho passado. Minha querida Jane, estou tão agitada que tenho certeza de que não consigo escrever; então vou ditar e você escreverá para mim. Resolveremos sobre o dinheiro com seu pai depois; mas as coisas devem ser encomendadas imediatamente.

Ela então prosseguiu descrevendo todos os detalhes de tecidos de algodão, musselina e cambraia, e em pouco tempo teria ditado pedidos enormes se Jane, com alguma dificuldade, não a tivesse convencido a esperar até que o pai fosse consultado. Um dia de atraso, ela observou, não teria tanta importância; e a mãe estava feliz demais para ser tão obstinada quanto de costume. Outros planos, também, ocorreram-lhe.

— Irei a Meryton — disse ela —, assim que me vestir, para contar a boa notícia à minha irmã Philips. E, quando voltar, poderei visitar Lady Lucas e a senhora Long. Kitty, desça e peça a carruagem. Sair um pouco me fará muito bem, tenho certeza. Meninas, posso fazer algo por vocês em Meryton? Oh! Aí vem Hill! Minha cara Hill, você ouviu as boas-novas? A senhorita Lydia vai se casar; e vocês todos terão um jarro de ponche para brindar no casamento. A senhora Hill no mesmo instante começou a expressar sua alegria. Elizabeth recebeu as congratulações entre as demais, e, então, cansada daquela insensatez, refugiou-se em seu próprio quarto para poder dar livre curso a seus pensamentos.

A situação da pobre Lydia era, na melhor das hipóteses, bastante ruim; mas tinha de agradecer por não ser pior. Ela assim sentia; e, embora, ao olhar para o futuro, nem a felicidade de espírito nem a prosperidade material pudessem ser esperadas para sua irmã, ao pensar no que elas tanto temiam havia apenas duas horas, percebeu todas as vantagens do que havia ocorrido.

Capítulo L

O senhor Bennet muitas vezes desejara, antes desse período de sua vida, ter reservado uma soma anual para melhor prover suas filhas e sua mulher, caso morresse antes dela, em vez de gastar toda a sua renda. Ele agora se arrependia disso mais do que nunca. Se tivesse feito seu dever, Lydia não estaria então em dívida com o tio, tanto no que se refere à honra como ao dinheiro. A satisfação de ter convencido um dos rapazes mais indignos da Grã-Bretanha a ser seu marido teria então cabido a quem era de direito.

O senhor Bennet estava seriamente consternado com o fato de aquela questão, que não trazia muita vantagem a ninguém, ter sido acertada exclusivamente à custa de seu cunhado, e estava determinado, se possível, a descobrir a extensão da ajuda e a saldar a dívida assim que pudesse.

Logo que o senhor Bennet se casou, economizar era considerado totalmente desnecessário, pois, é claro, teriam um filho homem. O filho entraria na divisão da herança quando fosse maior de idade, e a viúva e os filhos menores estariam, assim, assegurados. Cinco filhas chegaram sucessivamente ao mundo, mas o filho ainda estava por vir; e a senhora Bennet, durante muitos anos depois do nascimento de Lydia, esteve certa de que ele viria. Finalmente perderam a esperança, mas então já era tarde demais para economizar. A senhora Bennet não tinha talento para a economia, e apenas o amor do marido pela independência impedia que excedessem a renda que possuíam.

Cinco mil libras estavam asseguradas para a senhora Bennet e as filhas pelo acordo de casamento. Mas em que proporção elas seriam divididas entre as últimas dependia da vontade dos pais. Esse era um ponto, em relação a Lydia, pelo menos, que devia ser acertado agora, e o senhor Bennet não hesitou em aceitar a proposta que tinha diante de si. Com termos de grande reconhecimento pela generosidade do cunhado, embora expressos de forma concisa, ele então registrou no papel sua perfeita aprovação a tudo que havia sido acordado e sua anuência em cumprir com os compromissos assumidos em seu nome. Ele nunca imaginara que, se Wickham pudesse ser convencido a se casar com sua filha, isso seria feito com tão pouca inconveniência para ele quanto no arranjo presente. Mal perderia dez libras por ano pelas cem que seriam pagas a eles; pois, com as despesas e a mesada e os presentes frequentes em dinheiro que a mãe lhe dava, os gastos de Lydia chegavam quase àquela quantia.

Que isso fosse feito com esforço insignificante de sua parte, também era uma surpresa bem-vinda; pois seu desejo atualmente era ter o mínimo de trabalho possível com o acerto. Quando os primeiros acessos de raiva que o motivaram a buscar a filha terminaram, ele naturalmente retornou à sua velha indolência. A carta foi logo despachada; pois, embora demorasse para começar o trabalho, era rápido em sua execução. Suplicou para saber mais detalhes de quanto devia ao cunhado, mas estava bravo demais com Lydia para enviar qualquer mensagem para ela.

A boa notícia se espalhou rapidamente pela casa e, com velocidade proporcional, pela vizinhança. Foi recebida pela última com razoável serenidade. Na verdade, teria sido mais produtivo para as conversas se a senhorita Lydia Bennet tivesse voltado para a cidade; ou, como alternativa ainda mais feliz, se estivesse isolada do mundo em alguma casa de fazenda distante. No entanto havia muito a ser dito sobre o casamento; e os votos sinceros pelo seu bem-estar, que antes eram proferidos por todas as velhas invejosas de Meryton, pouco perderam de seu espírito com essa mudança de circunstâncias, pois, com tal marido, seu sofrimento era considerado certo.

Fazia quinze dias que a senhora Bennet não descia as escadas; mas neste dia feliz ela retomou seu lugar à cabeceira da mesa com radiante bom humor. Nenhum sentimento de vergonha abatia seu triunfo. O casamento de uma filha, que tinha sido seu principal objetivo desde que Jane fizera dezesseis anos, estava agora prestes a acontecer, e seus pensamentos e palavras permaneciam totalmente voltados para os convidados de bodas elegantes, musselinas finas, novas carruagens e criados. Ela estava ocupadíssima pensando num local apropriado para o casal morar na vizinhança e, sem saber nem considerar qual seria sua renda, rejeitou muitos por serem pequenos ou terem pouca importância.

— Haye Park serviria — disse ela —, se os Gouldings a deixassem, ou a mansão de Stoke, se a sala de estar fosse maior; mas Ashworth é longe demais! Eu não suportaria tê-la a quinze quilômetros de distância de mim; e quanto a Pulvis Lodge, o andar superior é horrível.

O marido deixou-a falar sem interrupção enquanto os criados ainda estavam ali. Porém, quando todos eles se retiraram, disse-lhe:

— Senhora Bennet, antes que escolha uma entre todas essas casas para sua filha e seu genro, vamos esclarecer uma coisa. Em pelo menos uma casa dessa vizinhança eles nunca serão admitidos. Não incentivarei a impudência de nenhum dos dois recebendo-os em Longbourn.

Uma longa discussão seguiu-se a essa declaração; mas o senhor Bennet foi firme. E a conversa logo levou a outro assunto; e a senhora Bennet descobriu, com surpresa e horror, que o marido não adiantaria nem um tostão para comprar o enxoval da filha. Ele assegurou que ela não receberia nenhuma demonstração de afeto dele qualquer que fosse a ocasião. A senhora Bennet mal podia compreender. Que a raiva dele chegasse a um ressentimento tão inconcebível, a ponto de recusar à filha um privilégio sem o qual o casamento mal pareceria válido, excedia tudo o que ela acreditava possível. Ela era mais sensível à desgraça que a falta de um novo enxoval causaria às núpcias da filha do que a qualquer noção de vergonha por ela ter fugido e vivido com Wickham quinze dias antes de se casarem.

Elizabeth estava agora muito arrependida de ter, na aflição do momento, revelado ao senhor Darcy seus medos em relação à irmã; pois, já que o casamento colocaria um fim apropriado à fuga em tão pouco tempo, poderiam ter escondido aquele começo desfavorável de todos os que não estivessem imediatamente ligados à família.

Ela não tinha medo de que a história se espalhasse por intermédio dele. Havia poucas pessoas no mundo em cuja discrição ela pudesse confiar tanto; mas, ao mesmo tempo, não havia ninguém cujo conhecimento da fraqueza da irmã a afligisse tanto. Não, contudo, pelo temor de alguma desvantagem individual, pois, de qualquer forma, parecia haver um abismo entre eles. Se o casamento de Lydia se realizasse nos termos mais honrosos, não se deveria supor que o senhor Darcy se ligasse a uma família que, além de todas as outras objeções, teria agora uma aliança e um relacionamento do tipo mais estreito com um homem que ele tão justamente desprezava.

Ela não tinha dúvida de que ele se esquivaria de uma ligação assim. O desejo de Darcy de conquistar sua consideração, que ela havia percebido em Derbyshire, não poderia sobreviver a um golpe como esse. Ela se sentia humilhada e triste; arrependida, embora não soubesse por quê. Sentia falta da estima dele, quando não mais podia esperar obtê-la. Queria saber dele, quando não parecia haver nenhuma chance de ter notícias. Estava convencida de que podia ter sido feliz com ele, quando não era mais provável que se encontrassem.

Que triunfo seria para ele, pensava com frequência, se soubesse que a proposta que ela orgulhosamente recusara apenas quatro meses antes agora seria aceita com alegria e recebida com gratidão! Ela não duvidava que ele fosse tão generoso quanto o mais generoso dos homens; mas, enquanto fosse mortal, deveria haver um sentimento de triunfo.

Elizabeth começava agora a compreender que ele era exatamente o homem que, em caráter e talentos, mais combinaria com ela. Sua inteligência e seu temperamento, embora diferentes dos dela, teriam correspondido a todos os seus desejos. Era uma união que teria sido vantajosa para ambos; com sua desenvoltura e vivacidade, o modo de pensar dele se abrandaria, suas maneiras melhorariam; e com o bom senso, a cultura e o conhecimento do mundo dele, ela teria recebido um benefício ainda maior.

No entanto nenhum casamento feliz poderia agora ensinar à multidão admirada o que era a verdadeira felicidade conjugal. Uma união de tendência diferente, que impedia a realização da outra, logo se formaria em sua família.

Como Wickham e Lydia se sustentariam com alguma independência, ela não conseguia imaginar. Mas podia facilmente conjecturar a pouca felicidade duradoura que caberia a um casal que só se unira porque sua paixão era mais forte do que sua virtude.

O senhor Gardiner logo voltou a escrever para o cunhado. Respondeu brevemente aos agradecimentos do senhor Bennet, garantindo que estava determinado a promover o bem-estar de qualquer membro de sua família; e concluiu com súplicas de que o assunto nunca mais lhe fosse mencionado. O principal objetivo da carta era informá-los de que o senhor Wickham tinha decidido deixar o regimento.

> Eu desejava muito que ele fizesse isso assim que a data do casamento fosse marcada. E acho que concordará comigo que a retirada daquela corporação é altamente aconselhável tanto para ele quanto para minha sobrinha. A intenção do senhor Wickham é entrar para o exército regular; e entre seus antigos amigos ainda há alguns capazes e dispostos a ajudá-lo na carreira militar. Prometeram-lhe um posto no regimento do general ..., agora lotado no norte. É uma vantagem tê-lo longe desta parte do reino. Ele promete sinceramente que ambos serão mais prudentes, e eu espero que, entre pessoas diferentes, onde terão um caráter a zelar, essa promessa seja cumprida. Escrevi para o coronel Forster para informá-lo de nossos atuais arranjos e pedir que ele tranquilize os vários credores do senhor Wickham, em Brighton e nas redondezas, com garantias de um breve pagamento, com o qual me comprometi.

E peço que faça o mesmo e dê garantias similares aos credores dele em Meryton, dos quais devo elaborar uma lista de acordo com as informações de Wickham. Ele confessou todos os seus débitos; espero pelo menos que não tenha nos enganado. Haggerston tem nossas instruções, e tudo será resolvido em uma semana. Eles então se juntarão ao regimento, a menos que sejam convidados para ir a Longbourn primeiro; e fiquei sabendo por intermédio da senhora Gardiner que minha sobrinha tem muita vontade de vê-los antes de deixar o sul. Ela está bem, e pede para enviar lembranças aos pais. Seu, etc.

E. Gardiner

O senhor Bennet e as filhas viram todas as vantagens da saída de Wickham do regimento de ...shire tão claramente quanto o senhor Gardiner. Mas a senhora Bennet não ficou muito feliz com isso. O fato de Lydia se estabelecer no norte, justamente quando ela esperava com muito prazer e orgulho desfrutar de sua companhia, pois de forma alguma desistira do plano de que eles residissem em Hertfordshire, foi uma grande decepção; e, além disso, era uma pena que Lydia fosse separada de um regimento onde conhecia todos e tinha tantos favoritos.

— Ela gosta tanto da senhora Forster — disse a mãe —, será um grande choque mandá-la para longe! E há vários rapazes de quem ela gosta muito também. Os oficiais do regimento do general ... podem não ser tão simpáticos.

A súplica da filha, pois assim deveria ser considerada, de ser admitida na família novamente antes de partir para o norte recebeu a princípio uma negativa absoluta. Porém Jane e Elizabeth desejavam, pelo bem dos sentimentos e do futuro da irmã, que seu casamento fosse reconhecido pelos pais, e pediram tão sinceramente, e ao mesmo tempo com tanta delicadeza e racionalidade, que recebessem Lydia e o marido em Longbourn assim que se casassem, que o senhor Bennet foi convencido a pensar como elas pensavam, e a agir como queriam. E a mãe teve a satisfação de saber que poderia mostrar sua filha casada à vizinhança antes que fosse desterrada para o norte. Quando o senhor Bennet voltou a escrever para o cunhado, portanto, enviou sua permissão para a visita; e ficou acertado que, assim que a cerimônia terminasse, deveriam seguir para Longbourn. Elizabeth ficou surpresa, contudo, com o fato de que Wickham pudesse consentir com tal plano, e, se ela tivesse consultado apenas sua própria vontade, qualquer encontro com ele seria a última coisa que desejaria.

Capítulo LI

O dia do casamento de Lydia chegou; e Jane e Elizabeth ficaram provavelmente mais emocionadas do que a própria. A carruagem foi enviada para encontrá-los em ..., e eles deveriam chegar na hora do jantar. A vinda dos dois era esperada com apreensão pelas senhoritas Bennets mais velhas, e por Jane especialmente, que atribuía a Lydia os sentimentos que ela mesma teria em seu lugar caso fosse culpada; entristecia-se ao pensar o que a irmã teria de suportar.

Eles chegaram. A família estava reunida na sala de café da manhã para recebê-los. Sorrisos estampavam o rosto da senhora Bennet quando a carruagem chegou à porta; o marido aparentava uma seriedade insondável; as filhas estavam alarmadas, ansiosas e inquietas.

A voz de Lydia foi ouvida no vestíbulo; a porta se abriu e ela entrou correndo na sala. A mãe deu um passo à frente, abraçou-a e a recebeu com êxtase; deu a mão, com um sorriso afetuoso, a Wickham, que acompanhava a esposa, e desejou alegrias a ambos com um entusiasmo que não demonstrava dúvidas quanto à felicidade do casal.

A recepção do senhor Bennet, para quem eles se voltaram, não foi tão cordial. Sua fisionomia se tornou mais austera; e ele quase não abriu os lábios. A confiança e tranquilidade do jovem casal, na verdade, eram o suficiente para irritá-lo. Elizabeth sentia desgosto, e até a senhorita Bennet estava chocada. Lydia ainda era Lydia; selvagem, despudorada, barulhenta e atrevida. Ela foi de irmã em irmã, pedindo suas felicitações; e, quando por fim todos se sentaram, olhou ansiosamente para a sala, percebeu uma pequena alteração e observou, com uma risada, que fazia muito tempo que estivera ali pela última vez.

Wickham não estava menos à vontade do que ela, mas suas maneiras eram sempre tão agradáveis, que, se seu caráter e o casamento fossem exatamente como deveriam ser, seus sorrisos e seu desembaraço ao reivindicar o parentesco com a família teriam conquistado a todos. Elizabeth nunca acreditara que ele fosse capaz de tanta desfaçatez; mas sentou-se decidida a no futuro nunca estabelecer limites à impudência de um homem impudente. Tanto ela como Jane estavam ruborizadas; mas a face dos dois que causaram toda a confusão não mudou de cor.

Não faltava assunto. A noiva e a mãe não paravam de falar; e Wickham, que se sentou por acaso ao lado de Elizabeth, começou a perguntar por seus conhecidos na vizinhança com uma desenvoltura e um bom humor aos quais ela se sentiu incapaz de corresponder nas respostas. Os dois pareciam ter recordações maravilhosas. Nada do passado foi relembrado com pesar; e Lydia falava voluntariamente de assuntos a que suas irmãs não teriam aludido por nada desse mundo.

— Pensem que faz três meses — ela exclamou — desde que fui embora; parece apenas uma quinzena para mim; e no entanto aconteceram tantas coisas nesse tempo. Santo Deus! Quando fui embora, não fazia ideia de que estaria casada quando voltasse aqui! Embora eu pensasse que seria muito divertido se eu me casasse.

O pai ergueu os olhos. Jane estava aflita. Elizabeth olhou expressivamente para Lydia; mas ela, que nunca via ou ouvia nada do que escolhia ignorar, continuou alegremente:

— Oh, mamãe! As pessoas da vizinhança sabem que me casei hoje? Eu temia que não soubessem; e quando ultrapassamos o coche de William Goulding, eu estava determinada a informá-lo, então baixei a janela lateral, tirei a luva e deixei minha mão apoiada na moldura da janela para que ele pudesse ver o anel, e então fiz uma mesura e sorri como nunca.

Elizabeth não pôde mais suportar. Levantou-se e saiu da sala; e não voltou mais até que os ouviu passar pelo *hall* em direção à sala de jantar. Então, juntou-se a eles a tempo de ver Lydia, com ansiosa pompa, sentar-se ao lado direito da mãe e dizer à irmã mais velha:

— Ah! Jane, tomarei o seu lugar agora, e você deve se rebaixar, porque sou uma mulher casada.

Não era de esperar que o tempo desse a Lydia o pudor que ela nunca demonstrara. Seu desembaraço e bom humor aumentaram. Ela ansiava por ver a senhora Philips, os Lucas e todos os demais vizinhos, e ouvir ser chamada de senhora Wickham por cada um deles; e, enquanto isso não acontecia, depois do jantar, foi mostrar o anel e vangloriar-se de ter se casado para a senhora Hill e as duas criadas.

— Bem, mamãe — disse ela, quando todos tinham retornado à saleta de café da manhã —, e o que você acha do meu marido? Não é um homem encantador? Tenho certeza de que minhas irmãs todas me invejam. Só espero que elas tenham metade da minha boa sorte. Todas elas devem ir a Brighton. Lá é o lugar ideal para conseguir um marido. Que pena, mamãe, que não fomos todos.

— Verdade; e se minha vontade tivesse sido feita, teríamos ido. Mas, minha querida Lydia, não gosto nem um pouco da ideia de que vá para tão longe. Precisa ser assim?

— Oh, Deus! Sim, mas não há nenhum mal nisso. É do que mais vou gostar. Você, papai e minhas irmãs devem ir até lá nos ver. Passaremos todo o inverno em Newcastle, onde tenho certeza de que haverá bailes, e tratarei de arranjar bons pares para todas elas.

— Eu adoraria! — disse a mãe.

— E quando vocês partirem, poderão deixar uma ou duas de minhas irmãs lá; e tenho certeza de que arrumarei maridos para elas antes de terminar o inverno.

— Agradeço pela parte que me toca — disse Elizabeth —, mas não gosto muito da sua maneira de arranjar maridos.

Os visitantes não ficariam mais de dez dias com eles. O senhor Wickham recebera a nomeação antes de deixar Londres e deveria se apresentar ao regimento dali a quinze dias.

Ninguém, exceto a senhora Bennet, lamentava que a estadia deles fosse tão curta; e ela aproveitou bem o tempo fazendo visitas com a filha e organizando reuniões em casa. Essas reuniões eram agradáveis para todos; evitar o círculo familiar era ainda mais desejável para aqueles que pensavam do que para aqueles que não o faziam.

A afeição de Wickham por Lydia era exatamente o que Elizabeth esperava; não se igualava à que a irmã sentia por ele. Ela nem precisava observar muito para se certificar de que, pela lógica das coisas, a fuga de ambos tinha sido motivada pela força do amor de Lydia e não de Wickham; e ela se perguntaria por que, já que não a amava apaixonadamente, ele escolhera fugir com a irmã, se ela não tivesse certeza de que a fuga tinha sido imposta por suas circunstâncias adversas; e, sendo esse o caso, ele não era o tipo de rapaz que resiste à oportunidade de ter uma companheira.

Lydia estava muito apaixonada por ele. Era o seu querido Wickham em todas as ocasiões; ninguém se comparava a ele. Ele era em tudo o melhor no mundo; e ela tinha certeza de que ele caçaria mais aves no primeiro de setembro do que qualquer outro homem no país.

Certa manhã, alguns dias depois de sua chegada, enquanto estava sentada com as duas irmãs mais velhas, Lydia disse a Elizabeth:

— Lizzy, acho que nunca lhe contei como foi meu casamento. Você não estava perto quando descrevi tudo à mamãe e às outras. Não está curiosa para ouvir como aconteceu?

— Na verdade, não — respondeu Elizabeth. — Acho que, quanto menos se falar nisso, melhor.

— Ih! Você é tão estranha! Mas vou contar-lhe como aconteceu. Nós nos casamos, você sabe, em St. Clement, pois Wickham estava hospedado naquela paróquia. E ficou acertado que todos nós deveríamos estar lá às onze horas. Meus tios e eu iríamos juntos; e os outros nos encontrariam na igreja. Bem, chegou a segunda-feira e eu estava tão nervosa! Estava com muito medo, sabe, de que algo acontecesse e cancelasse o casamento, então estava muito perturbada. E lá estava minha tia, enquanto eu me vestia, rezando e falando como se estivesse pregando um sermão. Contudo, eu não ouvi mais do que uma em cada dez palavras, pois estava pensando, você pode imaginar, em meu querido Wickham. Estava louca para saber se ele ia se casar de casaco azul. Bem, então tomamos o café da manhã às dez, como de costume; achei que nunca terminaria; pois, a propósito, você deve entender que meus tios foram terrivelmente desagradáveis enquanto estive com eles. Acredite em mim, nunca coloquei os pés para fora de casa, embora tenha ficado lá uma quinzena. Nenhuma festa, reunião, nada. Claro que Londres estava vazia, mas o Little Theatre estava aberto. Bem, assim que a carruagem chegou à porta, meu tio foi chamado a negócios por aquele homem horrível, o senhor Stone. E daí, você sabe, quando eles estão juntos, não há fim. Bem, eu fiquei tão apavorada que não sabia o que fazer, pois meu tio deveria entrar comigo na igreja; e se nós chegássemos atrasados, não poderíamos nos casar naquele dia. Mas, por sorte, ele voltou em dez minutos e então todos nós saímos. Entretanto depois lembrei que, se ele não pudesse ter ido, o casamento não precisaria ser adiado, pois o senhor Darcy poderia ter entrado comigo na igreja.

— O senhor Darcy! — repetiu Elizabeth, com imenso espanto.

— Oh, sim! Ele deveria chegar lá com Wickham, sabe. Mas, santo Deus! Eu quase esqueci! Não devia ter dito uma palavra sobre isso. Prometi tanto a eles! O que Wickham dirá? Era para ser um segredo!

— Se era para ser segredo — disse Jane —, não diga mais nada sobre o assunto. Pode confiar que não perguntarei mais nada.

— Oh! Certamente — disse Elizabeth, embora estivesse morrendo de curiosidade — não faremos nenhuma pergunta.

— Obrigada — disse Lydia —, pois, se fizessem, eu sem dúvida contaria tudo, e então Wickham ficaria com raiva.

Diante de tal incentivo para perguntar, Elizabeth foi obrigada a evitar a tentação e fugiu dali.

Contudo, viver ignorando um ponto como esse era impossível; ou pelo menos era impossível não tentar conseguir informações. O senhor Darcy estivera no casamento da irmã. Era uma cena na qual ele aparentemente nada tinha o que fazer, e entre pessoas que nada o atraíam.

Conjecturas quanto ao significado disso, rápidas e desenfreadas, passavam por sua cabeça; mas ela não estava satisfeita com nenhuma. As que mais a agradaram, porque colocavam a conduta dele sob a luz mais nobre, pareciam quase improváveis. Ela não podia suportar tal suspense, então, pegando apressadamente uma folha de papel, escreveu uma carta curta para a tia, pedindo uma explicação sobre o que Lydia tinha deixado escapar, se fosse compatível com o segredo que se pretendera.

Compreenderá prontamente minha curiosidade em saber como uma pessoa sem relação com nenhum de nós, e (falando comparativamente) um estranho para nossa família, esteve entre vocês num momento como esse. Por favor, responda logo e me explique, a menos que, por motivos muito convincentes, isso deva permanecer em segredo, como Lydia parece achar necessário; e então serei obrigada a me resignar com a ignorância.

"Não que eu vá fazer isso, afinal", acrescentou para si mesma, ao terminar a carta; "e, minha querida tia, se não me contar de uma maneira honrada, vou me rebaixar a truques e estratagemas para descobrir."

O delicado senso de honra de Jane não permitiria que ela falasse com Elizabeth em particular sobre o que Lydia havia revelado por descuido. Elizabeth ficou contente por isso; até que suas perguntas recebessem alguma resposta, ela preferia ficar sem uma confidente.

Capítulo LII

Elizabeth teve a satisfação de receber uma resposta quase imediata à sua carta. Assim que a teve em mãos, correu para o pequeno bosque, onde era menos provável ser interrompida, sentou-se em um dos bancos e se preparou para ficar feliz; pois a extensão da carta a convenceu de que ela não continha uma negativa.

Gracechurch Street, 6 de setembro

Minha querida sobrinha,

Acabo de receber sua carta e vou dedicar a manhã inteira a respondê-la, pois prevejo que poucas linhas não serão suficientes para o que tenho a lhe dizer. Devo confessar minha surpresa com sua pergunta; não a esperava vinda de *você*. Não pense que estou zangada, contudo, pois só queria dizer que não imaginava que essas indagações seriam necessárias de *sua* parte. Se preferir não me compreender, perdoe-me a impertinência. Seu tio está tão surpreendido quanto eu, e nada além da crença no fato de você ser uma parte interessada o teria feito agir dessa maneira. Mas, se você é realmente inocente e ignora o assunto, devo ser mais explícita. No mesmo dia em que voltei de Longbourn, seu tio recebeu um visitante muito inesperado. O senhor Darcy chegou e conversou a portas fechadas com ele por várias horas. Tudo já tinha terminado quando eu cheguei; então minha curiosidade não foi tão terrivelmente atiçada como a *sua* parece ter sido. Ele veio para dizer ao senhor Gardiner que havia descoberto onde sua irmã e o senhor Wickham estavam, e que os tinha visto e falado com ambos; com Wickham repetidas vezes, e com Lydia apenas uma vez. Pelo que sei, ele deixou Derbyshire apenas um dia depois de nós e veio para a cidade determinado a procurá-los. O motivo alegado foi sua convicção de que era culpado pelo fato de a vileza de Wickham não ter sido tão amplamente divulgada a ponto de impossibilitar que qualquer jovem de caráter o amasse ou confiasse nele. Com generosidade, atribuiu tudo ao seu equivocado orgulho e confessou que antes acreditava estar acima de revelar sua vida privada para o mundo. Seu caráter deveria falar por si. Considerou-se, portanto, na obrigação de tentar remediar um mal que havia sido causado por sua atitude. Se ele *tivesse outro* motivo, tenho certeza de que não lhe seria desonroso. Levou alguns dias na cidade antes de conseguir descobri-los; mas tinha algo para direcionar sua busca, que era mais do que *nós* tínhamos; e a consciência disso foi outro motivo pelo qual ele decidiu nos procurar. Há uma senhora, ao que parece, uma certa senhora Younge, que foi por algum tempo governanta da senhorita Darcy e foi demitida de seu posto por uma falta que cometeu, embora ele não tenha dito qual. Ela se instalou num casarão em Edward Street e desde então se mantém alugando quartos. Ele sabia que essa senhora Younge tinha uma relação próxima com Wickham; e procurou-a em busca de informações assim que chegou à cidade. Porém levou dois ou três dias para que conseguisse extrair dela o que queria. Ela não trairia a confiança de Wickham, imagino, sem suborno ou corrupção, pois realmente sabia onde ele estava escondido. Wickham de fato a procurara ao chegar a Londres e, se ela tivesse lugar para recebê-los em sua casa, eles estariam ali hospedados. Por fim, contudo, nosso gentil amigo conseguiu o endereço tão desejado. Eles estavam em ... Street. Ele encontrou Wickham e depois insistiu em falar com Lydia. Seu primeiro propósito, ele reconheceu, era persuadi-la a deixar aquela situação desonrosa e retornar para seus amigos assim que eles consentissem em recebê-la, oferecendo sua assistência na medida do possível. No entanto encontrou Lydia absolutamente decidida a permanecer onde estava. Ela não ligava para os amigos; não queria nenhuma ajuda dele; não queria ouvir falar de deixar Wickham. Tinha certeza de que eles se casariam cedo ou tarde, não importava quando. Uma vez que esses eram seus sentimentos, só restava, ele pensou, garantir um casamento, coisa que, em sua primeira conversa com Wickham, soube prontamente que jamais fora seu plano. Ele se confessou obrigado a deixar o regimento por conta de algumas dívidas de jogo, que eram muito prementes; e não teve escrúpulos em atribuir as más consequências da fuga de Lydia exclusivamente à insensatez da jovem. Ele tinha intenção de renunciar ao posto imediatamente; e, quanto à sua futura situação, não podia fazer muitos planos. Deveria ir para algum lugar, mas não sabia para onde, e sabia que não teria como se sustentar. O senhor Darcy perguntou-lhe por que ele não havia se casado com Lydia. Embora imaginasse que o senhor Bennet não fosse muito rico, poderia fazer algo por ele, e sua situação melhoraria com o casamento. Mas Darcy compreendeu, na resposta a essa pergunta, que Wickham ainda nutria a esperança de fazer fortuna casando-se com outra moça em outro lugar. Naquelas circunstâncias, contudo, era pouco provável que fosse contra a tentação de uma solução imediata. Eles se encontraram várias vezes, pois havia muito a ser discutido. Wickham, é claro, queria mais do que podia obter; mas, por fim, foi convencido a ser razoável. Tudo foi acertado entre *eles*; e o próximo passo do senhor Darcy seria relatar tudo a seu tio, por isso procurou-o em Gracechurch Street na noite anterior à minha chegada. Entretanto o senhor Gardiner não estava, e o senhor Darcy descobriu, depois de algumas perguntas, que seu pai ainda estava com ele, mas deixaria a cidade na manhã seguinte. Ele julgava que seria mais apropriado consultar seu tio em vez de seu pai e, portanto, decidiu vê-lo após a partida deste. Darcy não deixou seu nome, e até o dia seguinte só se sabia que um cavalheiro havia visitado nossa casa a negócios. No sábado, ele voltou. Seu pai havia partido, seu tio estava em casa e, como eu disse antes, eles tinham muito a conversar. Encontraram-se novamente no domingo, e então *eu* também o vi. Tudo só ficou acertado na segunda-feira; e tão logo isso aconteceu, o expresso foi enviado para Longbourn. Porém nosso visitante é muito obstinado. Imagino, Lizzy, que a obstinação seja o verdadeiro defeito de seu caráter, afinal. Ele já foi acusado de muitos defeitos em diferentes momentos, mas *este* é o seu verdadeiro. Nada havia a ser feito que ele mesmo não fizesse; embora eu tenha certeza (e não digo isso para que nos agradeça, portanto não fale nada sobre este assunto) de que seu tio teria prontamente feito todo o acerto. Eles discutiram por um longo tempo, mais do que o cavalheiro ou a dama em questão mereciam. Mas, por fim, seu tio foi forçado a ceder, e, em vez de poder ser útil à sobrinha, foi obrigado a aceitar apenas o aparente crédito por isso, o que ia contra sua natureza; e realmente acredito que sua carta esta manhã lhe tenha dado grande prazer, pois exigia uma explicação que o despojaria dos louros emprestados e os devolveria a quem são de direito. Lizzy, ninguém mais deve saber disso a não ser você ou, no máximo, Jane. Sabe perfeitamente bem, eu imagino, o que foi feito pelos dois jovens. As dívidas dele serão pagas, e chegam, acredito, a muito mais de mil libras, outras mil foram dadas de acréscimo ao dote de Lydia, além da compra da nomeação no exército. A razão pela qual isso deveria ser feito apenas por Darcy foi a mesma que descrevi acima: por culpa dele, de sua reserva e falta de consideração, o caráter de Wickham foi tão mal compreendido, e consequentemente ele foi recebido e notado dessa maneira. Talvez haja alguma verdade *nisso*; embora eu duvide que a reserva dele, ou de qualquer outra pessoa, possa ser responsabilizada pelo ocorrido. Contudo, apesar de todas essas elegantes palavras, minha querida Lizzy, pode ficar inteiramente certa de que seu tio jamais teria cedido se não acreditássemos que o senhor Darcy tinha *outro interesse* no caso. Quando tudo isso foi resolvido, ele voltou para seus amigos, que ainda estavam em Pemberley; mas ficou combinado que voltaria a Londres no dia do casamento para acertar os últimos detalhes das questões que envolviam dinheiro. Acredito que agora eu tenha lhe contado tudo. É um relato que, pelo que você me disse, vai lhe causar grande surpresa; espero, pelo menos, que não lhe traga nenhum dissabor. Lydia veio ficar conosco; e Wickham teve acesso constante à nossa casa. *Ele* se portou exatamente da mesma maneira que se portava quando o conheci em Hertfordshire; mas, no que se refere à Lydia, eu não diria o quanto seu comportamento me desagradou enquanto esteve conosco se não tivesse percebido, pela carta de Jane na última quarta-feira, que a conduta dela ao voltar para casa foi exatamente a mesma, e, portanto, o que vou lhe contar agora não causará estranhamento. Conversei com ela diversas vezes da maneira mais séria possível, mostrando toda a maldade do que ela havia feito e toda a infelicidade que trouxera à família. Se ela me escutou, foi por mero acaso, pois tenho certeza de que não me ouviu. Fiquei em alguns momentos muito irritada, mas então me lembrei de minhas queridas Elizabeth e Jane e, por vocês, tive paciência com sua irmã. O senhor Darcy foi pontual em seu retorno e, como Lydia lhe informou, compareceu ao casamento. Ele jantou conosco no dia seguinte e deixaria a cidade novamente na quarta ou quinta-feira. Ficará muito zangada comigo, minha querida Lizzy, se eu aproveitar a oportunidade de dizer (o que nunca tive coragem de dizer antes) o quanto gosto dele? Seu comportamento para conosco foi, em todos os aspectos, tão agradável quanto foi em Derbyshire. Sua inteligência e suas opiniões me agradam muito; não lhe falta nada a não ser um pouco de vivacidade, e *isso*, se ele se casar com *prudência*, pode lhe ser ensinado pela esposa. Achei-o muito discreto; ele quase não mencionou seu nome. Mas a discrição parece estar em alta. Por favor, me perdoe se fui muito impertinente, ou pelo menos não me condene a ponto de me excluir de P. Não serei feliz enquanto não tiver dado a volta toda no parque. Um pequeno fáeton com um belo par de pôneis seria o ideal. Mas devo parar de escrever. As crianças me esperam há meia hora.

Sua, com carinho,
M. Gardiner

    O conteúdo da carta lançou Elizabeth numa agitação da qual era difícil saber se a maior parte era prazer ou sofrimento. As vagas suspeitas que a incerteza produzira quanto ao papel do senhor Darcy no casamento da irmã, suspeitas que ela receava acalentar por ser uma demonstração de bondade grande demais para ser provável, e ao mesmo tempo temia que fossem justas pela dor que aquela gratidão imporia, foram provadas verdadeiras! Ele os seguira propositalmente até a cidade, assumira todo o trabalho e a humilhação de uma busca como aquela, na qual fora necessário suplicar a uma mulher que ele abominava e desprezava, e encontrar com frequência, persuadir e por fim subornar o homem a quem ele sempre tentara evitar e cujo simples nome era uma punição pronunciar. Tinha feito tudo aquilo por uma moça por quem não tinha consideração nem estima. O coração de Elizabeth sussurrava que ele o havia feito por ela. Porém essa foi uma esperança rapidamente suplantada por outras considerações, e ela logo sentiu que até mesmo sua vaidade era insuficiente para fazê-la acreditar que a afeição dele por uma mulher que já o tinha recusado poderia ter sido capaz de superar um sentimento tão natural quanto a aversão a uma relação com Wickham. Cunhado de Wickham! Qualquer tipo de orgulho provocaria uma revolta com o parentesco. Ele já havia, com certeza, feito muito. Ela tinha vergonha de pensar no quanto. Mas ele justificara sua interferência com um motivo que não precisava de um esforço extraordinário para ser crível. Era razoável que ele se sentisse culpado; ele tinha generosidade, e tinha os meios para exercê-la; e embora Elizabeth não se colocasse como principal razão, podia, talvez, acreditar que a afeição que restava por ela pudesse contribuir para seus esforços numa causa na qual sua paz de espírito estivesse em jogo. Era doloroso, extremamente doloroso, saber que tinham tais obrigações para com uma pessoa que jamais poderia receber uma retribuição. Eles deviam a salvação de Lydia e sua reputação a ele. Oh! Ela lamentava sinceramente qualquer desprazer que lhe tivesse provocado, cada observação insolente que lhe havia dirigido. Sentia-se humilhada; mas orgulhosa por ele. Orgulhosa por ver que, numa causa de compaixão e honra, ele fora capaz de dar o seu melhor. Ela leu e releu o elogio que a tia fez a ele. Não era o suficiente; mas lhe agradara. Percebeu até mesmo um prazer, embora misturado com arrependimento, ao descobrir como os tios estavam convencidos de que a afeição e a confiança entre Darcy e ela continuavam vivas.

Foi tirada do banco e de suas reflexões pela aproximação de alguém; e, antes que pudesse entrar em outro caminho, foi alcançada por Wickham.

— Desculpe se interrompo seu passeio solitário, cara cunhada — disse, ao juntar-se a ela.

— Certamente interrompe — ela respondeu com um sorriso —, mas não significa que a interrupção seja inconveniente.

— Ficaria muito triste se fosse. Sempre fomos bons amigos; e agora somos mais ainda.

— É verdade. Os outros estão vindo?

— Não sei. A senhora Bennet e Lydia vão de carruagem a Meryton. Então, minha cara cunhada, fiquei sabendo por intermédio de nossos tios que esteve em Pemberley.

Ela respondeu afirmativamente.

— Quase invejo seu prazer, mas acredito que seria demais para mim, senão iria até lá em meu caminho para Newcastle. E você viu a velha governanta? Pobre Reynolds, ela sempre gostou de mim. Mas é claro que não mencionou meu nome para você.

— Mencionou, sim.

— E o que ela disse?

— Que você tinha entrado para o exército, e ela temia que não estivesse se saindo bem. Numa distância assim tão grande, as coisas são estranhamente mal interpretadas.

— Sem dúvida — ele respondeu, mordendo os lábios. Elizabeth esperava tê-lo silenciado; mas logo depois ele disse:

— Fiquei surpreso em encontrar Darcy na cidade, mês passado. Nos cruzamos várias vezes. Pergunto-me o que ele poderia estar fazendo lá.

— Talvez se preparando para seu casamento com a senhorita de Bourgh — disse Elizabeth. — Deve ser algo especial para levá-lo à cidade nesta época do ano.

— Sem dúvida. Você o viu quando estava em Lambton? Creio ter ouvido dos Gardiners que o encontrou.

— Sim; ele nos apresentou à irmã.

— E gostou dela?

— Muito.

— Ouvi dizer, de fato, que ela melhorou muito nos últimos dois anos. Quando a vi pela última vez, ela não era muito promissora. Estou muito contente que tenha gostado dela. Espero que tudo lhe corra bem.

— Creio que irá; ela passou pela idade mais desafiadora.

— Passou pelo vilarejo de Kympton?

— Não me lembro de ter passado.

— Menciono porque é a paróquia que eu deveria ter recebido. Um lugar dos mais agradáveis! Um excelente presbitério! Teria me satisfeito em todos os aspectos.

— Será que teria gostado de fazer sermões?

— Bastante. Teria considerado como parte do meu dever, e o esforço logo seria mínimo. Não devemos reclamar; mas, certamente, teria sido uma grande coisa para mim! A tranquilidade e a vida reclusa teriam correspondido a todas as minhas ideias de felicidade! Mas não era para ser. Ouviu Darcy mencionar a circunstância quando esteve em Kent?

— Ouvi de uma fonte, que considerei tão fidedigna quanto ele, que a paróquia lhe foi deixada condicionalmente apenas, e ao arbítrio do atual proprietário.

— Ouviu? Sim, há algo de verdade *nisso*; foi o que eu lhe disse desde o princípio, deve se lembrar.

— *Ouvi* dizer também que houve uma época em que escrever sermões não lhe era tão palatável quanto parece ser hoje; que chegou a declarar sua decisão de nunca se ordenar, e que a questão foi acertada de comum acordo.

— Ouviu?! E não foi totalmente sem fundamento. Deve se lembrar do que eu lhe disse sobre esse ponto, da primeira vez que falamos do assunto.

Estavam quase à porta da casa, pois ela tinha andado rápido para se livrar dele. Em consideração à irmã, não quis provocá-lo, e apenas respondeu com um sorriso bem-humorado:

— Vamos deixar disso, senhor Wickham, somos agora irmãos, bem sabe. Não vamos discutir sobre o passado. No futuro, espero que estejamos sempre de acordo.

Ela estendeu a mão, que ele beijou com afetuosa galanteria, embora estivesse constrangido, e entraram na casa.

Capítulo LIII

O senhor Wickham ficou tão perfeitamente satisfeito com essa conversa que nunca mais se inquietou ou provocou sua querida cunhada Elizabeth tocando no assunto; e ela ficou feliz por descobrir que tinha dito o suficiente para silenciá-lo sobre o tema.

O dia da partida do casal chegara, e a senhora Bennet foi obrigada a aceitar a separação, que provavelmente duraria ao menos um ano, já que o senhor Bennet não concordara de forma alguma com os planos de todos irem a Newcastle.

— Oh, minha querida Lydia — ela exclamou —, quando nos veremos de novo?

— Oh, Deus! Não sei. Não nos próximos dois ou três anos, talvez.

— Escreva para mim sempre, querida.

— Sempre que eu puder. Mas, você sabe, mulheres casadas nunca têm muito tempo para escrever. Minhas irmãs podem *me* escrever. Elas não terão nada a fazer.

As despedidas do senhor Wickham foram mais afetuosas do que as da esposa. Ele sorriu, foi simpático e disse muitas coisas bonitas.

— É o sujeito mais encantador que já conheci — disse o senhor Bennet, assim que eles saíram. — Ele distribui sorrisos, insinua-se e conquista a todos. Estou extremamente orgulhoso dele. Desafio até mesmo Sir William Lucas a conseguir um genro mais precioso.

A ausência da filha deixou a senhora Bennet muito apática por vários dias.

— Sempre penso — disse ela — que não há nada tão ruim quanto se separar dos seus familiares. Ficamos tão desamparados sem eles.

— Esta é a consequência, mamãe, de casar uma filha — disse Elizabeth. — Deve consolar-se de que as outras quatro estão solteiras.

— Não é nada disso. Lydia não me deixou porque está casada, mas sim porque o regimento de seu marido fica muito distante. Se fosse mais próximo, ela não teria partido tão cedo.

Entretanto o desânimo no qual o acontecimento a tinha lançado foi logo aliviado, e sua mente se abriu novamente à agitação da esperança por causa de uma notícia que começou a circular. A governanta de Netherfield havia recebido ordens de preparar a casa para a chegada do patrão, que viria dentro de um ou dois dias para passar algumas semanas caçando.[1] A senhora Bennet ficou muito ansiosa. Olhava para Jane, ora sorria, ora balançava a cabeça.

— Pois bem, então o senhor Bingley está para chegar, minha irmã — disse à senhora Philips, que trouxera a notícia. — Bem, tanto melhor. Não que eu ligue. Ele não é nada para nós, você sabe, e tenho certeza de que não quero vê-lo nunca mais. Entretanto, será muito bem-vindo em Netherfield, caso goste de lá. E quem sabe o que pode acontecer? Mas isso não significa nada para nós. Sabe, irmã, concordamos há muito tempo em não dizer uma palavra sobre o assunto. Então é mesmo certo que ele virá?

— Pode confiar — respondeu a outra —, pois a senhora Nicholls esteve em Meryton ontem à noite; eu a vi passando, e desviei de meu caminho com o propósito de confirmar a informação; e ela me disse que era verdade. Ele chegará no máximo na quinta-feira, mais provavelmente na quarta. Ela me disse que estava indo ao açougueiro a fim de encomendar carne para quarta-feira, e ela tem três casais de patos prontos para serem abatidos.

A senhorita Bennet não conseguiu ouvir a notícia sem empalidecer. Fazia já muitos meses que não mencionava o nome dele para Elizabeth; mas então, assim que ficaram a sós, ela disse:

— Vi você me olhando hoje, Lizzy, quando minha tia nos contou a notícia; e sei que eu pareci desconcertada. Mas não imagine que foi por qualquer motivo tolo. Só fiquei confusa naquele momento porque senti que olhavam para mim. Garanto-lhe que a notícia não me traz prazer nem dor. Estou contente por um fato, de que ele vem sozinho, porque assim devemos vê-lo menos. Não que eu tenha medo de *mim mesma*, mas temo os comentários dos outros.

Elizabeth não sabia o que pensar. Se não o tivesse visto em Derbyshire, poderia supor que ele fosse capaz de ir até lá sem nenhum outro motivo além do que fora mencionado; mas ela ainda acreditava que ele gostava de Jane, e ficou na dúvida entre a probabilidade de ele ir a Netherfield *com* a permissão de seu amigo ou de ser ousado o bastante para vir sem permissão.

"Ainda assim é duro", pensava às vezes, "que esse pobre homem não possa vir a uma casa que alugou sem gerar todas essas especulações! Vou parar de pensar nisso."

---

1. Na Inglaterra, a temporada de caça de aves começava entre os meses de setembro e outubro. (N.E.)

Apesar do que a irmã dissera, e realmente ela acreditava serem os sentimentos dela em relação à chegada de Bingley, Elizabeth pôde facilmente perceber que seu humor fora afetado. Estava ansiosa, mais instável do que o normal.

O assunto que fora tão calorosamente discutido entre seus pais havia cerca de um ano agora voltava à tona.

— Assim que o senhor Bingley chegar, meu querido — disse a senhora Bennet —, você o visitará, é claro.

— Não, não. Você me obrigou a visitá-lo no ano passado e prometeu que, se eu fosse vê-lo, ele se casaria com uma de minhas filhas. Mas isso não deu em nada, e eu não vou passar por tolo de novo.

A mulher explicou-lhe que era absolutamente necessária tal atenção de todos os cavalheiros da vizinhança assim que ele retornasse a Netherfield.

— Esta é uma etiqueta que eu desprezo — disse o senhor Bennet. — Se ele quiser nossa companhia, deixe que a procure. Ele sabe onde moramos. Não passarei meu tempo correndo atrás de meus vizinhos toda vez que eles forem embora e voltarem para cá.

— Bem, tudo que sei é que será uma abominável grosseria se não for visitá-lo. Mas, por outro lado, isso não deve impedir que eu o convide para jantar, estou decidida. Devemos receber a senhora Long e os Gouldings em breve. Serão treze conosco, então haverá lugar na mesa para ele.

Consolada com essa decisão, a senhora Bennet pôde suportar melhor a falta de cortesia do marido; embora fosse muito humilhante saber que os vizinhos todos veriam o senhor Bingley antes *deles*.

Quando se aproximou o dia de sua chegada, Jane disse à irmã:

— Começo a lamentar que ele venha. Não seria nada de mais; eu poderia vê-lo com perfeita indiferença, mas não posso suportar ouvir falar nisso o tempo todo. Minha mãe tem boa intenção; mas ela não sabe, ninguém pode saber, o quanto eu sofro com o que ela fala. Ficarei feliz quando a estadia dele em Netherfield tiver acabado!

— Gostaria de dizer alguma coisa para consolá-la — respondeu Elizabeth —; mas não sei o que falar. Você deve estar sofrendo; e a satisfação usual de recomendar paciência aos que sofrem me é negada, porque você sempre tem muita paciência.

O senhor Bingley chegou. A senhora Bennet, com a assistência de seus criados, conseguiu dar um jeito de saber as primeiras informações a respeito, de forma que o período de ansiedade e mau humor de sua parte pudesse ser o mais longo possível. Ela contava os dias que deveriam se passar antes que um convite fosse enviado; sem esperança de vê-lo antes. Contudo, na terceira manhã depois de sua chegada a Hertfordshire, ela o viu, da janela de seu quarto, entrar na propriedade e cavalgar em direção a casa.

As filhas logo foram chamadas para compartilhar sua alegria. Jane resolutamente manteve-se em seu lugar na mesa; mas Elizabeth, para satisfazer a mãe, foi até a janela para olhar... e viu o senhor Darcy com ele. Imediatamente, voltou a sentar-se ao lado da irmã.

— Há um cavalheiro com ele, mamãe — disse Kitty —, quem poderá ser?

— Algum conhecido dele, minha querida, tenho certeza de que não o conheço.

— Veja! — respondeu Kitty. — Parece muito com aquele homem que costumava acompanhá-lo. O senhor... como se chama? Aquele homem alto e orgulhoso.

— Santo Deus! O senhor Darcy! É ele mesmo, eu juro. Bem, qualquer amigo do senhor Bingley será sempre bem-vindo aqui, com certeza; mas devo dizer que o odeio.

Jane olhou para Elizabeth com surpresa e preocupação. Ela sabia pouca coisa do encontro deles em Derbyshire, e portanto lamentou o embaraço que Elizabeth sentiria ao vê-lo quase pela primeira vez depois de receber sua carta explicativa. Ambas as irmãs estavam bastante constrangidas. Cada uma sentia pela outra e, é claro, por si mesma; e a mãe continuou falando sobre sua antipatia pelo senhor Darcy e sua resolução de ser cortês com ele apenas pelo fato de ser amigo do senhor Bingley, embora não fosse ouvida por nenhuma das duas. No entanto Elizabeth tinha fontes de ansiedade das quais Jane não poderia suspeitar, pois ela nunca tivera coragem de mostrar à irmã a carta da senhora Gardiner ou de relatar sua própria mudança de sentimentos em relação ao senhor Darcy. Para Jane, ele era apenas um homem cujo pedido de casamento ela havia recusado e cujo mérito subestimava; mas para ela, que tinha mais informações, ele era a pessoa com quem toda a família estava em dívida pelo maior dos benefícios, e a quem ela mesma via com um interesse, senão tão terno, pelo menos tão razoável e justo quanto o que Jane sentia por Bingley. A perplexidade com a chegada dele, com a vinda dele a Netherfield e a Longbourn, e com o fato de procurá-la voluntariamente, era quase igual à que ela sentira ao testemunhar o seu comportamento transformado em Derbyshire.

A cor que desapareceu de seu rosto retornou em meio minuto com um brilho adicional, e um sorriso de prazer iluminou seus olhos quando pensou que a afeição e os desejos dele deviam estar inabalados. Mas não tinha certeza.

"Verei primeiro como ele se comporta", pensou; "só então poderei nutrir esperanças."

Voltou a atenção para o trabalho, esforçando-se para manter a calma. Não ousava erguer os olhos, até que uma curiosidade ansiosa os direcionou ao rosto da irmã quando o criado se aproximou da porta. Jane estava um pouco mais pálida que de costume, porém mais tranquila do que Elizabeth esperava. Quando os cavalheiros apareceram, ela ganhou cor; mas ainda assim os recebeu com razoável desenvoltura e com um comportamento igualmente livre de qualquer sintoma de ressentimento ou de afabilidade despropositada.

Elizabeth disse o mínimo que a cortesia permitia a ambos e sentou-se novamente para trabalhar, com mais afinco do que era necessário. Ousou olhar apenas uma vez para Darcy. Ele parecia sério, como sempre; e ela achou que estava mais semelhante com o que costumava ser em Hertfordshire do que como o tinha visto em Pemberley. Mas talvez ele não pudesse ser, na frente de sua mãe, o mesmo que fora diante de seus tios. Era uma conjectura dolorosa, mas não improvável.

Também tinha visto Bingley por um instante e, naquele curto período, ele lhe pareceu ao mesmo tempo contente e constrangido. Foi recebido pela senhora Bennet com um grau de cortesia que deixou as duas filhas envergonhadas, especialmente em contraste à polidez fria e cerimoniosa com que cumprimentou seu amigo.

Elizabeth, especialmente, que sabia que a mãe devia ao último a salvação da honra de sua filha favorita de uma infâmia irremediável, sentiu-se chateada e aflita ao extremo por uma distinção tão equivocada.

Darcy, depois de perguntar-lhe como estavam o senhor e a senhora Gardiner, uma pergunta a que ela não conseguira responder sem confusão, não disse quase nada. Ele não estava sentado perto dela; talvez esse fosse o motivo de seu silêncio; mas não tinha sido assim em Derbyshire. Lá ele falara ao menos com seus amigos quando não podia conversar com ela. Mas agora vários minutos tinham se passado sem que se ouvisse o som de sua voz; e quando, ocasionalmente, incapaz de resistir ao impulso da curiosidade, ela ergueu os olhos para ver seu rosto, encontrou-o olhando tanto para Jane quanto para ela, e algumas vezes para nada a não ser o chão. Mais circunspecção e menos ansiedade por agradar do que da última vez que se encontraram eram o que ele expressava. Ela estava desapontada e com raiva de si mesma por se sentir assim.

"Poderia eu esperar que fosse diferente?", pensou consigo mesma. "Mas, então, por que ele veio?" Ela não estava com disposição para conversar com ninguém além dele; e, com ele, mal tinha coragem de falar.

Perguntou pela irmã dele, mas não conseguiu dizer mais nada.

— Faz muito tempo, senhor Bingley, que o senhor foi embora — disse a senhora Bennet.

Ele prontamente concordou.

— Comecei a temer que nunca mais voltasse. As pessoas *disseram* que pretendia deixar totalmente a propriedade, na festa de São Miguel; contudo, espero que não seja verdade. Muitas mudanças aconteceram na vizinhança desde que o senhor partiu. A senhorita Lucas está casada e estabelecida. E uma das minhas filhas também. Suponho que tenha ouvido falar; na verdade, deve ter visto nos jornais. Esteve no *The Times* e no *The Courier*, que eu saiba; embora não tenha saído como deveria. Disseram apenas que "Nos últimos dias, o ilustríssimo senhor George Wickham casou-se com a senhorita Lydia Bennet", sem mencionar uma sílaba sobre seu pai ou o lugar onde ela vivia ou qualquer outra coisa. Foi meu irmão Gardiner quem redigiu, e me pergunto como foi fazer uma coisa tão esquisita assim. O senhor viu?

Bingley respondeu que tinha visto e manifestou suas felicitações. Elizabeth não ousava levantar os olhos. Qual foi a reação do senhor Darcy, portanto, ela não saberia dizer.

— É uma coisa maravilhosa, sem dúvida, ter uma filha casada — continuou a mãe —, mas ao mesmo tempo, senhor Bingley, é muito difícil vê-la levada para tão longe de mim. Eles foram para Newcastle, um lugar bastante ao norte, ao que parece, e lá vão ficar não sei por quanto tempo. O regimento dele fica lá; imagino que tenha ouvido falar que ele deixou o regimento de ...shire e entrou para o exército regular. Graças a Deus! Ele tem *alguns* amigos, mas talvez não tantos quanto mereça.

Elizabeth, que sabia que era uma indireta para o senhor Darcy, sentiu tanta vergonha que mal conseguiu se manter sentada. No entanto, isso arrancou dela um esforço para falar, o que nada mais tinha conseguido fazer até então; assim, ela perguntou a Bingley quanto tempo planejava ficar no campo. Algumas semanas, ele respondeu.

— Quando o senhor tiver matado todas as suas aves, senhor Bingley — disse a mãe —, venha aqui e atire em quantas quiser na propriedade do senhor Bennet. Tenho certeza de que ele ficará muito feliz e guardará todas as melhores perdizes para o senhor.

A angústia de Elizabeth cresceu com essa atenção tão desnecessária e invasiva. Se as mesmas possibilidades que as lisonjearam no ano anterior surgissem agora, tudo, ela tinha convicção, terminaria rapidamente na mesma conclusão vexatória. Naquele instante, ela sentiu que anos de felicidade não poderiam compensar os momentos de tão doloroso constrangimento pelos quais ela e Jane estavam passando.

"O maior desejo do meu coração", disse a si mesma, "é nunca mais estar na companhia de nenhum deles. A companhia dos dois não proporciona nenhum prazer que compense tamanha vergonha! Que eu nunca mais veja nem um nem outro."

No entanto, a angústia, para a qual anos de felicidade não ofereceriam compensação, recebeu logo depois um alívio considerável por observar o quanto a beleza de sua irmã reacendia a admiração do antigo apaixonado. Logo que ele entrou, falou pouco com ela; mas, a cada cinco minutos que se passavam, parecia dar-lhe mais atenção. Achou-a tão bela quanto no ano anterior; tão amável e sem afetação, embora menos falante. Jane estava ansiosa para que nenhuma diferença fosse percebida em seu comportamento, e sentira-se realmente convicta de que falara tanto quanto antes. Porém sua mente mantinha-se tão ocupada que nem sempre ela percebia que estava em silêncio.

Quando os cavalheiros se levantaram para partir, a senhora Bennet se lembrou de sua intenção de cortesia, e eles foram convidados para jantar em Longbourn dentro de alguns dias.

— O senhor me deve uma visita, senhor Bingley — ela acrescentou —, pois, quando partiu para Londres no inverno passado, prometeu jantar com nossa família assim que retornasse. Não esqueci, veja só; e garanto que fiquei muito desapontada com o fato de o senhor não ter voltado e cumprido com o compromisso.

Bingley pareceu um pouco constrangido com esse comentário e disse algo sobre ter sido impedido por negócios. Então eles partiram.

A senhora Bennet estivera fortemente inclinada a convidá-los para jantar naquele mesmo dia; mas, embora sempre servisse uma mesa muito farta, não achava que menos de dois serviços pudessem ser suficientes para um homem que lhe inspirava tantas expectativas, nem para satisfazer o apetite e o orgulho de alguém que tinha a renda de dez mil por ano.

Capítulo LIV

Logo que partiram, Elizabeth saiu para recuperar o ânimo; ou, em outras palavras, para demorar-se sem interrupção naqueles assuntos que a perturbariam ainda mais. O comportamento do senhor Darcy a surpreendera e incomodara.

"Por que veio, afinal", disse a si mesma, "se foi apenas para ficar em silêncio, sério e indiferente?"

Não conseguia compreender de nenhuma forma satisfatória.

"Ele continuou sendo amável e agradável com meus tios quando esteve na cidade; e por que não comigo? Se tem medo de mim, por que vir até aqui? Se não liga mais para mim, por que ficou em silêncio? Que homem irritante, muito irritante! Não pensarei mais nele."

Sua resolução foi involuntariamente mantida por um curto tempo graças à chegada da irmã, que se aproximou com um ar alegre e demonstrava ter ficado mais satisfeita com os visitantes do que Elizabeth.

— Agora — disse Jane —, que este primeiro encontro acabou, sinto-me muito tranquila. Sei de minha própria força e nunca mais ficarei constrangida novamente pela chegada dele. Estou feliz que venha jantar aqui na terça-feira. Todos então verão que, de ambos os lados, nos encontramos apenas como conhecidos comuns e indiferentes.

— Sim, muito indiferentes de fato — disse Elizabeth, rindo. — Oh, Jane, tome cuidado.

— Minha querida Lizzy, não pode achar que sou tão fraca a ponto de correr algum risco agora.

— Acho que você corre grande risco de deixá-lo mais apaixonado do que nunca.

Elas não tornaram a ver os cavalheiros até a terça-feira; e a senhora Bennet, enquanto isso, entregou-se aos planos mais felizes, que o bom humor e a polidez de Bingley, em meia hora de visita, reavivaram.

Na terça-feira, um grupo grande se reuniu em Longbourn; e os dois convidados esperados com mais ansiedade, fazendo jus à pontualidade de sua educação, chegaram no horário. Quando se dirigiram à sala de jantar, Elizabeth ficou atenta para ver se Bingley tomaria o lugar que, em todas as reuniões anteriores, tinha sido dele, ao lado de Jane. Sua prudente mãe, ocupada com as mesmas ideias, resistiu a convidá-lo para se sentar ao seu lado. Ao entrar na sala, ele pareceu hesitar; mas aconteceu de Jane olhar ao redor e sorrir: estava decidido. Ele se sentou ao lado dela.

Elizabeth, com uma sensação de triunfo, olhou para o senhor Darcy, que assistia a tudo com nobre indiferença. Ela teria imaginado que Bingley recebera a sanção do amigo para ser feliz se não tivesse visto os olhos dele também voltados para o senhor Darcy com uma expressão sorridente, mas preocupada.

Seu comportamento em relação a Jane durante o jantar demonstrava uma admiração que, embora mais reservada do que antigamente, convenceu Elizabeth de que, se dependesse apenas dele, a felicidade de Jane, e a dele mesmo, estaria em breve garantida. Embora ela não ousasse confiar no resultado, ainda assim ficava satisfeita ao observar seu comportamento. Isso a deixava tão animada quanto era possível, pois ela não estava de bom humor. O senhor Darcy sentara-se tão longe dela quanto a mesa permitia. Ele estava ao lado da senhora Bennet. Ela sabia que essa situação proporcionaria pouco prazer a ambos e causaria má impressão aos outros convidados. Elizabeth não estava perto o bastante para ouvir sua conversa, mas podia ver que se falavam raramente e percebia a formalidade e a frieza em suas maneiras quando o faziam. A indelicadeza de sua mãe tornava a consciência de que deviam a Darcy mais dolorosa para Elizabeth; e, em alguns momentos, ela sentiu que daria tudo para ter o privilégio de dizer-lhe que sua gentileza não era desconhecida nem menosprezada por toda a família.

Ela tinha esperança de que a noite trouxesse alguma oportunidade de juntá-los; que toda a visita não se passasse sem que eles trocassem algo mais do que a mera saudação cerimoniosa da chegada. O período ansioso e inquieto que ficaram na sala de estar antes da chegada dos cavalheiros foi cansativo e tedioso a ponto de quase torná-la indelicada. Ela ansiava pela entrada deles como o momento do qual dependeria toda a sua chance de prazer naquela noite.

"Se ele não vier até mim, *então*", disse a si mesma, "desistirei dele para sempre."

Os cavalheiros entraram; e ela achou que parecia que ele iria corresponder aos seus desejos; mas, infelizmente, as damas tinham se reunido em volta da mesa, onde a senhorita Bennet preparava o chá e Elizabeth servia o café, num grupo tão estreito que não havia um espacinho perto dela que admitisse uma cadeira. E, quando os cavalheiros se aproximaram, uma das moças se aproximou mais ainda e disse, num sussurro:

— Os homens não virão nos separar, estou decidida. Não queremos nenhum deles, não é mesmo?

Darcy tinha se afastado para outra parte da sala. Ela o seguiu com os olhos, invejando cada um com quem ele falava, sem quase nenhuma paciência para servir o café; e então ficou com raiva de si mesma por ser tão boba.

"Um homem que já foi recusado! Como pude ser tão tola a ponto de esperar uma renovação de seu amor? Existe algum homem que não se rebele contra a fraqueza de fazer uma segunda proposta à mesma mulher? Não há indignidade mais odiosa aos seus sentimentos!"

Animou-se um pouco, contudo, quando ele mesmo veio trazer a xícara de café, e Elizabeth aproveitou a oportunidade para dizer:

— Sua irmã ainda está em Pemberley?

— Sim, ela ficará lá até o Natal.

— Sozinha? Todos os amigos a deixaram?

— A senhora Annesley está com ela. Os outros foram para Scarborough nessas três semanas.

Ela não conseguia pensar em mais nada para dizer; mas, se ele desejasse conversar com ela, poderia ter mais sucesso. Ficou ao lado dela por alguns minutos, em silêncio; e, por fim, quando a moça sussurrou para Elizabeth novamente, ele se afastou.

Quando o serviço de chá foi retirado e as mesas de jogo, montadas, as damas todas se levantaram, e Elizabeth estava na expectativa de que ele logo se aproximasse, mas todas as suas esperanças foram arruinadas ao vê-lo tornar-se presa da avidez da mãe por jogadores de uíste e, poucos instantes depois, ele se sentou com o resto do grupo. Ela então perdeu toda a esperança. Estavam presos a noite toda em mesas diferentes, e ela não tinha nada a esperar a não ser que os olhos dele se voltassem com frequência para o seu lado da sala, para que tivesse tanto insucesso no jogo quanto ela.

A senhora Bennet havia planejado reter os dois cavalheiros de Netherfield para a ceia; mas a carruagem infelizmente havia sido chamada antes das outras, e ela não teve oportunidade de detê-los.

— Bem, meninas — disse ela, logo que os convidados partiram —, o que dizem do dia de hoje? Acho que tudo se passou extraordinariamente bem, tenho certeza. O jantar foi um dos melhores que já vi. A carne de veado estava assada no ponto, e todos disseram que nunca viram um pernil tão grande. A sopa estava cinquenta vezes melhor do que a que tomamos na casa dos Lucas na semana passada; e até o senhor

Darcy reconheceu que as perdizes estavam perfeitas; e suponho que ele tenha dois ou três cozinheiros franceses pelo menos. E, minha querida Jane, nunca a vi mais bela. A senhora Long também disse isso, pois eu perguntei. E adivinhe o que mais ela disse? "Ah, senhora Bennet, finalmente a teremos em Netherfield!" Ela disse isso mesmo. Acho que a senhora Long é a criatura mais bondosa que já existiu, e suas sobrinhas são meninas muito bem-comportadas embora nem um pouco bonitas. Gosto demais delas.

A senhora Bennet, em suma, estava com um humor radiante; tinha visto o suficiente do comportamento de Bingley com Jane para se convencer de que ela finalmente o conquistaria; e suas expectativas de benefícios para a família, quando estava de bom humor, eram tão fantasiosas que ela ficou bastante desapontada ao ver que ele não se apresentara novamente no dia seguinte para fazer a proposta de casamento.

— Foi um dia muito agradável — disse a senhorita Bennet a Elizabeth. — O grupo parecia tão bem selecionado, tão entrosado. Espero que nos reunamos novamente.

Elizabeth sorriu.

— Lizzy, você não deve rir. Não deve suspeitar de mim. Isso me mortifica. Garanto para você que agora aprendi a desfrutar a conversa dele como a de um jovem agradável e sensato, sem nenhum desejo além disso. Estou perfeitamente convencida, considerando suas maneiras atuais, de que ele nunca teve nenhuma intenção de conquistar minha afeição. Acontece que ele é abençoado com um jeito doce de falar e com um desejo mais forte de agradar a todos do que qualquer outro homem.

— Você é muito cruel — disse a irmã —, não me deixa sorrir, mas me provoca a cada momento.

— Como é difícil que acreditem em nós em alguns casos!

— E como é impossível em outros!

— Mas por que você deseja me persuadir de que sinto mais do que admito?

— Esta é uma pergunta a que não sei como responder. Todos adoramos ensinar, porém só ensinamos o que não vale a pena saber. Perdoe-me; mas, se você insistir na indiferença, não me faça sua confidente.

Capítulo LV

Alguns dias depois dessa visita, o senhor Bingley voltou a Longbourn sozinho. Seu amigo o tinha deixado naquela manhã para ir a Londres, mas deveria regressar em dez dias. Ele ficou por pouco mais de uma hora, e estava notavelmente de bom humor. A senhora Bennet o convidou para jantar com eles; mas, com muitas expressões de pesar, ele confessou que tinha outro compromisso.

— Da próxima vez que vier — disse ela —, espero que tenhamos mais sorte.

Ele ficaria muito feliz a qualquer hora, etc., etc.; e, se ela lhe desse permissão, aproveitaria a primeira oportunidade para visitá-los.

— Pode vir amanhã?

Sim, ele não tinha nenhum compromisso para o dia seguinte; e o convite foi aceito com entusiasmo.

Ele chegou tão cedo que as moças ainda não tinham nem se vestido. A senhora Bennet foi correndo ao quarto da filha, de camisola e com os cabelos metade arrumados, exclamando:

— Minha querida Jane, apresse-se e desça correndo. Ele veio, o senhor Bingley veio. Está aqui. Depressa, depressa. Aqui, Sarah, venha agora ajudar a senhorita Bennet com o vestido. Deixe para lá o cabelo da senhorita Lizzy.

— Desceremos assim que pudermos — disse Jane —, mas acredito que Kitty esteja mais adiantada do que nós, pois subiu há meia hora.

— Oh! Pouco importa Kitty! O que ela tem a ver com isso? Venha depressa, depressa! Onde está sua faixa, querida?

Entretanto, quando a mãe saiu, Jane não se deixou convencer a descer sem uma das irmãs.

A mesma ansiedade para deixá-los sozinhos foi vista novamente à noite. Depois do chá, o senhor Bennet retirou-se para a biblioteca, como era seu costume, e Mary subiu para estudar piano. Dois obstáculos de cinco assim removidos, a senhora Bennet se sentou olhando e piscando para Elizabeth e Catherine por tempo considerável sem produzir nenhuma reação. Elizabeth não olhava para ela; e, quando finalmente Kitty olhou, disse de forma muito inocente:

— Qual é o problema, mamãe? Por que você fica piscando para mim? O que devo fazer?

— Nada, criança, nada. Eu não pisquei para você.

Ela então sentou-se e permaneceu quieta por mais cinco minutos, mas, incapaz de desperdiçar uma ocasião tão preciosa, levantou-se de repente e disse a Kitty:

— Venha, meu amor, quero falar com você. — E tirou-a da sala.

Jane no mesmo instante lançou um olhar para Elizabeth que revelava seu constrangimento com essa premeditação e um pedido para que *ela* não cedesse àquilo. Em poucos minutos, a senhora Bennet entreabriu a porta e chamou:

— Lizzy, minha querida, quero falar com você.

Elizabeth foi obrigada a sair.

— Podemos muito bem deixá-los sozinhos, sabe — disse a mãe, assim que chegou ao *hall.* — Kitty e eu vamos lá para cima, no meu quarto de vestir.

Elizabeth não fez nenhuma tentativa de argumentar com a mãe, mas permaneceu em silêncio no *hall* até que ela e Kitty estivessem fora de vista, depois retornou à sala de estar.

Os esquemas da senhora Bennet para aquele dia foram inúteis. Bingley era tudo de mais encantador, exceto o namorado declarado de sua filha. Sua desenvoltura e alegria o transformavam num acréscimo dos mais agradáveis à reunião familiar; ele suportou as intromissões da mãe e ouviu todas as suas tolas observações com uma paciência e tranquilidade que agradavam em especial à filha.

Bingley nem precisou de um convite para ficar para jantar; e, antes de ir embora, firmou-se o compromisso, principalmente entre ele e a senhora Bennet, de que viesse na manhã seguinte caçar com o marido.

Depois desse dia, Jane não disse mais nada sobre sua indiferença. Nenhuma palavra foi trocada entre as irmãs a respeito de Bingley; mas Elizabeth foi para a cama com a crença feliz de que tudo se concluiria rapidamente, a menos que o senhor Darcy voltasse dentro do tempo previsto. Contudo, ela estava seriamente convencida de que tudo aquilo acontecia com a concordância do cavalheiro.

Bingley foi pontual em seu compromisso; e ele e o senhor Bennet passaram a manhã juntos, como combinado. O último foi muito mais agradável do que seu companheiro esperava. Não havia nada de presunção ou tolice em Bingley que pudesse provocar o senso de ridículo do senhor Bennet ou desagradá-lo a ponto de levá-lo ao silêncio; e ele estava mais comunicativo e menos excêntrico do que o outro jamais tinha visto. Bingley, é claro, retornou com ele para jantar; e à noite as artimanhas da senhora Bennet estavam novamente em marcha para afastar todos de Bingley e da filha. Elizabeth, que tinha uma carta a escrever, foi para a sala de café da manhã com esse propósito logo após o chá; pois, como os outros deveriam sentar-se para jogar cartas, sua presença não seria necessária para contrariar os planos da mãe.

Contudo, ao retornar para a sala de estar quando terminou a carta, ela viu, para sua infinita surpresa, que havia motivos para temer que a mãe tivesse sido mais engenhosa do que ela. Ao abrir a porta, ela viu sua irmã e Bingley em pé junto à lareira, como que absortos em uma importante conversa; e se isso não tivesse levado a nenhuma suspeita, a expressão de ambos, quando rapidamente se viraram e afastaram-se um do outro, teria dito tudo. A situação deles era constrangedora o bastante; mas a *sua*, ela pensou, era ainda pior. Nenhuma sílaba foi dita por eles; e Elizabeth estava a ponto de sair novamente quando Bingley, que, assim como Jane, tinha se sentado, levantou-se repentinamente e, sussurrando algumas palavras para ela, saiu apressado da sala.

Jane não poderia ter reservas com Elizabeth porque a confidência lhe daria muito prazer; e, abraçando-a no mesmo instante, reconheceu, com forte emoção, que era a criatura mais feliz do mundo.

— Isso é demais! — ela acrescentou. — Demais mesmo. Eu não mereço. Oh! Por que todos não são felizes assim?

As felicitações de Elizabeth foram dadas com uma sinceridade, um carinho, um encanto que as palavras mal podiam expressar. Cada frase de gentileza era uma nova fonte de alegria para Jane. No entanto ela não podia se permitir ficar com a irmã, nem dizer naquele momento metade do que ainda restava a ser dito.

— Devo falar imediatamente com mamãe — ela exclamou. — Não vou de forma alguma menosprezar sua afetuosa solicitude; ou permitir que ela fique sabendo por outra pessoa que não eu. Ele já foi falar com meu pai. Oh! Lizzy, saber que o que tenho a contar dará tanto prazer à minha querida família! Como posso suportar tanta felicidade?

Ela então correu para a mãe, que tinha propositalmente interrompido o jogo de cartas e estava no andar de cima com Kitty.

Elizabeth, ao ficar sozinha, sorriu em virtude da rapidez e facilidade com que aquele assunto fora finalmente resolvido depois de lhes causar meses de suspense e aborrecimento.

"E este", disse ela para si mesma, "é o fim de toda a ansiosa cautela do senhor Darcy! De toda a falsidade e dos artifícios da senhorita Bingley! O final mais feliz, inteligente e razoável!"

Em poucos minutos, Bingley se juntou a ela, depois de uma conferência curta e direta com o senhor Bennet.

— Onde está sua irmã? — disse ele ao abrir a porta.

— Com minha mãe, lá em cima. Ela descerá num instante, tenho certeza.

Ele então fechou a porta e, aproximando-se dela, solicitou seus parabéns e sua afeição de irmã. Elizabeth, honesta e sinceramente, expressou seu deleite com a perspectiva de serem parentes. Eles se apertaram as mãos com grande cordialidade; e então, até que Jane descesse, ela teve de ouvir tudo o que ele tinha a dizer sobre sua própria felicidade e sobre as perfeições de Jane; e, apesar de ele estar apaixonado, Elizabeth realmente acreditava que todas as suas expectativas de felicidade tinham um fundamento racional, porque tinham por base a excelente compreensão e o excepcional temperamento de Jane, além de uma grande similaridade de sentimentos e gostos entre os dois.

Foi uma noite de alegria extraordinária para todos; a satisfação da senhorita Bennet deu um brilho de doce animação ao seu rosto, deixando-a mais bonita do que nunca. Kitty dava risadinhas e sorria, e esperava que sua vez chegasse logo. A senhora Bennet não encontrava termos calorosos o suficiente para dar seu consentimento ou falar de sua aprovação, embora não tivesse falado sobre outra coisa com Bingley por meia hora; e, quando o senhor Bennet juntou-se a eles para o jantar, sua voz e suas maneiras demonstravam claramente como estava feliz.

Nem uma palavra, contudo, passou por seus lábios em alusão ao fato até que o visitante partisse; mas, assim que Bingley se foi, ele virou-se para a filha e disse:

— Jane, eu lhe dou os parabéns. Você será uma mulher muito feliz.

Jane dirigiu-se a ele no mesmo instante, beijou-o e agradeceu por sua bondade.

— Você é uma boa moça — ele disse —, e me dá grande prazer pensar que estará tão bem estabelecida. Não tenho dúvida de que combinam muito. Vocês têm personalidades muito parecidas. Os dois são tão gentis que nunca resolverão nada; tão amáveis que todos os criados os enganarão; e tão generosos que sempre gastarão mais do que têm.

— Espero que não. A imprudência e a negligência em questões de dinheiro seriam imperdoáveis para mim.

— Gastar mais do que têm! Meu caro senhor Bennet — exclamou a mulher —, do que está falando? Ele tem quatro ou cinco mil libras por ano, e muito provavelmente mais. — Depois disse, dirigindo-se à filha: — Oh! Minha querida Jane, estou tão feliz! Tenho certeza de que não pregarei os olhos hoje à noite. Eu sabia como seria. Sempre disse que seria assim no final. Tinha certeza de que você não podia ser tão bela à toa! Lembro que, desde que o vi quando chegou a Hertfordshire no ano passado, achei que era provável que vocês dois ficassem juntos. Oh! Ele é o rapaz mais belo que já vi!

Wickham, Lydia, tudo estava esquecido. Jane era, sem competição, sua filha favorita. Naquele momento, ela não se importava com nenhuma outra. Suas filhas mais novas logo começaram a se interessar pelas vantagens que Jane, no futuro, poderia lhes proporcionar.

Mary pediu para usar a biblioteca de Netherfield; e Kitty implorou por alguns bailes lá durante o inverno.

Bingley, a partir daí, tornou-se obviamente um visitante diário em Longbourn; chegando com frequência antes do café da manhã e sempre ficando até o jantar; salvo quando algum vizinho incivilizado, que não podia ser detestado o suficiente, fazia-lhe um convite para jantar e ele se sentia na obrigação de aceitar.

Elizabeth agora tinha pouco tempo para conversar com sua irmã; pois, enquanto Bingley estava presente, Jane não tinha atenção para dispensar a ninguém mais; no entanto ela se descobriu muito útil para os dois naqueles momentos de separação que às vezes se impunham. Na ausência de Jane, ele se ligava a Elizabeth pois tinha gosto de falar com ela; e quando Bingley partia, Jane constantemente buscava o mesmo consolo.

— Ele me fez tão feliz — disse ela, uma noite — ao dizer que ignorava totalmente que eu estava em Londres na primavera passada! Eu não acreditava que era possível.

— Eu suspeitava disso — respondeu Elizabeth. — Mas como ele explicou o fato?

— Deve ter sido coisa das irmãs dele. Elas certamente não apreciavam a nossa relação, o que não é de estranhar, já que ele poderia fazer uma escolha muito mais vantajosa em diversos aspectos. Mas, quando elas virem, como acredito que verão, que o irmão está feliz comigo, se resignarão a ficar contentes, e deveremos nos entender bem novamente; embora nunca mais possamos ser como já fomos antes.

— Esta é a frase mais implacável — disse Elizabeth — que já ouvi você pronunciar. Boa menina! Eu ficaria muito triste ao vê-la ludibriada novamente pela falsa consideração da senhorita Bingley.

— Você acredita, Lizzy, que, quando ele foi para Londres em novembro passado, realmente me amava, e apenas o fato de estar persuadido de que *eu* lhe era indiferente impediu que voltasse?

— Ele cometeu um pequeno engano, tenho certeza; mas isso depõe a favor de sua modéstia.

Esse comentário naturalmente introduziu um panegírico de Jane sobre a falta de autoconfiança de Bingley e o pouco valor que dava às suas próprias virtudes. Elizabeth ficou contente ao descobrir que ele não tinha traído o amigo e falado sobre sua interferência; pois, embora Jane tivesse o coração mais generoso e benevolente do mundo, Elizabeth sabia que isso deveria predispor a irmã contra Darcy.

— Sou sem dúvida a criatura mais afortunada que já existiu! — exclamou Jane. — Oh, Lizzy! Por que fui a escolhida da família, abençoada mais do que todas? Se eu pudesse ao menos vê-la tão feliz quanto eu! Se *houvesse* ao menos um homem como esse para você!

— Se você me desse quarenta homens desses, eu jamais poderia ser tão feliz quanto você. Sem o seu caráter e a sua bondade, jamais poderei ter tanta felicidade. Não, não, deixe que eu me arranjo; e, talvez, se eu tiver muita sorte, posso encontrar outro senhor Collins a tempo.

A nova situação da família de Longbourn não podia mais ser um segredo. A senhora Bennet teve o privilégio de cochichar a novidade para a senhora Philips, e ela ousou, sem nenhuma permissão, fazer o mesmo com todos os vizinhos de Meryton.

Os Bennets foram logo declarados a família mais sortuda do mundo, embora apenas algumas semanas antes, quando Lydia fugiu, tivessem sido considerados por todos uma família marcada pelo infortúnio.

Capítulo LVI

Certa manhã, cerca de uma semana depois que o compromisso de Bingley com Jane havia sido firmado, quando ele e as mulheres da família estavam sentados na sala de jantar, sua atenção foi repentinamente atraída para a janela, pelo som de um carro; e avistaram uma carruagem com quatro cavalos chegando pelo gramado. Era cedo demais para receber visitantes, e, fora isso, a carruagem não se parecia com a de nenhum dos vizinhos. Os cavalos eram de aluguel; e nem a carruagem nem a libré do criado eram familiares. Como era certo, contudo, que alguém estava chegando, Bingley imediatamente convenceu a senhorita Bennet a evitar o constrangimento de tal intrusão e convidou-a para caminhar pelo bosque. Ambos saíram, e as conjecturas das três que restaram continuaram, embora com pouca satisfação, até que a porta se abriu e a visitante entrou. Era Lady Catherine de Bourgh.

Todas, sem dúvida, esperavam uma surpresa; mas seu assombro superou as expectativas; e o espanto da senhora Bennet e de Kitty, embora a dama lhes fosse totalmente desconhecida, foi menor do que o de Elizabeth.

Ela entrou na sala com um ar mais descortês do que de costume, respondeu à saudação de Elizabeth apenas com uma leve inclinação da cabeça e sentou-se sem dizer uma palavra. Elizabeth havia mencionado seu nome para a mãe quando ela entrara, embora nenhum pedido de apresentação tivesse sido feito.

A senhora Bennet, perplexa, embora lisonjeada por ter uma visitante de tamanha importância, recebeu-a com a maior polidez. Depois de sentar-se por um momento em silêncio, ela disse muito secamente a Elizabeth:

— Espero que esteja bem, senhorita Bennet. Aquela senhora, suponho, é sua mãe.

Elizabeth respondeu muito sucintamente que era.

— E *aquela*, suponho, é uma de suas irmãs.

— Sim, madame — disse a senhora Bennet, encantada por falar com Lady Catherine. — Ela é a minha penúltima filha. A mais nova de todas se casou recentemente, e a mais velha está no bosque da propriedade caminhando com um rapaz que, acredito, logo será parte da família.

— A senhora tem um parque muito pequeno aqui — respondeu Lady Catherine depois de um breve silêncio.

— Não é nada em comparação com Rosings, minha senhora, acredito; mas garanto que é bem maior do que o de Sir William Lucas.

— Esta deve ser uma sala muito inconveniente para passar a noite no verão; as janelas são todas para oeste.

A senhora Bennet assegurou que eles nunca se sentavam lá após o jantar e então acrescentou:

— Posso tomar a liberdade de perguntar a vossa senhoria se o senhor e a senhora Collins estavam bem quando partiu?

— Sim, muito bem. Estive com eles na noite retrasada.

Elizabeth achou que ela fosse lhe entregar uma carta de Charlotte, pois parecia o único motivo provável de sua visita. Entretanto nenhuma carta apareceu, e ela ficou muito intrigada.

A senhora Bennet, com grande cortesia, convidou Lady Catherine a tomar café da manhã; mas sua senhoria, muito resoluta e pouco educadamente, recusou qualquer coisa; e então, levantando-se, disse a Elizabeth:

— Senhorita Bennet, parece haver um bosquezinho bonito de um dos lados do gramado. Eu gostaria de dar uma volta ali, se a senhorita me fizer o favor de ter sua companhia.

— Vá, minha querida — exclamou a mãe —, e mostre a sua senhoria os diferentes caminhos. Acho que ela gostará de ver o eremitério.[1]

Elizabeth obedeceu e, correndo para o quarto para buscar a sombrinha, encontrou-se com a nobre visitante na sala. Quando passaram pelo *hall*, Lady Catherine abriu a porta para a sala de jantar e a sala de estar, e, declarando, depois de breve inspeção, que eram salas aceitáveis, seguiu em frente.

A carruagem permanecia na porta, e Elizabeth viu que a criada ainda estava lá. Elas prosseguiram em silêncio pelo caminho de cascalho que levava até o bosque; Elizabeth estava determinada a não fazer nenhum esforço para conversar com uma mulher que se mostrava mais insolente e desagradável do que de costume.

"Como já pude achar que ela se parecia com o sobrinho?", ela pensou, observando o rosto da outra.

Assim que entraram no bosque, Lady Catherine começou a falar da seguinte maneira:

---

1. Pequenina casa de campo, muito em voga nos jardins da época. (N.E.)

— Não terá dificuldade, senhorita Bennet, em compreender a razão da minha viagem até aqui. Seu coração e sua consciência devem lhe dizer por que vim.

Elizabeth olhou com sincero espanto.

— Na verdade, está enganada, madame. Não sou capaz de compreender a honra de vê-la aqui.

— Senhorita Bennet — respondeu sua senhoria, num tom irritado —, deve saber que não gosto que brinquem comigo. Mas, por mais insincera que decida ser, eu não o serei. Meu caráter sempre foi celebrado pela sinceridade e franqueza, e, numa causa e num momento como este, certamente não vou abandoná-lo. Um rumor da mais alarmante natureza chegou a mim dois dias atrás. Disseram-me que não só sua irmã estava prestes a se casar muito bem, mas que você, senhorita Elizabeth Bennet, iria, muito provavelmente, unir-se em breve ao meu sobrinho, o senhor Darcy. Ainda que eu *saiba* que isso deve ser uma escandalosa mentira, e embora eu não vá ofendê-lo a ponto de supor que seja verdade, resolvi instantaneamente vir para este lugar, para que eu possa tornar meus sentimentos conhecidos.

— Se acredita impossível que seja verdade — disse Elizabeth, corando com espanto e desdém —, pergunto-me por que se deu ao trabalho de vir tão longe. O que sua senhoria pretende com isso?

— Insisto em ter esse rumor desmentido imediatamente.

— Sua vinda a Longbourn para ver a mim e a minha família — disse Elizabeth friamente — seria antes uma confirmação disso, se, de fato, tal rumor existisse.

— Se existisse! Então finge ignorá-lo? Não foi propositalmente divulgado por vocês? Não sabe que essa história corre por aí?

— Nunca ouvi dizer nada sobre isso.

— E pode da mesma forma declarar que não há fundamento nele?

— Não pretendo ter uma franqueza igual à de sua senhoria. A senhora pode fazer perguntas às quais eu prefira não responder.

— Isso é inaceitável. Senhorita Bennet, insisto que me responda. Ele, meu sobrinho, fez-lhe uma proposta de casamento?

— Sua senhoria declarou isso impossível.

— Assim deve ser; precisa ser assim, enquanto ele detiver o uso da razão. No entanto suas artimanhas e seduções podem, num momento de paixão, tê-lo feito esquecer o que ele deve a si mesmo e a toda a sua família. É possível que o tenha seduzido.

— Se fiz isso, serei a última pessoa a confessá-lo.

— Senhorita Bennet, a senhorita sabe quem eu sou? Não estou acostumada a ser tratada assim. Sou quase a parente mais próxima que ele tem no mundo, e tenho direito de saber de seus assuntos mais íntimos.

— Mas não tem o direito de saber dos meus, e tampouco um comportamento como este me fará ser mais explícita.

— Deixe-me explicar melhor. Esta união, à qual a senhorita tem a presunção de aspirar, não pode jamais acontecer. Não, nunca. O senhor Darcy é comprometido com minha filha. Agora, o que tem a dizer?

— Apenas isto; se ele for assim comprometido, a senhora não deve ter motivo para supor que me fará uma proposta de casamento.

Lady Catherine hesitou por um instante e então respondeu:

— O compromisso entre eles é de um tipo peculiar. Desde a infância, foram destinados um ao outro. Era o maior desejo da mãe *dele*, bem como o meu. Enquanto estavam no berço, planejamos sua união: e agora, no momento em que o desejo de ambas as irmãs seria realizado com o casamento, essa união pode ser impedida por uma moça de situação inferior, sem nenhuma importância no mundo e totalmente estranha à família! Não tem consideração pelo desejo dos amigos dele? Pelo compromisso tácito com a senhorita de Bourgh? Não tem nenhum sentimento de decência e delicadeza? Não me ouviu dizer que desde as primeiras horas ele foi destinado à prima?

— Sim, e já ouvi isso antes. Mas o que tenho a ver com isso? Se não há outra objeção ao meu casamento com seu sobrinho, certamente não me impedirá o fato de saber que sua mãe e sua tia desejavam que ele se casasse com a senhorita de Bourgh. Vocês duas fizeram o máximo que podiam para planejar o casamento. A realização depende de outros. Se o senhor Darcy não está nem pela honra nem pela inclinação comprometido com a prima, por que não pode fazer outra escolha? E se eu for essa escolha, por que não poderia aceitá-lo?

— Porque a honra, o decoro, a prudência e até o interesse o proíbem. Sim, senhorita Bennet, o interesse; pois não espere ser aceita pela família e pelos amigos dele se agir voluntariamente contra as inclinações de todos. Será censurada e desprezada por todos ligados a ele. Sua aliança será uma desgraça; seu nome nunca será mencionado entre nós.

— Esses são graves infortúnios — respondeu Elizabeth. — Porém a esposa do senhor Darcy deverá ter tantas fontes extraordinárias de felicidade por conta de sua posição que poderia, em geral, não ter motivo para se lamentar.

— Menina obstinada e teimosa! Tenho vergonha de você! Esta é a gratidão que demonstra pelas atenções que lhe dei na primavera passada? Não me deve nada por isso? Vamos nos sentar. Precisa entender, senhorita Bennet, que vim aqui determinada a cumprir meu propósito; e não serei dissuadida. Não estou acostumada a me submeter aos caprichos de ninguém. Não tenho o hábito de tolerar frustrações.

— *Isso* tornará a situação de vossa senhoria mais lastimável; mas não terá efeito sobre mim.

— Não serei interrompida. Ouça-me em silêncio. Minha filha e meu sobrinho foram feitos um para o outro. Eles descendem, do lado materno, da mesma linhagem nobre; e do paterno, de famílias respeitáveis, antigas e ilustres, embora sem títulos. A fortuna de ambos os lados é esplêndida. Eles estão destinados um ao outro pela voz de cada membro de suas respectivas casas; e o que vai separá-los? As pretensões arrogantes de uma moça sem família, relações ou fortuna. Isso deve ser tolerado? Não, isso não pode, não deve acontecer. Se preocupa-se com seu próprio bem, não desejará deixar a esfera na qual foi criada.

— Casando-me com seu sobrinho, não consideraria que estaria deixando essa esfera. Ele é um cavalheiro; eu sou filha de um cavalheiro; nisso somos iguais.

— Verdade. É filha de um cavalheiro. Mas quem é sua mãe? Quem são seus tios e tias? Não imagine que ignoro a condição de sua família.

— Quaisquer que sejam minhas relações — disse Elizabeth —, se o seu sobrinho não as rejeita, a senhora não deve ter nada a dizer.

— Diga-me, de uma vez por todas, está noiva dele?

Embora Elizabeth não fosse responder a essa pergunta pelo simples propósito de satisfazer Lady Catherine, não pôde evitar dizer, depois de um instante de deliberação:

— Não estou.

Lady Catherine pareceu satisfeita.

— E promete que nunca aceitará tal compromisso?

— Não farei nenhuma promessa desse tipo.

— Senhorita Bennet, estou chocada e espantada. Eu esperava encontrar uma moça mais sensata. Mas não se iluda acreditando que vou desistir. Não irei embora enquanto não me der a garantia que exijo.

— E eu certamente *jamais* lhe darei essa garantia. Não serei intimidada a fazer nada tão pouco razoável. Vossa senhoria quer que o senhor Darcy se case com sua filha; mas o fato de eu prometer-lhe o que deseja torna esse casamento mais provável? Supondo que ele esteja apaixonado por mim, minha recusa em aceitar seu pedido fará com que ele o dirija à prima? Permita-me dizer, Lady Catherine, que os argumentos com os quais a senhora fundamentou esse extraordinário pedido foram tão frívolos quanto o pedido é insensato. A senhora se engana sobre meu caráter se pensa que posso ser influenciada pela tentativa de tal persuasão. Até que ponto seu sobrinho aprovaria sua interferência nos assuntos dele? Não sei dizer; mas a senhora certamente não tem direito de se intrometer nos meus. Devo solicitar, portanto, para não ser mais importunada por essa questão.

— Não com tanta pressa, por favor. Eu não terminei. A todas as objeções que já citei, tenho ainda outra a acrescentar. Não ignoro os detalhes da infame fuga de sua irmã mais nova. Sei de tudo; que o fato de o jovem se casar com ela foi um negócio arranjado, à custa de seu pai e de seus tios. E uma moça como essa se tornará cunhada de meu sobrinho? O marido dela, filho do administrador de seu finado pai, será seu cunhado? Deus do céu! O que está pensando? Que os vultos de Pemberley serão assim profanados?

— Agora a senhora não tem mais nada a dizer — ela respondeu, ressentida. — Já me insultou de toda forma possível. Devo implorar para que retornemos a casa.

E, enquanto dizia isso, se levantou. Lady Catherine também se levantou, e elas voltaram. Sua senhoria estava tomada pela raiva.

— Não tem consideração, então, pela honra e pela reputação de meu sobrinho? Menina insensível e egoísta! Não considera que uma ligação com você vai desgraçá-lo aos olhos de todos?

— Lady Catherine, não tenho mais nada a dizer. A senhora conhece meus sentimentos.

— Está então decidida a conquistá-lo?

— Não disse isso. Só estou decidida a agir da maneira que, na minha opinião, contribuirá para minha felicidade, sem consideração à *senhora* ou a qualquer pessoa estranha a mim.

— Muito bem. Recusa-se, então, a fazer o que peço. Recusa-se a obedecer ao dever, a honra e a gratidão. Está determinada a arruiná-lo na opinião de todos os seus amigos e torná-lo motivo de desprezo para o mundo.

— Nem o dever, nem a honra, nem a gratidão — respondeu Elizabeth — me obrigam a nada na presente situação. Nenhum desses princípios seriam violados pelo meu casamento com o senhor Darcy. E em relação ao ressentimento de sua família, ou à indignação do mundo, se esse ressentimento fosse provocado pelo fato de ele se casar comigo, isso não me preocuparia em nenhum instante; e o mundo em geral teria muito mais sensatez para não aderir ao desprezo.

— E esta é sua verdadeira opinião! É sua decisão final! Muito bem. Agora saberei como agir. Não imagine, senhorita Bennet, que sua ambição será recompensada. Vim para testá-la. Esperava que fosse razoável; mas, tenha certeza, farei valer minha vontade.

Nesses termos Lady Catherine se pronunciou até que elas chegaram à porta da carruagem, quando, virando-se com ímpeto, ela acrescentou:

— Não me despedirei de você, senhorita Bennet. Não enviarei meus cumprimentos à sua mãe. A senhorita não merece tal atenção. Estou extremamente desapontada.

Elizabeth não respondeu nada; e, sem tentar persuadir sua senhoria a voltar para casa, caminhou em silêncio até lá. Ouviu a carruagem se afastar enquanto subia as escadas. A mãe, impaciente, encontrou-a à porta do quarto de vestir e perguntou por que Lady Catherine não tinha entrado para descansar.

— Ela preferiu ir embora — respondeu a filha.

— É uma mulher muito distinta! E o fato de visitar-nos foi muito cortês! Pois só veio, suponho, para nos dizer que os Collins estão bem. Ela estava a caminho de outro lugar, acredito, e assim, ao passar por Meryton, pensou que podia muito bem visitá-la. Imagino que ela não tinha nada de especial para lhe dizer, não é, Lizzy?

Elizabeth foi obrigada a ceder a uma pequena mentira nesse ponto, pois reconhecer o assunto da conversa lhe era impossível.

Capítulo LVII

A perturbação que essa visita extraordinária causou no humor de Elizabeth não pôde ser superada com facilidade; tampouco ela conseguiu, por muitas horas, parar de pensar incessantemente no assunto. Lady Catherine, ao que parecia, tinha se dado ao trabalho de viajar de Rosings pelo simples propósito de romper seu suposto noivado com o senhor Darcy. Era um plano racional, sem dúvida! Mas, quanto à origem do rumor sobre o noivado, ela nem imaginava; até que se lembrou de que *ele* era amigo íntimo de Bingley, e o fato de *ela* ser irmã de Jane era o suficiente numa época em que a expectativa de um casamento deixava todos ansiosos por outro, para incitar a ideia. Ela não tinha esquecido que o casamento da irmã faria com que se encontrassem com frequência. E os vizinhos de Lucas Lodge, portanto (pois concluiu que o rumor só poderia ter chegado a Lady Catherine por meio da comunicação deles com os Collins), tinham considerado quase certo e imediato aquilo que ela só imaginara possível em algum momento futuro.

Refletindo sobre as expressões de Lady Catherine, contudo, não pôde deixar de sentir alguma inquietude quanto à possível consequência de ela persistir nessa interferência. Com base no que ela dissera sobre sua determinação de impedir o casamento, ocorreu a Elizabeth que Lady Catherine planejava falar com o sobrinho; e a forma como *ele* encararia uma descrição similar dos perigos dessa ligação, Elizabeth não ousava adivinhar. Ignorava o grau exato da afeição dele pela tia ou a confiança que tinha no julgamento dela, mas era natural supor que tivesse muito mais consideração por sua senhoria do que por ela; e era certo que, ao enumerar as misérias do casamento com alguém cujas relações imediatas eram tão diferentes das dele, a tia tocaria em seu ponto fraco. Com suas noções de dignidade, provavelmente sentiria que os argumentos, que para Elizabeth pareciam fracos e ridículos, seriam dotados de bom senso e sólida reflexão.

Se ele estivesse hesitante sobre o que deveria fazer, o que parecia provável, o conselho e o pedido de um parente tão próximo poderiam aplacar qualquer dúvida e fazê-lo decidir imediatamente ser tão feliz quanto possível com sua dignidade imaculada. Nesse caso, ele não mais retornaria. Lady Catherine podia encontrá-lo em sua passagem por Londres; e o compromisso que tinha com Bingley de voltar a Netherfield seria cancelado.

"Se, portanto, uma desculpa por não manter a promessa chegar a seu amigo em alguns dias", ela pensou, "saberei como interpretá-la. Deverei então abandonar qualquer expectativa, qualquer desejo por seu afeto. Se ele se conformar apenas em lamentar a minha perda, quando poderia obter meu amor e minha mão, logo deverei parar de lamentar a sua."

A surpresa dos demais membros da família ao ficarem sabendo quem os visitara foi muito grande; mas satisfizeram sua curiosidade com o mesmo tipo de suposição que contentou a senhora Bennet; e Elizabeth foi poupada do incômodo que o assunto lhe causaria.

Na manhã seguinte, quando ela estava descendo as escadas, encontrou o pai, que saíra da biblioteca com uma carta na mão.

— Lizzy — disse ele —, eu ia à sua procura; venha à minha sala.

Ela o seguiu até lá; e sua curiosidade por saber o que ele tinha a dizer aumentou pela suposição de que tivesse alguma relação com a carta que segurava. De repente, pensou que poderia ser de Lady Catherine; e antecipou com desalento todas as explicações consequentes.

Ela seguiu o pai até a lareira e ambos se sentaram. Ele então disse:

— Recebi uma carta esta manhã que me espantou demais. Como diz respeito principalmente a você, deve saber de seu conteúdo. Eu não sabia que tinha duas filhas prestes a se casar. Deixe-me parabenizá-la por essa conquista tão importante.

O rosto de Elizabeth corou com a convicção imediata de que se tratava de uma carta do sobrinho, e não da tia; e estava em dúvida se devia se sentir contente por ele afinal ter se explicado, ou ofendida pelo fato de a carta não ser endereçada a ela; quando o pai continuou:

— Você parece ciente. As moças têm grande perspicácia em questões como esta; mas acho que posso desafiar até mesmo a *sua* sagacidade para descobrir o nome de seu admirador. Esta carta é do senhor Collins.

— Do senhor Collins! E o que *ele* pode ter a dizer?

— Algo muito pertinente, é claro. Ele começa com congratulações pelo noivado de minha filha mais velha, do qual, ao que parece, ficou sabendo por intermédio de algum dos bem-intencionados e fofoqueiros Lucas. Não vou brincar com a sua impaciência lendo o que ele diz sobre esse ponto. O que diz respeito a você é o seguinte:

> Após expressar as sinceras congratulações, minhas e da senhora Collins, quanto a esse feliz acontecimento, permita-me agora acrescentar um breve conselho quanto ao outro, do qual fomos informados pela mesma fonte. Sua

filha Elizabeth, presume-se, não usará mais o nome Bennet depois que a irmã mais velha renunciar a ele, e o parceiro escolhido para seu destino pode ser razoavelmente considerado uma das personalidades mais ilustres desta terra.

— Pode imaginar, Lizzy, a quem ele se refere?

Esse rapaz foi abençoado, de forma peculiar, com tudo o que o coração de um mortal pode mais desejar: propriedade esplêndida, origem nobre e extensa influência. Mas, apesar de todas essas tentações, deixe-me alertar minha prima Elizabeth e o senhor dos males nos quais podem incorrer por aceitar precipitadamente a proposta desse cavalheiro, da qual, é claro, ficarão inclinados a tirar imediata vantagem.

— Você tem alguma ideia, Lizzy, de quem é esse cavalheiro? Agora ele revela:

Meu motivo para alertá-los é o que segue. Temos razões para imaginar que a tia dele, Lady Catherine de Bourgh, não vê a união com bons olhos.

— O senhor Darcy, veja só, é o homem! Agora, Lizzy, acho que a surpreendi. Poderiam ele e os Lucas ter escolhido um homem do círculo de nossas amizades cujo nome melhor desmentisse o que alegam? O senhor Darcy, que nunca olha para nenhuma mulher a não ser para ver um defeito, e que provavelmente nunca olhou para você nessa vida! É admirável!

Elizabeth tentou rir da brincadeira do pai, mas só conseguiu forçar um sorriso dos mais relutantes. Nunca o senso de humor dele a tinha afetado de maneira tão desagradável.

— Não está achando graça?
— Oh, sim! Por favor, continue lendo.

Depois de mencionar a probabilidade desse casamento a sua senhoria na noite passada, ela imediatamente, com sua usual condescendência, expressou o que sentia na ocasião; quando ficou aparente que, por causa de algumas objeções familiares à minha prima, ela jamais daria seu consentimento ao que chamou de uma união das mais vergonhosas. Achei que era meu dever dar conhecimento disso o mais rápido possível à minha prima, para que ela e seu nobre admirador possam estar cientes do que estão prestes a fazer, e não se joguem apressadamente num casamento que não foi propriamente sancionado.

— O senhor Collins ainda acrescenta:

Estou muito feliz que a triste situação de minha prima Lydia tenha sido tão bem encoberta, e só lamento que o fato de eles terem vivido juntos antes do casamento seja amplamente conhecido. Não devo, contudo, negligenciar os deveres que me cabem, ou abster-me de declarar minha surpresa por saber que recebeu o jovem casal em sua casa logo depois do casamento. Foi um encorajamento ao vício; e, se eu fosse o reitor de Longbourn, teria me oposto ativamente a isso. O senhor certamente deve perdoá-los, como um cristão, mas nunca admitir vê-los ou permitir que seus nomes sejam mencionados em sua presença.

— Essa é a noção que ele tem do perdão cristão! O restante da carta trata apenas da situação de sua querida Charlotte e de suas expectativas por um jovem ramo de oliveira. Mas, Lizzy, parece que você não gostou. Não vai agir como uma *menininha*, espero, e fingir estar ofendida com uma fofoca. Pois vivemos para quê, além de sermos ridicularizados por nossos vizinhos e rir deles de vez em quando?

— Oh! — exclamou Elizabeth. — Achei muito divertido. Mas é tão estranho!

— Sim. É *isso* que é engraçado. Se eles tivessem se fixado em qualquer outro homem, não seria nada; mas a perfeita indiferença do senhor Darcy e a antipatia que você tem por ele tornam isso tão deliciosamente absurdo! Por mais que eu abomine escrever, não desistirei da correspondência com o senhor Collins por nada. Mais ainda, quando leio uma carta como esta, não posso deixar de preferi-lo até mesmo a Wickham, por mais que eu dê valor à impudência e à hipocrisia de meu genro. E, por favor, Lizzy, me conte, o que disse Lady Catherine sobre esse boato? Ela veio para recusar seu consentimento?

A essa pergunta a filha respondeu apenas com uma risada; e, como tinha sido feita sem nenhuma suspeita, não ficou constrangida quando ele a repetiu. Elizabeth nunca tivera tanta dificuldade para dissimular seus sentimentos. Era necessário rir, quando sentia vontade de chorar. O pai a tinha ferido da forma mais cruel pelo que dissera sobre a indiferença do senhor Darcy, e ela não podia fazer nada a não ser pensar sobre a falta de perspicácia do pai, ou temer, talvez, que, em vez de ele enxergar muito pouco, ela que tivesse imaginado demais.

Capítulo LVIII

Em vez de receber uma carta de desculpas do amigo, como Elizabeth esperava, Bingley trouxe Darcy consigo a Longbourn poucos dias depois da visita de Lady Catherine. Os cavalheiros chegaram cedo; e, antes que a senhora Bennet tivesse tempo de dizer a Darcy que havia visto sua tia, coisa que a filha temeu com terror momentâneo, Bingley, que queria ficar sozinho com Jane, propôs que todos saíssem para caminhar. Era consenso que a senhora Bennet não tinha o hábito de caminhar; Mary não queria desperdiçar tempo; mas os cinco restantes saíram juntos. Bingley e Jane, contudo, logo permitiram que os demais tomassem a dianteira. Eles ficaram para trás, enquanto Elizabeth, Kitty e Darcy deveriam se entreter sozinhos. Pouca coisa foi dita pelos três; Kitty tinha muito medo dele para falar; Elizabeth tomava secretamente uma decisão desesperada; e talvez ele estivesse fazendo o mesmo.

Andaram em direção aos Lucas porque Kitty queria visitar Maria; e, como Elizabeth não viu motivo para fazer disso uma preocupação geral, quando Kitty os deixou, ela ousou continuar o passeio sozinha com ele. Este era o momento para sua decisão ser executada e, enquanto tinha coragem, disse imediatamente:

— Senhor Darcy, sou uma criatura muito egoísta; e, para aliviar meus próprios sentimentos, não me importo muito se estiver machucando os seus. Não posso mais deixar de agradecer por sua gentileza ímpar para com minha pobre irmã. Desde que fiquei sabendo, estive muito ansiosa para admitir o quanto sou grata. Se o resto da minha família soubesse, eu não teria apenas a minha gratidão para expressar.

— Sinto muito, muito mesmo — respondeu Darcy num tom de surpresa e emoção —, que tenha sido informada sobre algo que poderia, sob um olhar equivocado, causar-lhe inquietação. Não imaginei que a senhora Gardiner fosse tão pouco confiável.

— Não deve culpar minha tia. Um descuido de Lydia primeiro me alertou que estava envolvido na questão; e, é claro, não pude descansar enquanto não soubesse dos detalhes. Deixe-me agradecer mais uma vez, em nome da minha família, pela generosa compaixão que o induziu a ter tanto trabalho, e suportar tanto tormento, para descobrir onde estavam.

— Se *quer* me agradecer — ele respondeu —, que seja apenas em seu nome. Pois o desejo de lhe trazer tranquilidade deu força às outras razões que me motivaram, não devo negar. Mas sua *família* não me deve nada. Por mais que os respeite, acredito que eu tenha pensado apenas em *você*.

Elizabeth ficou constrangida demais para dizer uma palavra. Depois de uma curta pausa, seu companheiro acrescentou:

— Você é generosa demais para brincar comigo. Se os seus sentimentos ainda são os mesmos de abril passado, por favor, me diga de uma vez. *Minha* afeição e meu desejo continuam inalterados, mas uma palavra sua me silenciará quanto a esse assunto para sempre.

Elizabeth, sentindo muito mais do que simples constrangimento e ansiedade pela situação dele, foi obrigada a falar; e imediatamente, embora sem muita fluência, deu a entender que seus sentimentos tinham passado por uma mudança considerável desde o período a que ele aludira, a ponto de fazer com que ela recebesse com gratidão e prazer as declarações presentes. A felicidade que essa resposta produziu foi tanta que ele provavelmente nunca se sentira assim antes; e ele se expressou com tanto afeto e ternura na ocasião quanto se imagina que um homem perdidamente apaixonado possa fazer. Se Elizabeth tivesse sido capaz de olhar em seus olhos, teria visto como a expressão de sincera satisfação iluminava seu rosto, tornando-o mais bonito; mas, embora não conseguisse olhar, podia ouvir, e ele lhe falou sobre sentimentos que, além de provarem a importância que ela tinha para ele, tornavam sua afeição a cada instante mais valiosa.

Eles continuaram caminhando sem saber para onde. Havia muito a ser pensado, sentido e dito para que dessem atenção a qualquer outra coisa. Ela logo ficou sabendo que deviam o seu bom entendimento aos esforços da tia dele, que o visitara em sua passagem por Londres, e lá relatou sobre a viagem a Longbourn, o motivo e o tema de sua conversa com Elizabeth; demorando-se enfaticamente em cada expressão desta última, que, na visão de sua senhoria, denotava perversidade e impertinência; na crença de que tal relato a ajudaria em seu objetivo de obter do sobrinho a promessa que Elizabeth tinha se recusado a fazer. Mas, infelizmente para sua senhoria, o efeito tinha sido exatamente o contrário.

— Isso me fez ter esperança — disse ele —, como eu jamais me atrevera a ter. Eu conhecia o suficiente do seu caráter para saber que, se estivesse absoluta e irrevogavelmente decidida contra mim, teria reconhecido isso a Lady Catherine de forma franca e aberta.

Elizabeth corou e riu ao responder:

— Sim, conhece o bastante da minha franqueza para acreditar que eu seria capaz *disso*. Depois de humilhá-lo de forma tão abominável, eu não teria escrúpulos em humilhá-lo para todos os seus parentes.

— O que disse sobre mim que eu não merecesse? Pois, embora suas acusações fossem equivocadas, formadas sobre premissas falsas, meu comportamento na época mereceu a mais severa reprovação. Foi imperdoável. Não posso pensar nisso sem repugnância.

— Não vamos brigar para saber quem teve mais culpa naquela noite — disse Elizabeth. — Nenhum de nós, se examinarmos com atenção, teve uma conduta irrepreensível; mas desde então, nós dois, assim espero, melhoramos em cortesia.

— Não posso me reconciliar tão facilmente comigo mesmo. A lembrança do que eu disse na época, de minha conduta, minhas maneiras e expressões na ocasião é agora, e há muitos meses, inexprimivelmente dolorosa para mim. Jamais esquecerei sua reprovação, tão bem aplicada: "Se tivesse se comportado de modo mais cavalheiresco". Essas foram suas palavras. Não sabe, mal pode imaginar, como elas me torturaram; embora tenha levado algum tempo, confesso, para que eu tivesse o bom senso de considerá-las justas.

— Eu estava certamente muito longe de imaginar que elas causariam uma impressão tão forte. Não tinha a menor ideia de que o afligiriam dessa forma.

— Posso facilmente imaginar. Você me achava então destituído de qualquer sentimento decente, tenho certeza disso. Jamais esquecerei a mudança no seu semblante quando disse que eu não poderia tê-la abordado de nenhuma forma que a fizesse me aceitar.

— Oh! Não repita o que eu disse aquele dia. Essas lembranças não são boas. Garanto que há muito tempo me envergonho sinceramente disso.

Darcy mencionou sua carta.

— Ela a fez pensar melhor de mim? Você, ao lê-la, deu algum crédito a seu conteúdo?

Elizabeth explicou qual tinha sido o efeito da carta sobre ela e como gradualmente seus antigos preconceitos foram desaparecendo.

— Eu sabia — disse ele — que o que escrevi lhe causaria sofrimento, mas era necessário. Espero que tenha destruído a carta. Havia uma parte especialmente, no início dela, que eu detestaria que lesse novamente. Posso me lembrar de algumas expressões que poderiam justamente fazer com que me odiasse.

— A carta certamente será queimada se acredita que isso seja essencial para preservar a minha consideração; mas, embora ambos tenhamos razão de acreditar que minhas opiniões não sejam inteiramente inalteráveis, elas não são, eu espero, tão volúveis quanto isso implica.

— Quando lhe escrevi aquela carta — respondeu Darcy —, acreditava que estava perfeitamente calmo e seguro, mas desde então estou convencido de que a escrevi num estado de espírito terrivelmente amargurado.

— A carta, talvez, tenha começado com amargura, mas não terminou assim. A despedida é muito carinhosa. Mas não pense mais na carta. Os sentimentos da pessoa que a escreveu e da pessoa que a recebeu são agora tão diferentes do que eram então, que qualquer circunstância desagradável ligada a ela deve ser esquecida. Precisa aprender um pouco da minha filosofia. Pense no passado apenas se a lembrança lhe der prazer.

— Não posso lhe dar crédito por qualquer filosofia parecida. Suas memórias devem ser tão livres de qualquer reprovação que o contentamento que vem delas não é o da filosofia, mas, o que é ainda melhor, o da inocência. Entretanto, comigo não é assim. Lembranças dolorosas invadem meus pensamentos e não podem ser afastadas. Fui um ser humano egoísta por toda a minha vida na prática, ainda que não em princípios. Quando criança, me ensinaram o que era certo, mas não fui ensinado a corrigir meu temperamento. Deram-me bons princípios, mas me deixaram segui-los com orgulho e presunção. Infelizmente, como o único filho homem (e por muitos anos o único filho), fui mimado pelos meus pais, que, embora fossem bons (meu pai, particularmente, era tudo de mais benevolente e amável), permitiam, incentivavam, quase me ensinavam a ser egoísta e arrogante; a não me importar com ninguém além do meu círculo familiar; a desprezar o resto do mundo; ou a pelo menos pensar que o bom senso e o valor dos outros eram inferiores comparados aos meus. Assim eu fui, dos oito aos vinte e oito; e assim eu poderia continuar sendo se não fosse por você, minha querida, adorável Elizabeth! O que não lhe devo! Você me ensinou uma lição, difícil a princípio, mas muito proveitosa. Por você, eu aprendi a humildade. Quando a procurei, não tinha nenhuma dúvida de como seria minha recepção. Você me mostrou como eram insuficientes minhas pretensões para agradar uma mulher digna de ser agradada.

— Estava então convencido de que eu o aceitaria?

— Sim, estava. O que pensará da minha vaidade? Eu acreditava que você desejava e esperava minha proposta.

— Minhas maneiras devem tê-lo enganado, mas garanto que não foi intencionalmente. Nunca quis iludi-lo, contudo meu temperamento muitas vezes me leva ao erro. Como deve ter me odiado depois daquele dia!

— Odiá-la? Fiquei com raiva talvez a princípio, entretanto minha raiva logo começou a tomar a direção adequada.

— Quase tenho medo de perguntar o que pensou de mim quando nos encontramos em Pemberley. Você me culpa por ter ido até lá?

— Não, de jeito nenhum; senti apenas surpresa.

— Sua surpresa não deve ter sido maior do que a minha com sua atenção. Minha consciência me dizia que eu não merecia aquela extraordinária polidez, e confesso que eu não esperava receber *mais* do que me era devido.

— Minha intenção — respondeu Darcy — foi lhe mostrar, com toda cortesia possível, que eu não era tão ruim a ponto de ressentir o passado; e esperava obter o seu perdão, mudar sua opinião, demonstrando que suas censuras tinham sido levadas em consideração. O momento em que outros desejos surgiram, não sei dizer, mas acredito que cerca de meia hora depois de tê-la visto.

Ele então contou sobre o prazer de Georgiana em conhecê-la, e sua decepção com a interrupção súbita da amizade, o que naturalmente os levou a falar da causa daquela interrupção, e ela logo ficou sabendo que a decisão de seguir para Derbyshire em busca de Lydia tinha sido tomada antes de ele deixar a hospedaria, e que sua seriedade e seu ar pensativo não vinham de outras preocupações a não ser daquelas inerentes a um propósito como aquele.

Ela expressou sua gratidão novamente, mas era doloroso demais para ambos continuarem naquele assunto.

Depois de andarem vários quilômetros despreocupadamente, e ocupados demais para notarem o caminho, descobriram finalmente, ao observar seus relógios, que era hora de voltar para casa.

— O que teria acontecido com o senhor Bingley e Jane? — foi a pergunta que introduziu o assunto sobre os dois. Darcy estava encantado com o noivado deles; o amigo o tinha informado logo que acontecera.

— Posso perguntar se ficou surpreso? — disse Elizabeth.

— Nem um pouco. Quando eu parti, senti que aconteceria em breve.

— Isso quer dizer que lhe deu sua permissão. Eu imaginei.

E embora ele protestasse contra o termo, ela descobriu que era muito adequado.

— Na noite antes de eu partir para Londres — disse ele —, confessei a Bingley uma coisa que eu deveria ter admitido muito tempo antes. Disse a ele tudo o que tinha ocorrido para tornar minha interferência em seus assuntos absurda e impertinente. Seu espanto foi grande. Ele nunca tivera a menor desconfiança. Eu lhe disse, além do mais, que acreditava estar errado ao supor, como tinha feito, que Jane lhe era indiferente; e como pude facilmente perceber que o afeto dele por ela não diminuíra, não duvidei de que seriam felizes juntos.

Elizabeth não pôde deixar de sorrir diante da facilidade com que ele conduzia o amigo.

— Falou baseado em sua própria observação — disse ela — quando contou a ele que minha irmã o amava, ou nas informações que lhe dei na última primavera?

— Em minha observação. Observei-a atentamente durante as últimas duas visitas que fiz a vocês; e fiquei convencido de sua afeição.

— E sua garantia, imagino, fez com que ele tivesse imediata convicção.

— Sim. Bingley é de uma modéstia muito sincera. Sua insegurança impediu que ele confiasse no próprio julgamento nesse caso, mas a confiança dele no meu tornou tudo mais fácil. Fui obrigado a confessar uma coisa que, por um tempo, e não injustamente, o prejudicou. Não podia me permitir esconder que sua irmã estivera na cidade durante três meses no inverno passado, que eu sabia e omiti dele. Ele ficou irritado. Mas sua raiva, estou convencido, não durou mais do que o tempo em que permaneceu na dúvida sobre os sentimentos de Jane. Ele já me perdoou de todo o coração.

Elizabeth desejou muito acrescentar que o senhor Bingley tinha sido um amigo encantador; tão facilmente conduzido que seu valor era inestimável; mas conteve-se. Ela se lembrou de que ele ainda precisava aprender a rir de si mesmo, e era cedo demais para começar. Ao antecipar a felicidade de Bingley, que, é claro, só seria inferior à dele próprio, o senhor Darcy continuou a conversa até que chegaram a casa. No *hall*, eles se separaram.

Capítulo LIX

— Minha querida Lizzy, onde você estava? — foi a pergunta que Elizabeth ouviu de Jane assim que entrou na sala, e de todos os outros quando se sentou à mesa. Bastou dizer que eles tinham andado a esmo até que ela mesma não soubesse mais onde estavam. Ela corou enquanto falava; mas nem isso nem qualquer outra coisa despertou suspeitas sobre a verdade.

A noite passou tranquilamente, sem nenhum acontecimento extraordinário. Os noivos oficiais conversaram e riram, os não oficiais ficaram em silêncio. Darcy não tinha um temperamento no qual a felicidade transbordava em alegria; e Elizabeth, agitada e confusa, mais *sabia* que estava feliz do que o *sentia*; pois, fora o atordoamento imediato, havia outros males diante dela. Ela antecipava o que a família sentiria quando a situação fosse conhecida; estava ciente de que ninguém gostava dele, exceto Jane; e até temia que os demais tivessem uma antipatia tão grande por ele, que nem a fortuna e a importância podiam superar.

À noite, abriu o coração para Jane. Embora a desconfiança estivesse longe dos hábitos da senhorita Bennet, ela se mostrou incrédula.

— Você está brincando, Lizzy. Não pode ser! Noiva do senhor Darcy! Não, não, pare de me enganar. Eu sei que é impossível.

— Este é um mau começo, de fato! Minha única esperança era você; e tenho certeza de que ninguém mais vai acreditar em mim, se você não acredita. Mas é verdade, falo sério. Não digo nada além da verdade. Ele ainda me ama, e estamos noivos.

Jane olhou para ela, duvidando.

— Oh, Lizzy! Não pode ser. Eu sei o quanto você o detesta.

— Você não sabe de nada. *Aquilo* tudo deve ser esquecido. Talvez eu nem sempre o tenha amado como amo agora. Mas, em casos como este, uma boa memória é imperdoável. Esta é a última vez que eu mesma vou me lembrar disso.

A senhorita Bennet ainda parecia perplexa. Elizabeth novamente, e com a maior seriedade, assegurou-lhe da verdade.

— Santo Deus! Pode mesmo ser? Mas agora devo acreditar em você — exclamou Jane. — Minha querida, querida Lizzy, eu lhe daria os parabéns, eu lhe dou, mas, você tem certeza? Desculpe-me a pergunta: tem certeza de que pode ser feliz com ele?

— Não pode haver dúvida quanto a isso. Já está acertado entre nós que seremos o casal mais feliz do mundo. Mas você está contente, Jane? Gostaria de tê-lo como cunhado?

— Muito, muito mesmo. Nada poderia dar a Bingley ou a mim mais satisfação. Mas nós chegamos a cogitar isso e achamos que era impossível. E você o ama mesmo o bastante? Oh, Lizzy! Faça tudo menos se casar sem amor. Está mesmo certa de que sente o que deveria sentir?

— Oh, sim! Você perceberá que sinto até *mais* do que deveria quando eu lhe contar tudo.

— O que quer dizer?

— Devo confessar que gosto mais dele do que de Bingley. Tenho medo que fique brava comigo.

— Minha querida irmã, agora fale sério. Quero conversar com você muito a sério. Conte-me tudo o que preciso saber, sem demora. Diga-me, desde quando você o ama?

— O sentimento foi surgindo tão gradualmente que nem sei quando começou. Mas acredito que o marco foi desde que vi sua bela propriedade em Pemberley.

Outro pedido para que ela falasse a sério, contudo, produziu o efeito desejado; e ela logo satisfez Jane com sua solene garantia de afeto. Quando convencida desse ponto, a senhorita Bennet não tinha mais o que desejar.

— Agora estou muito feliz — disse ela —, pois você será tão feliz quanto eu. Sempre gostei dele. Bastaria o amor dele por você para eu estimá-lo para sempre; mas agora, como amigo de Bingley e seu marido, só você e Bingley são mais queridos para mim. Mas, Lizzy, você foi muito dissimulada, muito reservada comigo. Contou-me tão pouco do que se passou em Pemberley e Lambton! Devo tudo o que sei a outra pessoa, não a você.

Elizabeth contou-lhe os motivos de sua discrição. Ela não queria mencionar Bingley; e a inquietude em seus próprios sentimentos tinha-a feito evitar igualmente o nome do amigo. Mas agora ela não esconderia mais a responsabilidade dele na felicidade de Lydia. Tudo foi reconhecido, e passaram metade da noite conversando.

— Santo Deus! — exclamou a senhora Bennet, parada à janela na manhã seguinte. — Se não é aquele desagradável do senhor Darcy chegando novamente com nosso querido Bingley! O que ele quer sendo tão inconveniente, vindo aqui todo dia? Não faço ideia, mas ele podia ir caçar ou fazer qualquer outra coisa em vez de perturbar-nos com sua companhia. O que faremos com ele? Lizzy, vá caminhar com ele novamente para que não fique no caminho de Bingley.

Elizabeth quase não conseguiu segurar o riso com proposta tão conveniente; mas ficou realmente chateada com o fato de a mãe sempre insultá-lo daquela forma.

Assim que entraram, Bingley olhou para ela de modo expressivo e apertou-lhe a mão com tanta afetuosidade que não deixava dúvida de que já sabia de tudo; e logo depois disse em voz alta:

— Senhora Bennet, não há mais alamedas aqui por perto nas quais Lizzy possa se perder novamente?

— Aconselho o senhor Darcy, Lizzy e Kitty — disse a senhora Bennet — a caminharem para o monte Oakham nesta manhã. É uma longa e agradável caminhada, e o senhor Darcy nunca viu a paisagem.

— Pode fazer muito bem para os outros — respondeu o senhor Bingley —, mas tenho certeza de que será demais para Kitty. Não é, Kitty?

Kitty reconheceu que preferia ficar em casa.

Darcy confessou que tinha uma grande curiosidade para ver a vista do monte, e Elizabeth consentiu em silêncio. Quando ela subiu para se aprontar, a senhora Bennet a seguiu, dizendo:

— Sinto muito, Lizzy, que você seja obrigada a ter aquele homem desagradável como companhia. Mas espero que não se importe: é tudo pelo bem de Jane, você sabe; e não há necessidade de falar com ele, apenas de vez em quando. Então, não se dê ao trabalho.

Durante a caminhada, ficou resolvido que o consentimento do senhor Bennet seria pedido naquela noite. Elizabeth reservou para si a conversa com a mãe. Não sabia dizer como ela reagiria; e duvidava que toda a riqueza e grandiosidade dele seriam suficientes para superar o horror que a mãe tinha daquele homem. Mas quer ela fosse intensamente contra a união, quer ficasse intensamente encantada, era certo que suas maneiras seriam igualmente inadequadas para fazer justiça a seus sentimentos; e Elizabeth não poderia suportar que o senhor Darcy ouvisse seus primeiros arroubos de alegria mais do que a primeira veemência de sua desaprovação.

À noite, logo depois que o senhor Bennet se retirou para a biblioteca, ela viu o senhor Darcy também se levantar e segui-lo, e sua agitação ao perceber isso foi extrema. Ela não temia a oposição do pai, mas ele ficaria infeliz; e o fato de que sua filha favorita o angustiasse por causa de sua escolha, que o enchesse de temores e arrependimento ao ceder sua mão era uma triste reflexão, e ela permaneceu aflita até que o senhor Darcy apareceu novamente, e, ao olhar para ele, ficou um pouco aliviada com seu sorriso. Poucos minutos depois ele se aproximou da mesa onde ela estava sentada com Kitty e, enquanto fingia admirar seu trabalho, disse num sussurro:

— Vá ver seu pai, ele a espera na biblioteca.

Ela foi imediatamente.

O pai estava andando pela sala, com um ar grave e ansioso.

— Lizzy — disse ele —, o que você está fazendo? Perdeu a razão para aceitar esse homem? Você sempre o odiou!

Como ela desejava que suas antigas opiniões tivessem sido mais razoáveis; suas expressões, mais moderadas! Teria lhe poupado explicações e confissões que eram excessivamente constrangedoras, mas que agora eram necessárias, e ela lhe assegurou, com alguma confusão, de sua afeição pelo senhor Darcy.

— Em outras palavras, está determinada a ficar com ele. Ele é rico, com certeza, e você terá mais roupas finas e carruagens elegantes do que Jane. Mas isso a fará feliz?

— Tem alguma outra objeção — disse Elizabeth — a não ser sua crença na minha indiferença?

— Nenhuma. Todos nós sabemos que ele é um homem orgulhoso e desagradável; mas isso não será nada se você realmente gosta dele.

— Eu gosto, gosto muito dele — ela respondeu, com lágrimas nos olhos —, eu o amo. Ele não tem nenhum orgulho inadequado. É perfeitamente amável. Você não sabe quem ele realmente é; então, por favor, não me cause sofrimento falando dele nesses termos.

— Lizzy — disse o pai —, dou a ele o meu consentimento. Ele é o tipo de homem, na verdade, a quem eu jamais ousaria recusar qualquer coisa que me solicitasse. Agora dou meu consentimento a *você*, se está resolvida a ficar com ele. Mas deixe-me aconselhá-la a pensar melhor. Conheço o seu temperamento, Lizzy. Sei que não poderá ser feliz nem respeitável a menos que estime verdadeiramente seu marido; a menos que o admire e o considere superior. Sua vivacidade a colocará no maior dos perigos num casamento desigual. Você dificilmente escapará do descrédito e da desgraça. Minha filha, não permita que eu tenha a tristeza de vê-la incapaz de respeitar seu parceiro na vida. Você não sabe o que está fazendo.

Elizabeth, ainda mais comovida, foi franca e solene em sua resposta; e por fim, com repetidas garantias de que o senhor Darcy era realmente o objeto de sua escolha, explicando a mudança gradual pela qual sua estima tinha passado, relatando sua absoluta certeza de que o afeto dele não era coisa de um dia, mas tinha resistido à prova de muitos meses de suspense, e enumerando com energia todas as suas boas qualidades, ela venceu a incredulidade do pai, reconciliando-o com a ideia da união.

— Bem, minha querida — disse, quando ela terminou de falar —, não tenho mais nada a dizer. Se este é o caso, ele a merece. Eu não poderia me separar de você, minha Lizzy, por alguém menos valoroso.

Para completar a impressão favorável, ela então contou o que o senhor Darcy havia feito voluntariamente por Lydia. Ele a ouviu com perplexidade.

— Esta é uma noite de surpresas, de fato! Então, Darcy fez tudo; acertou o casamento, deu o dinheiro, pagou as dívidas do sujeito e conseguiu-lhe o posto no exército! Tanto melhor. Isso me economizará um mundo de problemas e dinheiro. Se fosse coisa de seu tio, eu precisaria e desejaria lhe pagar; mas esses jovens apaixonados e insensatos fazem tudo à sua maneira. Vou me oferecer para lhe pagar amanhã; ele esbravejará sobre o amor que tem por você, e será o fim do assunto.

Ele então lembrou-se do constrangimento de Elizabeth alguns dias antes, quando lera a carta do senhor Collins, e, depois de rir dela por algum tempo, permitiu finalmente que ela partisse, dizendo, enquanto ela deixava a sala:

— Se algum rapaz vier pedir a mão de Mary ou Kitty, mande-o entrar, pois não estou fazendo nada.

A mente de Elizabeth estava agora aliviada de um grande peso; e, depois de meia hora de silenciosa reflexão em seu quarto, ela juntou-se aos demais com relativa calma. Tudo era recente demais para a alegria dela, mas a noite transcorreu tranquilamente; não havia mais nada sério a temer, e o conforto da familiaridade viria com o tempo.

Quando a mãe se retirou para o quarto de vestir à noite, ela a seguiu e fez o importante comunicado. O efeito foi o mais extraordinário; pois, logo ao ouvir, a senhora Bennet sentou-se imóvel, incapaz de proferir uma sílaba. Só depois de muitos, muitos minutos, ela conseguiu entender o que ouvira, embora em geral não fosse tola para compreender o que era vantajoso para a família ou que viesse na forma de um noivo para qualquer uma das filhas. Ela finalmente começou a se recuperar, remexeu-se na cadeira, levantou-se e sentou-se novamente, admirou-se e benzeu-se.

— Santo Deus! Deus me abençoe! Imagine só! Meu Deus! O senhor Darcy! Quem diria! E é realmente verdade? Oh! Minha doce Lizzy! Como você será rica e importante! Quanto dinheiro, joias e carruagens terá! Jane não é nada em comparação, nada. Estou muito satisfeita, muito feliz. Um homem tão encantador! Tão bonito! Tão alto! Oh, minha querida Lizzy! Por favor, me desculpe por ter tido tanta antipatia por ele antes. Espero que isso seja esquecido. Querida, querida Lizzy. Uma casa na cidade! Tudo de mais encantador! Três filhas casadas! Dez mil libras por ano! Oh, Deus! O que será de mim? Vou enlouquecer.

Isso foi suficiente para demonstrar que sua aprovação não precisava ser posta em dúvida; e Elizabeth, alegrando-se com o fato de que o arroubo da mãe tivesse sido ouvido apenas por ela, logo saiu do quarto. Mas, antes que passasse três minutos sozinha, a mãe a seguiu.

— Minha filha querida — ela exclamou —, não consigo pensar em mais nada! Dez mil libras por ano, e muito provavelmente mais! É tão bom quanto um lorde! E uma licença especial.[1] Você deve e vai se casar com uma licença especial. Mas, minha amada, me diga qual é o prato que o senhor Darcy mais gosta, vou servi-lo amanhã.

Esse era um triste presságio de como seria o comportamento da mãe para com o cavalheiro; e Elizabeth descobriu que, embora certa de possuir a calorosa afeição de Darcy e de estar segura do consentimento de seus parentes, ainda faltava algo. No entanto o dia seguinte transcorreu muito melhor do que ela esperava; pois a senhora Bennet felizmente estava num estado de tamanha reverência para com seu futuro genro que não ousava falar com ele, a menos quando podia oferecer-lhe alguma atenção ou demonstrar deferência por suas opiniões.

Elizabeth teve a satisfação de ver o pai se esforçar para conhecer melhor o senhor Darcy; e o senhor Bennet logo garantiu que ele crescia em sua estima a cada hora.

— Admiro muito todos os meus genros — disse ele. — Wickham, talvez, seja o meu favorito; mas acho que vou gostar do *seu* marido tanto quanto do de Jane.

---

1. Nessa época, na Inglaterra, para se casar, era preciso publicar três vezes na paróquia da jurisdição em que residiam os noivos um anúncio de casamento. Para que uma cerimônia pudesse ocorrer mais rapidamente sem esse anúncio, era possível obter da igreja uma licença especial, que custava muito caro. (N.E.)

Capítulo LX

O humor de Elizabeth logo retornou à espirituosidade habitual, e ela quis que o senhor Darcy lhe contasse como se apaixonou por ela.
— Como começou? — perguntou ela. — Compreendo que tenha continuado encantado uma vez que tenha iniciado; mas o que pôde tê-lo feito se apaixonar num primeiro momento?
— Não posso precisar uma hora, ou um lugar, ou o olhar, ou as palavras que estabeleceram a base. Faz muito tempo. Eu já estava envolvido antes que soubesse que havia começado.
— Minha beleza você já tinha desdenhado e, quanto às minhas maneiras, meu comportamento no mínimo beirava a descortesia, e nunca falei com você sem desejar causar-lhe aborrecimento. Agora, seja sincero: admirou-me por minha impertinência?
— Pelo vigor de sua inteligência, sim.
— Pode muito bem chamar de impertinência. Não foi menos. O fato é que você estava cansado de civilidades, deferências, atenções exageradas. Enojado com as mulheres que estavam sempre falando, olhando e buscando *sua* aprovação. Eu me destaquei e provoquei seu interesse porque era muito diferente *delas*. Se não fosse realmente bondoso, teria me odiado por isso; mas, apesar do esforço que fez para dissimular, seus sentimentos sempre foram nobres e justos; e, em seu coração, desprezava por completo as pessoas que o cortejavam tão infatigavelmente. Pronto, poupei-o do trabalho de me contar; e realmente, considerando tudo, começo a achar perfeitamente razoável. Sem dúvida, você não sabia de nada de bom sobre mim, mas ninguém pensa *nisso* quando se apaixona.
— Não houve bondade no seu afetuoso comportamento para com Jane quando ela esteve doente em Netherfield?
— A querida Jane! Quem faria menos por ela? Mas sinta-se à vontade para considerar isso uma virtude. Minhas boas qualidades estão sob sua proteção, e você deve exagerá-las o máximo possível; e, em troca, cabe a mim encontrar ocasiões para provocá-lo e discutir com você sempre que puder; e vou começar imediatamente, perguntando o que o fez hesitar tanto em ir direto ao ponto, afinal. O que o deixou tão tímido comigo quando nos visitou pela primeira vez, e, depois, quando jantou aqui? Por que, especialmente quando nos visitou, pareceu não se importar comigo?

— Porque você estava séria e quieta, e não me deu nenhum encorajamento.

— Mas eu estava constrangida.

— E eu também.

— Poderia ter falado mais comigo quando veio jantar.

— Um homem que sentisse menos, talvez pudesse.

— Que pena que tem sempre uma resposta razoável para dar, e que eu seja tão razoável para aceitá-la! Mas me pergunto quanto tempo mais você levaria se eu não tivesse dito nada. Eu me pergunto quando teria falado se eu não lhe tivesse perguntado! Minha decisão de agradecer-lhe por sua bondade com Lydia certamente teve grande efeito. *Até demais*, acho, pois o que será da moral, se nosso conforto vem da quebra de uma promessa? Pois eu não deveria ter mencionado o assunto. Isso nunca dará certo.

— Você não precisa se preocupar. A moral será perfeitamente preservada. Os esforços injustificáveis de Lady Catherine para nos separar serviram para acabar com todas as minhas dúvidas. Não devo minha presente felicidade ao seu ansioso desejo de expressar sua gratidão. Eu não estava disposto a ficar esperando por uma oportunidade de sua parte. A informação de minha tia me deu esperança, e eu estava determinado a saber de tudo de uma vez.

— Lady Catherine foi de muita utilidade, o que deve deixá-la feliz, pois ela adora ser útil. Mas, diga-me, por que veio a Netherfield? Foi apenas para visitar Longbourn e ficar constrangido? Ou tinha uma intenção mais séria?

— Meu verdadeiro propósito era vê-la, e julgar, se possível, se eu poderia fazer com que me amasse. Mas meu objetivo declarado, ou o que eu declarara a mim mesmo, era ver se sua irmã ainda gostava de Bingley, e, se gostasse, confessar a ele o que confessei.

— Você terá coragem de anunciar a Lady Catherine o que lhe espera?

— É provável que me falte mais tempo do que coragem, Elizabeth. Mas deve ser feito, e, se me der uma folha de papel, faço isso imediatamente.

— E, se eu mesma não tivesse uma carta para escrever, sentaria ao seu lado para admirar sua caligrafia, como outra moça fez um dia. Mas também tenho uma tia que não deve ser negligenciada por mais tempo.

Sem vontade de confessar o quanto sua intimidade com o senhor Darcy tinha sido superestimada, Elizabeth ainda não respondera à longa carta da senhora Gardiner, mas agora, sabendo que a notícia que tinha a comunicar seria bem recebida, estava quase com vergonha de pensar que o tio e a tia perderam três dias de felicidade, e imediatamente escreveu o seguinte:

Teria lhe escrito antes, minha querida tia, como devia ter feito, por sua longa, gentil e satisfatória descrição dos detalhes; mas, para dizer a verdade, eu estava muito aflita para escrever. A senhora supôs mais do que realmente existia. Mas *agora* suponha o quanto quiser; dê asas à sua fantasia, permita à sua imaginação todos os voos possíveis que o assunto permite, e a menos que acredite que já estou de fato casada, não pode errar muito. A senhora deve escrever novamente em breve, e elogiá-lo muito mais do que fez na última carta. Eu lhe agradeço, muito e muito, por não termos ido aos Lagos. Como pude ser tão tola a ponto de desejar aquela viagem? Sua ideia dos pôneis é encantadora. Daremos a volta no parque todos os dias. Sou a criatura mais feliz do mundo. Talvez outras pessoas tenham dito isso antes, mas ninguém com tanta justiça. Estou mais feliz até do que Jane, ela apenas sorri, eu rio. O senhor Darcy lhe envia todo o amor do mundo além do que me reserva. Vocês todos devem visitar Pemberley no Natal. Sua, etc.

A carta do senhor Darcy a Lady Catherine foi num estilo diferente; e ainda mais diferente das duas foi a que o senhor Bennet enviou para o senhor Collins em resposta à sua última missiva.

Caro senhor,
Devo incomodá-lo mais uma vez para pedir-lhe congratulações. Elizabeth logo será a esposa do senhor Darcy. Console Lady Catherine como puder. Mas, se eu fosse você, ficaria ao lado do sobrinho. Ele tem mais a oferecer.
Cordialmente, etc.

As felicitações da senhorita Bingley ao irmão pelo casamento próximo foram tudo de mais afetuoso e insincero. Ela escreveu até para Jane na ocasião para expressar sua alegria, e repetiu todas as suas antigas declarações de afeto. Jane não se deixou enganar, mas ficou emocionada; e, embora não sentisse confiança nela, não pôde deixar de escrever-lhe uma resposta muito mais gentil do que sabia ser merecida.
A alegria que a senhorita Darcy expressou ao receber notícia similar foi tão sincera quanto a do irmão. Quatro páginas de papel foram insuficientes para manifestar toda a sua satisfação e todo o seu honesto desejo de ser amada pela cunhada.

Antes que qualquer resposta pudesse chegar do senhor Collins ou qualquer felicitação a Elizabeth por parte de sua esposa, a família de Longbourn ficou sabendo que os Collins viriam para Lucas Lodge. A razão dessa visita repentina logo ficou evidente. Lady Catherine ficara tão irada com o conteúdo da carta do sobrinho, que Charlotte, realmente contente com a união, estava ansiosa para sair de lá até a tempestade passar. Naquele momento, a chegada da amiga era um prazer sincero para Elizabeth, embora ao longo dos encontros ela tenha pensado que aquele prazer custava muito, ao ver o senhor Darcy exposto a todo o desfile de cortesia obsequiosa do senhor Collins. Ele suportou tudo, entretanto, com admirável calma. Ouviu com decente compostura até mesmo Sir William Lucas, quando este o cumprimentou por levar embora a mais brilhante joia do campo e expressou sua esperança de que todos se encontrassem frequentemente em St. James. Se deu de ombros, foi só depois que Sir William virou as costas.

A vulgaridade da senhora Philips foi outra, e talvez maior, prova para a sua paciência; e embora a senhora Philips bem como sua irmã tivessem tanta admiração por ele que as impedia de conversar com a mesma familiaridade que o bom humor de Bingley encorajava, ainda assim, sempre que ela falava, acabava sendo vulgar. Nem o respeito que tinha por ele, embora a deixasse mais quieta, era suficiente para torná-la mais elegante. Elizabeth fez tudo o que pôde para protegê-lo das atenções frequentes de ambas, e estava sempre ansiosa para guardá-lo para si mesma e para aqueles membros da família com os quais ele podia conversar sem constrangimento; e embora os sentimentos desconfortáveis que emergiam disso tudo roubassem boa parte do prazer desse período de noivado, aumentavam a esperança no futuro; e ela ansiava com deleite pelo tempo em que deixariam a companhia de uma sociedade tão pouco agradável para ambos e se retirariam para o conforto e a elegância de Pemberley.

Capítulo LXI

Feliz para os sentimentos maternos foi o dia em que a senhora Bennet se livrou de duas de suas filhas mais merecedoras. Pode-se imaginar com que orgulho ela mais tarde visitou a senhora Bingley e falou com a senhora Darcy. Eu gostaria de poder dizer, pelo bem de sua família, que a realização de seu mais sincero desejo com o casamento de tantas filhas tivesse produzido o feliz efeito de transformá-la numa mulher sensível, amável e judiciosa para o resto da vida; mas talvez fosse uma sorte para o marido, que provavelmente não apreciaria a felicidade doméstica sob uma forma tão diferente, que ela ainda ficasse ocasionalmente nervosa e fosse invariavelmente tola.

O senhor Bennet sentia muita falta de sua segunda filha; sua afeição por ela o tirava de casa com mais frequência do que qualquer outra coisa. Ele adorava ir a Pemberley, especialmente quando era menos esperado.

O senhor Bingley e Jane permaneceram em Netherfield por apenas um ano. A vizinhança tão próxima com a mãe e Meryton não era desejável nem para o temperamento fácil dele, nem para o coração afetuoso dela. O grande desejo das irmãs dele foi então concretizado: Bingley comprou uma propriedade no condado vizinho a Derbyshire, e Jane e Elizabeth, além de todas as outras razões de felicidade, estavam a menos de cinquenta quilômetros uma da outra.

Kitty, para o seu próprio benefício, passava a maior parte do tempo com as duas irmãs mais velhas. Numa sociedade tão superior àquela a que estava acostumada, seu progresso foi significativo. Ela não tinha um gênio tão incontrolável quanto o de Lydia; e, fora da influência desta, ela se tornou, com a atenção e a direção adequadas, menos irritável, menos ignorante e menos insípida. Da desvantagem da associação com Lydia ela foi obviamente poupada, e, embora a senhora Wickham frequentemente a convidasse para passar um tempo com ela com a promessa de bailes e rapazes, o pai jamais consentia que ela fosse.

Mary foi a única filha que permaneceu em casa; e foi necessariamente afastada do desenvolvimento de suas habilidades, pois a senhora Bennet era incapaz de ficar sozinha. Mary foi obrigada a se misturar mais com o mundo, mas ainda assim podia tirar lições de moral de cada visita matutina; e como não mais se mortificava pelas comparações entre a beleza de suas irmãs e a sua própria, o pai suspeitou que ela havia se submetido à mudança sem muita relutância.

Quanto a Wickham e Lydia, o casamento das irmãs não revolucionou em nada o caráter de ambos. Ele suportou com resignação a convicção de que Elizabeth agora devia saber de todas as suas ingratidões e falsidades que antes lhe eram desconhecidas; e, apesar de tudo, não perdia a esperança de que Darcy fosse um dia convencido a fazer sua fortuna. A carta de felicitação que Elizabeth recebeu de Lydia pelo casamento lhe explicou que, se não por ele, ao menos pela esposa tal esperança era cultivada. A carta dizia o seguinte:

> Minha querida Lizzy,
> Desejo-lhe felicidades. Se ama o senhor Darcy metade do que eu amo meu querido Wickham, será muito feliz. É um grande conforto vê-la tão rica, e, quando não tiver nada o que fazer, espero que pense em nós. Tenho certeza de que Wickham gostaria muito de um lugar na corte, e acho que não teremos dinheiro suficiente para viver sem alguma ajuda. Qualquer lugar servirá, de cerca de trezentas ou quatrocentas libras por ano; contudo, não fale com o senhor Darcy sobre isso se assim achar melhor.
>
> Sua, etc.

Como Elizabeth achava *muito* melhor não falar nada, tentou em sua resposta pôr um fim em qualquer pedido ou expectativa semelhante. Mas a ajuda que estava a seu alcance oferecer, pela prática do que podia ser chamado de economia em suas despesas particulares, frequentemente lhes enviava. Sempre fora evidente para ela que uma renda como a deles, sob a administração de duas pessoas de necessidades tão extravagantes e negligentes com o futuro, seria insuficiente para sustentá-los; e sempre que eles mudavam de casa, alguma pequena ajuda de Jane ou dela era solicitada para pagar as contas. Sua maneira de viver, mesmo quando a restauração da paz dispensou-os para morar em uma casa, era instável ao extremo. Estavam sempre se mudando de um lugar para outro em busca de uma moradia mais barata, e sempre gastavam mais do que deviam. A afeição dele por ela logo se transformou em indiferença; a dela durou um pouco mais, e, apesar de sua juventude e maneiras, Lydia conservou a reputação que o casamento lhe dera.

Embora Darcy nunca o recebesse em Pemberley, ele ajudou Wickham em sua profissão em consideração a Elizabeth. Lydia era uma visitante ocasional, quando o marido ia se divertir em Londres ou Bath; e, com os Bingleys, os dois frequentemente ficavam tanto tempo que certa vez até o bom humor de Bingley se esgotou e ele chegou ao ponto de insinuar que fossem embora.

A senhorita Bingley ficou profundamente ofendida com o casamento de Darcy; mas, como achou aconselhável conservar o direito de visitar Pemberley, abandonou todo o ressentimento; demonstrava mais afeto do que nunca por Georgiana, era quase tão atenciosa com Darcy quanto antes, e quitou toda a dívida de cortesia que tinha com Elizabeth.

Pemberley agora era o lar de Georgiana; e o afeto entre as cunhadas era exatamente tudo o que Darcy previra. Elas se afeiçoaram uma à outra tanto quanto esperavam. Georgiana tinha a melhor opinião do mundo sobre Elizabeth; embora no começo ouvisse com um espanto que beirava o temor o seu jeito vivo e brincalhão de falar com Darcy. Ele, que sempre lhe inspirara um respeito quase maior do que sua afeição, agora era abertamente objeto de gracejos. Ela passou a conhecer certas coisas que nunca tinham cruzado seu caminho. Pelas instruções de Elizabeth, começou a compreender que uma mulher pode tomar liberdades com o marido que um irmão nem sempre permite a uma irmã dez anos mais nova.

Lady Catherine ficou extremamente indignada com o casamento do sobrinho; e, como dera vazão a toda a genuína franqueza de seu caráter na resposta à carta que anunciara o casamento, enviou-lhe uma resposta tão insultuosa, especialmente em relação a Elizabeth, que por algum tempo todas as relações foram cortadas. Mas, por fim, pela persuasão de Elizabeth, ele foi convencido a esquecer a ofensa e buscar a reconciliação; e, depois de alguma resistência da parte da tia, seu ressentimento arrefeceu, quer pela afeição por ele, quer pela curiosidade de ver como sua esposa se conduzia; e ela se dignou a visitá-los em Pemberley, apesar da profanação que seus bosques tinham sofrido, não só pela presença de uma esposa como aquela, mas também pela visita dos tios da cidade.

Com os Gardiners, sempre mantiveram a maior intimidade. Darcy e Elizabeth realmente gostavam deles; e ambos sempre foram cientes da mais profunda gratidão para com as pessoas que, ao levarem Elizabeth para Derbyshire, foram as responsáveis por sua união.

Sobre a autora

Jane Austen teve seis romances publicados entre 1811 e 1818. Com essa curta mas relevante produção, marcou seu nome na história da literatura. Sua obra se centralizou no cotidiano da aristocracia rural inglesa da virada do século XVIII para o século XIX.

Nascida em Steventon, em 1775, era a sétima filha do reverendo anglicano George Austen, membro da nobreza agrária local. Por meio de cartas trocadas entre Jane e sua irmã Cassandra, sabe-se que a família era formada por ávidos leitores e que seu pai tinha uma vasta biblioteca.

Talvez estimulada por esse ambiente, ela produziu os seus primeiros textos para o divertimento familiar, ainda na adolescência. Aos 22 anos, em 1797, tentou publicar seu primeiro romance: seu pai ofereceu os originais de *Orgulho e preconceito* a um editor local, que recusou a obra.

Foi somente em 1803 que Austen conseguiu vender sua primeira obra: *A abadia de Northanger*. Este livro, entretanto, seria publicado apenas em 1818, postumamente, junto com *Persuasão*, quando a autora já gozava de um bom prestígio entre os críticos. Sua estreia aconteceria em 1811, com *Razão e sensibilidade*, publicado em anonimato. Logo suas obras caíram no gosto popular, e ela chegou a escrever o romance *Emma* em homenagem ao príncipe regente.

Em 1815, no auge de seu sucesso, ela começou a sentir-se mal e, dois anos depois, mudou-se para Winchester, para receber tratamento. Hoje, especula-se que a autora sofria da doença de Addison (decorrente de uma produção insuficiente de hormônios esteroides), que acabou causando a sua morte naquele mesmo ano. Ainda que o casamento tenha sido um tema central de suas obras, Austen morreu em 1817, aos 41 anos, sem nunca ter se casado. Suas últimas palavras foram: "Não quero nada mais que a morte".

Este livro foi impresso pela Gráfica Grafilar
em fonte Arno Pro sobre papel Pólen Bold 70 g/m²
para a Via Leitura no outono de 2023.